떠오르는 지평선(地平線)

떠오르는 지평선(地平線)

정대재 대하장편소설

[제 4 권]

정은출판

● 서문(序文)

지기地氣가 들끓는 땅

어느 향토 사학자가 임진왜란 때에 동래성을 지키기 위하여 상하 민관이 하나로 뭉쳐 중과부적의 수적 열세 속에서도 최후의 일인까지 목숨을 던져 파도처럼 밀려오는 수만 명의 왜병과 맞섰던 결사항전의 애국 투혼을 찬양하면서 이르기를, '역사란 우리 선조들이 목숨과 피눈물로 세워놓은 굳건한 다리가 없다면 후손들이 결코 건널 수 없는 숙명의 강'이라고 단언하였다.

그런 점에서 본다면, 지기(地氣)가 태양처럼 뜨겁게 넘쳐나서 예로부터 선비의 고장, 애국 충절의 고장으로 널리 일컬어져 온 밀양 땅이야말로 뜨겁고도 숙명적인 진정한 역사의 고장이라고 하지 않을 수 없을 것이다. 신분제도가 엄존하였던 고려·조선 시대엔 양반 사대부들의 충효 정신이 뜨겁게 발현하였고, 동학 혁명과 갑오개혁을 겪으면서 신분제도가 철폐된 이후부터는 신분의 고하를 막론하고 무수한 애국지사들이 항일 독립 운동의 선봉에 서서 애국 투혼을 불살라 조국 광복의 초석이 되었으니 말이다.

이 작품은 태양처럼 들끓는 지기와 함께 그와 같은 타고난 뜨거운 애국투혼을 불사르며 우리 민족으로 하여금 일제 암흑기라는 험난하고 암울한 역사의 강을 무사히 건널 수 있도록 튼튼한 역사의 다리를 놓으며 살신성인하였던 밀양 향민들의 치열하고도 눈물겨운 독립운동의 발자취를 그려낸 픽션이다.

필자는 이 작품을 통하여 지난 왕조 시대의 황실 척족으로서 위정척사적(爲政斥邪的) 이념을 고수하며 왕정복고 운동에 주력하는 상남면 동산리의 토호(土豪) 집안인 여흥 민씨가의 문중 종손인 중산(重山) 민정식(閔廷植)을 위시한 그들 집안의 사람들과, 일찍이 만주로 망명한 이 지역 출신의 원로 우국지사들의 뒤를 이어 독립운동에 새로 뛰어든 젊은 〈의열단〉 단원들이며, 그들을 돕는 선배 독립 운동가들이 공화주의적 이념을 견지하며 경쟁적으로 독립운동을 펼치면서 겪게 되는 반목과 배신, 응징과 화해 과정을 통하여 일제 암흑기의 민족적 자화상을 그려 보고자 노력하였다.

그리고 그들이 왕조복고를 지향하는 위정척사적 복벽주의(復辟主義)와, 민족자결주의가 대세를 잡아 가는 시대적 흐름에 따라 공화주의를 제각각 표방하며 독립운동을 펼치는 가운데 필연적으로 겪게 되는 계파간의 갈등 관계를 비롯하여, 어두운 역사의 뒤안길에 악령처럼 드리워져 있는 후유증을 어떻게 치유·극복하여 새로운 지평을 열어 가는가를 보여 줌으로써, 오늘날 이념과 계층 간의 갈등으로 남다른 시대고를 겪고 있는 우리 모두에게 무엇을 시사해 주는지에 대하여 다 같이 겸허하게 숙고하고 반성하는 계기로 삼고자 하였다.

차례

떠오르는 지평선 • 제 4 권 _ 정대재 대하장편소설

제1장

추화산성(推火山城)

◇ 단지혈맹(斷指血盟)
◇ 천로역정(天路歷程)
◇ 중산의 포석(布石)

◇ 단지혈맹斷指血盟

꽃샘바람이 불어 한동안 쌀쌀해졌던 날씨가 풀리면서 전국적으로 번지는 만세운동의 열풍 속에서도 계절은 어김없이 제 모습을 찾아 가고 있었다. 아직 양춘가절은 못 되어도 볕바른 곳에서는 봄기운이 제법 완연히 느껴지는 계절의 길목, 드디어 거사 당일을 이틀 앞둔 3월 11일 저녁 무렵이 되었다. 멀리 서산마루에 걸리었던 붉은 해가 시시각각 짙어 가는 저녁노을 속으로 사라지고, 저녁 예불을 올리는 무봉사의 둔중한 범종 소리가 법열(法悅)처럼 외경스럽게 읍성 일대에 은은히 울려 퍼지기 시작할 때였다.

먼 산꼭대기에는 아직도 햇빛이 조금 남아 있었지만, 북문 너머 읍성 북방의 외곽에 자리 잡은 깊숙한 추화산(推火山) 골짜기에는 벌써부터 초저녁 어둠이 내리고 있었다. 해묵은 고목들이 빽빽하게 들어차 있어서 대낮에도 으스스한 음기가 감도는 곳이라 인적은 일찌감치 끊어졌고, 저녁이 되자 잠에서 깨어난 악령들의 숨결과도 같은 부엉이 울음소리가 이따금씩 골을 울리면서 음흉스럽게 들려오고 있었다.

바람도 숨을 죽이고 있는 적막한 오솔길, 실배암처럼 산허리에 걸려 있는 호젓한 비탈길을 따라 가랑잎을 밟고 다가오는 웬 수상한 발자국 소리가 바스락거리며 들려오기 시작하였다. 먹이를 찾아서 어슬렁거리며 다가오는 산짐승의 소리인가 했더니 그것도 아닌 모양. 두껍게 쌓인 마른 낙엽을 밟고 저벅저벅 다가오는 발자국 소리는 산 위에서 들려오는 게 아니라, 뜻 밖에도 읍성 북문 쪽의 아동산 성벽을 따라 산정을 향해 쉬엄쉬엄 올라오고 있는 동물의 발자국 소리였다.

하나, 둘, 셋, 넷…. 처음에는 발자국 소리가 하나로 들리는 것 같더니 갈수록 그 수효가 많아지고 있었다. 한참 동안 자세히 들어 보니 그것은 산짐승들의 발자국 소리가 아닌 사람의 발자국 소리였다.

그리고 얼마나 지났을까. 가랑잎을 밟는 어지러운 발자국 소리들이 더욱 가까워지더니 드디어 두런두런 얘기를 나누는 사람의 말소리까지 나무 사이로 들려오기 시작한다.

"동문 쪽으로 올라오는 사람들하고 만나기로 한 장소가 바로 저기 저 바위 밑이라고 했었지?"

빼곡하게 들어찬 송림 사이로 들려오는 말소리는 을강 전홍표 선생의 음성이 분명하였다.

"예, 선생님!"

윤세주의 목소리도 뒤따라 들려온다.

그의 말소리가 미처 끝나기도 전에 을강 선생을 필두로 한 그들의 모습이 우거진 능선 위의 다복솔 사이에서 하나 둘씩 나타나기 시작하였다. 머리부터 나타나기 시작한 사람의 모습이 능선 위로 완전히 드러나기가 무섭게 다음 사람, 또 다음 사람 순으로 연거푸 이어진다.

"자, 저기 저 왕소나무 밑에서 쉬었다 가기로 하세나! 아직 안 온 사람들이 마저 올라올 때까지 기다렸다가 날이 완전히 어두워진 다음에 모두들 함께 추화산성(推火山城)으로 올라가는 게 보다 안전할 걸세!"

능선을 넘어온 그들 일행은 왕소나무가 밀집해 있는 이쪽의 어둑한 바위 밑을 향하여 유령의 행렬처럼 꾸역꾸역 모여들고 있었다. 우거진 고목 숲 속의 바위 밑으로 그렇게 모여든 사람의 수효는 줄잡아 스무 명도 훨씬 넘어 보였다.

면면이를 보니 그들은 모두 〈밀양청년독립단〉 소속의 단원들이었는데, 저마다 산에서 밤을 세워 일할 준비물들을 갖추어 들고 있었다. 을강 선생을 따라 맨 먼저 모습을 드러낸 최수봉은 어둠을 밝힐 사각등과 남포등을 양쪽 손에 하나씩 들고 있었고, 기다란 병풍과 커다란 교자상을 각각 하나씩 어깨에 둘러멘 윤세주와 정동찬이 그 뒤를 따르고 있었다.

그리고 그 밖에 최고 연장자답게 늘 궂은일을 자임하는 김병환을 비롯하여 윤치형, 김기득, 강인수, 박만수, 설인길, 한봉인, 윤보은, 이장수, 전계준, 한봉고, 차해규, 정동준, 권호, 정동찬, 박소종, 김소지, 최종관, 김래봉, 박상오, 김명규 등의 모습이 차례대로 나타난다. 그러고 보니 〈밀양청년독립단〉의 핵심 멤버들은 거의 다 망라되어 있는 셈이었다.

그런데 그들도 역시 하나같이 부북면 사무소와 성내의 밀양면 사무소에서 훔쳐 온 등사기며, 각자가 갹출한 거사 자금으로 마련한 등사용지 상자에다, 잉크통 같은 크고 작은 짐들을 하나씩 나누어 들고 있었다.

"날씨가 예상보다 추워지는데, 이러다가 등사 잉크가 얼어붙지 않을려나 모르겠네!

윤세주가 걱정을 하자,

"등사가 잘 안 되면 정말로 큰일인데…!"

하고 뒤에 오던 윤치형도 한 마디 거들었다. 그들은 오나가나 독립 선언서 생각만 하고 있는 모양이었다.

"까짓 거 안 되면 모닥불을 피워놓고 하면 될 기인데, 그런 걱정은 뭐 할라꼬 해쌓노?"

이것은 윤세주와 함께 부북면 사무소로 등사기를 훔치러 갔던 이장수의 말이었다.

"그래, 늬 말이 맞다. 참말로 장수다운 말이로구나!"

박만수가 농담조로 대꾸를 하자, 저쪽에서 설인길이 그 말을 받는다.

"그래도 불빛이 밖으로 새어 나오지 않도록 조심해야 할 기이다!"

"추화산에 있는 성황사가 아무리 절해고도처럼 호젓한 곳이라 해도 산새들이 불빛을 물고 왜놈들의 경찰서가 있는 성내 쪽으로 날아가면 우찌할 기이고?"

또 누군가가 우스꽝스럽게 이렇게 한마디 보태자, 이장수가 그 말이 땅에 떨어질세라 낼름 받는다.

"그라모 새총으로 잡아서 불에 얼른 구워 묵어 삐리지, 머!"

이장수의 뚱딴지같은 소리에 모두들 큰 소리를 내지 못한 채 쿡쿡거리며 웃는다.

그들은 모두 눈에 잘 띄지 않는 검정색 계통의 옷을 차려 입고 있었으며, 덧저고리며 털모자 같은 것들로 산정의 추위를 이겨낼 만반의 준비를 갖추고 있었다. 그러나 을강 선생만은 평소에 즐겨 입던 올이 굵은 무명 두루마기와 중절모 대신에 하얀 도포 차림에 제관용 유건까지 단정하게 갖추어 쓴 점잖은 조선옷 차림이어서 추위를 막아내기에는 아무래도 허술해 보였다.

그들이 가야 할 추화산성까지는 아직도 몇 마장의 산길이 더 남아 있었다. 고려 때부터 이어져 오던 봉수제(烽燧制)가 정유재란(丁酉再亂) 후에 파발제(擺撥制)로 전환되어 실시되기 전까지 군사용 통신 수단으로 사용되었던 봉수대가 지금도 제 형상을 유지한 채 남아 있는 변한(弁韓) 시대의 추화 산성—. 그 산성 한복판의 추화산(推火山) 정상 가까운 곳에 밀양 고을의 수호신을 모시는 고색창연한 성황사(城隍祠)가 자리 잡고 있는 것이다.

거기까지 가려면 이곳 상부 능선을 타고 넘고서도 비탈진 산길을 한참 동안 오르내리면서 더 가야 하는 만만치 않은 산행길이 남아 있었다.

높다란 바위 아래의 숲 속 길가에 짐들을 내려놓은 단원들은 저마다 낙엽 위에 주저앉아 단추를 끌러놓고 목덜미와 이마에 내맺힌 땀을 식힌다. 그들은 두런두런 얘기를 나누면서도 시선들은 하나같이 반대편에 있는 아동산 동문 쪽으로 이어지는 오솔길을 주시하고 있었다.

봄이 오고 있다고는 하여도 산 속의 밤은 아직도 차갑기만 하였다. 허연 입김들을 내뿜으며 땀을 들이는 것도 잠시였다. 웬만한 추위에는 끄떡도 하지 않을 만큼 더운 피가 한창 들끓는 젊은이들이건만 이마의 땀방울이 가시기가 무섭게 모두들 옷깃을 여미고 목을 잔뜩 움츠린 채 손들을 비비거나 발을 동동 구르는 축도 생겨나기 시작하였다.

"소한(小寒)이 집에 놀러갔던 대한(大寒)이 형님이 경칩(驚蟄)이 조카한테로 쫓겨서 다시 왔나, 날씨 한번 디기 춥네!"

"하모. 화신(花神)에 놀라서 쫓겨 가던 추위란 놈이 마지막 앙탈을 부리는 기이 앙이겠나? 때리는 매도 마지막에 맞는 회초리가 더 맵다 안 카더나!"

"쉿! 조용히 해라!"

먹물 같은 어둠이 산허리를 완전히 뒤덮고 있을 때였다. 드디어 그들이 올라왔던 반대편의 능선 너머에서 가랑잎을 밟고 저벅저벅 올라오는 발자국 소리가 들리기 시작한다. 두런거리던 말소리가 뚝 그치는 것과 거의 동시에 땅바닥에 납작 몸을 엎드린 단원들의 시선이 일제히 촉각을 세우면서 그 쪽으로 확 쏠린다. 그리고 선두에 선 사람이 남자가 아닌 여자, 그것도 만주로 간 청년단장 고인덕의 아내인 이복수 부녀회장이라는 사실을 확인한 연후에야 모두들 겨우 안도의 한숨들을 내쉬면서 너도 나도 몸을 일으켜 세우는 것이다.

어둠에 묻혀 가는 읍성 성곽 옆의 산길을 따라 우거진 다복솔 수풀을 헤치면서 조심조심 걸어 올라온 사람들은 모두가 대종교 밀양 지사의 부녀 신도들이거나 〈밀양청년독립단〉 단원들의 아내들로서 그 수가 근 열댓 명이나 되어 보였다.

단원들의 환대를 받으며 두 번째로 모습을 드러낸 사람은 읍성 안 향청껕에서 미곡상을 운영하고 있는 김병환의 아내였다. 그리고 그 뒤로 중국에 망명하여 〈중광단〉의 재무위원(財務委員)으로 있는 황상규의 아내이자 김원봉의 고모인 김씨 부인를 비롯하여 이번 거사에 헌신하고 있는 대종교 여신도들 중에서도 핵심적인 인물들이 먼저 차례로 모습을 드러내는 것이었다.

처녀들도 없지 않았지만 거의가 기혼의 부녀자들이었다. 그녀들 역시 눈에 잘 뛰지 않는 어두운 검정색 계통의 옷을 깨끗하게 차려입고 손과 머리에는 저마다 각종 제수 그릇이며, 시루떡·인절미·가래떡에다 탕(湯)·굉(浤)·전(煎)·포(脯) 등을 망라한 온갖 제수 음식물들이 담긴 크고 작은 소쿠리와 광주리며 옹기그릇들을 잔뜩 들거나 이고 있었다.

그들은 역사적인 〈밀양 만세 운동〉을 앞두고 밀양의 수호신인 성황사신(城隍祠神)과 천지신명께 고천제(告天祭)를 올리기 위하여 만반의 음식 준비를 다하여 날이 저물기를 기다렸다가 이제야 이렇게 왜놈들의 눈을 피해 조심조심 올라온 것이었다. 예로부터 고을에서 큰일을 행할 때마다 추화산 성황사신과 천지신명께 고천제를 올리는 것이 이곳 밀양 향민들의 오랜 전통이요, 관례인 것이다.

"아이고, 사모님께서 여기에 어인 일이십니까?"

부녀자들 속에 섞여 있는 고삼종 목사의 부인을 뒤늦게 발견한 을강 선생이 벌떡 몸을 일으키며 크게 반긴다. 이번에 치르기로 한 고천제는 유일신을 믿는 기독교의 교리와 상충되는 바가 있었기 때문에 그 모든 음식 준비와 제사 의식은 대종교 쪽에서 전적으로 맡아 하기로 되어 있었던 것이다.

그런데 다른 사람도 아닌 고삼종 목사의 부인이 노구를 무릅쓰고 그것도 혼자도 아니요 자기네 교회 소속의 부녀 회원들까지 잔뜩 거느리고 나타난 것이었다.

"사교님도 참 별말씀을 다 하십니더! 저는 뭐 이 나라의 백성이 아니랍니꺼?"

고 목사의 부인은 남다른 환대를 받는 것이 오히려 불만스러운 듯, 다소 상기된 목소리로 그렇게 반문을 하는 것이었다.

"그야 그렇지만, 목사님의 처지를 생각하신다면 이런 자리에 왕림하시기가 여간 부담스럽지가 않을 것 같기에 드리는 말씀이 아닙니까?"

"아이고, 사교 님도 참…! 그 양반은 그 양반이고, 저는 저가 아닙니꺼? 그 양반이 〈밀양읍 장로교회〉의 담임 목사님이라면 저는 〈밀양청년독립단〉의 부녀회 고문쯤은 되지 않겠습니껴?"

농담 삼아 해보는 소리이겠지만, 따지고 보면 딴은 틀린 말도 아닌 셈이었다. 게다가, 산으로 먼저 올라온 〈밀양청년독립단〉 단원들 중에도 윤세주, 윤치형, 김병환과 같은 기독교인들이 적지 않았으므로 그녀가 산으로 올라왔다고 해서 이상하게 생각할 사람은 사실 아무도 없는 것이다.

"사모님께서 여기까지 올라와 주신 것만으로도 저희들한테는 천군만마를 얻은 것보다 더 황감하고 고마운 일이지요! 그렇지만 이것은 우리네 욕심이고, 이러시다가 혹시 목사님께서 입장이 난처해지는 일이 생기지나 않을지 모르겠습니다."

산상의 일을 주관하는 입장이다 보니 을강 선생은 그게 자꾸만 신경이 쓰이는 모양이었다. 예수교에서는 신위께 제사를 지내는 것이 우상숭배로서 교리에 위배되므로 그 행위를 일체 금하고 있다는 사실을 너무나도 잘 알고 있는 을강 선생이기에 쉽게 납득이 되지 않는 것이다.

"우리 기독교와 목사님의 입장을 염려해 주시는 사교님의 말씀이야 고맙기 이를 데 없습니더! 그렇지마는, 나라를 되찾고자 하는 막중대사를 앞두고 저마저 이런 자리에 빠져 버린대서야 말이 되겠습니껴? 말도 안 되지요! 그랬다가는 앞으로 여러 분들을 우찌 대할 수가 있을 것이며, 장차 무슨 낯으로 독립된 조국의 하늘을 바로 쳐다볼 수가 있겠습니껴?"

이렇게 종교를 초월한 대범한 소신을 한바탕 늘어놓은 고삼종 목사의 부인은 다시금 두 손을 모아 허리를 굽혀 보이며 을강 선생의 환대에 거듭 정중하게 사의를 표하는 것이었다.

성황사신과 천지신명께 제사를 올리는 일이 기독교의 교리에 배치되는 것이라 할지라도 다 같은 단군의 자손이자 밀양 향민의 한 사람으로서, 그리고 그동안 밀양 만세 운동을 위하여 헌신적으로 활동해 온 〈기독교 부녀회〉의 고문의 한 사람으로서 나라를 구하고자 하는 대의로 치러지는 구국의 출정 행사에 불참하고 뒤에 남아 있기가 쉽지만은 않았을 것이다.

그리고 그런 행사에 참여하는 것 자체만으로 어찌 기독교의 교리를 어기는 이단적 행위로 볼 수 있을 것이며, 또한 목사의 부인이라는 신분이 이렇게 중요한 행사 참여에 어찌 장애 요인이 되어야만 하는지에 대해서도 그녀로서는 충분히 고민하고 고려하지 않을 수 없었을 것이다.

그러나 을강 선생의 말처럼 모든 사람들의 예상을 뒤엎고 이 자리에 나타난 그녀의 결단은 이번 행사를 주관하는 교회 소속의 〈밀양청년독립단〉 단원들은 물론이요, 다른 모든 단원들에게도 마음 한 구석에 남아 있던 부담감을 말끔히 씻어 주는 하나의 계기가 되기에 충분하였고, 그리하여 그들이 아무 부담 없이 가뿐한 마음으로 고천제 행사에 임할 수 있도록 크나큰 힘이 되어 준 것 또한 어김없는 사실이었다.

그래서 을강 선생은 그녀의 왕림이 그만큼 고마울 수밖에 없는 것이고, 고삼종 목사에게는 또 자꾸만 미안한 생각이 드는 것이었다. 그는 고삼종 목사의 부인에게 거듭 고마움을 표시한 뒤에 단원들 앞으로 나서며 길 떠날 차비를 서두른다.

"자, 이제 모두들 다 오셨지요? 그러면 됐습니다. 다들 올라가시지요!"

드디어 을강 선생의 진군 명령이 떨어졌다. 고삼종 목사의 부인을 비롯한 기독교 부녀 회원들의 합세로 한껏 고무된 청년 단원들은 을강 선생의 진두지휘 하에 성황사가 있는 추화산성을 향하여 다시금 한 걸음 한 걸음 힘찬 발걸음을 떼어놓기 시작하였다.

추화산성은 낙동강을 사이에 두고 신라와 가야가 대치하던 시대 때부터 전략적인 요충지로 사용되었던 전형적인 테뫼식(정상 부분을 테 모양으로 둘러 쌓는 방식) 산성으로서 성의 동, 서, 남쪽에는 아직도 삼한 시대의 성문터가 그대로 남아 있는 유서 깊은 곳이었다. 그리고 그

서북부의 정상에는 조선시대 이래로 군사용 통신 수단으로 사용하던 봉수대가 아직도 옛 모습 그대로 멀쩡하게 남아 있었다.

성황사는 왜놈 헌병대와 경찰서가 있는 이쪽 밀양 읍성 너머에서도 거의 2킬로미터 가까이 떨어진 추화산 북쪽 능마루의 중간쯤 지점의 분지 안에 자리잡고 있었다. 그곳에는 아직도 옛날의 연못과 우물터가 남아 있었고, 관제 제향(官制祭享) 때 사용하는 각종 집기들을 보관하는 부속 건물까지 잘 보존되고 있어서 이번과 같은 비밀 회합을 가지기에는 그야말로 안성맞춤인 장소였다. 게다가 주변 가까이에는 그곳보다 더 높은 산이 없었으므로, 거기에 올라가기만 하면 등불을 대낮같이 밝혀놓고 고천제를 지내든 대동축제를 벌이든, 천하에 없는 온갖 짓을 다하여도 왜놈들한테 들킬 염려가 전혀 없는 곳이었다.

그래서 제각기 한 두 가지씩의 물건을 들거나 둘러멘 몸으로 가파르고 험한 산길을 힘겹게 올라가면서도 지겨워하거나 불안해하는 사람은 아무도 없었다. 보통의 경우, 산 위로 올라가면 갈수록 숨이 가빠지고 힘에 부칠 터이지만, 단원들은 그것도 잊은 채 산정이 가까워질수록 마치 밤하늘의 별구경을 나온 아이들 마냥 점점 들뜬 기분들이 되어갔고, 조선 독립을 꿈꾸는 그들의 마음은 벌써부터 나비가 되고 종달새가 되어서 추화 산성 위의 검푸른 밤하늘을 향해 끝도 없이 훨훨 날아가고 있었다.

산상의 밤은 장엄하였다.

구름 한 점 없이 맑게 갠 검푸른 하늘, 남북으로 길게 뻗어 질펀하게 흐르는 희뿌연 은하의 강물, 그 위로 금방이라도 보석처럼 좌르르 쏟아져 내릴 듯이 초롱초롱 빛을 발하면서 눈이 아리도록 깜박거리는 무수한 별들, 손을 뻗기만 하면 곧장 닿을 것만 같은 아름답고 숭엄하기만 한 조국의 밤하늘이 바로 거기에 그렇게 펼쳐져 있었다.

거기는 거룩하고 신비스러운 신들의 영역이었고, 민족의 이상이 밝게 빛나는 별들의 세상, 꿈속에서나 가 닿을 수 있는 환상의 세계였다.

무성한 잡초가 기왓골을 온통 뒤덮은 성황사는 구국의 신전인 양 그 승엄하고 찬란한 조국의 밤하늘을 의연히 떠받쳐 인 채 산상의 분지 한 복판에 저 혼자 외로이 옛 자리를 지키며 그대로 서 있었다. 그리고 야트막한 돌담이 둘러싼 그 입구의 창훈문(彰勳門)을 지나자 고목이 다 된 당산나무 두 그루가 굴곡 많은 민족사에 오금이 저리고 애가 타다 못해 속이 송두리째 썩어 버린 모습으로 수문장처럼 성황사를 지키고 서 있었는데, 만세운동을 앞두고 점령군들처럼 몰려오는 그들을 향하여 풍우에 꺾이고 부러져서 상처만 남은 두 팔을 활짝 벌리고서 금방이라도 껴안아 줄 듯이 감격스럽게 맞아 주고 있었다.

녹이 잔뜩 슨 문고리를 벗기고 사당 안으로 들어간 단원들은 안전한 곳인 줄을 뻔히 알면서도 만약의 사태에 대비하여 불빛이 밖으로 새어 나가지 않도록 우선 열 두 폭 병풍부터 서둘러 둘러친다. 그런 다음에 누구는 등불을 밝히고, 누구는 신단 위의 거미줄을 걷어내고, 누구는 먼지를 털고, 또 누구는 돗자리를 깔고, 누구는 걸레질을 하고…….

한 마음 한 뜻으로 무장된 청년 단원들은 누가 시킬 것도 없어 저마다 일을 찾아 자기의 할 바를 다하였다. 그리고 부녀자들은 또 부녀자들대로 저마다 한 가지씩의 일들을 맡아서 제기를 닦는다, 음식을 담는다, 그렇게 담아진 제사 음식들을 홍동백서(紅東白西) 어동육서(魚東肉西)의 관례에 따라 상 위에 진설하는 등, 제삿상 차리기에 여념이 없었다.

그러는 동안에 소풍 나온 아이들처럼 들떠 있던 마음들은 어느 새 자취도 없이 사라지고, 그 대신 엄숙하고 경건한 마음과 마음들이 서로 화합하고 단결하여 호흡을 함께 하면서 오로지 한 가지의 목표를 향하여 바쁘게 움직이는 속에서 그들은 먼지가 켜켜이 쌓여 있는 성황사의 역사보다 더 깊은 신뢰와 우의를 동시에 다지면서 태산처럼 높이 쌓아 가고 있었다.

성황사 안의 높다란 신단 위에 모셔진 주벽(主壁) 인물은 두 분이었다. 한 분은 신라 박혁거세 거서간(居西干)의 30세 손인 신라 54대 경명왕의 장자이자 밀양 박씨의 시조인 밀성대군 박언침(朴彦忱)의 아들로서 후삼국 초기에 고려 태조 왕건을 도와 후백제를 평정하는데 공을 세워 좌명공신에 선록되었던 삼한벽공(三韓壁控) 도대장군(都大將軍) 박욱(朴郁) 선생이었다. 그리고 다른 한 분은 같은 신라 말과 고려 초기의 이 지역 토호로서 고려 태조 왕건을 도와 후삼국을 통일하는데 공을 세워 삼중대광사도(三重大匡司徒) 광리군(廣理君)을 추증(追贈) 받고 교동을 중심으로 세거(世居)하고 있는 밀양 손씨들의 중시조(中始祖)가 된 손긍훈(孫競訓) 선생이었다.

〈동국여지승람〉에는 '성황사가 추화산에 있는데, 대대로 고을의 호족이었던 손긍훈이 고려 태조를 도와 공을 세워서 삼중대광사도에 추증되고 광리군에 봉해졌는데 곧 성황사신'이라 전하고 있고, 「밀주구지(密州舊誌)」에도 이곳 추화산성이 손긍훈 장군의 방어 진지라고 하는 것으로 보아 이 고성은 광리군 손긍훈 장군과는 불가분의 관련이 있는 곳임을 증명해 주고 있었다.

또, 밀양 교동리 춘복 마을에 있는 고려공신 광리군 손공신도비(孫公神道碑)의 비문에 따르면, '손 장군은 신라 말기 진성여왕 때에 민심을 흉흉하게 하는 괴귀(怪鬼)를 바다 속으로 쫓아 보냈다'는 일화가 적혀 있고, 고려 태조 왕건을 송도로 찾아가 군무(軍務)를 맡은 다음에 후백제 견훤의 아들 신검을 사로잡는데 공을 세워 고려의 벽상공신(壁上功臣)이 되어 삼중대광사도의 추증과 광리군의 봉작(封爵)이 내려졌다는 행적이 기록되어 있는 것이다. 그리하여 손긍훈 장군의 사후에 고을 사람들이 그 훈공을 추모하여 추화산에 성황당을 모시고 사신으로 받들어 제향을 모셨던 곳이 바로 이 성황사인 것이다.

이것으로 미루어 보면 손긍훈 장군은 신라 말과 고려 초기의 향직(鄕職)에 있었던 토호로서 기울어져 가는 신라 천년 사직에 대한 충성과 왕건의 고려 건국에도 협력한 인물임을 알 수가 있는 것이다. 따라서 이 추화산성은 손긍훈 장군이 후백제를 맞아 싸운 방어 진지로서, 그리고 그 당시 창궐했던 왜구를 무찔러 향토를 방위한 요새지로서 그 분이 활동한 주무대가 되었음을 짐작케 해 주는 곳이기도 하였다.

그들 두 분은 옛 문헌에도 나와 있듯이, 모두 이곳 밀양을 관향으로 하는 밀양 박씨, 밀양 손씨들의 옛 조상들이었으나 예로부터 관에서도 고을의 큰 행사가 있을 때마다 그분들께 제향을 올리면서 숭앙해 왔으므로, 이제는 밀양 군민 모두의 수호신이 되어 있는 분들이었다.

제단 위에 모셔진 두 신주는 채색으로 칠해진 목각 인형 모양을 하고 있었으며, 두 분 모두 후백제를 평정하여 고려 건국에 공을 세운 무장들답게 기다란 장검을 빼어 들고 있었다. 의자에 앉은 자세인 두 분의 목상들은 규모가 실물 정도로 그리 큰 편은 아니었지만, 일천 년이 다 되도록 향민들의 추앙을 받으며 이 고을을 지켜 온 유서 깊은 옛날의 신물답게 거룩하기 짝이 없었다.

그들은 나라를 지키는데 신명을 다 받쳤던 역사적인 인물이었던 것만큼, 그 제단 앞에 도열하고 선 단원들의 감회 또한 남다를 수밖에 없었다. 다시 말해서, 외적을 물리치고 나라를 세우는데 공을 세운 분들이니 나라를 되찾고자 나선 그들로서는 그보다 더 존경스럽고 외경스러울 수가 없는 것이다.

단원들 중에도 밀양 박씨와 밀양 손씨가 몇 명 섞여 있었지만, 두 사신(祠神)이 자기네 가문의 조상으로서가 아니라, 국가 위난 시에 나라를 구하고 바로 세우는데 신명을 다 받쳤던 명장들이니만큼 지금은 다른 단원들과 다 같은 위치에서 추앙하는 자기네 읍성의 수호신일 뿐이었다.

사정이 그러함에도 불구하고 하나님만을 유일신으로 믿는 기독교인들로서는 마음 속으로 걸리는 바도 없지 않았을 것이다. 그러나 그들 역시도 기독교도이기 이전에 밀양 향민의 한 사람이었고, 밀양의 향민이기 이전에 단군의 피를 이어받은 대한의 아들딸들이기도 하였다. 그래서 기독교도들은 하나님의 성전에서 올리는 출정 기도회나 자기네 조상님 전에 올리는 축원 기도회쯤으로 여길 수가 있었고, 대종교와 그 밖의 종교를 믿는 이들은 또 그들대로 자기네의 성전에서 올리는 이런 저런 출정 의식쯤으로 여길 수도 있었을 것이다.

사방에 흩어져서 제각기 제사 준비를 서두르는 정성들도 남 다른 바가 있었지만, 있는 정성을 다하여 성대하게 차려 놓은 제단 앞에 도열한 단원들의 얼굴마다 엄숙하다 못해 비감한 기운마저 흐르고 있었으며, 후미에 서서 지켜보는 부녀 회원들의 숙연한 모습 또한 그들과 별로 다를 바가 없었다.

일행을 대표하여 제관을 맡은 을강 선생이 촛대의 초와 향로에 향불을 붙이고 제단 앞에 펴놓은 돗자리의 맨 앞쪽 중앙으로 나아가 서자, 나머지 단원들도 그 뒤로 몰려가서 다시 일렬횡대로 도열해 선다. 그리고는 모두들 보조를 맞추어 가며 두 번씩 천천히 큰절을 올리는 것이었다. 말하자면 고천 제향의 시작으로 참신례를 올리는 셈이었다.

이어서 을강 선생이 신위 앞에 나아가 무릎을 꿇고 앉아 분향을 하자, 우집사를 맡은 김병환이 가득 따른 술잔을 그에게 두 손을 받들어 건네었다. 을강 선생은 그것을 받아서 모사 그릇에 세 번으로 나누어 붓고 빈 잔을 김병환에게 돌려 준 뒤 일동과 함께 큰절을 두 번 올림으로써 강신 의식을 마무리 짓는다.

다음은 초헌례의 순서였다. 강신을 마친 을강 선생이 다시 신위 앞에 나아가 꿇어앉고 좌집사를 맡은 최수봉이 제단 위의 목상 앞에 있던 잔반을 제주에게 집어 주고 우집사 김병환이 잔에 술을 가득 부어 주었다. 제주인 을강 선생은 술이 담긴 이 잔반을 왼손으로 잡고 오른 손으로 술잔을 들어 모사 위에 세 번 기울여 부은 후에 다시 양손으로 잔반을 받들어 집사에게 주고, 집사는 그것을 받들어서 두 신위 앞에 조심스럽게 차례로 올린다.

이어서 밥그릇의 뚜껑을 연 을강 선생은 쇠고기 산적 위에 가지런히 올려 놓고 약간 뒤로 물러나와 꿇어 앉으며 손수 작성해 두었던 고천문(告天文) 두루마리를 가져오게 하고 품속에서 날이 시퍼렇게 선 비수 하나를 꺼내 들더니 그것을 제기에 담아 제단 위에 조심스럽게 올려놓는다. 그리고는 두 손으로 고천문을 펼쳐 들고 헛기침을 하면서 목청을 가다듬는 것이었다. 보통의 경우에는 좌측에 앉은 축관이 따로 있어 그것을 읽는 게 상례였으나, 오늘은 〈밀양청년독립단〉의 출정식을 겸한 고천제인 만큼 독립단의 총책이자 고문으로 있는 을강 선생 자신이 손수 지은 고천문을 직접 봉독하기로 한 것이었다.

을강 선생이 고천문 두루마리를 양 손으로 펼쳐 들자 뒤에 도열해 있던 청년 단원들은 물론이요, 뒤에서 지켜보고 서 있던 부녀 회원들까지 모두들 무릎을 꿇고 그 자리에 앉는다.

드디어 내일 모레에 있을 거사 사실을 두 분 성황사신과 천지신명께 삼가 고축(告祝)하는 절차에 임하려는 것이다.

"고천문(告天文)!

歲在己未三月庚申日朝鮮逋民仝鴻杓及密陽青年獨立團謹奉幣修壇告于天地神明城隍祠神伏望明哲神靈之加護謹願明神之深省(세재기미삼월경신일조선포민전홍표급밀양청년독립단봉폐수단고우천지신명성황사신복망명철신령지가호근원명신지심성)….

기미년(己未年) 3월 경신일(庚申日: 음력으로는 2월 10일)에 조선의 포민(逋民) 전홍표(仝鴻杓)를 비롯한 〈밀양청년독립단〉 일동은 삼가 폐백(幣帛)을 받들고 제단을 마련하여 하늘과 땅의 신과 성황사신님께 삼가 고하오니 명철하신 신령님들께서는 이를 밝게 살펴 주시옵소서!"

고천문을 한 자 한 자 읽어 내려가는 을강 선생의 목소리는 구성지고 처량하기보다는 오히려 산사에 울려 퍼지는 저녁 예불 목탁 소리처럼 청량하고 고아하였다. 인적이 끊어진 저녁 산 속의 적막 속에 흘러나오는 그의 목소리는 뒤에서 듣고 있는 이들에게는 너무 엄숙하고 경건하다 못해 자못 비감하였고, 어떤 대목에서는 다소 경직된 느낌마저 들기도 하였다.

하지만 목청이 그렇게 맑고 고결할지라도 그것이 자아내는 기능만은 그의 감정에 따라 변화무쌍하게 조화를 부리면서 조선 역사의 질곡의 골을 타고 흐르면서 듣는 이들의 마음을 온갖 희비애환의 격랑 속으로 휩쓸려 들게 하고 마는 것이었다.

때로는 태산준령을 타고 넘듯 고비에 차오르기도 하고, 때로는 천인단애의 절벽 아래로 굴러 떨어지는 폭포수처럼 장엄하게 가슴을 후려치기도 하였다. 그런가 하면 또 어떤 대목에 이르러서는 듣는 이의 가슴을 갈기갈기 찢어놓는 울분이 되고 통렬한 장탄식이 되어 뼈저린 자괴의 슬픔을 불러일으켜 놓기도 하였다.

망국의 운명처럼 가물거리는 촛불 아래에 일렬로 늘어선 청년 단원들의 석상처럼 굳은 얼굴에도 고천문이 던져 주는 희비애환의 그림자가 그대로 비치어서 마치 망국의 한을 품고 죽어간 애국선열들의 혼백인 양 끊임없이 너울거리고 있었다.

이것으로써 만세 운동의 주사위는 이미 던져진 셈이었다. 이제부터 이 자리에 참석한 그 누구도 자신의 앞날을 장담할 수 없는 것이다. 이번 거사로 목숨을 잃는 자도 있을 것이고, 크게 다치거나 왜놈들한테 붙잡혀 가서 죽을 고비를 수없이 넘기면서 처참하게 옥고를 치르게 될 사람도 있을 것이다.

이제 남은 것은 오직 서로가 서로를 위하는 단결과 조국의 독립을 위한 결사 항전의 진군만이 있을 따름이었다.

혈맹의 전의를 다지면서 강렬한 안광으로 번쩍이는 청년 단원들의 비장한 시선을 한 몸에 받으면서 을강 선생의 고천문 낭독은 계속 이어지고 있었다.

"…조선이란 나라는 국조(國祖) 단군왕검께서 개국하신 이래 세계열국(列國)의 하나로 신성하게 서로 물려주며 하늘의 명을 받은 임금이 다스려 왔는데, 부여(夫餘)가 바로 이 겨레라, 중국의 동쪽을 차지하여 대대로 전통을 이어 왔습니다.

오로지 인륜의 도리를 떳떳하게 지키며 백성을 소중히 여기는 기자(箕子)의 유풍을 받들어 문화를 숭상하고 도의와 평화로써 다스렸으니, 아름답도다! 우리 선대의 임금님들이시어! 제국주의의 노예가 된 왜놈들이 무도하게 패권을 잡고 무력을 수단으로 인간의 근본을 문란케 하더니, 병자수호조약을 서로 맺게 한 뒤에는 하루아침에 갑자기 나라를 합병하였습니다.

절개가 곧고 깨끗하다 한 것은 차라리 타고난 목숨도 끊을 수 있다는 뜻이요, 방법이 있는 데도 방관만 하는 것은 잘못된 폐단을 영구히 내버려두는 일일 것입니다.

이제 하늘의 명과 사람의 뜻이 서로 만나게 되어 나라의 독립을 울부짖게 되었으니, 이천만 동포가 모두 희생이 될 것을 맹세하였습니다. 공중(公衆)의 이름으로 의병을 창도(倡導)하려 하여도 수중에는 작은 무기나 병사도 없고, 풍운이 날로 급박해졌으므로 계책을 결정하여 아름다운 의거의 깃발을 마음 속에 세웠습니다.

저 서구의 여러 나라들은 강화와 동맹을 맺고 교통(交通)하면서도, 나라 안팎에 사건이 있으면 위기일발에도 적을 무찔러 상대가 깔보지 못하게 하고 있습니다.

파란(波蘭: 폴란드)은 이미 독립이 되어 도읍이 정해졌고, 몽고는 굳세고 웅대한 나라로 되돌아갔는데, 우리는 빛나는 역사가 천 년인 데도 정해진 운명으로 여겨 몸소 시련을 겪어야 하는 것입니까? 젊은이들이 피눈물을 흘리며 오로지 난잡하고 썩은 조종(朝宗)을 깨끗이 쓸어내고 만인의 법을 반드시 바로잡고자 하는데, 조상이 다르다 하여 생각이 같지 않을 수 있겠습니까?

그러나 저들 일본은 더욱 무력으로 가로막아 앞으로 나아가는 길을 차단하고 있으니, 엄숙하신 하느님이시여! 어리석은 백성을 교화시킬 수 있도록 침묵으로 가만히 도와 주시옵소서!

바르고 당당하게 대오를 짜게 해 주시고, 충직하고 믿음직스럽게 이 병장기를 사용함으로써 동쪽을 안정시키고 서쪽을 평정할 수 있도록 정의의 부월(斧鉞)을 특별히 내려 주시옵소서!

을지문덕 장군이 끼치신 기백과 이순신 장군의 굳센 정신으로 나라의 치욕을 씻고 흉적을 제거하게 함으로써 사방 여러 나라의 상서로움이 되게 하여 주시옵소서! 천연의 해자(垓子)가 넘쳐 홍수가 일어나도 국경은 굳건하게 남아 있을 것이니, 밝으신 하늘의 명으로 백성들을 새롭게 인도하여 나라의 신성한 보배를 도로 찾게 해 주시옵소서!

장차 백두산으로 나아가고자 뜨거운 눈물로 이 글을 기록하오니 거울처럼 비추어 주시는 하늘과 땅의 신이시여! 우리 향민을 지켜 주시는 성황 사신이시여! 이 뜻을 환하게 밝혀 주시옵고 제사의 예를 받으시옵소서!"

을강 선생의 고천문 독축이 끝나자 모두들 무릎을 꿇고 앉은 그 자세로 오래도록 묵상에 잠겨 있었다. 저마다의 가슴마다 마지막으로 멸사봉공의 결의를 다지고 진충보국할 것을 스스로에게 맹세하는 절차였다.

오랜 묵상 끝에 을강 선생이 기침을 하여 묵상이 끝났음을 알리고는 모두들 일어나서 두 번 절을 올렸다.

다음은 아헌례와 종헌례가 차례로 이어졌다. 아헌례란 둘째 번 잔을 올리는 것을 이름이요, 종헌례는 마지막 잔을 올리는 절차를 이름이다. 아헌은 주부가 집사의 도움을 받아서 초헌 때와 같이 잔을 올리고 사배를 하는 것이 원칙이었으나, 여기서는 대종교 여신도 중에서 최고 연장자가 앞으로 나와서 잔을 올린 다음에 모든 밀양읍교회 부녀 회원들이 묵상 기도를 하는 것으로 대신하였다.

종헌례에서는 남정네들 중에서 을강 선생 다음 가는 연장자인 김병환이 앞으로 나와서 초헌례 때와 같이 잔을 올린 다음에 거기에 있는 모든 사람들이 두 번씩의 절을 올림으로써 끝이 났다.

이어서 유식(侑食)이라고도 하는 첨작 절차와 메에 숟가락을 꽂는 삽시정저와 일동이 문을 닫고 밖에서 기다리는 합문, 다시 안으로 들어가는 개문을 비롯하여 숭늉을 갱과 바꾸어 올리고 메를 조금씩 세 번 떠서 말아놓는 헌다, 숭늉 그릇에 놓인 수저를 거두고 메 뚜껑을 덮는 철시복반, 참사자(參祀者) 일동이 두 번 절하고 축문을 불태우는 의식인 사신, 그리고 모든 제수 음식들을 물리는 철상 순으로 제사 절차가 한 치의 오차도 없이 차례대로 착착 이어져 갔다.

"철상 음복!"

드디어 길고 긴 고천제 의식은 끝이 났다. 제단 위의 제수 음식들을 뒤에서부터 차례대로 하나씩 거두어들인 다음, 항렬이나 위관(位冠)과 연장자 순으로 음복을 하는 것이 제사 의식의 일반적인 법도요, 관례였다. 그러나 그들은 제단에 제설되었던 음식들을 단하의 돗자리로 옮겨놓지 않았고, 음복을 할 생각도 하지 않았다.

제향이 끝나자 제관을 맡았던 을강 선생이 자리에서 일어서더니 제수 음식을 그대로 놔두라고 이르고는 엄숙한 얼굴로 대원들을 천천히 둘러보는 것이었다.

"이보게들! 지금부터 단지 혈맹(斷指血盟) 의식을 치르고자 하는데, 모두들 각오는 이미 단단히 되어 있겠지?"

그러자 이 순간이 오기만을 기다리고나 있었다는 듯이, 모든 단원들의 입에서 용암처럼 뜨거운 대답이 동시에 우렁차게 뿜어져 나오는 것이었다.

"예, 선생님!"

그러면서 그들은 일제히 자리에서 일어났다.

사기가 충천한 단원들을 차례대로 들러보며 만족스럽게 고개를 끄떡인 을강 선생은 옆에 있던 윤세주에게 아까 제단 위에 올려놓았던 단검을 가져오게 하였다.

"이 단검으로 각자의 엄지손가락을 잘라서 혈주(血酒)를 만든 혈맹의 피를 모으기로 하겠네!"

그는 다시 좌집사를 맡은 최수봉을 시켜서 술이 담긴 퇴주 그릇을 가져오게 하였다. 그리고는 비장한 얼굴로 팔을 걷어붙이면서 단검을 집어 드는 것이었다. 퇴주 그릇을 가져 온 최수봉이 두 손으로 그릇을 받들고 앞으로 내밀었다. 그러자 을강 선생은 거기에다 대고 날이 시퍼렇게 선 단검으로 자신의 엄지손가락을 거침없이 쓱 베는 것이었다.

숨을 죽인 채 그 모양을 지켜보고 있던 부녀 회원들이 눈을 가리며 얼굴을 돌렸으나, 남자 대원들은 추호의 동요도 없이 자신들이 행할 그 모습을 두 눈을 부릅뜬 채 똑똑히 지켜보고 서 있었다.

잘라진 을강 선생의 마디가 긴 엄지손가락에서는 거룩한 신물(神物)과도 같은 선혈이 방울방울 솟아나 퇴주 그릇 속으로 연신 뚤렁뚤렁 굴러 떨어지고 있었다. 단지 혈맹에 대한 기대와 신념이 그만큼 굳고 커서 그랬던 것일까? 아니면 동지들의 피가 골고루 섞이게 하고, 또 그 혈주(血酒)를 마셔야 할 단원의 수가 그만큼 많아서 그랬던 것일까? 을강 선생의 채혈 량은 단원들이 보기에도 예사롭지가 않았다.

그의 피가 절반 이상 술로 차 있던 퇴주 그릇 속으로 연신 굴러 떨어지자, 그것은 꽃구름처럼 사방으로 번지면서 시시각각으로 신성하고 거룩한 혈주가 되어 가고 있었다. 을강 선생의 채혈이 끝날 동안 두 손으로 퇴주 그릇을 받들고 있던 최수봉이 그것을 들고 옆에 있던 윤세주 앞으로 옮겨갔고, 윤세주 역시 방금 을강 선생이 한 것처럼 거침없이 손가락을 잘라서 시뻘건 선혈을 아낌없이 퇴주 그릇에 흘려 놓았다. 그 다음은 김병환의 차례였고, 그 다음은 윤치형, 또 그 다음은 정동찬의 차례였다.

스무 명이 넘는 단원들은 그런 방식으로 단지 채혈 의식을 숨소리

하나 나지 않는 정적 속에서 순서대로 지체 없이 거행하여 나갔다. 그럴 때마다 부녀 회원들은 미리 준비하고 있던 천 조각으로 그들의 손가락을 지체 없이 싸매어 주는 것을 잊지 않았다.

단원들의 피를 담은 퇴주 그릇이 그런 방법으로 한 순배 돌고 났을 때, 최수봉은 그것을 들고 다시 을강 선생 앞으로 되돌아가서 선다. 이번에는 자기 차례가 된 것이었다. 큼직한 놋쇠 주발 안에는 단원들이 아낌없이 흘려 넣은 피가 거기에 있던 뿌연 퇴주와 뒤섞여 꽃처럼 붉은 혈주가 되어서 하나 가득 차올라 있었다.

을강 선생이 퇴주 그릇을 받아 두 손으로 받들자 최수봉은 어금니를 악물면서 날이 시퍼렇게 선 단검을 자신의 엄지에 갖다 대고 그대로 쓱 그었다. 잘라진 그의 투박한 손가락에서는 앵도알 같은 핏방울이 방울방울 내 맺히면서 그대로 밑에 받쳐진 퇴주 그릇으로 뚤렁뚤렁 굴러 떨어진다.

최수봉을 마지막으로 채혈 의식이 끝나자, 을강 선생은 피와 제주(祭酒)가 뒤섞인 퇴주 그릇을 받아 들고 단원들이 도열해 있는 제단 앞으로 다시 나와서 우뚝 선다.

각자의 헌혈이 단지(斷指)의 절차라면 지금부터 행하려는 것은 혈맹(血盟) 사실을 성황사신과 천지신명께 고하는 절차인 고축의식인 셈이었다. 을강 선생은 들고 있던 혈주를 제사상 앞쪽 중앙에 조심스럽게 올려놓았다.

"자, 모두들 제단을 향하여 옷깃을 여미고 서시게!"

모든 단원들이 일제히 제단을 향하여 기립하자, 을강 선생은 신위를 향하여 단지혈맹 의식을 결행하는 사실을 엄숙한 목소리로 길게, 그리고 천천히 읊조리듯 고해 올린다.

"거룩하시고 영험하신 천지신명·성황 사신님들이시여! 우리 〈밀양청년독립단〉 일동은 오늘 이 자리에서 앞으로 조국 독립 운동을 추진해 나감에 있어 전 단원들이 일심동체가 되어 생사고락과 일체 운명을 같이 하기로 피를 섞어 함께 나누어 마시는 단지혈맹의 예로써 맹세하며 고축하오니 저희들의 뜻을 가상히 여기시어 탄탄한 전도를 열어 주시고 조국과 민족을 위하여 의롭게 죽을 수 있는 광영의 길을 열어 주옵소서!"

제단 위의 신위께 고축을 올린 을강 선생은 다시 뒤에 도열해 있는 대원들에게 영을 내린다.

"신위를 향하여 일동 재배!"

신위께 두 번씩 큰절을 올림으로써 고천 제향 의식은 끝이 났다.

다음은 음복의 차례였다. 제단 위의 혈주를 신주처럼 경건하게 두 손으로 받든 을강 선생은 왼쪽 끝자리에 서 있는, 단원들 중의 최고 연장자인 김병환 곁으로 걸어간다. 최수봉으로부터 술잔을 건네어 받은 김병환은 두 손으로 움켜잡듯이 그 잔을 받들어 들고 앞으로 내밀었고, 을강 선생은 거기에 대고 혈주를 따라 준다. 혈주를 따라 주는 을강 선생의 손이 제단 위의 촛불처럼 가늘게 떨리고 있었다. 그의 입술은 한 일자로 굳게 다물어져 있었고, 부릅뜬 두 눈에서는 핏물 같은 물기가 괴어들면서 야광석처럼 형형한 광채를 발하고 있었다.

그렇게 대원들에게 돌아가면서 일일이 술잔을 채워 주고 나서 원래의 위치로 돌아온 다음에 그가 말했다.

"이보게들! 이 잔은 우리 모두 살아도 같이 살고 죽어도 같이 죽자는, 생사고락을 함께 하기로 하자는 맹서의 잔일세! 우리 모두 동지들의 피를 섞은 이 혈주를 마시고서 건곤일척의 용력으로 조국 광복을 위하여 초개같이 목숨들을 바쳐야 할 것이네!"

을강 선생의 목소리는 감격에 벅찬 나머지 거의 울음에 가까웠다.

"알겠습니다, 선생님! 저희들은 이미 조국 독립을 위하여 목숨은 물론 영혼까지 바치기로 맹세한 애국 독립투사들이 아닙니까? 그러니 조금도 염려하지 마십시오!"

단원들도 거기에 뒤질세라 피를 토하듯이 소리 높여 외친다.

"고맙네! 자네들이 이런 마음으로 의기투합하여 들고일어난다면 〈찌까다비〉 같은 왜놈들의 본토 땅덩어리인들 어찌 단번에 번쩍 들어서 태평양 바다 한복판에다 엎어 버리지 못하겠는가!"

을강 선생이 피눈물이 잔뜩 괸 얼굴로 고개를 끄떡이자, 단원들을 대표하여 김병환이 한 마디 하고 나섰다.

"선생님, 이 혈주를 마시고 나면 모든 기이 모두 잘될 것 같습니다! 모두들 이렇게 사기가 충천해 있으니 지금부터 여기서 철야 작업을 한다면 독립 선언서 등사 문제도 날이 새기 전에 거뜬히 해치울 수 있을 것이고, 태극기까지 충분히 마련해 두었으니 군중 동원 문제도 쉽게 해결할 수 있을 것 같습니다!"

"암, 그렇고말고! 전광석화 같이 일을 해치우자면 무엇보다도 허허한 속부터 뜨겁게 데워 두어야 할 것일세! 자, 그런 의미에서 우리 모두들 손과 손을 마주 잡고 천지신명과 성황사신님께서 지켜보는 앞에서 우리들의 피를 섞은 단지 혈맹의 잔을 드세나!"

"선생님, 그냥 마실 기이 아니라 선생님께서 무어라고 선창을 하셔야 되지 않겠습니까?"

을강 선생 옆에서 비장한 감회에 젖어 있던 최수봉이 강한 목소리로 그렇게 제안을 한다.

"수봉 군의 말이 옳으이! 암, 선창을 해야 하고 말고! 자, 지금부터 모두들 왼쪽에 있는 동지와 손을 서로 맞잡고 내가 선창하는 대로 따라들 하게나!"

을강 선생의 제안에 따라 단원들은 일제히 한손으로는 옆에 선 동지의 손을 잡고 다른 한 손으로는 시뻘건 혈주 잔을 잡으면서 음복할 준비를 한다.

"모두들 준비가 다 되었는가?"

"예, 선생님!"

"그러면 내가 소리치는 대로 목청이 터지도록 따라서 외치게나!"

을강 선생은 목소리를 높여 그렇게 일러 준 다음에 혈주가 철철 넘치는 잔을 잡고 머리 위로 높이 치켜든다. 그리고는 목이 터져라 부르짖는 것이었다.

"대한 독립 만세!"

"대한 독립 만세!"

"〈밀양청년독립단〉 만세!"

"〈밀양청년독립단〉 만세!"

잔과 잔들이 맞부딪치고 술과 술이 넘치면서 그야말로 아닌 밤중에 대한 독립 만세 소리와 밀양청년독립단 만세 소리가 무덤처럼 고요한 사당 안에 뜨겁게 메아리친다. 그리고는 단숨에 술잔들을 비운 청년 단원들은 빈 잔들을 내려놓기가 무섭게 서로의 몸을 부둥켜안고 저마다 북받치는 감격에 몸을 떨었다.

그러나 북받치는 감격에 목이 메어서 어찌 말인들 제대로 할 수가 있으리! 청년 단원들은 한동안 모두 말들을 잊고 있었다. 방금 들이킨 혈주가 위 속에 흡수되어 쿵쿵 뛰는 심장과 폐혈관을 타고 전신으로 번져 나가는 것을 느끼면서 가슴 아팠던 지난날들을 생각하고, 자기네의 손에 운명이 걸린 민족의 앞날을 생각하고, 기약할 수 없는 자기네의 앞날을 생각하는 것이었다.

생사고락의 운명을 함께 하고 앞으로도 함께 할 서로의 얼굴들을 피 묻은 손으로 어루만지면서 생각에 잠긴 채 전신을 부르르 떨다가 끝내는 북받치는 감정을 이기지 못하고 동료의 상체를 와락 부둥켜안고 울컥울컥 울음을 터뜨리는 단원들이 생겨나기 시작하였다. 그것이 발단이 되어 어디선가 꺼이꺼이 울음소리가 터져 나오더니, 그 열풍은 삽시간에 전 단원들한테로 번져 나가고 만다.

피를 나눈 민족의 막중대사를 앞에 두고서 북받히는 감격에서인들 어찌 남녀노유가 따로 있을 수 있으리! 치맛귀로 눈물을 찍어내며 울먹이는 눈으로 그들을 지켜보고 서 있던 부녀 회원들도 끝내는 서로의 가슴에 얼굴들을 파묻으며 오열하더니 다 함께 약속이나 한 듯이 기어코 목 놓아 울기 시작하였다. 여자들이 목 놓아 울자 남자들도 서로를 부둥켜안고 격렬하게 어깨를 들먹이기 시작하였다.

오천 년이나 되는 찬란한 민족의 역사가 절멸의 위기를 맞고 있는 이 백척간두의 민족적 위난 앞에서, 그 오랜 세월 동안 향민의 안위를 굽어 살피신 위대한 신좌(神坐) 앞에서, 그리고 인간 만사를 공명정대하게 주관하시는 천지신명 앞에서 그들은 드디어 하나의 공동 운명체—하나의 목숨이 되어 버린 것이었다.

나라 사랑과 민족 사랑에 감정이 북받쳐 오른 격정으로 요동치는 몸도 하나요, 울음소리도 하나요, 뜨거운 눈물도 하나요, 나라 잃은 설움도 하나요, 조선 독립을 지향하는 이상도 오직 하나였으니 어찌 천지신명인들 감응을 하지 않을 수 있으리!

'민족의 앞날에 광명이 있으라! 영광이 있으라! 여기 있는 모든 내 민족, 내 혈족들에게 신의 가호가 있으리니, 모두들 민족의 전도를 향하여 총력으로 매진할지로다!'

거기 있는 모든 이들의 가슴 속에서, 머릿속에서 그러한 성황사신들의 목소리가 천둥같이 메아리치고 있었다.

그러나 목상이 된 삼중대광사도 광리군 손긍훈 선생과 삼한벽공 도대장군 박욱 선생 두 성황사신들께서는 수백 년, 아니 일천 년 가까이 지켜 온 침묵을 그대로 지키면서 여전히 아무런 말이 없는데, 날이 새면 조선 독립의 제단 앞에 목숨을 던지기로 한 단원들은 그분들과 천지신명의 가호가 있으리라는 것을 믿어 의심치 않았다. 그리고 혈주와 눈물과 피와 환호성이 뒤범벅이 된 가운데 그렇게 마음과 마음들을 엮으면서 고천제의 대미를 뜨겁게 장식해 가고 있었다.

◇ 천로역정天路歷程

문중의 여러 어른들을 모시고 고종태황제 폐하의 국장 참여차 상경하였던 중산은 근 열흘 동안이나 운현궁 근처의 북촌에 머무르며 국장의 일로 동분서주하는 바람에 밀양으로 내려오자마자 그대로 몸져 드러눕고 말았다. 죽명 숙부님과 함께 겪었던 일이기는 하였으나 감기에 걸린 상태로 상경한데다 만세운동이 벌어지던 날 상경한 운곡 선생과 필운 선생을 비롯한 밀양의 주요 유림계 인사들의 수발까지 맡아서 하였고, 그동안 오래도록 생각하고 있었던 해인수좌 스님을 만나보기 위하여 일부러 틈을 내어 자하문 밖에서도 꽤 먼 거리에 있는 진관사까지 두 번씩이나 은밀히 찾아가는 등 무리한 결과였다.

그러나 밀양으로 내려와 이틀 동안이나 병석에 드러누운 상태에서도 그는 마음 편하게 몸조리를 하고 있을 처지가 되지 못하였다. 자기네가 서울로 올라간 뒤에 성내 시장 통에서 미곡 도매상을 한다던 박종흠이 긴히 의논할 일이 있다는 한춘옥 사장의 뜻을 전하러 직접 찾아왔었다는 서 서방의 전갈이 있었고, 조만간에 승당 할아버지의 지기이신 무릉 선생의 고택이 있는 태룡리에서도 표충사 스님들의 주도로 만세운동이 대대적으로 벌어지게 되리라는 사실을 알게 되었기 때문이었다.

청관 스님의 행적과 함께 그 사실을 처음으로 중산에게 귀띔해 준 사람은 진관사에 갔다가 해인수좌 스님의 소개로 알게 된 백초월(白初月)이라는 사십대 초반쯤으로 보이는 항일 운동가 스님이었다. 일찍이 20대 후반에 강백(講伯)을 하고 다닐 정도로 실력을 인정 받았던 그는 그동안 청주 용화사(龍華寺)에 있다가 올해 초에 서울로 올라와 중앙학림에 출강하며 만해 한용운 스님과 진종 백용성 스님 밑에서 진관사를 거점으로 하여 불교계의 만세운동 실무를 담당하였던 인물이었다.

그런데 나중에 알고 보니 한일병탄이 있기 전 오성월 스님이 동래 범어사의 총섭으로 있을 때 그곳 청풍당 강원에서 삼십대 초반의 젊은 나이에 대강백으로서 후학을 가르친 경력이 있는 것으로 보아 범어사에 승적을 두고 있는 청관 스님도 그에게서 배운 바 있는 후학임을 미루어 짐작할 수 있었다.

"청관 스님이 황실 척족 권문 세도가 집안의 혈손이라는 사실은 물론, 불자가 된 남다른 내력에 대해서도 범어사의 강백으로 있을 때부터 이미 알고 있었지요! 그런데 이번 만세운동에는 참여하지 않기로 한 척족 집안의 유림 양반이 우리 청관 스님을 몸소 찾아 오셨다니 참으로 뜻밖이구려!"

그러면서 중산이 자신의 신분을 소개하는 과정에 청관 스님의 장질(長姪)이 된다는 사실을 밝혔을 때, 상식 이상의 지대한 관심을 표명한 백초월 스님은 중산에게 내심으로 기대하는 바가 따로 있었던지 지난 해까지 청주 용화사에 있으면서 우리 조선인이 일심으로 단결하면 일본제국의 정치에 항거하여 조선독립을 실현하는 것이 용이하다는 신념을 가지고 〈일심교(一心敎)〉라는 종교 단체를 가장한 항일 지하 비밀결사단체를 조직한 강백 출신의 승려 독립운동가임을 스스로 밝히면서 앞으로 전개될 불교계의 만세운동 계획과 청관 스님의 행적에 대해 이렇게 자세하게 설명해 주었던 것이다.

"이곳 진관사는 한성 도심이 가까우면서도 남의 눈에 잘 띄지 않는 궁벽한 곳이라, 항일운동의 근거지로 삼기에는 나무랄 데가 없이 좋은 곳이지요! 그래서 이번 만세운동에서 우리 불교계의 거점 역할까지 톡톡히 하게 된 것이 아니겠습니까? 헌데, 안타깝게도 우리 불교계의 민족 대표이신 진종 스님과 만해 스님이 독립선언서를 낭독한 태화관 현장에서 일경에 연행되어 가서 서대문 형무소에 수감되는 바람에 일심교를 청설하여 그분들을 보좌하였던 빈승은 몰론이요, 일심교 결사 요원으로 빈승을 도와야 하는 우리 청관 스님도 몸이 열 개라도 모자랄 정도로 바빠지게 되고 말았지 뭡니까! 우리 청관 스님은 빈승이 출강하는 중앙학림(中央學林)에 있는 〈한국민단부(韓國民團部)〉를 주축으로 창단한 의용승군에도 가입한 몸이라, 조만간에 양쪽이 연대하여 전국 각처에서 수많은 불자들과 함께 대대적으로 펼치게 될 만세운동을 준비하느라고 동분서주하고 있는 중이랍니다. 그러니 앞으로 한동안은 진관사로 오시더라도 청관 스님을 만나 보기가 어렵지 않을까 싶소이다."

국장 일을 보는 가운데 어렵게 틈을 내어 두 번씩이나 청관 스님을 만나고자 찾아왔다가 헛걸음을 하는 중산이 보기 안쓰러웠던지, 백초월 스님은 그렇게 필요 이상으로 자상하게 미안한 마음을 담아 전하였던 것이다.

하지만 중산도 서울까지 왔다가 그냥 빈손으로 허무하게 돌아설 수는 없는 입장이었다.

"그렇다면 혹여 불교계에서 도모하는 우리 밀양에서의 만세운동 계획은 없으신지요?"

"웬걸요! 밀양 표충사는 임진란 때 나라를 구하신 서산대사님과 사명대사, 기허대사님의 위패를 모시고 춘추로 진충보국의 뜻을 기리며 추모 제향을 올리고 있는 호국사찰이 아닙니까? 또, 그곳은 우리 청관 스님이 입산하여 사미계(沙彌戒)를 받았던 곳이기도 하니 조만간에 그쪽에서도 만세운동을 펼치게 될 겝니다. 그래서 반승도 기대가 크답니다. 그러니 시주님 댁에서도 물심양면으로 보시를 하여 황실 척족으로서의 도리와 지역 향반으로서의 역할을 다할 수 있는 아주 좋은 기회가 되지 않을까 싶소이다만…!"

그의 말소리는 진중하고 나직하였으나 그가 기대하는 바가 그러하니 중산에게는 사자후 못지않은 큰 울림으로 다가오는 것이었다.

그런데 백초월 스님은 그것만으로는 성이 차지 않았던지 다시 이렇게 덧붙이는 것이었다.

"빈승이 화엄경의 '통만법명일심(統萬法明一心)'이라는 자구를 빌어 〈일심교〉라는 종교 단체를 가장한 비밀결사 단체를 창설하고 진관사 포교소에 사무소를 개설할 때만 해도 이렇게 될 줄은 몰랐지요. 그런데 이곳 진관사가 지리적인 이점 때문에 사실상 전국 불교계의 독립운동 본부 역할을 하고 있는데다가 진종, 만해 두 분 민족 대표 스님들을 돕고 있다가 당신들께서 투옥되는 바람에 별 능력도 없는 빈승이 그분들의 빈자리까지 채워야 하는 처지가 되고 말았으니, 빈승이 앞으로 이렇게 무거운 짐을 제대로 감당할 수 있을지 걱정이 이만저만이 아니랍니다!"

그래서 그는 앞으로 불교계의 전국적인 독립운동을 전개하기 위하여 자신이 강사로 출강하고 있는 중앙학림에 본부를 둔 〈한국민단부〉를 주축으로 이번 3.1만세운동 때 만해 스님의 지시로 주도적으로 활약하였던 중앙학림의 학생대표이자 〈유심회(唯心會〉 회장이며 범어사 서울 포교당의 포교사(布教師)이기도 한 신상완(申尙玩) 스님과, 같은 학교 출신의 백성욱(白性郁) 스님을 비롯하여 명정학교 출신으로 눈부신 활약을 펼치고 있는 범어사의 범산(梵山) 김법린(金法麟) 스님 등과 함께 새로운 독립운동 전개 방안을 모색하고 있다는 것이었다.

그 사업을 본격적으로 펼치기 위한 자금 마련을 위하여 그는 진관사의 포교당이 있는 마포의 극락암과 진관사를 오가며 법회를 열어 독립운동 자금 모금에 심혈을 기울이고 있는 중이라는 사실까지 아무 기탄없이 밝히는 것으로 보아 중산으로서도 여러 가지로 생각할 바가 많았다.

'지난번에 범어사에 갔을 때 그곳 조실 스님께서 그리하였듯이, 이 백초월 스님께서도 우리에게 청관 스님을 돕는 기회를 열어 줌으로써 세속에서 못다 한 인연의 몫을 다하게 하려는 의도로 이런 극비 사항까지 기꺼이 언급하고 계시는 것이 아니겠는가!'

중산은 그의 얘기를 들으면서 대단한 구국의 임무를 부여 받은 듯이 가슴이 절로 울렁거려 옴을 느꼈다. 그리고 그가 범어사의 청풍당 강원에서 강백 활동을 하고 있을 때부터 자신이 가르쳤던 청관 스님과 그의 모친이 불가에 귀의하게 된 남다른 사연을 알게 되었을 것이며, 그때부터 그들 모자에 대해서 특별한 관심을 가지게 되었고, 그런 인연 때문에 지금도 해인수좌 스님이 승려 생활을 하고 있는 이곳 진관사에 머무르며 청관 스님과 함께 항일운동을 펼치게 되었다는 사실도 미루어 짐작할 수 있었다.

"이번에 벌어진 만세 운동에서 불교계의 활동이 대단하다고 들었는데, 청관 스님께서도 물론 다른 의승분들처럼 많은 활동을 하신 모양이지요?"

"그야 이곳이 우리 불교계의 만세운동 본부가 되다시피 했으니 당연지사가 아니겠습니까!"

"비록 서출이기는 하나 시생은 그런 분이 우리 가문의 핏줄이라는 사실이 참으로 자랑스럽습니다!"

"청관 스님이 사명 대선사의 직계 손승(孫僧)이니 더욱 그러하실 터이지요! 더구나 우리 불교는 조선조에 와서 숭유억불 정책으로 말미암아 수난을 당해서 그렇지, 원래 신라와 고려 시대 때에는 나라의 버팀목이 되었던 호국불교가 아니었습니까?"

"예, 스님! 그런 어려움 속에서도 임진란이 일어났을 때 서산대사와 사명대사, 기허대사 같은 걸출한 호국승들이 계셨기에 그나마 그토록 어려운 국난을 극복할 수 있지 않았겠습니까?"

"그렇소이다. 시주님의 고향이 밀양이라 하셨지요? 그곳 표충사 경내의 표충사당(表忠祠堂)에서 국가로부터 호국승으로 제향을 받으시는 세분들 중에서 서사대사와 사명대사께서는 평양성 탈환에 대공을 세우셨고, 기허당(騎虛堂) 영규대사(靈圭大師)님도 공주 갑사(甲寺)에서 임진란 최초로 승병을 일으켜 청주성을 탈환하여 호국불교의 진면목을 유감없이 발휘하셨던 걸출한 의승장이셨으니 말이외다!"

"잘은 몰라도, 시생의 짐작으로는 청관 스님께서도 그분들의 호국법통을 이어 가고자 지금까지 각고의 노력을 해 왔고, 앞으로도 분골쇄신하여 사명대사님 못지 않게 진충보국하는 호국승이 되리라 믿고 있습니다."

중산이 앞으로 전개될 불교계의 전국적인 만세 운동에 큰 관심을 가지고 이런 말을 하였을 때, 백초월 스님은 크게 고개를 끄떡이면서 청관 스님에 대한 기대감을 이렇게 나타내었던 것이다.

"지당하신 말씀입니다! 우리 청관 스님은 걸출한 승병장으로서 청사에 길이 이름을 남기신 사명 스님의 후예로서 동래 범어사의 총섭을 지내시며 범어사를 선찰대본산(禪刹大本山)으로 만드시고 인재 불사와 조선 불교 정체성 수호를 위해 분골쇄신 하시다가 일제의 강압으로 물러나신 오성월 스님의 직계인 신상완, 김법린 스님과 함께 우리 불교계의 몇 안 되는 젊은 열혈 의용승군 중에서도 장래가 아주 촉망되는 역군이지요! 두고 보시면 아시게 될 터이지만, 장차 사명 대선사의 직계 손승으로서의 역할을 톡톡히 하게 될 것입니다."

"그렇다면 지금 어디로 가면 청관 스님을 뵈올 수 있는지 말씀해 주실 수는 없는지요?"

중산은 자신과 청관 스님이 세속의 항렬로 숙질지간이 된다는 사실을 백초월 스님이 알게 된 이상, 청관 스님이 지금 어디에 가 있는지에 대해서 굳이 숨기지 않을 것 같아서 슬쩍 물어 보았다. 그러나 그분도 행동반경이 넓은 청관 스님의 행적에 대해서는 오리무중인 듯 신통한 대답을 하지 못했다.

중산은 서울까지 갔다가 청관 스님을 끝내 만나 볼 수 없게 된 아쉬움이 이만저만이 아니었다. 하지만 불교계에서 앞으로도 만세운동을 전국적으로 펼치게 될 것이라는 사실을 알게 된 이상 그리 낙담만 하고 있을 일은 아니었다. 그가 입산한 곳이 밀양 표충사요, 승당 할아버지께서 망국한으로 순절하신 곳 또한 그곳이니 백초월 승님의 말처럼 조만간에 표충사 쪽에서 만세 운동을 벌이게 될 것은 분명한 사실이고, 그 주역은 당연히 청관 스님이 될 것이며, 거기에 쏟아부을 그의 정성과 기량 또한 만만치 않으리라는 기대감을 갖게 된 것만도 큰 수확이라 싶었던 것이다.

그런데 밀양으로 내려오는 야간열차에서 장인 필운 선생과 함께 이런 저런 얘기를 나누던 중산은 일행들이 잠이 든 틈을 타서 해인수좌 스님을 만나 뵙기 위하여 진관사를 다녀왔다는 사실을 뒤늦게 밝혔다가 청관 스님에 관한 뜻밖의 얘기를 듣게 되었던 것이다.

"민 서방! 자네가 정녕 청관 스님의 생모가 계시는 삼각산 진관사를 다녀왔더란 말인가?"

"예, 장인어른!"

"호오, 그래? 그것 참 듣던 중 반가운 얘기일세! 그렇잖아도 자네가 동래 범어사엘 갔다가 언년이까지 만나고 왔다는 얘기는 지난번 태황제 폐하의 궤연 참배차 동산리로 갔을 때 민실이한테서 전해들었네만, 서울에 와서도 국장 참례로 정신없이 바쁜 중이라 그리할 여유가 없을 줄 알았는데, 용케도 거기까지 어려운 발걸음을 하였던 게로구먼?"

필운 선생은 이번 상경 길에 중산이 청관 스님의 생모인 해인수좌 스님을 만나 보기를 은근히 기대하고 있었던 모양이었다.

"하지만 이번에도 청관 스님은 끝내 만나볼 수가 없었습니다!"

중산은 못내 아쉬워하며 그것이 마치 자신의 불찰이라도 되는 것처럼 겸연쩍은 마음을 감출 길이 없었다.

"그게 어디 자네 탓인가? 하는 일이 많아서 동에 번쩍 서에 번쩍하는 사람이라 앞으로도 만나기가 쉽지는 않을 걸세. 그런데 민 서방, 놀라지 말게! 우리가 모르는 사이에 청관 스님이 서울 만세운동 바로 하루 전날 밀양에 급히 다녀갔던 모양이야!"

"장인어른! 청관 스님이 밀양을 다녀갔다고요?"

"그렇다는군! 나도 태황제 폐하의 인산 일을 하루 앞두고 밤차를 타기 위하여 상경 준비를 하고 있다가 신도회의 일로 무봉사에 갔다가 바쁜 걸음으로 돌아온 자네 장모로부터 그런 사실을 전해 듣게 되었다네!

그날 내가 들은 바에 의하면, 아마도 조만간에 무릉 선생의 고택이 있는 단장면 태룡리 인근의 연경 장터에서 표충사의 젊은 스님들과 함께 만세운동을 대대적으로 펼치게 될 모양이야!"

"태룡리에서 만세 운동을 벌이게 된다고요? 그렇다면 청관 스님이 서울 만세운동 전날 급히 다녀 간 것도 그 일 때문이었단 말씀입니까?"

"그야 불문가지의 사실이 아니겠는가? 밤차로 서울에서 내려왔다가 익일에 있을 만세운동에 참여하기 위하여 당일 날 표충사의 젊은 스님들을 이끌고 다시 밤차로 급히 상경한 모양이야!"

"제가 일찌감치 상경하고 밀양에 없는 사이에 그런 일이 있었던 것이로군요?"

중산은 그동안 자신의 주변에 막연히 감돌던 어떤 기운이 드디어 어떤 구체성을 띠며 눈앞에 성큼 다가서는 듯함을 느꼈다.

"이보게, 민 서방! 그렇게 아쉬워할 일만은 아니네. 이번에 진관사로 가서 비구니가 된 생모까지 만나고 왔으니 이참에 청관 스님을 꼭 한번 만나 보도록 애써 보게! 앞으로 청관 스님이 밀양으로 내려온다는 연락이 오는 즉시 자네한테 기별해 줄 터이니 그렇게 하도록 만반의 준비를 하고 있게. 알겠는가?"

필운 선생도 자기 나름대로 청관 스님의 동향과 행보를 수시로 전해주기 위해 꽤나 신경을 쓰고 있었던 모양이었다.

"예, 장인어른! 그렇게 하도록 하겠습니다. 그런데 혹시 그분의 외종숙이 된다는 박철 사교라는 분에 대해서는 아시는 바가 없으신지요?"

"아, 그 대종교 동래지사의 사교라는 사람 말인가? 그 양반도 다른 목적이 있어서 이번에 청관 스님과 함께 동행을 했다가 밀양에서 볼일을 보고 동래로 바로 내려간 모양이야."

"다른 목적으로 볼일이 있었다니요?"

중산은 그가 밀양에 온 목적에 대하여 신경이 곤두서지 않을 수 없었다.

"그렇게 민감하게 신경 쓸 일은 아닌 것 같네. 이번 만세운동에서 대종교계가 빠진 것은 앞으로 항일운동 방법을 무력투쟁으로 전환하기 위함인데, 이번에 밀양에 온 것도 전력 보강을 위해 신규 지원자를 확보하기 위함이었던 모양이야."

"그 양반이 과거사 문제로 우리한테 보복을 하려고 어떤 짓을 하고 다녔는지 장인어른께서는 알고 계셨는지요?"

"그 양반 문제로 자네 집 어르신들과 함께 골머리를 썩여 온 우리가 왜 그런 걸 모르겠나? 만주에 있는 독립군 부대의 명의로 된 협박 격문을 투입하고, 터무니없는 낭설을 퍼뜨리며 여론전까지 펼치고 있다는 얘기까지 다 듣고 있었다네!"

"그렇다면 그런 사실들을 청관 스님도 알고 있는 것일까요?"

"내가 알기로는 그런 것 같지는 않다네!"

"그렇다면 피해 당사자인 청관 스님의 생모와 팔송의 이모는 잠자코 있는데, 왜 굳이 외종숙 되시는 그분만이 그토록 과거사에 집착하고 있는 것인지, 장인어른께서는 혹시 그 까닭을 알고 계십니까?"

"그 사람이 수십 년 전에 있었던 임오군란 때의 일을 거론하며 시비를 걸게 된 속사정을 간단하게 얘기하자면 일이 이렇게 된 것이라네. 지난날 사돈어른께서 의성 현감으로 봉직할 당시에 의병 활동을 활발하게 전개하던 경북 지역의 의병들 사이에서 이념과 활동 노선이며 방법 문제 등을 놓고 동료들 상호간에 첨예하게 대립한 적이 있었던 모양이야. 그런데 그때 민주공화제를 신봉하던 백산 선생이 복벽주의를 주창하던 경북 유림의 한주한파(韓州學波) 의병들에게 그동안 비밀리에 활동 자금을 지원해 온 사돈어른의 행적을 뒤늦게 알게 되면서 임오군란 때의 구원을 갚으려고 마음속에 숨기고 있던 비수를 빼든 게 아닌가 싶네. 한일병탄이 이루어진 이후로 우리 쪽의 입지가 점점 좁혀져 왔으니 자기로서는 구원을 풀 호기로 삼고 있을 테니까 말일세!"

"그렇다면 용화 할머님과 아버님께서도 그 사실을 이미 알고 계신다는 뜻이 아닙니까?"

"그야 여부가 있겠는가? 자네 집에서 복벽주의 의병운동을 지원할 때 의김 쪽의 선봉장 역할을 맡았던 분이 바로 자네 조모님의 친정 쪽의 인물인 호암 선생이었고, 자네 집에서는 우리 밀양 쪽의 자금 모집책인 남포 선생 편으로 그분에게 군자금 지원을 해 왔으니 말일세! 다만, 종손인 자네한테까지 그 모든 사실에 대하여 극비에 부치고 있는 것은 선대에 있었던 악연의 고리를 후대에까지 물려주고 싶지 않아서 그 모든 짐들을 당신들께서 몸소 지고 가고자 함이 아니겠는가? 그러니 자네도 선부르게 나설 게 아니라, 윗분들의 뜻을 받들어서 좀 더 두고 보게나."

청관 스님과 박철 사교의 존재를 자기에게 알게 해 준 당사자인 장인어른이 그렇게 나오니 중산도 더 이상 할 말이 없어지고 말았다. 청관 스님과 박철 사교의 얘기가 끝나고 차창 밖으로 시선을 던지고 있던 중산이 갑자기 생각 난 듯이 다시 들고 나온 문제가 있었는데, 그것이 바로 요즘 보이고 있는 자기네 유림계의 현실 대응에 관한 문제였던 것이다.

"장인어른! 이번 태황제 폐하의 의혹 많은 붕어로 인하여 불교, 천도교, 기독교계 모두가 연합하여 만세운동에 팔을 걷어붙이고 나서고 있는 판인데, 우리 유림계만이 국장 엄수를 핑계 삼아 고인에 대한 예가 아니라며 이렇게 계속 침묵을 지키고 있어서야 되겠습니까?"

"아, 그 문제 말인가? 국상을 당한 마당에 조선 왕조를 떠받쳐 온 우리 유림의 입장에서는 좌고우면(左顧右眄)할 것도 없이 최상의 예를 갖추어 태황제 폐하의 인산에 임해야 하는 것은 너무도 당연한 책무가 아니겠는가? 그리고 불교계의 대표인 만해 한용운 선생이 우리 유림계의 종장(宗匠) 격인 면우 곽종석 선생을 찾아가서 3·1만세운동에 우리의 동참을 요구했을 때 거절하였던 것은 바로 위정척사 정신에 위배되었기 때문이라네! 독립선언서에 왕조 복원에 대한 언급이 전혀 없는데

이에 서명한다는 것은 한국 유림의 전통에 어긋나는 일이었을 뿐만 아니라, 신학문을 배우며 머리를 깎고 양복을 입은 자들과 자리를 같이 한다는 것은 수치라고 여겼던 것이지. 그리고 우리 유림계의 대표로 앞장을 서야 할 면우 선생께서 환우 중이었던 것도 또 다른 이유가 되었던 것이 사실이고….

그래서 하는 얘긴데, 이제 국장도 무사히 치렀고 3·1만세운동에 우리 유림이 빠진 아쉬움과 자성론이 고조되고 있는 가운데 아버님께서 빈전에 들러서 조문을 하시기가 바쁘게 경북 지역의 〈국권회복단〉 대표들이 모시고 온 유학자 조긍섭(曺兢燮) 선생과 함께 거동이 불편하여 거창 다전(茶田)에 머무르고 계시는 면우 선생을 만나러 서둘러 떠나신 것을 보면 아마도 경천동지할 모종의 거사 준비가 극비리에 추진되고 있는 모양이야. 그리고 사돈어른께서 국장이 끝나자마자 우리와 헤어져 경북 의성으로 급히 내려가신 것도 을미사변 이래로 항일 의병운동의 본거지가 된 그쪽 유림계 인사들과 합류하기 위함이 아니겠는가!"

하기야 중산도 자기네 어르신들께서 그동안 무던히도 공을 들였던 고종 태황제 폐하의 붕어로 해외 망명의 거사가 수포로 돌아간 이 마당에 무언가 대안을 찾으려고 노력을 하지 않겠느냐고 짐작을 하고 있던 일이기는 하였다. 그렇다면 지금 당장 중산이 신경을 써야 할 당면 과제는 그동안 미심쩍은 점이 많았던 박종흡이 자기를 찾아 온 까닭을 알아보는 일과, 조만간에 있을 태룡리 만세운동에 나서게 될 청관 스님을 만나 보는 일만 남은 셈이었다.

장인어른께서 청관 스님이 밀양에 내려오는 대로 기별을 해 주겠다고 하는 것은 장모님이 독실한 불교 신자로 무봉사 신도회의 임원으로 참여하고 있는데다, 표충사 쪽의 사정을 잘 아는 단장면 태룡리의 무룡 선생과도 수시로 연락을 취하고 있기 때문일 것이다.

'청관 스님을 만나는 일도 이제는 시간문제로구나. 그분을 만나게 된다면 백산 선생의 일도 무리 없이 타개할 수 있는 길이 열리지 말라는 법이 없지 않겠는가! 그렇다면 나도 내가 할 바가 따로 있으니 이렇게 마냥 한가하게 병석에 드러누워 있을 때가 아니지 않는가!'

중산은 좀이 쑤신 나머지 더 이상 자리를 보전하고 있을 수가 없었다. 그래서 서울에서 내려온 지 하루 만에 자리를 털고 일어난 그는 조반상을 물리자마자 의관을 갖추기가 무섭게 영양재의 문중 강학당으로 향하였다. 자기네가 서울에 가 있는 동안에 청관 스님과 박철 사교가 밀양을 다녀 갔다면 그 후 그로 말미암아 성내 쪽의 분위기가 어떻게 돌아가고 있는지 그게 자못 궁금했던 것이다.

강준호, 배창호 두 선생들은 오늘도 아침 일찍부터 중문 밖으로 나와 강학당으로 모여드는 문중 아이들을 맞이하느라고 아무 정신이 없었다. 이제 중산에게 있어서 그들은 문중 개화의 보조역 이상으로 의미 있는 귀한 존재들로 자리를 잡아 가고 있었다. 그들은 예배가 있는 날은 물론 특별한 볼일이 있을 때면 어김없이 자전거를 타고 삼 십리나 떨어진 성내를 무시로 내왕을 하곤 하였다. 그럴 때마다 중산은 그들을 통하여 죽명 숙부와 운사는 물론 해천껄의 처가와도 수시로 소통할 수가 있었고, 웬만한 심부름을 부탁하는 경우까지 종종 있을 정도였다.

"선생님들, 안녕하십니까? 아침 일찍부터 수고가 많으십니다!"

어제 저녁 때까지만 해도 불덩이 같은 몸으로 병석에 누워 있던 중산이 아무 예고도 없이 의관을 갖추고 버젓이 나타나자 그들은 적잖이들 놀란다.

"아니, 몸도 편치 않으신데 아침부터 어쩐 일이십니까?"

"이렇게 바깥바람이 아직도 차가운데 어디 출타하시려고요?"

"보시다시피 많이 좋아졌습니다!"

이구동성으로 염려를 하는 그들에게 중산은 두 팔을 벌려 보이며 활짝 웃는다. 활기 넘치는 그들 두 젊은 선생들만 보면 그는 이렇게 절로 힘이 솟는 것이다.

"그런데, 건강도 안 좋으신데 어디로 출타하시려고요?"

조선역사를 담당하고 있는 배 선생이 의관을 갖춘 중산의 모습을 보고 내심 관심을 가지고 다시 묻는다.

"아니, 쉴 만큼 쉬었으니 슬슬 움직여 봐야지요! 그런데 두 분께서 나한테 특별히 부탁하실 말씀이 있다고요?"

조금 전에 조반상을 들고 온 도화한테서 전해들은 얘기였다. 중산의 갑작스런 질문에 두 젊은 선생들은 서로의 얼굴을 마주 보며 머쓱해한다.

"네, 사실은 어젯밤에 저희들이 문병 인사차 바깥사랑에 들렀을 때, 웬만하면 말씀을 드려 보려고 하였으나 예상보다 건강이 안 좋아 보여서 차마 말씀을 드릴 수가 없었습니다."

그래서 그의 방을 수시로 드나들며 탕약 시중을 받들고 있는 도화에게 따로 부탁을 해 두었던 모양이다.

"아니, 무슨 일이기에 그러십니까?"

그들의 태도로 보아 예삿일이 아니라는 걸 직감하면서 중산은 내심 긴장을 하면서 묻는다.

"실은 이번 3월 13일 밀양 장날에 우리 기독교와 대종교, 불교계의 신도들이 연합하여 만세운동을 펼치기로 하고 그동안 비밀리에 준비를 해 왔거든요!"

그동안 서울에 가 있다가 병석에 누워 있는 바람에 중산은 아직 모르고 있었지만, 고향 집으로 돌아온 최수봉이 3·13 밀양 만세운동의 추진 계획에 따라 마산리 교회의 교인들과 함께 그 준비 작업을 은밀하게 추진해 왔기 때문에 동산리는 물론이요 상남면과 하남면 일대에도 이미 그 소문이 교인들을 중심으로 알 만한 사람들은 거의가 다 알 정도로 광범위하게 전파되어 있는 상태였다.

"아, 그래요? 그렇다면 우리 두 분 선생님들께서도 당연히 거기에 앞장을 서셔야 되지 않겠습니까?"

그렇잖아도 곧 있게 될 태룡리 만세운동에 잔뜩 기대를 걸고 있던 참이라, 중산도 놀라기보다는 오히려 그들 못지않게 크게 고무된 얼굴로 반긴다. 더구나 거기에 불교계도 연합하여 참여한다고 하니 중산으로서는 더욱 관심을 갖지 않을 수 없는 것이다.

"아니, 저희들이 강의를 중단하고 그렇게 해도 괜찮으시겠습니까?"

"괜찮다마다요! 그게 어디 예삿일입니까? 그날은 우리 집은 물론 우리 대소가의 젊은 일꾼들 모두에게 하루 동안 자유 시간을 주도록 내가 일러 둘 터이니, 본인이 싫다면 몰라도 만세운동에 나서고 싶어 하는 희망자가 있으면 모두 다 데리고 가도 좋습니다!"

중산이 한 술 더 떠서 그렇게 제안하는 바람에 그들 두 선생들은 약속이나 한 듯이 쌍수를 들고 반기는 것이다.

"고맙습니다. 공자(公子)님! 정말 고맙습니다!"

"아니, 아직도 '공자님'이라니요? 도대체 언제까지 그렇게 거북한 호칭으로 나를 어색하게 대할 작정이십니까? 그냥 '민 선생'이나 '민 선비'로 불러 달라고 내가 각별히 당부한 게 벌써 몇 번째입니까?"

앞으로 문중 개화에 지원군이 될 패기만만한 그들과 인간적인 유대 관계를 더욱 공고히 하고자 하는 중산에게 있어서 '공자님'이라는 호칭은 심히 거북하고 가당치 않은 호칭인 게 사실이었다. 그러나 양반촌의 보수적인 분위기도 분위기이려니와 아직도 수많은 하인과 머슴들이 서방님으로 떠받들고 있는 마당에 월급쟁이 임시 촉탁교사에 불과한 그들로서는 중산이 원하는 대로 호칭을 그렇게 대뜸 바꾸는 것이 그리 쉽지만은 않았을 것이다.

그러나 이날따라 중산의 태도가 워낙 강하게 나오는 바람에 그들로서도 어쩔 도리가 없는지 순순히 고개를 숙이고 만다.

"정말로 그렇게 불러 주기를 원하시다면 이제부터는 그리 하도록 하겠습니다. …민, 민 선생님!"

더듬거리며, 그러나 이구동성으로 그렇게 얼떨결에 불러 놓고서도 그들은 어쩔 도리 없이 얼굴을 붉히고 마는 것이다.

"그것 보세요! 그렇게 부르니까 얼마나 자연스럽고 듣기에도 좋습니까?"

이렇게 만족감을 표시한 중산은 다시 만세 운동 얘기로 화제를 돌린다.

"그런데 3월 13일이라면 바로 내일이 아닙니까? 그렇다면 내가 보기에는 그런 막중한 거사를 앞두고 두 분께서 여기서 이러고 있을 때가 아닌 것 같은데, 그렇지 않습니까?"

"그래도 이왕에 이렇게 된 것이니 오늘 수업은 제대로 해 놓고 가야지요!"

중산이 자기네를 크게 신임하고 있었으므로 그들로서도 그에 대한 보답으로 최선을 다하는 모습을 부여 주려고 노력하고 있는 중인 모양이었다.

"그렇다면 좋으실 대로 하십시오. 그 대신 내일은 당연히 휴강입니다, 휴강! 아셨습니까?"

그렇게 이르고 발길을 돌리던 중산이 갑자기 생각났다는 듯이 걸음을 멈추며 그들에게 다시 묻는다.

"그런데, 성내 시장 통에서 미곡 도매상을 한다는 박종흠인가 하는 사람을 두 분께서는 혹시 알고 계십니까?"

"아, 요즘 친일 문제로 구설수에 올라 있는 박종흠씨 말입니까? 그 양반의 큰댁 조카애가 밀양면 사무소에서 소사 일을 하고 있는데, 왜 그러시는지요?"

"글쎄요. 그 양반이 내가 상경하고 없는 사이에 가곡동 무역상인 한춘옥 사장의 부탁이라고 하면서 나를 찾아왔다가 허탕을 치고 갔다는데, 무슨 일인지 궁금해서 그럽니다."

"그 양반은 처음에 구멍가게처럼 쌀가게를 열었다가 미곡 무역상을 하는 한 사장님의 도움으로 벼락같이 사업 기반을 잡은 사람이지요! 중국에 망명한 한 사장님의 생질인 구영필씨하고 막역한 이웃 친구 사이라 그렇게 되었나 봅디다. 그 때문에 한 사장님의 일이라면 이것저것 가리지 않고 집사처럼 돕는 사람이니까 한 사장님의 부탁으로 왔다면 보나마나 사업상의 일로 왔을 겁니다!"

배준호 선생의 얘기를 듣고 보니 중산도 미상불 수긍이 가지 않는 바는 아니었다. 그러나 국상을 당하여 민심이 들끓는 민감한 때인 만큼, 다른 한편으로는 이번 만세 운동이나 다른 비밀스러운 일과 무슨 연관이 있지 않을까 하는 생각을 떨쳐버릴 수가 없었다.

하지만 그런 일까지 아무데서나 입에 담을 수는 없는 노릇이었다.

"딴은 그럴 수도 있겠군요! 그러면 강학당 아이들한테는 내일 하루 쉰다고 일러두고, 내일의 일은 내가 달리 얘기하지 않더라도 두 분께서는 방금 얘기한 대로 그렇게들 알고 볼일들을 보도록 하십시오!"

바쁜 마음에 중산은 그쯤 해 두고 발길을 돌리려고 하였다.

"그런데 민 선생님께서는 지금 바로 성내에 나가시려고요?"

배선생이 물었다.

"예, 한 사장도 만나 봐야겠고, 문중의 개화·개방 조처로 올해부터 우리도 모든 식솔들이 각자의 자유의사에 따라 단발을 할 수 있게 되었지만 국상을 당하는 바람에 그렇게 할 경황이 없었지요. 그런데, 이제는 인산(因山)도 끝났겠다 오늘 성내로 나가는 길에 나도 이 거추장스러운 상투부터 잘라 버릴까 합니다!"

"아니, 민 선생님께서 그 상투머리를 자르시게요?"

중산이 단발을 하겠다는 바람에 강준호, 배창호 선생은 대단한 변고라도 생겼다는 듯이 적잖이들 놀란다. 하기야 문중 종회에서 개화·개방의 조처가 선포되었다고는 하나, 이곳 동산리 여흥 민씨네 문중 사람들 중에서 동래에 내려가 있는 청암과 송암을 위시하여 각종 신식 학교에 편입학을 하여 도회지로 나가 있는 젊은이들과 지난번에 면책된 죽명 선생을 제외하고 어른들 중에서는 아직도 상투머리를 잘라 버린 사람이 아무도 없었으니 딴은 그럴 만도 하였다.

"아니, 왜들 그리도 놀라십니까? 나는 두 분 선생님들처럼 머리를 자르면 안 됩니까?"

"그런 게 아니라…. 민 선생님은 문중에 끼치는 영향력이나 위상이 우리 같은 사람하고는 다르지 않습니까? 선생님께서 그리하시면 우리 강학당의 아이들도 이제는 모두 그렇게 따라 하게 되지 않을까 해서 그럽니다!"

"내가 바라는 바도 바로 그런 것이니, 그렇게만 된다면 얼마나 좋겠습니까? 자, 그러면 내 먼저 다녀오리다!"

한 손을 번쩍 쳐들어 보이며 병이 다 나은 사람처럼 활기 넘치게 인사를 한 중산은 중사랑을 거쳐 바깥사랑으로 나서면서 김 서방을 불렀다.

"이보게, 김 서방! 나하고 같이 성내에 좀 다녀와야겠네!"

"장날은 내일인데 무슨 일이 생기셨습니까, 서방님?"

문간방의 여닫이가 열리면서 밖으로 달려 나온 김 서방이 바쁘게 미투리를 꿰신으면서 묻는다. 방 안에서는 삼월이가 을순이의 머리를 빗질하여 두 갈래로 땋아 주고 있었다.

"아니, 그럴 만한 일이 좀 있다네!"

중산은 길게 말하지 않고 갓끈부터 단단히 고쳐 매는 것이다. 김 서방은 뒤곁으로 달려가기가 무섭게 솟을대문 밖으로 말과 나귀를 끌고 나왔다. 말구종도 부르지 않고 중산은 김 서방만 대동하고 길을 나선다.

김 서방을 대동하고 길을 나설 때면 으레껏 행선지와 일정부터 미리 일러 주곤 하던 중산이었으나 오늘 따라 말을 타고 한참 동안을 걸어가면서도 그는 일체 말이 없었다.

길을 가면서 중산은 이번 상경 길에 고종황제의 국장을 치르고 난 바로 그 다음 날 말로만 들었던 삼각산의 진관사를 혼자 찾아갔던 일을 머릿속에 떠올려 보고 있었다.

자식 걱정을 하는 부모의 마음은 세속을 떠난 비구니로서도 어쩔 수가 없는 모양이었던지, 진관사 앞뜰에서 만난 해인수좌 스님은 항일 운동을 하고 다니는 청관 스님 때문이었는지, 중산이 예상했던 것과는 달리 애가 많은 세속의 여느 아낙네들과 마찬가지로 사뭇 초췌한 모습을 하고 있었다.

말로만 듣고 있었던 그녀의 실제 모습을 난생 처음으로 대하는 순간, 중산이 느낀 첫인상은 뜻밖에도 속세를 떠난 불제자로서의 초탈하고 묵연한 외경스러운 모습이 아니었다. 어쩌면 그렇게 보인 것이 예전에 승당 할아버지를 모셨던 분이라는 특별한 선입견 때문이었는지도 모른다.

그렇다고 그녀 쪽에서 승당 할아버지의 핏줄이라 하여 중산을 특별히 환대한 것은 물론 아니었다. 뭐랄까. 그보다는 오히려 일정한 거리를 두며 경원하는 듯한 태도가 무언중에 느껴질 정도로 사뭇 조심스러워하는 모습이었다고나 할까. 그러나 무위영 훈련도감 군관의 여식으로서 콧대 높은 반가 여인네들 특유의 도도하고 고고한 인품보다는, 노비로 살다가 스스로 승려의 길을 택하여 군란으로 인하여 떠안았던, 가문이 풍비박산 난 인간고를 이날 이때까지 혹독한 담금질로써 감당해 왔음이 분명한 그런 숙연한 모습으로 중산을 맞이하였던 것이다.

딴 세상 사람처럼 중산을 맞이한 해인수좌 스님은 지난 해 단옷날 그가 무봉사로 찾아갔을 때, 자신의 신분을 감추며 감쪽같이 따돌렸던 청관 스님과는 달리, 굳이 신분을 감추려 하거나 피하려 하지도 않았다. 인간적인 고뇌가 빚어 놓은 것처럼 초연한 그녀의 모습에서 중산은 오히려 절제된 어떤 반듯한 인간미 같은 것을 느낄 수가 있었다.

자신의 신분부터 먼저 소상하게 밝히고 난 다음에, 그곳을 찾아간 용건을 조심스럽게 밝히는 중산 앞에서 그녀는 자신이 하고 싶은 말을 얽히고설킨 실타래를 풀듯이 시종일관 차근차근 헤쳐 놓는 것으로 보아 오히려 오랜 세월 동안 그런 기회가 오기만을 기다려 온 사람 같기도 하였다.

하기야 중산도 지난 여름에 용화 할머니께서 표충사 불공을 떠나고 없을 때, 자기네 집을 먼저 찾아왔던 해인수좌 스님이기에 이번 상경 길에 다소 무리를 하는 한이 있더라도 기필코 한번 찾아뵙는 것이 자기네 집을 방문한 그분에 대한 도리요, 승당 할아버지의 본가 자손이자 자기네 문중의 새 당주가 된 몸으로 마땅히 취해야 할 도리라는 생각만 하고 갔을 뿐, 다른 기대와 의도를 가지고 그녀를 찾아간 것은 물론 아니었다.

"처사님, 실례지만 말씀 좀 여쭙겠습니다. 시생은 해인수좌 스님을 뵙고자 멀리서 찾아온 사람이온데, 그 스님을 뵈려면 어디로 가면 되겠습니까?"

진관사를 처음 찾아가던 날, 중산이 자기의 소개를 먼저 하면서 마당을 쓸고 있던 늙은 처사에게 이렇게 물었을 때, 신선처럼 신수가 훤한 처사 영감은 중산의 위아래를 은근히 살펴보더니 아무 말도 없이 팔을 들어 햇빛이 눈부시게 쏟아지고 있는 저쪽의 법당 앞뜰을 가리켰던 것이다. 그가 가리키는 곳을 중산이 바라보니 과연 법당 앞뜰에서 초로의 비구니 한 분이 한가로이 화단 손질을 하고 모습이 그림처럼 신선하게 눈에 들어오는 것이었다.

한 오십대 중반쯤은 되었을까. 용화 할머니보다는 훨씬 젊어 보이는 비구니 스님은 중산이 가까이 다가가도 자기 하는 일에만 온통 정신을 쏟고 있을 뿐, 그의 존재에 대해서는 아는지 모르는지 전혀 신경을 쓰지 않는 눈치였다.

"실례하겠습니다, 스님! 시생은 경상남도 밀양군 상남면 동산리에서 온 민정식이라는 유생이온데, 국장 참례를 하고 돌아가는 길에 이곳에 해인 수좌 스님이 계신다기에 잠깐 만나 뵈려고 사전에 아무 기별도 없이 결례를 무릅쓰고 이렇게 불쑥 찾아 왔습니다."

전통적인 법도에 따르자면 조부님의 자식을 낳은 여자라 할지라도 그 신분이 하녀였으니 당연히 하대나 반말을 해야 마땅하겠지만, 중산은 자기네의 핏줄과는 아무 상관이 없는 낯선 스님을 대하듯이, 마음 편하게 정중한 존댓말로 그렇게 말하였다. 그로서는 법도에도 없는 최상의 예를 갖추면서 막내 숙부뻘인 청관 스님의 생모를 극진한 마음으로 대하고 있는 셈이었다.

깊은 상념의 세계에서 겨우 벗어난 때문이었을까. 새순으로 갓 돋아난 여린 잡초를 마음속의 고뇌를 찍어 내듯이 호미 끝으로 하나하나 파내고 있던 비구니는 때 아닌 인기척에 잠시 어리둥절한 얼굴로 귀공자의 풍모로 나타난 중산을 묵연히 바라보기만 할 뿐, 한동안 아무런 말이 없었다.

"밀양군 상남면에 있는 여흥 민씨 가문에서 오신 유생이라고요?"

호미를 손에 든 채 한참만에야 천천히 몸을 일으킨 비구니 스님은 중산의 신분을 가슴에 새기듯이 그렇게 또박또박 되물으면서 그의 모습을 찬찬히 살피는가 싶더니 그 시선은 어느 새 천리 밖의 시공을 더듬는 듯 머나먼 하늘로 옮겨가고 마는 것이었다. 중산의 눈에 비친 그녀의 그런 모습은 멀리 떠나간 누군가를 그리워하며 날이면 날마다 그분이 계신 곳을 아득히 바라보는 것을 유일한 낙으로 삼던 끝에 생겨난 버릇으로 여겨질 정도로 몸에 익은 동작같아 보였다.

"예, 저희 조부님께서는 을사늑약이 체결되었다는 비보를 접하자마자 서울살이를 청산하고 낙향하셨다가 경술국치 때 고향인 밀양에서 의거 순절을 하셨는데, 선조고(先祖考)님의 휘(諱)는 승(承)자 호(鎬)자이고, 당호는 승당(承堂)이라고 하지요!"

"경술국치 때 의거 순절하신 승당 대감님이 정녕코 시주님의 친조부님이 되신단 말씀이신가요?"

꿈속을 헤매듯 중얼거리는 여승의 목소리는 무엇에 맺힌 듯이 말을 미처 다하기도 전에 그대로 안으로 잠겨 버리고 마는 것이었다. 그러는 동안에도 그녀의 시선은 여전히 먼 하늘에 떠 있는 흰 구름 위에 그대로 머물러 있었다.

그런데 이상한 일이었다. 중산이 승당 할아버지에 대한 설명을 하고 나서 다시 바라보았을 때, 어느 새 그녀는 중산이 지금까지 생각하였던 것과는 전혀 다른 한 많은 세속의 여인이 아닌, 인간이 지니는 오욕칠정의 영역을 초월하여 그보다 훨씬 원대한 불국토(佛國土)나 비상비비상천(非想非非想天)의 세계를 염원하는 것이 분명한 연륜 깊은 여승의 모습으로 되돌아가 있는 것이었다.

"그렇습니다. 스님께서는 혹시 그분을 알고 계시는지요?"

중산은 '스님께서는 그분과의 사이에서 청관 스님이라는 혈육을 낳으신 분이 맞으시지요?'하고 물어야 할 것을, 생각과는 달리 무심결에 그렇게 내뱉고 말았다. 청관 스님이 전에 자신을 면전에서 따돌렸던 것처럼, 그분도 혹시 자신의 존재를 숨기고 나올지 몰라 일부러 그렇게 물어 본 것이었다.

"그분을 알고 있느냐고 물으셨습니까? 잊어버리는 것하고, 모르는 것하고는 엄연히 다른 말이지요! 진흙탕 깊은 곳에 박힌 연뿌리처럼 칠흑 속에 파묻혀서 산 그 세월이 몇 년이라고 벌써 잊어 버렸겠습니까? 하지만, 이제는 그 모든 것들을 순순히 내려놓고 부처님 전에 귀의한 몸이 되었는데, 이제 와서 내가 무엇이라 한들 무슨 소용이 있겠습니까?"

자탄가처럼 이렇게 뇌인 비구니는 먼 하늘가에 머물러 있던 시선을 거두어 중산에게 다시 천천히 옮아오면서 비로소 그의 왕림에 대한 반응을 다시 이렇게 드러내는 것이었다.

"이미 토막 나 버린 인연의 끈을 찾아 먼 길을 오시느라고 노고가 많으셨겠습니다. 그런데 시주님께서 이처럼 어려운 발걸음을 하셨으니 세속의 인정으로 말한다면 마땅히 반갑고 고마울 데가 한량없다고 해야 도리에 합당하겠지요. 하오나 우리 청관 스님도 그렇고 나도 그렇고, 세속의 인연을 끊고 산 지가 이미 오래라, 이런 인사치레를 받을 형편도 못 되거니와 인사드릴 계제도 못 된답니다. 그런 연고로하여 빈도로서는 그저 당혹스럽고 난감하기만 하니 대체 이 일을 어찌해야 결례가 되지 않을는지요?"

지난한 옛 세월을 한탄하듯이 말은 그렇게 차근차근 입에 담고 있었으나, 그것도 자신이 감내해야만 했던 업보라고 여겼음인지, 그녀의 얼굴 표정은 말과는 달리 어디까지나 해탈한 부처님의 상호처럼 평온하였다.

"그래도 지난여름에 스님께서 저희 집으로 먼 길을 오셨다가 아무도 못 만나고 그대로 발길을 돌리셨다는 말을 전해 듣고 그게 시생의 마음 속에 늘 취우(驟雨) 뒤의 연무(煙霧) 같은 아쉬움으로 남아 있었더랬습니다."

중산은 하고 싶은 말이 너무 많은 나머지 찾아간 용건을 보다 구체적으로 말한다는 것이 자신의 의도와는 달리 남몰래 가슴 속 깊이 간직했던 본심을 또다시 그렇게 어이없이 입에 담고 말았다. 하기야 말을 해 놓고 보니 짜장 틀린 말은 아니었다.

"내가 대감님 본댁을 찾아 간 것은 마침 무봉사를 거쳐서 동래로 가는 길이라, 우리 영욱이를 대감님께서 살아 계실 때보다 더욱 지극정성으로 돌봐 주시는 정경부인에 대한 고마운 마음을 전하기 위함이었지 다른 의도는 전혀 없었답니다."

중산은 청관 스님의 본명이 항렬에 따라 지어진 '영욱(泳旭)'이란 사실도 그때 처음으로 알게 되었는데, 그 순간 그는 어쩌면 혈연이란 것은 애써 지우려고 하면 할수록 더욱 마음 속 깊이 뿌리를 내리게 되는 운명과도 같은 존재가 아닌가 했었다.

"시생이 어찌 그런 뜻을 모르겠습니까? 하오나 스님께서 범어사로 가셨다는 말을 듣고 훗날 시생이 직접 거기로 찾아 갔을 때, 법맥으로 따지면 청관 스님과 조손(祖孫) 관계가 되신다는 그곳 조실 스님께서 말씀하시기를, 우리의 관계를 두고 인생살이가 모두 악인악과(惡因惡果)요 선인선과(善因善果)라 할지라도 그게 모두 전생의 업으로 엮인 인연으로서 부처님의 뜻이 분명하다고 하셨지요. 그러니 그 인연이 자라나서 우담바라꽃으로 피어나게 될지, 다시금 아수라도(阿修羅道)의 가시덤불로 자라나서 더욱 어지럽게 뒤엉키게 될는지는 당신께서도 알 길이 없는 일이로되, 좋은 일로 다시 만날 수 있게 되기를 일천 부처님께 빌고 있겠다고 하셨습니다. 그러니 스님을 비롯한 우리 모두가 그동안 겪었던 모든 일들이 우리네의 뜻과는 상관없이 일어난 난세의 불상사라 할지라도 서로가 피를 나눈 후손으로서 은원(恩怨)으로 뒤엉켜 버린 그 여한을 이승에서 반드시 풀고 가야 할 업보가 아닐는지요?"

그러니 다른 것은 몰라도 그것만은 풀어 버려야 상호간에 마음의 짐을 더는 일이 되지 않겠느냐는 것이 중산이 그녀에게 진정으로 전해 주면서 공감을 이끌어내고 싶은 마음이었던 것이다.

"우리 영욱이는 그 속명(俗名)을 지우고 수행생활을 한 지가 올해로서 어언 십 년이 다 되었지요! 그러니 이제는 여흥 민씨 가의 핏줄이 아니라 엄연한 석가모니 부처님의 불제자가 되고 말았음이니 풀고 말고 할 은원인들 어찌 남아 있을 리가 있겠습니까? 그래도 타고난 핏줄로서의 도리로 선친의 이름을 더럽히지 않으려고 저렇게 구국 일념으로 하루도 쉬지 않고 천지사방으로 뛰어다니고 있으니, 빈도로서는 웃어야 할지 울어야 할지 아직도 그 해답을 찾지 못하고 있으니 이 얼마나 딱한 노릇입니까?"

"비록 세속의 인연을 끊었다 할지라도 시생한테는 그것이 여간 자랑스러운 일이 아니랍니다. 그래서 구국 일념으로 살아가는 청관 스님의 행적을 나름대로 수소문해 보면서 배운 바도 많고 피를 나눈 혈족으로서 감읍한 바도 적지 않았으니 이 또한 대단한 인연이 아니고 무엇이겠습니까?"

세속의 인연이 아니더라도 청관 스님의 그 뜻을 높이 받들고 싶다는 생각으로 해 본 말이었다. 해인 수좌 스님도 중산의 그런 마음가짐에 대해서는 굳이 경계하는 기색이 아니었다.

"우리 불가에서는 사부대중을 다 한 식구로 여기니까 빈도로서도 거기에 대해서는 아무 할 말이 없습니다. 그러니 시주님께서 같은 핏줄을 타고 난 후손의 한 사람으로서 은원으로 뒤엉킨 업보에서 그렇게도 벗어나고 싶으시다면 우리 청관 스님처럼 나라 찾는 일에 일조를 하시는 게 나라 잃은 한을 품고 돌아가신 승당 대감님을 위해서도 그렇고 우리 사부대중, 그리고 우리 민족 모두를 위하는 좋은 일이 되지 않겠습니까?"

"사실은 저도 그럴 마음으로 독립운동을 하시는 청관 스님과 수좌님을 직접 뵙고자 벼르고 벼르던 끝에 이렇게 어려운 발걸음을 하게 된 것이지요. 그러니 시생이 청관 스님과 피를 나눈 혈족의 한 사람으로서, 그리고 역사의 빚을 진 황실 척족 가문의 후손으로서 여기까지 온 김에 마음 편하게 돌아갈 수 있도록 뒤엉킨 과거사의 매듭을 풀 수 있는 길을 하나 일러 주실 수는 없을는지요?"

중산의 태도가 너무나 겸손하고 진지한 탓이었을까? 아니 어쩌면 얻고자 하는 마음보다도 베풀고자 하는 마음이 더욱 지극해 보이고, 그의 언행 또한 수도승 못지않게 겸허하고 절제되어 있었으므로 그리하였던 것이리라.

"시주님의 뜻이 정 그러시다면 우선 우리 진관사의 포교당이 있는 마포 나루 극락암에 은신해 계시다가 마침 오늘 아침부터 이곳 진관사의 강원(講院)에 와 계시는 백초월(白初月) 스님부터 먼저 한번 만나 보시지요!"

그렇게 하여 해인수좌 스님의 주선으로 중산이 차례대로 만나게 된 사람이 바로 〈한국민단부(韓國民團部)〉의 항일 비밀결사단체의 창단을 추진하며 독립 자금을 모금하고 있는 진관사의 백초월 스님과 숭인동 청룡사(青龍寺)의 주지인 홍상근(洪祥根) 스님이었다. 특히, 비구니인 청용사의 홍상근 스님은 지난해에 불교학교인 중앙학림의 학생회장으로서 〈유심회(惟心會)〉를 조직하여 회장으로 활동하다가 이번 3·1만세운동 때 만해 스님의 지도로 독립선언문 살포에 앞장섰던 신상완(申尙玩) 스님을 비롯하여 백용성(白龍城), 김법린(金法麟) 스님 등과 함께 불교계의 전국적인 항일운동을 도모하기 위하여 새로운 방안으로 추진 중인 '의용승군(義勇僧軍)'이라는 항일 비밀결사단체의 창단에 적지 않은 자금을 지원하고 있었는데, 바로 거기에 청관 스님이 일찌감치 가입해 있다는 얘기였다.

이번 3·1만세운동 때 불교계를 대표하였던 만해 스님과 백용성 스님에게 활동 자금을 지원해 주고 있는 대표적인 분도 바로 홍상근 스님이었으며, 해인 수좌 스님이 자기에게 비구니인 홍상근 스님을 굳이 소개시켜 준 것도 바로 그 스님의 활동 반경이 그만큼 광범위하고 지대하였기 때문이 아닌가 싶었다. 그리고 그런 애국지사 스님들의 주요 거점 구실을 하는 곳이 바로 서울 도심이 가까우면서도 외부 세계와는 단절된 듯이 호젓한 그곳 진관사라는 사실도 뒤늦게 미루어 짐작할 수가 있었던 것이다.

"부처님 전에 시주하고 불사를 올리는 것은 세속의 우바니 우바새들이 불심을 발현하는 근본이요, 스님들에게 독립운동 자금을 보태어 주는 것은 그렇게 발현한 불심과 불심을 엮는 숭고한 과업일 수도 있으니 어느 쪽을 택하시든 그것은 시주님을 비롯한 모든 우바새 우바니들이 선택할 문제가 되겠지요."

그녀의 말대로라면 부처님 전에 시주를 하든, 대일 항쟁을 벌이는 의용승군들에게 활동 자금을 직접 헌납하든 결과는 다를 바가 없다는 뜻으로 해석되었다. 그러나 중산의 마음은 팔이 안으로 굽는 인지상정으로 청관 스님이 몸담고 있는 의용승군에 지원금을 내놓고 싶은 마음이 벌써부터 가슴 깊은 곳에서 자리를 잡고 있었다.

"우리 청관 스님이 태평성대에 사대부가의 적정자로 태어났더라면 분명히 망국의 한을 품고 의거 순절하신 선친보다 한 술 더 떠서 나라를 바로 세우는 일에 앞장서는 큰 동량감이 되었을 수도 있었을 거외다!"

이것은 중산이 불교계의 여러 스님들이 각처에서 펼치고 있는 독립운동 얘기를 귀담아 듣고 나서 그들을 돕기 위하여 일정액의 지원 자금을 내놓고 싶다는 뜻을 밝혔을 때, 백초월 스님이 하던 말이었다. 이 말이 중산이 듣기에는 활동 자금을 지원해 준다면 의용승군들에게는 그만큼 큰 힘이 될 것이라는 다짐인 동시에, 청관 스님이 앞으로 벌이게 될 대일 항쟁에 대해 크게 기대를 해도 좋다고 전하는 말 같기도 하였다.

그런데 막연하게 생각하고 있던 밀양의 만세운동 날짜가 바로 내일로 잡혀 있다고 하니 어쩌면 청관 스님과 조우할 기회가 의외로 빨리 올지도 모른다는 생각에 중산은 공연히 마음이 바빠졌다.

돌티미 나루에서 배가 오기를 기다렸다가 말고삐를 김 서방한테 건네고 황포돛배에 먼저 오른 그는 선실 밖의 뱃전 난간에 기대어 서면서 자리를 잡았고, 말과 나귀의 고삐를 잡고 뒤 따라 배에 오른 김 서방은 화물칸 옆의 난간에 짐승들의 고삐를 묶어놓고 중산 곁으로 다가간다.

중산이 기다리고 있다가 그에게 말했다.

"김 서방. 요즘 수산 정미소 공사는 잘 진척되고 있다고 하던가?"

수산 정미소 공사를 발주한 것은 중산 자신이었으나, 그 이후의 일은 앞으로 정미소 운영을 전담하기로 한 형산 재종 아우와 함께 농감곽 서방이 전담하고 있었던 것이다.

"예, 서방님. 상량을 올린 지 한 달도 안 되어 본공사는 이미 끝났고, 요새는 방아지기 숙소하고 창고 공사가 한창 진행 중인 모양입니더. 게다가, 정미기까지 이미 도착해 있다고 하니 오래지 않아 정미소 문을 열 수 있지 않겠습니꺼?"

"태황제 폐하께서 갑자기 붕어하시는 바람에 우리는 상량식에도 가

보지 못했는데, 그동안 수산까지 먼 길을 오가며 공사를 독려한 형산 아우와 곽 서방은 물론, 그들의 손발이 되어 준 자네들의 헌신적인 노고 때문이 아니겠는가? 그래서 낙성식 때는 정미기의 시운전도 해 보고, 노고가 많았던 자네들을 위하여 성대한 잔치를 베풀어 기쁨을 함께 나누어 볼 생각이라네!"

중산은 앞으로 정미소를 운영하게 되면 독립군 군자금 지원으로 구멍이 날 수밖에 없는 재정적 손실을 어느 정도 충당할 수 있으려니 하면서 김 서방에게 이르는 것이다.

"이 보게, 김 서방! 나랑 같이 역전으로 바로 가서 한 사장을 만나본 연후에 자네는 집으로 먼저 돌아가게나. 오늘 한 사장을 만나면 아마도 미곡 거래가 이루어지게 될지 몰라서 하는 얘기일세."

"그러시다면 서방님께서는요?"

"그건 한 사장을 만나 본 결과에 따라서 달리질 수도 있으니까 자네는 신경 쓸 것 없네! 그 대신 한 사장과의 미곡 거래가 결정되면 자네는 집으로 먼저 돌아가서 김 영감한테 그리 전하고, 초량 미곡창의 김 서기와 윤 영감한테도 기별을 넣어서 미곡 출하 준비부터 서두르도록 해줘야 되겠네."

청관 스님을 뒤에서 도울 생각으로 마음이 바빠진 중산은 이것저것 생각하다가 아차! 하고 김 서방에게 이른다.

"이 보게 김 서방! 내일은 읍내 장터에서 만세운동이 크게 벌어질 모양이니, 나이 젊은 일꾼들이 일손을 놓고 자기들 볼일을 보러 밖으로 나가더라도 모르는 척하고 눈감아 주게나!"

"만세운동이라 하셨습니껴, 서방님?"

김 서방도 만세운동의 얘기를 아직 듣지 못했는지 크게 놀라 되물으면서 누가 엿듣지 않았는지 본능적으로 주변을 둘러본다.

"그렇다네! 서울에서 있었던 것처럼 우리 밀양에서도 내일 성내에서 만세운동이 대대적으로 벌어질 모양이네! 우리 유림과는 무관한 일이라, 우리 문중에서는 공식적으로 어떻게 할 수는 없어도 일꾼들 각자가 자유롭게 만세운동에 참여할 수 있도록 일손을 놓게 해 줘야 할 것 같단 말일세! 알겠는가?"

"예! 서방님, 알겠습니다요!"

"그렇다고 싫다는 사람들까지 강제로 내몰 것까지는 없네! 만세운동은 위험이 뒤따르게 마련이니 뒷일을 생각하여 참여 여부는 각자의 자유의사에 맡기자는 말일세. 무리하게 일을 처리하다 보면 어김없이 동티가 나게 되는 법이거든!"

"무슨 말씀인지 잘 알아 들었습니다요!"

"이번 만세운동의 참여는 우리한테도 아주 중요한 문제이니 각별히 신경을 써야 할 걸세! 왜놈들이 우리의 약점을 찾아내고자 혈안이 되어 있을 터이니, 만세운동의 참여 여부는 전적으로 각자의 자유의사에 맡기고 우리는 일체 모르는 일로 해 두자는 말일세. 알겠는가?"

"알고말고요, 서방님! 당연히 그렇게 해야 뒷탈이 없지 않겠습니껴?"

김 서방은 자기에게 대단한 특별 권한이라도 주어진 것처럼 입술을 지그시 깨물면서 결연하게 대답하였다.

◇ 중산의 포석布石

달포가 넘는 국상 기간 동안 슬픔에 잠겨 있던 삼천리 조국 강토에도 어느 새 어김없이 봄빛이 무르익어 가고 있었다. 아득한 들판 끝으로 아지랑이 가물거리는 산록마다 연두색 풀빛이 완연하였고, '을자강(乙字江)'이란 별칭답게 이리 구불 저리 구불 청산을 휘감고 흐르는 응천강 가에도 바야흐로 생명감 넘치는 봄의 향연이 장엄하게 펼쳐지고 있었다. 유유한 구비마다 연분홍빛 연등 행렬처럼 군락을 지어 꽃망울을 터뜨린 진달래며 철쭉들도 그 아리따운 자태를 검푸른 강물 위에 그린 듯이 선명하게 드리우고 있었으며, 밀과 보리가 쑥쑥 자라난 저쪽 반대편의 들판에서는 밭이랑 사이에 둥지를 튼 종달새들이 새끼들에게 줄 먹이 사냥에 나서서 구름 사이를 넘나들며 끊임없이 지저귀는 소리가 평화롭게 들려오고 있었다.

뱃전에 기대어 서서 망국의 시름도 잊은 채 만물이 소생하는 조국 산하의 그림 같은 춘경에 흠뻑 취해 있던 중산은 능수버들이 줄지어 늘어선 남포나루에 이르러서야 언뜻 정신이 들었다. 김 서방이 목적지에 도착했음을 알리면서 말과 나귀를 끌고 앞장을 섰기 때문이었다.

배에서 내린 그들은 감아 빗은 여인네의 머리채처럼 치렁치렁 휘늘어진 능수버들이 훈풍에 춤을 추고 있는 강가의 숲 그늘을 지나 그곳에서 그리 멀지 않은 밀양 역전 본정목에 있는 한춘옥 사장의 미곡 무역상을 곧장 찾아갔다. 그런데 가는 날이 장날이라더니 한 사장은 아침 일찍 출타 중이었고, 젊은 사무장 혼자서 무료하게 사무실을 지키고 있다가 그들을 맞이하였다.

"동산이 민 대감님 댁에서 오셨다고요? 그렇잖아도 사장님께서 조만간에 어떤 기별이 올 기이라며 며칠째 기다리고 계시다가 오늘 아침에 지역 유지 모임의 비상회의 소집 연락을 받고 출근하시자마자 성내에 있는 밀양읍교회로 가셨으니 대체 이 일을 우찌하면 좋습니껴?"

"긴급한 회의 소집으로 밀양읍교회로 가셨다고요?"

중산은 뜻밖의 얘기에 정신이 번쩍 드는 기분이었다.

"예, 그렇습니더!"

지역 유지 모임의 비상회의 소집이라니, 그렇다면 내일 있을 만세운동을 앞두고 무슨 비상사태라도 벌어졌단 말인가? 중산은 갑자기 마음이 바빠졌다. 국상을 당하여 온 겨레가 곳곳에서 만세운동을 일으키며 일제에 맞서는 것을 보고 그동안 온갖 친일 행각으로 이권을 취해 온 박종흠이란 자가 위기감을 느낀 나머지 독립군 군자금 모집을 하고 있는 한춘옥 사장한테 빌붙어서 그것을 모면해 보려고 자기를 부랴부랴 찾아 왔던 게 아닌가 했는데, 이것은 또 무슨 변고인가 싶은 것이다.

"사장장님께서 떠나신 지 얼마쯤 되었습니까?"

"한 삼십 분쯤 되었는데, 자전거를 타고 가셨으니 지금쯤 교회에 이미 도착했을 깁니더."

"그렇다면 이 길로 곧장 달려가면 거기서 만날 수도 있겠구먼!"

"그야 그렇기는 합니다마는, 가까운 길이 아닌데 거기까지 우찌…!"

"우리도 읍내에 볼일이 있어서 가는 길이니, 그런 걱정은 아니하여도 좋소이다. 그런데 혹여 길이 어긋날지도 모르니 사장님께서 나중에 돌아오시거든 우리가 직접 찾아왔다가 나중에 집으로 돌아갈 때 다시 들르마 하고 갔다고 전해 주시오."

서둘러 밖으로 나온 그들은 길가 미루나무에 묶어 두었던 말과 나귀에 각각 올라타기가 무섭게 채찍을 가하며 성내를 향하여 냅다 달려가기 시작하였다.

가곡리 한복판의 신작로를 달려 순식간에 용두목 지류의 얕은 여울을 건너간 그들은 송림이 우거진 삼문리 삼각주를 가로질러서 단숨에 영남루 맞은편의 응천강 가에 닿았다. 배다리 부교를 건너서 영남루 아래의 남문 밖 배다리껼 나루에 한 걸음 먼저 당도한 중산은 지친 나귀를 타고 허우적거리며 뒤따라오고 있는 김 서방을 기다리면서 목에 걸고 다니던 회중시계를 꺼내어 시간부터 먼저 확인하였다. 한 사장의 부재로 차질이 생겼으니 오늘 일정을 다시 조절하기 위해서였다.

열한 시 십 분 전-. 자기가 찾아갈 민중의원의 점심시간까지는 아직 한 시간 반은 좋이 남아 있었다. 가까이 다가온 김 서방에게 그가 일렀다.

"김 서방, 자네는 이 길로 곧장 무봉사엘 좀 다녀와야 할 것 같네!"

"소인이 무봉사에요?"

김 서방은 무봉사라는 바람에 가쁜 숨을 몰아쉬며 은근히 안색이 달라진다. 지난해 단옷날 중산이 그곳으로 불공을 하러 갔을 때, 청관 스님을 만나기 위해 요사채에 들렀다가 면전에서 보기 좋게 따돌림을 당한 일이며, 그가 하녀의 몸에서 태어난 서출이라는 신분상의 한계 때문에 그렇게 했다는 사실까지 잘 알고 있었기 때문이었다. 그리고 그가 망국의 한을 품고 죽은 승당 선생의 유지를 받들어 항일운동을 하고 돌아다니는 의승이라는 사실도 알고 있었으므로, 그것도 그에게는 내심 부담이 되었던 것이다.

"그렇다네! 나는 우선 숙부님 댁에 들렀다가 밀양읍교회에 가게 될지도 모르고, 이발관에도 들러야 하고, 운사의 병원에도 가 봐야 하니 자네가 나 대신 무봉사를 다녀와 달란 말일세."

그러나 김 서방은 머리를 긁적이면서 선뜻 대답을 하지 못한다.

"청관 스님과 대면한 적이 있는 내가 직접 가는 것보다는 자네가 가는 것이 아무래도 좋을 듯해서 그런다네."

"그라모 소인더러 그분을 직접 만나보고 오라는 말씀이십니꺼?"

"그런 게 아니라, 동래 범어사의 청관 스님이 지금 거기에 와 계시는지 은밀히 한번 알아보고 오라는 얘길세. 만약에 아직 오지 않았다면 언제쯤 오면 그분을 만나 뵐 수 있는지, 그것만 정확하게 알아보고 오면 그만이니 그렇게 걱정할 일은 아니라네."

"그렇기는 합니다만, 무봉사 스님들이 낯선 소인한테 항일운동을 하고 다니는 그분의 이바구를 함부로 해 주겠습니꺼?"

"그런 것은 걱정할 것 없네! 무봉사에 가는 대로 곧장 대명화(大明華)라는 채공보살을 찾아가서 도움을 청하면 될 것이네. 그분이 해천껄의 장모님과 잘 아는 사이라고 하니 자네가 해천껄 운곡 선생 댁의 심부름꾼이라고 하면 기꺼이 도와 줄 것일세. 청관 스님은 나와 나이가 비슷한 분인데, 내가 찾는다는 사실을 그분은 물론 그 누구도 눈치 채게 해서는 결코 아니 될 것이네. 알겠는가?"

"걱정 마시소, 서방님! 소인이 우찌 그런 것을 모르겠습니껴?"

"그렇다면 되었네! 무봉사를 다녀오는 대로 숙부님 댁을 거쳐서 운사의 민중의원으로 가서 기다리고 있게. 그 사이에 나는 숙부님 댁에 들렀다가 교회에 가거나 이발소에 가서 이발을 하게 될는지도 모르겠으니까…."

"아니, 서방님께서 오늘 그 상투머리를 아예 잘라 버리고 이발을 하시게요?"

김 서방은 중산이 아무 거리낌도 없이 이발을 하겠다고 하는 바람에 두 눈이 휘둥그레지며 그의 상투머리를 쳐다본다. 그렇잖아도 문중의 개화를 도모하기 위하여 적령기를 넘긴 두 아우들을 윗분들의 허락도 없이 동래고보에 편입학을 시킨 뒤로 교칙에 따른 단발 문제로 한동안 홍역을 치렀던 사실까지 죄다 알고 있는 김 서방이었다.

"허허, 이 사람! 우리 문중의 개화 개방 조처로 단발 금지령이 해제된 게 언젠데 그리도 놀라는가? 그동안 국상으로 인하여 아무 겨를이 없어서 미루어 왔지만 이제는 국상도 끝났겠다, 나부터 시범적으로 먼저 상투머리를 잘라 버려야 모두들 용단을 내려서 단발 바람이 불게 될 것이 아닌가?"

"예…, 그거야 그렇기는 합니더마는 그래도…."

그렇게 되면 자기를 비롯한 대소가의 하인들 모두에게도 단발령이 내려질 것이라 여겼음인지, 김 서방은 패랭이를 눌러 쓴 자신의 상투머리를 본능적으로 매만져 보는 것이다.

"세상의 모든 일이란 시작이 가장 어려운 법일세! 자, 그러면 그리 알고 얼른 다녀오게!"

김 서방을 먼저 떠나보낸 중산은 멀리 있는 밀양읍교회 대신에 가까이 있는 죽명 숙부 댁으로 먼저 향하였다. 밀양읍교회에서 지역 유지들의 비상회의가 열렸다면 죽명 숙부도 당연히 그 회의에 참석였을 것이고, 한 사장으로부터 자기를 만나고자 한 용건에 대해서도 얘기를 듣고 오기 십상이었기 때문이다. 그리고 나중에 죽명 숙부로부터 한 사장의 얘기를 들어 보고 직접 만나야 할 필요가 있다고 판단되거나, 아예 그러지 못하고 올 경우에는 볼일을 보고 집으로 돌아가는 길에 한 사장의 미곡상에 다시 들러서 그를 직접 만나 보고 갈 생각이었다.

중산이 이렇게 하기로 한 것은 교회까지 갔다가 거기서 자기 때문에 독립군 군자금 모집 문제로 갈등을 겪고 있는 한춘옥 사장과 을강 선생을 한 자리에서 동시에 조우하게 되기 십상이었다. 그렇게 된다면 자신의 입장이 더욱 난처해지게 될 뿐만 아니라, 그들의 갈등 관계에 다시 불을 지피게 될 수도 있겠다는 생각이 들었던 것이다.

그런데 막상 죽명 숙부 댁에 들러 보니 아니나 다를까, 예상한 그대로였다. 죽명 숙부는 아침 일찍 교회로 나가고 없었으며, 마침 부산진의 일신여학교(一新女學校: 동래여고의 전신) 고등과에 재학 중인 운사의 여동생 향숙이가 놀러 와서 만세 운동에 따른 휴학으로 집에 내려와 있던 관식이 남매와 응접실에 모여 앉아서 한창 얘기꽃을 피우고 있었다.

"야, 향숙이 너 참 오래간만이로구나! 이번 3·1만세 운동으로 서울의 학교마다 휴교령이 내려졌다고 하더니, 부산진의 일신고녀에서도 그 여파로 휴교령이 내려진 게로구나?"

그러면서 중산은 거의 일 년 만에 만나는 운사의 막내 여동생을 눈이 부신 듯이 바라본다. 쌍갈래로 땋아 내린 머리에 홍매빛 원피스를 깔끔하게 차려입은 향숙이의 몸에서는 생기발랄한 신여성의 매력과 함께 산뜻한 새봄의 화사함이 넘치고 있었다.

"서울에서 있었던 3·1만세운동에 크게 고무되어 저희 학교에서도 엊그제 만세운동을 크게 벌였는걸요!"

"아니, 너희 학교에서 여학생들이 만세운동을 벌였다고?"

향숙이는 대수롭지 않은 듯이 말했으나 중산은 안색이 확 바뀌면서 크게 놀란다. 부산에서 〈성운〉이란 종교계의 학생연합 항일운동 단체에 가담하여 활동하고 있는 청암의 얼굴이 불쑥 떠올랐던 것이다.

"예, 오라버님! 그 바람에 만세운동을 주도하였던 간부 학생들은 모조리 경찰서로 잡혀 갔고요, 곧장 학교가 폐교되는 바람에 저도 부랴부랴 집으로 올라오게 된 것이라니까요!"

"그렇다면 동래고보에서는 만세운동을 벌이지 않았다고 하더냐?"

거기서도 만세운동을 벌였다면 보나마나 청암도 교내 만세운동의 주동자로 나서고도 남을 일이었다.

"잘은 모르지만, 그 쪽에서도 내일쯤 만세운동을 벌일 거라는 소문이 들리던데요?"

"아니, 그게 정말이냐?"

되묻는 중산의 입가에 작은 경련이 일어난다.

"중산 오라버님, 동래고보에 편입학을 한 두 아우 분들 때문에 그러세요?"

남의 속도 모르고 향숙이가 너무도 천연덕스럽게 묻는 바람에 중산은 엉겁결에 실제 마음과는 달리 세차게 고개를 흔들고 만다.

"아, 아니다! 여학생인 너희들이 만세운동을 일으켰는데, 조선 독립운동의 선봉에 서야 할 사내대장부들이 가만히 구경만 하고 있어서야 어찌 체면이 서겠느냐 싶어서 해 본 소리란다!"

말은 그렇게 하여도 사실 중산은 많이 혼란스러웠다. 청암으로부터 〈성운〉이라는 항일 학생운동 단체에 가담하였다는 얘기를 처음 들었을 때만 해도 적잖이 놀랐던 게 사실이었다. 그러나, 대종교 신의주 지사의 최응삼 사교가 수많은 감내리 사람들 앞에서 망국의 책임을 들먹이며 자기네 황실 척족들에 대해 비분강개하며 신랄하게 비판을 가하는 봉변을 공개적으로 당한 이후부터, 그리고 〈중광단〉의 영남 총책으로 있는 박철 사교가 여론 몰이와 함께 독립군의 명의로 된 격서까지 투척하며 자기네 집에 노골적으로 압력을 행사하고 있다는 사실을 알게 되면서부터 청암의 항일 학생운동에 대해 오히려 어떤 위안과 함께 뿌듯한 자부심마저 느끼게 된 중산이었다.

그런데, 지금 향숙이로부터 청암과 송암이 다니는 동래고보에서도 내일 만세운동이 일어나게 되리라는 얘기를 막상 듣게 되니 반가움보다도 부지불식간에 본능적인 걱정부터 앞서는 것이다.

"하기야 우리한테 선수를 빼앗겼으니 딴은 자존심이 크게 상하기도 했을 거예요! 그런데 오라버님! 여기 와서 들으니 이곳 원장 아저씨와 함께 문중 어르신들을 모시고 국장 참례차 서울로 가셨다가 내려오자마자 몸져누우셨다고 하던데, 몸은 좀 어떠하신지요?"

"보다시피 이곳 숙부님께서 지어 보내 주신 탕약을 먹고 이렇게 거뜬하게 다 나았지 뭐냐!"

중산은 짐짓 너스레를 떨며 활짝 웃는다.

"그래도 운사 오라버님께서는 크게 걱정을 하시며 혹시나 주사라도 맞으러 오실까 하고 은근히 기다리고 계시는 눈치이던데요?"

"그렇잖아도 여기 있다가 곧장 오빠의 병원으로 갈 참이란다. 그런데 너희들 모두 비싼 등록금을 내고 학교에도 못 간 채 이렇게 집에 와서 놀고 있어도 되는지 모르겠구나!"

휴교령이 내려진 것은 비단 그들이 다니는 몇몇 학교에만 국한된 일은 아니었다. 그 무렵, 중산의 문중에서도 지난해 연말에 내려진 개화·개방 조처로 올봄에 부산과 대구, 마산, 진주 등지의 고등보통학교를 비롯하여 전문학교에 편입학을 한 젊은이들이 적지 않았는데, 그들의 학교에서도 무기한 휴교령이 내려지는 경우가 많아서 거의 대부분이 집에 와 있었던 것이다.

"왜놈들의 일방적인 강제 휴교 조처에 속이 부글부글 끓었지만, 다른 한편으로 보면 오히려 잘된 일이 아닙니까, 형님?"

중산이 옆에 와 앉자 체구 듬직한 관식이가 젊은 혈기로 어깨를 으쓱대며 은근히 기염을 토한다.

"차라리 잘된 이라니, 그건 또 무슨 말이냐?"

"서울에서 공부하던 지방 학생들이 모조리 고향으로 내려가 전국 각지에서 벌어지고 있는 만세운동에 참여할 수 있게 되었으니까 하는 얘기지요!"

"그러고 보니 너희들도 내일 있을 밀양 만세운동에 가담할 작정이로구나?"

"물론입니다, 형님! 그렇잖아도 지금까지 그 얘기를 하고 있었던 참인 걸요! 저도 교회에 갔다가 독립선언서하고 태극기를 배포하는 일을 맡았는데, 내일 아침 일찍부터 성내는 물론 강 건너 삼문리까지 제가 맡은 구역을 구석구석 누비고 다닐 작정입니다!"

"오라버님! 저희들도 이곳 혜민당과 운사 오빠의 병원에서 시위 도중에 다치는 사람들을 대상으로 치료와 간호 봉사를 하면서 간접적으로나마 만세운동을 돕기로 했답니다!"

인식이와 향숙이도 이구동성으로 자기들이 맡은 역할을 자랑삼아 내세우며 합창을 한다. 해빙기를 맞이한 수목들처럼 생기발랄한 그들의 틈에 끼어 앉아 있자니까 중산은 자신도 모르는 사이에 청암의 일은 물론, 지금까지 남아 있던 감기 몸살의 후유증까지 간데없이 사라지고 모처럼 그들 청춘들의 젊은 활기에 흠뻑 젖어들고 있었다.

"그래? 그것 참 좋은 생각이로구나! 태극기를 흔들면서 시위를 벌이는 것도 중요하겠지만, 부상당한 환자들의 목숨을 구하는 일이야말로 더욱 값진 일이 되지 않겠느냐!"

그들이 이렇게 떠들고 있는 사이에 주방에서 그 얘기들을 귀담아 듣고 있던 송곡 부인이 하녀에게 다과상을 들려 가지고 나타나 그 자리에 끼어들면서 한 마디 하였다.

"내일 있을 거사를 앞두고 우리 교회의 모든 신자들이 예배당에서는 물론 각 가정에서도 저마다 태극기를 만드느라고 불철주야로 노력을 해 왔는데, 얘네들이 어찌 가만히 구경만 하고 있겠는가? 지금 온 성내가 겉으로는 폭풍 전야처럼 쥐 죽은 듯이 고요하지만, 집집마다 쉬쉬하면서 모두들 만세운동 준비에 온통 마음을 쏟고 있다네!"

죽명 선생에게 내려져 있던 문중 금족령의 해제로 인하여 그동안 담을 쌓고 지냈던 시댁을 무시로 드나들면서 거대 문중의 일원으로 새로운 삶을 구가하게 된 송곡 부인은 어느 새 신수가 몰라보게 훤해져 있었다.

아직도 감기 몸살 기운이 남아 있는 중산의 얼굴을 안쓰럽게 바라보면서 그녀가 물었다.

"참, 서울로 올라갈 때부터 건강이 좋지 않았다고 하던데, 몸은 좀 어떠한가?"

전에도 늘상 그랬지만, 그녀는 오늘도 문중의 당주이자 자기네에게 구세주와도 같은 존재가 되어 있는 중산의 수척해진 얼굴을 애정 어린 눈으로 바라보며 그의 건강에 대해 각별하게 신경을 쓴다.

"숙부님께서 몸에 좋다는 약을 있는 대로 다 지어 보내 주시는 바람에 이렇게 거뜬하게 다 나았다니까요!"

"그래도 두 눈이 쑥 들어간 게 몸이 온전치 못한 것 같은데, 문중 일도 좋지만 너무 무리하지 말고 건강에도 좀 신경을 쓰도록 하게. …그런데 자네 숙부님한테 들으니 이번에 서울에 가서도 성치 않은 그런 몸으로 해인 수좌라는 비구니 스님을 만나 보려고 아무도 모르게 멀리 있는 진관사까지 두 번씩이나 혼자 찾아 갔었다면서? 나는 그 얘기를 전해 듣고서 역시 자네는 천출로 타고난 속 깊은 당주감이라는 생각을 줄곧 하고 있었다네!"

젊은 사람이 자기가 짊어진 문중의 당주 일만도 태산 같은데, 어려움에 처해 있는 주변의 여러 혈족들의 일을 빼놓지 않고 성심 성의껏 일일이 돌보면서 종손의 도리를 다하고자 애쓰는 마음 씀씀이가 그토록 기꺼울 수가 없는 것이다.

"원, 숙모님께서는 별 말도 다 하십니다."

중산은 민망하여 오히려 얼굴울 붉힌다. 혹시 부담이 되고 누가 될세라 죽명 숙부한테도 미리 알리지 않고 진관사를 다녀온 연후에야 그 얘기를 털어놓았던 것인데, 죽명 숙부도 남다른 인생의 곡절을 겪었던 터라, 인생의 험한 꼴을 다 겪은 그들 해인수좌 모자에 대한 관심이 지대했던지 자기한테서 들었던 그 모든 얘기를 숙모님께 소상하게 들려준 모양이었다.

사실, 중산의 입장에서 보면 죽명 숙부 내외분이 문중에서 축출된 일로 험난한 가시밭길을 걸어야 했던 것처럼, 임오군란으로 인하여 형극의 세월을 살다가 승당 할아버지 순절 후에 스스로 머리를 깎고 중이 되지 않으면 안 되었던 그들 두 모자의 기구한 인생 역정에 대해 가없는 연민과 함께 남다른 관심을 갖지 않을 수 없게 되는 것은 당연지사였다. 그리고 어려움을 무릅쓰고 진관사를 직접 찾아갔던 것도 해인수좌 스님이 자기네 집에 찾아왔던데 대한 답방 차원에서 행한 일로서, 그녀가 그렇게 어려운 발걸음을 하였다는 사실을 알게 된 이상, 종손인 자기가 그것을 모르는 척하고 그냥 지나쳐 버린다는 것은 상상조차 할 수 없는 일이었다.

"온 겨레가 빼앗긴 나라를 되찾고자 경향 각지에서 상하귀천 없이 한뜻으로 들고 일어나고 있는 이 마당에 그분들의 가슴 속에 남아 있을 과거사의 응어리를 풀어 드리는 것이 망국의 책임에서 자유로울 수 없는 척족 집안의 종손으로서, 그리고 유서 깊은 유향(儒鄕) 고을의 향현으로 명망이 드높으셨던 오우 할아버님의 후예로서 제가 마땅히 취해야 할 책무가 아니겠습니까?"

그러면서 중산은 맞은편에 앉아 있는 관식이 남매와 향숙이 쪽을 슬쩍 쳐다본다. 아직도 문중에 발설하지 않은 가문의 어두운 과거사를 이런 자리에서 그렇게 입에 담아도 괜찮을까 싶은 것이다. 그러자 송곡 부인이 그의 심중을 금방 알아차리고는 옆에 앉은 자녀들을 향하여 자리를 피해 달라고 슬쩍 눈짓을 하는 것이었다.

관식이 남매가 향숙이를 데리고 인식이의 방으로 소리도 없이 사라지자 송곡 부인이 다시 입을 열었다.

"자네의 말이 백번 온당하고말고! 얼굴은 속여도 피는 못 속인다고 하더니, 하녀의 몸으로 그렇게 훌륭한 아드님을 낳아 주었으니 참으로 대견한 일이 아닌가? 망국의 한을 품고 의거 순절하신 아버님의 유지를 받들고자 동분서주하고 있는 그런 출중한 의승을 둔 게 우리 가문의 자랑이 되었으면 되었지 결코 누가 되는 일은 없을 것이네!"

"저도 그렇게 생각합니다, 숙모님! 이번에 진관사에 들렀다가 불교계를 대표할 만한 큰 인물로서 항일운동에 전념하고 계시는 백초월 스님이라는 분을 만났는데, 그분께서도 저에게 말씀하시기를, 우리 청관 스님이 사대부가의 적장자로 태어났더라면 분명히 나라를 거뜬히 지켜낼 수 있는 튼튼한 동량감이 되었을 수도 있었을 거라며 극구 칭찬을 하시던군요!"

"그러게나 말일세! 나도 자네 숙부님한테 그 얘기를 전해 듣고 가슴이 다 뭉클하였다네! 망국의 현실을 생각하면 그것도 우리한테는 크나큰 홍복이 되지 않겠는가?"

"곁가지에서 자란 나무의 열매도 어떤 토양에서 자라느냐에 따라서는 거목이 될 수 있다고 하는데, 우리도 같은 피를 나눈 혈족으로서 그분들이 그렇게 되도록 우리가 취할 도리는 다해야 되지 않겠습니까? 그래서 앞으로 기회를 보아 가며 청관 스님의 존재와 항일운동에 대한 남다른 활약상을 문중 종회에서 사실대로 밝히고, 그분을 호적에 올려서 예우하는 것이 진정으로 승당 할아버님을 위하는 길이 아닌가 싶은데, 숙모님의 생각은 어떠하십니까?"

"예전에는 사대부들이 첩실을 두는 게 관례여서 그분들의 존재가 우리한테 누가 될 리 없고, 갑오개혁으로 서얼 제도가 철폐된 지도 벌써 이십 년이 넘는 긴 세월이 흘렀으니 자네 숙부님과 나야 당연히 대찬성이 아니겠는가?"

"모르긴 해도, 용화 할머님께서도 당신 스스로 그 문제를 발의하여 공론화하기가 거북하셔서 그렇지, 그렇게 되기를 내심 바라고 계실지도 모르는 일이 아니겠습니까?"

"그야 여부가 있겠는가? 자네 숙부님한테서 듣자 하니, 얄궂은 운명으로 노비로 전락한 반가의 여식 몸에서 태어난 그 서출 자식을 위하고 아버님의 명예를 지키기 위하여 그동안에 당신께서 행하시며 기울인 공덕이 헤아릴 수 없이 많았다고 하던데, 그런 일들을 곰곰이 따져 보면 충분히 그럴 수도 있을 것이네!"

숙모님과 이 정도로 해인수좌 스님과 청관 스님에 관한 얘기를 나눈 중산은 한춘옥 사장을 만나러 여기까지 나오게 된 사연을 간단하게 설명해 주고 나서 서둘러 자리에서 일어났다.

"그냥 여기에 있다가 자네 숙부님이 돌아오시는 대로 한 사장의 얘기를 물어 보면 될 텐데, 굳이 교회까지 갈 필요가 무에 있는가?"

송곡 부인은 중산을 이대로 떠나보내기가 못내 아쉬운 모양이었다.

"숙모님, 저도 그렇게 할 생각입니다. 교회로 가려는 것이 아니고 다른 볼일이 좀 있어서 이만 일어나야 할 것 같습니다. 한 사장과의 일은 나중에 다시 들러서 숙부님과 상의를 하고 갈 생각이니까 숙부님께서 돌아오시거든 그렇게 전해 주십시오."

잠시 기다렸다가 점심 식사라도 먼저 하고 가라며 한사코 붙잡는 숙모님의 손길을 가까스로 뿌리치고 밖으로 나온 중산은 한결 느긋해진 마음으로 운사의 병원 근처에 있는 이발소를 찾아 들어갔다. 출입문 유리창에 '신장개업'이라는 붓글씨가 아직도 말짱하게 나붙어 있는 새 이발소였다.

"어서 오십쇼!"

하얗게 다림질을 한 위생복을 깨끗하게 차려입은 중년의 이발사가 열 예닐곱 살쯤 되어 보이는 조수와 함께 반갑게 인사를 하면서 중산을 맞이하였다. 이발소 출입이 난생 처음인 중산은 점잖게 인사를 받고는 이발사가 시키는 대로 어색한 동작으로 갓과 탕건과 망건을 차례로 벗기 시작하였다. 그러자 풀발이 빳빳하게 선 위생복을 말쑥하게 차려입은 이발사는 하인처럼 공손하게 그것들을 일일이 받아서 조수에게 건네었고, 조수는 그것들을 차례대로 받아서 일렬로 나 있는 바람벽의 옷걸이에 죽 갖다 걸었다.

중산이 마지막으로 벗은 도포를 건네어 주자, 이발사는 그것을 받아서 조수에게 건네고는 어색하게 서 있는 중산더러 이발 의자에 가 앉기를 정중하게 권하는 것이었다. 중산은 한얀 덮개를 씌운 높다란 이발 의자에 가 점잖게 앉으면서,

"목숨처럼 달고 다니던 상투를 잘라 버리고자 큰 용단을 내리고 왔소이다. 그러니 내 머리도 요새 신진 사류들이 하고 다니는 그 〈하이칼라〉라고 하는 서양식 머리로 이발을 해 주시오!"

하고 비장한 목소리로 내뱉고는 자기의 운명을 내맡기듯이 두 눈을 지그시 내리감는다. 그러자 옥중의 죄수에게 전목 칼을 씌우듯이 중산의 목둘레에 흰 천을 둘러씌운 이발사가 그의 오랜 상투머리에 얽힌 사연을 알고 있기나 한 것처럼 감탄조로 한 마디 하는 것이었다.

"선비님께서는 참으로 대단하십니다! 단발령(斷髮令)이 내려진 것이 고종 32년의 을미개혁 때였으니, 무려 이십사 년 동안이나 이렇게 상투를 온전하게 지켜서 변함없이 수절을 해 오신 셈이 아닙니까? 선비들 중에서, 그것도 공자님과 같은 귀공자분께서 요즘같은 세상에 흔들리지 않고 유생의 절개를 지킨다는 것은 아무나 할 수 있는 일은 아니지요!"

첫눈에 보기에도 지체 높은 명문 사대부가의 귀공자임이 분명한데, 그들의 자존심이자 효도의 상징처럼 여기고 보존해 왔을 그 대단한 상투머리를 자기의 손으로 싹둑 잘라 버리자니 이발사는 자못 감개가 무량한지 온갖 듣기 좋은 소리를 다 하고 있었다.

"왜놈들이 무엄하게도 궁중에 군대를 난입시켜 우리 척족 정권을 타도하고 흥선대원군을 영입하여 친일 개화파 관료들이 다수 포진한 신정권을 수립한 것부터가 우리 조선을 통째로 집어삼킬 속셈이 아니었

겠소? 그리하여 우리 조선 사람들을 왜인으로 개조하여 조선 통치를 영구히 할 목적으로 갑오개혁을 단행하여 소위 '변복령(變服令)'이라는 것을 만들어 가지고 전통적인 우리의 옷을 못 입게 하였던 게지요! 그리고, 그 이듬해의 을미사변 때는 또 우리 명성황후 마마를 시해하는 천인공노할 만행을 저질렀다가 전국 방방곡곡에서 의병 봉기가 잇따르자 그 후속 조처로서 밀어붙이게 된 방책이 바로 그 '단발령(斷髮令)'이란 것이 아니겠소이까? 그런데 섬나라 주구들의 그 검은 속을 뻔히 알고 있는 우리가 어찌 그놈들이 벌이는 정한론(征韓論)의 장단에 맞춰서 호락호락 춤을 출 수가 있었겠소?"

이발사가 언급한 말은 상투머리를 지금까지 고수해 온 중산에게 고객 관리의 예우 차원에서 한 의례적인 말에 지나지 않았으나, 중산은 흐르는 세월과 함께 그동안 잊고 있었던 해묵은 상처에 느닷없이 소금이 뿌려진 것처럼 뼈아픈 망국사의 내력까지 들먹이며 비통한 어조로 내뱉는다.

단발령은 청일전쟁에서 승리한 왜놈들이 러시아, 독일, 프랑스 등의 삼국간섭으로 궁지에 몰리게 되자 배일 세력의 핵심인물로서 배일친로정책(排日親露政策)을 표방하는 명성황후를 시해하는 국제적이고도 반인륜적인, 을미사변의 도화선이 되는 만행을 저질렀다가 거족적인 반일 감정과 의병 봉기가 걷잡을 수 없이 번져 나가자 그것을 잠재우기 위하여 부랴부랴 내린 궁여지책일 뿐이라는 것이 중산의 인식인 것이다.

그때, 친일 인사가 다수 포진한 김홍집 내각이 단발령의 명분으로 내세운 것이 소위 '위생에 이롭고 작업에 편리하다'는 그럴싸한 사탕발림이었다. 하지만 왜놈들이 우리 조선 사람들을 위하여 그런 득이 되는 짓거리를 할 리가 없다고 판단한 조선 백성들은 왜놈들이 개화의 상징처럼 밀어붙이는 단발령을 두고 인륜을 파괴하여 문명인을 야만인으로 전락하게 만드는 망국적인 조처로 받아들이면서 급기야 개화 자체를 증오하는 반일감정으로 발전하여 갔고, 그 중심에 여흥 민씨 척족들과 수구적인 보수 유림 세력들이 자리잡게 되었던 것이다.

"그렇기는 합니다만, 기왕지사 그렇게 된 일을 이제 와서 우찌하겠습니까? 이제는 너나없이 옷과 머리를 생활하기에 편한 대로 하고 다니는 세상이 되고 말았으니 선비님께서는 적잖이 심란하실 수도 있겠지만, 다소 늦은 감은 있어도 잘 하시는 것입니다."

손님에 대한 예우에 이력이 난 듯한 이발사는 중산의 반응이 의외로 완강한데 대하여 당혹감을 감추지 못하고 그렇게 궁색한 명분을 내세우면서 비위 맞추기에 급급한다.

"유수처럼 무정하게 흘러가는 게 세월인데, 그것을 막을 장사가 어디 있겠습니까? 결국 우리 손으로 지키려던 나라는 망해 버리고 이렇게 왜놈들이 활개를 치는 세상이 되고 보니 남들이 다 따라서 하는 시류에 마냥 역행만 하고 있을 수가 없어서 고심 끝에 이 이발 의자에 올라앉게 된 것이 아니겠습니까? 문중의 개화를 선도하기 위하여 윗분들의 허락 하에 용단을 내리고 오늘 비로소 단발을 단행하기로 하였습니다만, 막상 이 자리에 앉고 보니 그야말로 불효막심한 중죄를 짓고 단두대에 올라앉은 것처럼 마음이 영 편치가 않는구려!"

"그거야 신체와 피부와 머리털은 부모님한테서 받은 것이므로 일체 훼손하지 않는 것이 효도의 시작이라고 엄격하게 가르친 공자님 때문이지, 손님의 잘못은 아니질 않습니까? 그러나 그 공자 선생도 요즘같은 세상에 태어났더라면 틀림없이 제 때에 이발을 하여 위생 관리의 편리함을 도모하라고 가르쳤을 겝니다."

이발사 노릇으로 입에 풀칠을 하고 사느라고 머리와 관련된 글귀만은 곁귀로나마 더러 주워들었는지 이발사는 그럴싸하게 〈효경〉의 내용까지 들먹이고 있었다.

"글쎄올시다! 〈소학〉을 배울 때부터 신체발부(身體髮膚)는 수지부모(受之父母)라 감히 훼상치 않는 것이 효도의 시작이요. 입신행도(立身

行道)하여 후세에 이름을 드높여 부모를 드러나게 함이 효도의 마지막이라고 배운데다, 철천지원수인 왜놈들이 조선 지배를 목적으로 〈변복령〉에 이어 〈단발령〉까지 공포하여 고종황제 폐하와 황태자 마마부터 시범적으로 남 먼저 시행토록 강제한 만행이 그것인데, 우리가 어찌 상투를 순순히 잘라 버릴 수가 있었겠소? 그리고 오죽했으면 면암 최익현 선생 같은 분도 죽기를 각오하고 단발령에 반발하여 '내 목을 자를 수 있을지언정 머리카락은 자를 수 없다며 '오두가단차발불가단(吳頭可斷此髮不可斷)'이라는 반대 상소를 올렸겠습니까!"

김홍집 내각이 개혁의 일환으로 단발령을 처음 내린 것이 1895년 11월이었으나 바로 그 해에 일어난 을미사변으로 인하여 일본에 대한 감정이 극도로 악화되어 있던 때여서 백성들의 항일의식을 더욱 고조시키는 결과가 되는 바람에 단발령의 효력도 유명무실해지고 말았던 것이다. 그런데 중산은 지금 나라를 집어삼킨 왜놈들을 상대로 벌이는 밀양 만세운동을 하루 앞두고 자기 스스로 이렇게 이발소를 찾아와서 막상 머리를 깎는 형편이 되고 보니 변화무쌍한 인간사에 대한 감회가 남다른 것은 차치하고, 인생의 곡절과 함께 전혀 예상치 못했던 무상감마저 느끼게 된 데에 대하여 스스로 놀라고 있었다.

그러나 그런 곡절을 겪었던 그도 효도의 근본으로 여기며 이날 이때까지 거추장스럽게 머리에 달고 다니던 상투를 싹둑 잘라 버리고, 지난날 자신이 그리도 백안시하였던 〈하이칼라〉 머리로 변신을 하고서 이발소 밖의 화창한 봄볕 속으로 나섰을 때는 마치 새로운 세상에 다시 태어난 것처럼 산뜻한 기분이 든 나머지 그야말로 몸과 마음이 절로 허공으로 훨훨 날아오를 지경이었다.

사실, 구시대에서 신시대로 훌쩍 뛰어 넘듯이 상투를 자른 상태에서도 그는 지난날 청암과 송암이 동래고보에 편입학을 한 뒤, 학칙에 따라 어쩔 수 없이 이발을 한 다음에 집에 올 때마다 그것을 감추기 위하여 일부러 그랬던 것처럼, 갓과 탕건이며 망건을 그대로 쓰고 있었으므로 언뜻 보기에는 상투를 잘라낸 것 같지가 않았다.

중산이 그러한 모습을 하고 운사의 병원으로 가서 환자 대기실 안쪽의 응접실 문을 열고 안으로 들어갔을 때, 비상회의 참석차 밀양읍교회에 갔다던 죽명 숙부와 운사의 병원 개업식 때 보았던 한춘옥 사장이 뜻밖에도 거기에 와 있었다.

"안녕하셨어요? 그렇잖아도 두 분 어르신들을 뵈었으면 했는데, 마침 여기서 만나 뵙게 되는군요!"

반가운 마음에 큰 소리로 인사말을 건넨 중산은 독립군 군자금 모집 문제로 을강 선생과 갈등을 빚고 있는 한 사장을 데리고 그를 별로 탐탁지 않게 여기고 있는 운사의 병원에 와 있는 것도 그렇고, 비상회의에 다녀 온 그분들의 안색이 별로 좋지 않은 것을 뒤늦게 알아차리고는 운사에게 물었다.

"이보게, 운사! 무슨 언짢은 일이라도 생겼는가?"

그러나 자리에서 일어나 애써 얼굴을 펴고 그의 손을 마주 잡은 운사는,

"어서 오게, 중산! 그렇잖아도 서울로 갔던 자네가 병을 얻어서 몸져누워 있다는 얘기를 듣고 걱정을 하고 있었는데, 몸은 좀 어떠한가?"
하고 반색을 하면서도 정작 그의 질문에 대해서는 자기가 직접 설명하기가 난처한 듯이 고개를 가로저어 보이는 것이었다.

운사에게 무슨 일이냐고 묻는 중산의 말을 옆에서 분명히 들었으련만, 한춘옥 사장은 중산이 누구인지 미처 알아보지 못한 듯, 벌겋게 달아오른 얼굴로 양복 주머니에서 〈마꼬〉 담배를 꺼내어 입에 물고는 덜덜 떨리는 손으로 라이터를 찾아 불을 붙이고 있었고, 편치 못한 얼굴로 그와 마주 앉아 있던 죽명 선생이 대신 어정쩡한 얼굴로 중산에게 먼저 인사말을 건네었다.

"자네는 아직 몸도 성치 않을 터인데, 좀 더 쉬지 않고 읍내엔 뭣 하러 나왔는가?"

"우리가 상경하고 없는 사이에 한 사장님의 심부름으로 박종흠씨가 다녀갔다기에 마침 만세운동이 벌어질 거라는 소문도 들리고 하여 이 참 저참으로 예까지 나오게 되었습니다."

그러면서 중산은 무슨 심각한 고민거리가 있는지 자기에게 아무런 관심도 보이지 않고 있는 한 사장 쪽을 슬쩍 돌아본다.

"박종흠씨가 우리 종택을 다녀갔다고? 한 사장으로부터 미곡 거래를 재개하고 싶어서 사람을 동산이로 보냈다는 얘기는 아까 들었네만, 그 심부름꾼이 박종흠씨라는 얘기는 금시초문인걸!"

뒤통수를 얻어맞은 것처럼 중산을 멍하니 바라보던 죽명 선생의 시선이 저절로 한춘옥 사장에게로 옮아간다. 그러나 벌게진 얼굴로 담배 연기를 거칠게 내뿜고 있던 한 사장은 그제서야 언뜻 정신을 차리고 악몽에서 깨어난 사람처럼 황망스럽게,

"아니, 이보시오 죽명 선생! 그렇다면 이 젊은 양반이…?"

하고 물으면서 잠행을 나온 왕자님처럼 점잖게 의관을 갖추고 나타난 중산을 새삼스럽게 유심히 바라보더니 피우고 있던 담뱃불부터 탁자 위의 재떨이에 얼른 비벼 끄는 것이었다.

"예, 그렇소이다! 이 젊은이가 바로 우리 백씨의 뒤를 이어 올해부터 당주 일을 직접 수행하게 된 우리 종가의 장조카가 되는 사람이올시다!"

"아, 그래요? 그러고 보니 지난해에 있었던 이 민중의원의 개원식날 피로연 석상에서 한번 마주친 적이 있었던 것 같구려!"

뒤늦게 중산을 알아보고 자리에서 벌떡 일어난 한 사장은 불문곡직하고 그의 두 손을 덥석 잡으며 정중하게 사과부터 하는 것이었다.

"이거 사람을 미처 몰라보고 그만 결례를 저지르고 말았소이다. 내가 바로 일전에 상의할 일이 있어서 귀댁으로 심부름꾼을 보내었던, 가곡동에서 미곡상을 하는 한춘옥이라는 사람이라오!"

"반갑습니다, 한 사장님! 저는 지난날 한 사장님께서 사업상의 일로

수차례 저의 아버님을 만나러 내방하셨을 때부터 이미 얼굴을 기억하고 있었답니다."

한 사장과의 수인사가 끝난 다음에야 중산은 그를 바라보며 운사 옆에 자리를 잡고 앉는다. 그러나 한 사장은 박종흠을 동산리로 보냈던 사실은 애써 묻어 둔 채, 무슨 일로 그리도 속이 타는지 또다시 새 담배를 꺼내어 입에 물고 불부터 붙이는 것이었다.

중산은 긴급 소집된 지역 유지 회의에 죽명 숙부와 함께 다녀온 그의 심기가 이토록 아주 격앙되어 있는 까닭이 아무래도 박종흠을 동산이까지 보내어 자기를 만나자고 하였던 일과 무관치 않으리라는 생각이 들면서 내심 신경이 곤두서는 것이었다.

"숙부님! 여기 계신 한 사장님도 그렇고, 두 분 모두 심기가 아주 불편해 보이는데, 혹시 무슨 걱정거리라도 생긴 것은 아닌지요?"

"글쎄다. 하도 어이가 없고 기가 막혀서 대체 이 일을 어떻게 해야 좋을지 나도 모르겠구나!"

죽명 선생은 중산의 물음에 마지못해 입을 열기는 하였으나 자신이 직접 설명하기가 난처한 듯이 그렇게 얼버무리며 한 사장의 눈치부터 슬쩍 살피는 것이었다. 그것을 보고 중산은 역시 한 사장한테 무슨 일이 벌어졌다는 생각이 들면서 좀이 쑤셔서 더 이상 견딜 수가 없었다.

"제가 이런 말씀을 드려도 결례가 되지 않을지 모르겠습니다만, 혹시 일전에 저를 만나 보고자 박종흠씨를 보내신 일과 관련하여 무슨 변고라도 생긴 것은 아닌지요?"

조심스레 묻는 중산의 단도직입적인 물음에 한 사장은 숨기고 있던 약점을 발각당하기라도 한 것처럼 화들짝 놀라면서 완강하게 고개를 흔드는 것이었다.

"아니, 아니요! 그런 일은 전혀 없소이다! 동산이 민씨 종가와의 미곡 거래를 나한테 먼저 권하면서 그것을 성사시켜 주겠다고 해결사를 자임하며 손수 발 벗고 나서 가지고 설친 장본인이 바로 박종흠이 그 사람인데, 그 일로 심기가 불편해질 까닭이 뭐가 있겠소? 내가 이러고 있는 것은 그것과는 아무런 상관 없는 일이니 당주 양반께서는 아무런 걱정할 것 없소이다!"

그러나 그 뿐, 한 사장은 자신의 심기가 극도로 불편해져 있는 까닭에 대해서는 아무런 설명도 없이 애꿎은 담배만 연신 빨아댄다. 그가 그럴수록 중산은 더욱 의혹이 커지면서 신경이 곤두설 수밖에 없었다. 그런 중산의 마음을 읽은 죽명 선생이 한 사장을 대신하여 그 까닭에 대하여 뒤늦게, 그리고 조심스럽게 입을 여는 것이었다.

"이보게 중산 장질! 마른하늘의 날벼락도 유분수지, 만세운동을 눈앞에 두고 일이 아주 고약하게 되고 말았으니 대체 이 일을 어찌하면 좋겠는가?"

그러면서 허탈하게 털어놓는 그의 설명에 의하면, '상조'라고 하는 박종흠씨의 큰댁 조카애가 그동안 박종흠이 밀양면 사무소를 들락거리며 온갖 친일 행위를 일삼으며 왜놈들의 주구 노릇을 한 댓가로 두어 달 전부터 거기서 소사 일을 하고 있었는데, 얼마 전에 있었던 그곳 사무실의 등사기 도난 사건에 연루되었다는 혐의로 지금 성내 경찰서의 유치장에 갇혀서 조사를 받고 있다는 것이었다.

"이 세상에서 가장 못믿을 족속이 왜놈들이라고 하더니, 어떻게 그런 일이…?"

남의 집 어린 아이가 고초를 겪는 것이 애석한 일이기는 하였으나, 차마 심한 말은 못한 채 중산은 그 정도로 자기의 감정을 드러내며 내심 실소를 하고 만다. 사실, 그동안 박종흠의 부하 직원이 저지른 일들로 인하여 삼랑진 헌병들을 믿고 저지른 일 때문에 적잖이 곤욕을 치렀던 중산으로서는 쾌재를 부르고도 남을 일이 아닐 수 없었다.

"이 사람아! 남의 일처럼 그렇게 가벼이 볼 일이 아니라니까 그러네! 오죽하면 우리가 지푸라기라도 잡는 심정으로 혹시나 하고 바쁜 운사를 찾아와 좌불안석으로 여기서 이러고 있겠는가?"

"숙부님, 남의 일처럼 가벼이 볼 일이 아니라니요? 왜놈들의 주구 노릇이나 하고 다니는 모사꾼의 조카애가 그렇게 된 것이 뭐가 답답해서 이러시는 것입니까?"

인간적으로 못할 짓이기는 하였으나, 박종흡의 친일 행각을 생각하면 쌍수를 들고 반겨야 할 판에 죽명 숙부가 그런 말을 하니 그 사정을 잘 모르는 중산으로서는 쉽게 납득이 되지 않는 것이다.

"허허, 나 참…! 이렇게 말귀를 못 알아듣다니! 아, 자칫 잘못 하다가는 내일 열기로 한 만세운동이고 뭐고 다 허사가 되게 생겼기에 하는 말이 아닌가, 이 사람아!"

"아니, 그렇다면 혹시 그 등사기를 훔친 게 우리 〈밀양청년독립단〉이라도 된다는 말씀입니까?"

"이 사람아, 그렇다니까! 그런데 그 사실이 밝혀지는 날에는 내일 있을 만세운동이 물거품이 되는 것은 말할 것도 없고, 자칫 잘못 하다가는 우리 모두가 줄줄이 다 잡혀 가게 생기지 않았는가?"

"숙부님! 그렇다면 그 상조라는 아이와 박종흡씨가 〈밀양청년독립단〉에서 그 등사기를 훔쳐 왔다는 사실을 이미 다 알고 있다는 말씀이십니까?"

"그 아이가 알고 있었다면 큰 난리가 나도 벌써 났겠지! 하지만 지척에 있는 밀양경찰서와 헌병파견대에서 지금까지 잠잠해 있는 것을 보니 그런 것 같지는 않네! 그렇지만 문제는 박종흡이란 자가 그 사실을 죄다 알고 있다는 점이 아니겠는가?"

"아니, 숙부님! 박종흡씨가 그 사실을 알고 있다니, 그게 무슨 말씀입니까? 그 사람이 친일 앞잡이인 줄은 온 밀양 사람이 다 아는데, 그런 엄청난 극비 사항을 도대체 누가 그 사람한테 발설했단 말씀입니까?"

그러면서 중산은 자기네와의 미곡 거래를 성사시켜 주겠다며 해결사를 자처하고 나섰다는 박종흡을 자기네 집으로 보냈던 한 사장의 저의가 궁금하여 그를 슬쩍 쳐다본다.

"뉘 아니래나! 그 작자가 어떻게 알았는지, 오늘 아침에 새벽같이 을강 선생의 초당에 들이닥쳐서는 길길이 뛰면서 다 알고 왔으니 오늘 중으로 경찰서에 붙잡혀 간 자기 조카애가 무사히 방면되도록 무슨 조처를 취해 주지 않으면 자기가 직접 경찰서를 찾아 가서 그 모든 사실들을 그대로 발고하겠다며 최후통첩을 하고 갔다지 뭔가!"

"그 사람이 최후통첩을 하고 갔다고요? 숙부님! 그렇다면 여기서 이러고만 있을 일이 아니질 않습니까?"

중산의 얼굴이 대번에 흙빛으로 변하고 만다. 부하 직원을 시켜서 자기네를 삼랑진 헌병분견대의 호구로 밀어 넣으려고 했던 박종흠이 전국 방방곡곡에서 만세운동이 잇달아 일어나고 있는 이런 중차대한 시기에 한 사장더러 자기네와의 미곡 거래를 성사시켜 주겠다며 해결사를 자임하고 나선 데에는 동산리에서 지역 민심을 등에 업고 있는 자기네를 이번 만세운동의 주모지인 〈밀양청년독립단〉과 함께 엮어 보려는 또 다른 어떤 저의가 숨어 있지 않나 해서였다.

"허허, 이 사람아! 우리는 할일이 없어서 여기 와서 이러고 있는 줄 아나? 비상회의까지 열어 가면서 그 사람의 입을 막을 수 있는 대책을 강구해 보았으나 손 한번 못 써 보고 닭 쫓던 개꼴이 되고 말았기에 속수무책으로 이러고 있는 게 아니겠는가!"

"숙부님! 제가 듣기로는 그 박종흠이란 사람이 만주에서 독립운동을 하고 있는 한 사장님의 생질 되시는 분과 절친한 사이이고, 또 그런 인연으로 한 사장님의 신세를 많이 지고 있는 것으로 알고 있습니다. 그러니 설령 어떤 숨은 곡절이 있다고 하더라도 한 사장님께서 이렇게 건재해 계시고 또 두 팔을 걷어붙이고 적극적으로 나서신다면 해결하지 못할 일도 아니질 않습니까?"

며칠 전에도 한 사장의 심부름으로 자기네 집을 다녀갔을 정도로 한 사장의 일에 적극적으로 돕는 사람이라면 안 될 것도 없다는 생각에서 해 보는 말이었다.

그러자 지금까지 한숨을 푹푹 내쉬면서 혼자서 거칠게 담배만 피우고 있던 한 사장이 그의 속내를 어떻게 받아들였는지 갑자기 대들듯이 버럭 소리를 지르고 나서는 것이었다.

"이 보슈, 당주 양반! 내가 나선다면 해결이 안 될 것도 없다고요? 아, 지놈만 살겠다고 은혜를 저버린 채 자기의 살길을 열어 준 나를 불구덩이 속에 떠밀어 넣고 감쪽같이 종적을 감추고 말았는데, 무슨 재주로요? 하늘을 보아야 별을 따든지 말든지 할 게 아니오?"

한 사장이 속 타는 마음에 말 한 마디 잘못했다가 중산이 봉변을 당하는 것을 보고 죽명 선생이 당혹감을 감추지 못하면서 서둘러 진화에 나선다.

"이 보게 장질! 지금 한 사장도 믿는 도끼에 발등이 찍혀서 극도로 예민해져 있으니 자네가 이해를 좀 하게. 그렇잖아도 긴급히 소집된 오늘 비상회의에서 사업상 그를 지원해 준 한 사장이라면 능히 진정시킬 수 있을 것으로 믿고 모두들 전담 해결사로 추대하지 않았겠나? 허나 허사였네! 회의가 끝나자마자 나랑 같이 시장 통에 있는 그 사람의 집으로 부랴부랴 달려갔더니, 웬걸! 우리가 찾아갈 줄을 어떻게 알았던지 그 새 이미 종적을 감추고 난 뒤였단 말일세!"

"예에…. 일이 그렇게 된 것이로군요?"

사태의 내막을 뒤늦게 이해하게 된 중산은 귀밑까지 얼굴을 붉히면서 사과의 뜻으로 한 사장에게 목례를 해 보인다. 그리고는 아무런 말도 없이, 그러나 한 사장에 대한 불편한 심기를 감추지 못하고 있는 기색이 역력한 운사에게 정색을 하고 묻는다.

"이보게 운사! 일이 그 지경이 되었다면 이거 정말로 보통의 일이 아니질 않는가?"

그러자 운사는 의심을 하지 않을래야 않을 수 없는 한 사장에 대해 부글부글 끓고 있던 가슴 속의 불만을 가까스로 참고 있다가 애꿎은 중산에게 언성을 높이는 것이다.

"야, 이 사람아! 이건 보통의 일이 아니라, 피를 토하며 땅을 치고 통곡해도 모자랄 일이란 말일세! 이래 가지고서야 우리끼리 어디 독립운동은 고사하고 왜놈들의 욕인들 한번 안심하고 해 볼 수 있겠는가?"

지기가 왕성하여 유사 이래로 국난 때마다 충의 열사가 많이 났던 유서 깊은 밀양 땅에서 태어난 것을 늘 자랑스럽게 여기며 살아왔던 그들이었다. 더구나 이곳은 단군을 비롯하여 가락국, 부여, 고구려, 백제, 신라, 고려, 조선 등 우리 민족 역대 여러 제국들의 시조 왕들의 위패를 모시는 민족의 성전(聖殿)인 천진궁(天眞宮)이 자리잡고 있는 거룩한 곳이었고, 또한 이번 만세운동을 준비하고 있는 〈밀양청년독립단〉의 본거지가 있는 성내의 심장부가 아닌가!

그러기에 밀양읍교회의 교인이자 기독교 청년회 회원의 한 사람으로서, 그리고 동료 회원들이 대거 입단한 〈밀양청년독립단〉의 옵서버로서 쥐도 새도 모르게 그들을 물신양면으로 지원해 온 운사이고 보니 그 충격과 허탈감이 이만저만이 아닌 모양이었다.

"이 보게 운사, 진정하게나! 두 분 어르신들께서 이러고 계시는데, 자네마저 그렇게 나오면 어찌하나? 아무런 말을 하지 않아도 자네의 심정을 내 모르는 바 아니니 그만 진정하게. 아무려면 누가 그런 중대한 정보를 일부러 흘리고 싶어서 흘렸겠는가?"

중산은 한 사장과의 관계를 개선해 나가려고 하던 참이라, 그를 두둔하는 말을 한다.

"그래도 그렇지! 내일 있을 대사를 앞두고 박종흠과 같은 친일 앞잡이가 있다는 사실을 알았으면 모두들 각별히 조심을 했어야지!"

운사는 그렇잖아도 이런 날이 오리라는 것을 이미 예견하고 있었다는 듯이, 그리고 한 사장도 양심이 있으면 이번 기회에 똑똑히 한번 들어 보라는 듯이 언성을 높인다.

중산은 자기 때문에 한 사장과 을강 선생이 갈등 관계에 놓이게 되었다는 사실을 운사가 알고 이러는 게 아닌가 하고 얼른 말머리를 돌린다.

"그런데 말일세. 청년 독립단 단원들이 밀양면 사무소의 등사기를 훔쳐 올 때에는 박종흠의 큰댁 조카애가 그곳에서 소사로 일하고 있다는 사실쯤은 미리 알고 있었을 것이 아닌가? 그런데 왜 하필이면 그곳의 등사기를 굳이 훔치기로 했단 말인가? 등사기가 위험천만한 바로 코앞의 그곳에만 있는 것도 아닌데 말일세!"

"이 사람아! 매일신보 밀양지국과 삼랑진 보급소를 오가며 일한다는 박종흠의 부하 직원 놈 때문에 왜놈 헌병들한테 그런 곤욕을 두 번씩이나 겪어 보고도 그런 말을 하는가? 기왕에 희생을 무릅쓰고 만세운동을 벌일 바에는 우리 밀양의 충의 역사에 오점을 남기는 박종흠과 같은 사람이 더 이상 나오게 해서는 안 되겠다는 생각에서 일부러 그렇게 한 것이 아니겠는가!"

"아니, 그렇다면 박종흠씨의 조카애가 밀양면 사무소의 소사로 있는 줄을 뻔히 알면서도 일부러 그곳의 등사기를 훔쳐서 그 절도 혐의를 그 아이에게 뒤집어씌우려고 그리하였단 말인가?"

"그렇다마다, 이 사람아! 앞으로 제2, 제3의 박종흠이 나오지 말라는 법이 없으니까 말일세! 이왕에 등사기를 훔쳐 올 바에는 이번 기회에 민족을 팔아먹는 배신자의 처지가 어떻게 되는가를 박종흠에게 똑똑히 보여 주기 위함이었던 게지!"

평소의 그답지 않게 오늘 따라 유독 과격해진 운사의 말에는 단순한 짐작 이상으로 확고한 어떤 신념이 숨어 있는 듯하였다.

"이 보게, 운사! 그러고 보니 자네도 밀양읍교회의 기독교 청년회에 가입했다고 하더니만 그 새 현실을 보는 눈이 많이 달라졌네그려!"

중산은 지난 해 단옷날 무봉사에서 자기네 아이들의 무병장수 축수불공을 드리고 돌아오는 길에 관학유생으로 뜻을 같이 하였던 그가 자기를 내버려 둔 채 홀연히 일본 유학을 떠나 버렸을 때의 가슴 아팠던 일을 회상하며 그 서운했던 감정과 함께 해외 유학파들의 현실 인식에 대한 불만을 드러내었던 사실을 떠올린다. 그때, 자기는 신학문도 좋고 일본 유학도 다 좋지만, 해외 유학파들의 현실과 타협하는 듯한 그 우유부단한 온건주의가 마음에 들지 않는다며 혼자 남았을 때의 외로움과 서운함을 함께 뭉쳐서 그렇게 우회적으로 그를 비판하지 않았던가?

그리고 운사는 자기네 해외 유학파들 중에도 강골은 많다며 날카로운 무쇠창과 명검만이 적의 숨통을 끊어 버릴 수 있는 게 아니라, 때로는 부드러운 그물이나 통발로도 더 크고 많은 물고기들을 얼마든지 잡을 수 있다는 것도 좀 알아 달라며 지지 않고 맞받아쳤던 것이다. 하지만 그때 중산더러 강골로 지칭하며 지지 않고 항변하였던 그는 지금 자기 스스로 강골이 되어 중산을 무색케 만들고 있는 것이다.

"아니, 왜? 자네는 범어사로, 진관사로 청관 스님을 찾아다니면서 황실 척족 집안의 후예로서, 그리고 피를 나눈 혈족으로서 할 바를 다하면서 과감하게 새로운 지평을 열어 가고 있는데, 해외 유학에서 돌아온 내가 개업의가 되었다는 이유만으로 자네로부터 노상 비난을 받으면서 언제까지나 우유부단한 온건주의자로 남아 있어야 할 까닭이 없지 않은가?"

"허허, 참! 이 친구 좀 보게! 나는 친일 모리배와 왜놈 헌병들한테 곤욕을 치른 문경지우를 위하는 마음으로 박종흠씨에 대해 그토록 비분강개하고 있는 줄로만 알았는데, 이제 보니 그게 아니었던 게로구먼! 그러고 보니 현실과 타협하는 듯한 해와 유학파들의 태도가 마음에 들지 않는다고 불만을 토로하였던 내 말이 그리도 고까워서 그 사이에 이렇게 작심하고 현실과 타협하지 않는 강경론자가 되었단 말이지!"

중산은 박종흠의 일로 무겁게 가라앉은 실내의 분위기를 의식하며 일부러 농담조로 응수하며 운사를 공격한다.

그러나 마음속으로는 현실에 대한 운사의 인식이 크게 달라지고 있다는 사실만은 인정하지 않을 수 없었다. 그리고 현실에 대한 운사의 인식 변화가 생기게 된 배경도 그는 모르지 않았다.

그동안 기회 있을 때마다 문중의 개화 · 개방의 문제를 놓고 노심초사하는 자기에게 밀양 출신의 기라성 같은 수많은 우국지사들과 젊은 청년 독립투사들의 얘기를 수시로 들려 주면서 항일 의식에 대해 불을 지펴 주곤 했던 운사가 아니었던가. 그리고 그렇게 하는 까닭은 한날 한시에 태어난 자기네 아들들이 앞으로 대를 이어 가며 문경지우의 관계를 유지해 가도록 하려고 상대적으로 항일 의식이 강했던 자기와 보조를 맞추기 위함일지도 모르는 것이다.

그날, 앙천맹서(仰天盟誓)컨대, 이런 식민 치하의 욕된 모습을 우리 아이들한테까지 결코 물려주고 싶지는 않다며 비분강개하였을 때, 운사는 이렇게 응수했던 것이다.

"신학문이 들어왔다고 해서 자네의 그 해박한 한학이 반드시 퇴색되는 것은 아니지 않는가! …하기사, 나라 꼴을 생각하면 피통이 터질 일이지만, 그래도 이럴 때일수록 더욱 심기를 굳건히 하고, 신중에 신중을 기하여 미래를 도모해야 하지 않겠나? 나의 신학문과 자네의 한학이 합쳐지면 아무도 우리를 무시하지는 못할 걸세! 우리 둘이 아직은 서로 사돈으로 맺어지지는 못했지만, 그래도 앞으로 그렇게 될 기회는 얼마든지 찾아오지 않겠는가?"

그런데 이러한 중산의 마음을 지금도 그대로 읽고 있었던 것일까? 운사가 한 술 더 떠서 자신의 강한 의지를 숨기지 않고 이렇게 드러내는 것이었다.

"이 사람아, 그런 말 말게! 모든 향민들이 조국의 독립운동에 목숨을 걸고 있는데, 누구는 자기네 일신의 영달에 눈이 먼 나머지 그 따위 짓을 하다니, 그게 도대체 말이 되는가? 그래서 이렇게 비분강개하고 있는 거라네!"

"알았네! 내가 어찌 자네의 그 마음을 모르겠나? 하지만 여기에는 우리와 뜻을 같이 하는 두 분 어르신들도 계시니까 박종흠씨의 얘기는 이쯤 해 두고 더 이상 하지 말기로 하세나!"

중산이 달래는 것을 보고 그들의 모습을 번갈아 쳐다보면서 곤혹스러운 심기를 감추지 못하고 있던 죽명 선생도 비로소 한 사장을 대놓고 비호하는 듯한 말을 하고 나서는 것이었다.

"이 보게, 손 원장. 그동안 우리 청년 독립단의 가족들은 물론, 우리 교회의 많은 교인들까지 나서 가지고 집집마다 태극기를 만드는 등, 온 성내가 들썩거릴 정도로 만세운동에 만반의 준비들을 하고 있었으니 그 사실을 박종흠 같은 모사꾼이 냄새를 맡지 말라는 법이 없지 않겠는가? 그러던 차에 마침 등사기 절도 혐의로 자기 조카애가 경찰서에 잡혀 가는 것을 보고 그 진범이 누구인지 어렵지 않게 눈치 챌 수도 있었을 것이고…. 그러니 그 얘기는 그만하자고!"

둘도 없는 친구인 중산에 이어 자신을 의료인과 기독교 신자로 이끌어 준 죽명 선생까지 그렇게 나오는 바람에 운사는 더 이상 아무런 말도 하지 않았다.

그러자 그때까지 자기의 결백을 위해 신상 털기를 하고 싶어도 그리 했다가는 더욱 의심을 받기 십상이라 죽을 맛으로 속을 썩이고 있던 한 사장은 귀가 번쩍하였던 모양이다. 입도 뻥끗하지 못한 채 속을 태우며 줄담배를 피우고 있던 그가 중산과 운사를 향하여 모처럼 용기를 내어 자신이 처한 고약한 처지를 적극적으로 토로하고 나서는 것이었다.

"이 보시게, 손 원장! 청년 독립단원들과 가까이 지내는 자네한테 이런 말까지 하는 게 참으로 궁색하고 채신없는 짓이기는 하다마는, 내 말도 좀 들어 주었으면 좋겠네! 이번에 등사기 문제는 나도 모르고 있었던 일로서, 박종흠이란 놈이 이렇게 미쳐 날뛰게 된 게 나하고는 전혀 상관이 없는 일이라네! 그리고 내가 설령 알고 있었다고 해도 그렇지! 내가 무엇이 부족해서 하찮은 그런 친일 모리배한테 나도 모르는 일을 이렇게 발설한다거나 눈치를 채게 흘리고 다닐 수가 있었겠는가? 더구나 독립군 군자금 모집을 하고 있는 나는 물론이려니와, 만세운동 준비에 매달리고 있는 수많은 우리 고장의 주민들마저도 위험해질 게 뻔한 위험천만한 일인데 말일세!"

"한 사장님, 제가 한 사장님께 대놓고 뭐라고 싫은 말씀을 드렸습니까? 저는 오늘 아침에 친일 앞잡이 주제에 적반하장격으로 우리 을강 선생님께 행패를 부리고 돌아갔다는 그 박종흠이란 민족의 반역자 때문에 이토록 비분강개하고 있는 겁니다! 적반하장도 유분수지, 왜놈들의 주구 노릇이나 하고 다니는 주제에 조선 독립에 헌신하고 계신 우리 을강 선생님께 감히 그런 행패를 부리다니요? 누가 의도적으로 정보를 흘렸건, 그 사람이 스스로 냄새를 맡았건 간에 그런 인간이 우리 쪽의 정보를 알게 만든 것은 애국 충절의 고장인 우리 밀양에서는 결코 잊을 수도 없고 또 있어서는 안 되는 일이기에 이러는 것이 아니겠습니까?"

"허헛 그것 참! 자네가 말은 그렇게 하고는 있어도 내가 느끼기에는 언중유골일세그려! 일만한 사람이 이러니 다른 사람들은 오죽할까 이 말일세!"

한 사장은 외국 유학까지 다녀 온 신지식인이자 예수교를 믿는 운사마저 그렇게 나오니 더욱 기가 막힌다는 듯이 언성을 높인다.

"그런 말씀 마십시오. 본인 면전에서 이런 말씀을 드려도 될지 모르겠습니다만, 한 사장님께서도 양심이 있으면 한번 생각해 보십시요! 이번 사태에 대하여 아무런 책임이 없다고 떳떳하게 자신의 입장을 밝히실 처지가 되지 못한다는 사실을 깨닫을 수 있으실 것입니다! 그동안 독립운동에 쌓아 놓으신 공로가 있듯이, 과오가 전혀 없는 것도 아니기에 드리는 말씀입니다."

"친일로 돌아선 종흠이 그놈과의 미곡 거래를 중단하지 않았다고 해서 그러시는 겐가? 예끼, 이 사람아! 그것은 하나는 알고 둘은 몰라서 하는 얘기라네. 만주에서 독립운동을 하고 있는 우리 생질 영필이의 각별한 부탁이 있는데다, 나도 그 속뜻을 알았기 때문에 그리한 것이지, 다른 생각은 전혀 없기에 하는 말일세. 자네도 글줄깨나 읽었다면 '이이제이(以夷制夷)'라는 중국의 고사쯤은 알고 있을 것이 아닌가? 오늘의 동지가 내일은 원수가 될 수 있듯이, 똑같은 이치로 오늘의 친일 모리배인 그자가 앞으로 왜놈들의 기밀 정보를 물어다 주는 우리의 밀정이 되지 말라는 법이 없기에 하는 말일세."

바야흐로 자기의 병원 개업식날 단둘이 따로 만나 밀담을 나누었던 일로 을강 선생과 한 사장이 갈등을 빚음으로써 입장이 난처해져 있는 중산을 위하여 반격에 나선 운사와, 자신의 결백을 주장하는 한 사장 사이에서 이러지도 못하고 저러지도 못하고 난감해 있던 죽명 선생이 마침내 작심하고 그들 사이에 끼어들었다.

"이 보게, 운사! 자네의 마음을 알았으니 그만하게. 말이 났으니 하는 얘기이지만 여기 계신 한 사장이 박종흠한테 뒤통수를 얻어 맞고 오죽하면 나를 이끌고 자네부터 먼저 찾아 왔겠는가?"

사실, 오늘 아침에 지역 유지모임의 비상회의가 급거 소집된 것도, 회의가 끝나기가 무섭게 한 사장이 죽명 선생을 데리고 박종흠의 집을 찾아간 것도 그의 입을 막기 위해서였던 것이다. 그런데 그는 이미 종적을 감춘 뒤였고, 한 사장은 그제서야 자신의 처지가 아주 난처하게 되었다는 사실을 뒤늦게 깨닫게 된 것이었다. 그래서 궁여지책으로 생각해 낸 것이 운사 손태준이었고, 죽명 선생의 주선으로 밀양읍 교회에 다니게 되면서 〈밀양청년독립단〉의 옵서버 겸 후원자 역할을 하고 있는 그를 만나 박종흠의 일을 의논해 보면 어떤 해결의 실마리를 찾을 수 있을 지 않을까 했던 것이다. 그런데 운사가 예상 외로 강경하게 나오는 바람에 한 사장은 물론, 그들 사이에 기어 있는 죽명 선생도 여간 곤혹스러지 않은 것이다.

자기 인생의 길잡이와도 같은 죽명 선생이 그런 말까지 하고 나서는 바람에 언성을 높여 가던 운사도 결국 마음을 가라앉히며 그만 입을 닫고 만다. 조용히 가라앉은 분위기 속에서 죽명 선생의 말이 계속 이어진다.

"등사기 사건에 대해서 한 사장이 결백하다는 사실을 자네가 모르지 않고 있다는 점을 나도 잘 알고 있네. 그리고 우리 중산 장질과 나를 위하는 마음에다, 친일 모리배가 된 박종흠과 그가 데리고 있는 그 부하 직원 놈을 응징하지 않고서는 우리 전체가 언제든지 위험에 노출될 수 밖에 없기에 자네가 이토록 언성을 높이게 되었다는 사실도 내 모르지 않다네. 하지만 자네도 냉정하게 한번 생각해 보게. 한 사장 같이 엄청난 재력가가 무엇이 아쉬워서 박종흠이 같은 하찮은 소인배와의 관계를 아직도 끊지 않고 있겠는가? 하지만 그 자가 새벽같이 을강 선생을 찾아와서 그 난리를 피우고 돌아갔다는 얘기를 듣고서는 우리 유지 모임의 동료들 중에서도 은연중에 한 사장을 의심하는 눈치를 보이는 사람이 한 둘이 아니었고, 또 그렇게 되기에 딱 좋게 생겼으니 한 사장으로서는 그야말로 땅을 파고도 모자랄 노릇이 아니겠는가?"

죽명 선생은 중산으로 인하여 독립군 군자금 모집 문제로 한 사장이 을강 선생과 갈등을 빚고 있는 속에서도 지역 유지 모임의 동료로서 여전히 한 사장을 철석같이 믿고 있는 것이다. 그리고 그동안 중산이 박종흠의 부하 직원 때문에 두 차례나 큰 곤욕을 치렀던 현실 속에서도 여전히 한 사장과의 미곡 거래를 중산에게 권했던 마음을 접지 않고 있는 것도 독립군 군자금 지원 사업을 벌이고 있는 한 사장에 대한 한결같은 믿음에다, 그와 을강 선생 사이의 갈등 관계를 해소시켜 주는 것이 동료에 대한 배려이자 도리라고 여기고 있기 때문이었다.

그런데 독립운동 군자금 모집 활동에 중추적인 역할을 해 왔던 한 사장의 처지가 이렇게 되고 보니, 자기네의 유지 모임 자체가 삐걱거릴 수 있고, 자칫 잘못하다가는 이번 사태의 불똥이 그동안 그에게 군자금을 기탁해 왔던 지역 유지들 모두에게 옮겨 붙게 될지 모르는 일이라 그 역시도 여간 속이 타지 않는 모양이었다.

그의 비호에 힘을 얻은 한 사장이 다시 언성을 높였다.

"허허, 그것 참! 못난 송아지는 엉덩이에 뿔이 나고, 인간 말자는 은혜를 앙물로 갚는다고 하더니만, 내 처지가 꼭 그런 꼴이 되고 말았다니까! 그동안 주변의 따가운 눈총을 감수하며 우리 영필이를 생각하여 그리도 도와 주었건만, 사전에 일언반구 상의도 없이 나를 이렇게 궁지에 몰아넣어 버리다니, 망할 놈의 자식 같으니라고!"

한 사장은 불같은 탄식과 함께 잔뜩 머금었던 담배 연기를 허공에다 대고 길게 내뿜는다. 친일 행각을 벌이는 박종흠과 이율배반적인 인연으로 얽혀 있는 한 사장으로서는 생각하면 할수록 환장하고도 모자라 아주 죽을 맛일 수도 있었다. 만에 하나 박종흠이란 자가 을강 선생에게 협박한 대로 〈밀양청년독립단〉이 이번 등사기 도난 사건의 진범임을 오늘 중으로 경찰 당국에 밀고하는 날에는 내일 있을 만세운동이 물거품이 되는 것으로 단순하게 끝날 일이 결코 아니었다. 정녕코 그렇게 되는 날에는 이번 일을 도모해 온 당사자들은 물론 그동안 한 사장에게 독립군 군자금을 기탁해 온 지역 유지들 모두가 줄줄이 경찰에 체포되는 사태가 벌어지지 말라는 법이 없는 것이다.

사실 따지고 보면, 그동안 보부상 영남 총책인 매부 구상백의 지원하에 영남 제일의 신흥 갑부가 된 입지전적인 명성을 기반으로 하여 우호적인 민심을 등에 업고 독립군 군자금 모집에도 큰 성과를 거두며 지역 유지로서의 막강한 존재감을 과시해 온 한 사장으로서는 왜놈들한테 시련을 겪는 것으로 끝나지 않고, 우리 동포들로부터도 친일 앞잡이인 박종흠에게 비밀 정보를 제공했다는 누명에서 끝내 벗어나지 못한 채 재기 불능의 치명상을 입게 되기에 딱 좋게 되어 있는 것이다. 그리고 만주의 안동과 봉천에서 〈삼보상회〉와 〈원보상회〉를 운영하며 독립군들의 물자 송달과 교통망 역할을 수행하고 있는 생질 구영필도 일제 당국의 추적을 받게 되지 말라는 법이 없었고, 그 역시도 한 사장 자신처럼 그곳 동포 사회로부터 배신자로 낙인이 찍히게 될 가능성도 얼마든지 있는 일이었다.

잠시 동안 침묵이 흐른 뒤에 갑자기 생각난 듯이 죽명 선생이 운사에게 물었다.

"이 보게, 손 원장! 그런데 말일세. 우리 〈밀양청년독립단〉에서 밀양면 사무소의 등사기를 훔칠 때부터 박종흠의 조카애가 거기서 소사로 일하고 있다는 사실을 알고 있었다면, 이런 사태가 벌어지게 될 가능성에 대해서도 미리 대비하고 있었을 것이 아닌가?"

"그야 물론 그리하였겠지요!"

결연한 운사의 대답에 죽명 선생의 얼굴에 갑자기 생기가 돌았다.

"그렇다면 계획 단계에서부터 그 대비책에 대해서도 미리 강구해 두고 있었다는 얘기가 아닌가?"

그러자 운사가 그의 말뜻을 뒤늦게 알아차리고서 갑자기 허를 찔린 듯이 멍하니 그를 바라본다.

"내 말은, 이런 사태가 벌어지게 될 줄을 미리 알았다면 지금쯤 무슨 대책을 강구하고도 남을 판국인데, 이리도 잠잠해 있다는 게 너무도 이상해서 하는 말이네."

"글쎄요…. 불난 집처럼 허둥댄다고 해서 결코 좋은 것도 없고, 또한 해결될 일이 아니니까 그렇지요!"

그러자 죽명 선생이 눈이 번쩍하여 다그쳐 묻는다.

"아니 그게 무슨 말인가?"

"선생님께서도 한번 생각해 보십시오. 그 박종흡이란 친일 앞잡이가 오늘 해가 지도록 우리 쪽에서 아무런 조처를 취하지 않고 버티고 있어도 자기가 호언장담한 경거망동은 감히 하지 못할 것이기 때문에 드리는 말씀이지요!"

어느 새 운사의 언성에도 힘이 실리고 있었다.

"자기 조카애가 오늘 중으로 무죄 방면이 되도록 우리 쪽에서 특단의 조처를 취해 주지 않으면 자기가 직접 밀고를 해 버리겠다면서 그렇게 큰소리를 치고 잠적해 버렸는데도?"

"예, 그렇습니다! 제가 이런 말씀을 드리는 이유는 크게 세 가지입니다. 지난번에 선생님과 함께 동산리로 왕진을 갔다가 그동안 박종흡이란 자가 자기네 부하 직원을 시켜서 저지른 만행 얘기를 듣고 온 뒤로 제 나름대로 그 사람의 뒷조사를 해 봤지요. 그런데 자신의 이익을 위해 모사를 꾸밀 때면 사전에 치밀하게 계산을 하고, 유난히도 잔머리를 잘 굴리는 모사꾼이라는 사실을 알게 된 것이 그 첫 번째 이유입니다. 그것은 자신의 이권에는 약삭빠르지만 배포가 뒤웅박만하다는 증거인데, 그런 자라면 자기가 감당치 못할 엄청난 후폭풍이 예상되는 그런 엄청나기 짝이 없는 무모한 짓은 절대로 하지 못할 것이기 때문입니다."

"듣고 보니 전혀 틀린 말은 아닌 것 같군. 그런데 두 번째 이유는 뭔가?"

"두 번째 이유는 자기가 호언장담한 대로 설령 대담하게 경찰에 밀고를 한다고 해도 우리 청년 단원들이 일방적으로 당하지 않고 물귀신 작전으로 자기 조카애를 공모자로 몰아가면 왜놈들도 자기의 말만 듣고서는 절대로 무죄로 방면하지 않을 것이라는 점을 잘 알고 있을 것이기 때문입니다."

"그리고 세 번째 이유는?"

"세 번째 이유는 보다 확실성이 있는 이유이기는 한데, 지금 여기서 밝힐 수는 없습니다. 하지만, 내일 오후가 되면 저절로 밝혀지게 될 일이니까 선생님께서는 그렇게만 알고 계시면 됩니다."

그러자 가만히 듣고있던 중산이 궁금증을 참지 못하고 물었다.

"이보게, 운사! 나도 그렇지만, 여기 계신 두 분 어르신들께서도 저렇게 노심초사하고 계시는데, 내일까지 초조하게 기다릴 것 없이 미리 말해 줄 수는 없겠는가?"

중산까지 나서 가지고 재촉하였으나 운사는 대수롭지 않게 여기면서 한가하게 엉뚱한 얘기를 들고 나오는 것이었다.

"이보게, 중산! 내가 일본 유학 시절에 탐독한 외래 번역서 중에 영국의 새뮤얼 스마일스(Samuel Smiles)라는 자가 쓴 『자조론(自助論)』이라는 서책이 있었다네. 그런데, 낙천적인 세계관을 가진 그가 이 저서에서 무어라고 갈파하였는지 아는가? '하늘은 스스로 돕는 자를 돕는다.'고 하였다네! 이 말은 호랑이한테 물려가도 정신만 차리면 산다는, 우리의 속담과 일맥상통하는 말이라고 할 수 있지 않겠나? 제 아무리 위험한 상황에 놓일지라도 마음을 크게 먹고 정신을 차리고 대응한다면 솟아날 구멍이 있다는 게지. 그러니 역사적인 밀양 만세운동을 하루 앞둔 우리한테도 그런 신의 가호가 있지 말라는 법이 없지 않겠는가? 형편이 이러할진대는 박종흠과 같은 친일 모리배가 그 어떤 교활한 술책을 부리더라도 추호의 흔들림도 없이 내일 오전까지 버티기만 한다면, 만세운동의 승산은 기어이 우리의 차지가 되고 말 것이라는 게 내 판단이란 얘기일세. 두고 보게나!"

운사는 자기가 탐독한 외국의 서책까지들먹이며 여유를 부리고 있었지만 그의 말 속에는, 그리고 흔들리지 않는 확고부동한 그의 확신에 찬 신념 속에는 그럴만한 이유가 숨어 있는 게 분명하였다. 그 바람에 그를 전적으로 믿는 중산은 물론 반신반의하던 죽명 선생과 좌불안석으로 줄담배를 태우고 있던 한 사장도 겨우 안도의 한숨을 내쉬면서 가슴을 쓸어내리는 것이었다.

무봉사로 갔던 김 서방이 헐레벌떡 문을 열 고 들어선 것도 바로 그때였다. 무겁게 가라앉은 실내의 분위기에는 아랑곳없이 죽명 선생과 운사에게 넙죽 절을 한 그는,

"서방님! 혜민당에 들렀더니 죽명 나으리와 서방님을 만나거든 밖에서 점심 진지를 드시지 마시고, 조금 늦더라도 댁으로 함께 오셔서 드시게 전하라고 송곡 마님께서 소인에게 신신당부를 하셨습니다요!"

그렇게 고한 김 서방은 중산 곁으로 다가오며 아무도 모르게 고개를 슬쩍 가로저어 보이는 것이었다. 무봉사로 갔던 일은 아무런 소득이 없었다는 뜻이었다.

"그렇다면 모두들 우리 집으로 가서 점심을 함께 하는 게 어떻겠소?"

운사의 확신에 찬 낙관론에 크게 안심을 한 죽명 선생이 벽에 걸린 괘종시계를 처다보며 말했다.

"보시다시피 저는 오후 진료를 기다리는 환자들 때문에 여기서 간단하게 청요리를 시켜다 먹고 말겠습니다."

운사의 말에 겨우 한시름 놓았으나 여전히 심란해 있던 한 사장도 혜민당 쪽으로 갈 의향이 전혀 없는지 같은 뜻을 나타내었다.

"그렇다면 나도 여기서 손 원장과 함께 간단하게 청요리로 점심을 때우고 말겠소이다."

운사와 따로 나눌 얘기가 더 있는지, 한 사장까지 그렇게 나오는 바람에 죽명 선생이 거두절미하고 그에게 말하였다.

"한 사장! 그렇다면 아까 우리끼리 하였던 얘기를 여기서 매듭짓도록 하는 게 좋지 않겠습니까?"

죽명 선생의 제안에 한 사장이 피우고 있던 담뱃불을 재떨이에 바쁘게 비벼 끄면서 비로소 중산을 만나고자 하였던 용건에 대한 얘기를 슬며시 꺼내는 것이었다.

"이보시오, 당주 양반! 그렇잖아도 아까 교회에서 여기 계신 숙부님하고 얘기를 나눈 바가 있었는데, 나하고 미곡 거래를 재개해 주시면 안 되겠습니까?"

"아, 그 얘기 말씀입니까? 그렇잖아도 한 사장님께서 사람을 보내서 저를 만나고 싶으다는 뜻을 전해왔다는 얘기를 우리 청지기한테서 전해 듣고 혹시 미곡 거래 문제 때문이 아닌가 하고 이리로 오는 길에 역전에 있는 사장님의 미곡상 사무실에 먼저 들렀더랬습니다."

예상치 못한 중산의 말에 한 사장이 눈을 크게 뜨고 반긴다.

"아, 그래요? 그렇다면 여기서 그 문제에 대해서 단도직입적으로 말씀을 드리지요! 요즘 미곡 값이 아주 좋습니다. 그러니까 이참에 나하고 거래를 좀 하시는 게 어떻겠습니까?"

중산도 오래 전부터 죽명 숙부의 권고를 받고 나서 자기 때문에 한 사장과 갈등을 겪고 있는 을강 선생을 위해서라도 그럴 의향을 굳히고 적당한 때를 기다리고 있던 참이라, 거기에 대해서는 별 이견이 없었다.

"그렇다면 저로서도 마다할 까닭이 없지요! 그런데 요즘 미곡 시세가 정확히 어느 정도나 됩니까?"

"현재 시중의 쌀 한 말 값이 25전이니, 도정하기 전의 나락 값으로 치면 한 말에 대략 11전 정도는 쳐 드릴 수가 있을 겝니다."

미곡 시세를 대충 알았으니 보다 자세한 단가 조정은 김 영감과 초량 미곡창의 사무장 윤 영감을 비롯한 실무진들이 맡아서 처리하면 그만일 터였다.

"사실, 값이 더 오를 때까지 두었다가 수산에 짓고 있는 우리 집 정미소가 완공되는 대로 도정을 하여 매도할 생각이었는데, 한 사장님께서 원하신다면 이번에 한 일천 석 정도까지는 따로 떼어 출하할 수도 있겠습니다. 그런데 아직 도정을 하지 않은 상태로 창고에 쌓아놓고 있는데, 그대로 매도하는 것으로 해도 되겠습니까?"

대량으로 행해지는 무역업자들과의 미곡 거래는 도정하지 않은 상태로 이루지는 것이 관례였으나, 한 사장은 박종흠씨와 같은 도·소매업자들과도 미곡 거래를 하고 있다기에 물어 보는 말이었다.

"나야 정미소와 화물 운송업까지 겸하고 있으니까, 도정 문제에 대해서는 전혀 신경 쓰실 것 없소이다."

"그러시다면, 나락 일천 석을 도정을 하지 않은 상태로 출하하는 조건으로 매도하는 걸로 하겠습니다!"

중산은 한 사장이 큰댁 조카 한봉근이 절친한 친구인 김원봉과 함께 독립운동을 하려고 중국으로 망명을 떠날 때 활동 자금을 대어 주는 등, 물심양면으로 독립운동 지원 사업을 하고 있다는 사실을 운사에게서 들어 잘 알고 있었기 때문에 그에게 손해를 끼치면서까지 까다로운 조건으로 미곡 거래를 하고 싶은 생각은 없었다.

"고맙소! 그렇다면 이달 말까지 일천 석 전량을 매도해 주시는 걸로 이해해도 되겠습니까?"

"한 사장님께서 원하신다면 물론 그렇게 해 드려야지요! 그런데 거래에 따르는 자세한 사항은 우리 집 미곡 거래의 실무를 담당하고 있는 초량 미곡창의 사무장이 올라오는 대로 집에 있는 집사 영감하고 같이 한 사장님께 보내 드릴 터이니, 그들과 상의하여 매매 계약서를 작성해 주시지요."

그렇게 실무진에서 매매계약서를 작성하고 나면 자기가 최종적인 서류 검토를 거쳐서 직접 수결하는 절차가 남아 있었으므로 여기서, 세부적인 사항에 대해서까지 중산 자신이 직접 관여할 필요는 없었다.

"좋소이다. 전에 부친께서도 그렇게 하셨으니까, 나머지 일은 내가 귀댁의 사무장과 상의하여 원만하게 미곡거래가 이뤄질 수 있도록 하겠소이다."

이렇게 수월하게 큼직한 미곡 거래 한 건을 성사시킨 한 사장은 거기에서 자신감을 얻었는지, 중산에게 또 다른 용건 하나를 넌지시 물어보는 것이었다.

"저어, 그런데 이런 말씀을 이 자리에서 드려도 될는지 모르겠소이다만, 혹시 여력이 있으시다면 이번 기회에 독립 군자금 모집 운동에도 좀 동참해 주실 수는 없겠습니까?"

그 순간, 중산은 그러면 그렇지! 하고 속으로 부르짖지 않을 수 없었다. 한 사장이 아까 자기네와의 미곡 거래를 성사시켜 주겠다며 해결사처럼 나선 장본인이 바로 종흠이 그 사람인데, 내가 심기가 불편해질 까닭이 뭐가 있겠느냐고 하였던 것도 바로 이런 부탁을 하기 위함이었구나! 하는 생각이 절로 들었던 것이다. 그리고 자기로 말미암아 한 사장과 을강 선생이 독립군 군자금 모집 문제로 갈등을 겪고 있다는 사실을 알게 된 박종흠이 그 틈에 끼어들어 어떤 이권을 취해 볼 심산이 아닌가했었다. 왜냐하면 동산리 일대까지 활동 무대를 넓힌 삼랑진 거지들을 동원하여 그 지역을 관할하는 왜놈 헌병 분견대와 자기네 사이에 갈등을 빚도록 일을 벌여 오다가, 마침 이번 태황제 폐하의 붕어 사태로 시국 상황이 불안정해지면서 자신의 신변마저 위태롭게 되자 그 위기를 모면해 보기 위하여 부랴부랴 미곡 거래를 주선해 주겠다며 발벗고 나설 수도 있었기 때문이다.

하지만 박종흠의 속셈을 모르지 않는 중산으로서도 한 사장과의 이번 미곡 거래에 있어서 거간꾼 행세를 자임하고 나선 그 자에 대하여 지난날의 오기와 감정만으로 대응할 처지는 아니었다. 어차피 햅곡식이 나오기 전까지 처분해야 할 미곡이 아직도 초량 미곡창과 동산리의 자택 저장 창고에 적잖이 쌓여 있었으므로, 부친이 중단한 한 사장과의 미곡 거래에 한번쯤 시험 삼아 응해 보는 것도 앞으로 있을지도 모를 예측 불가능한 시국 변화에 대비하는 차원에서도 그리 나쁘지 않다는 생각이 들었다. 그리고 나라가 망한데 대한 황실 척족의 후예로서 도의적인 책임감을 지울 길이 없어 독립군 군자금 지원 사업에 어차피 나선 길이니, 만주에서 독립군 군수 지원과 교통 연락책 활동을 하고 있다는 생질 구영필을 지원하고 있는 한 사장에게 이번 기회를 통하여 다소나마 힘을 보태어 줌으로써 앞으로 운신의 폭을 넓혀야겠다는 생각도 없지 않은 바도 아니었다.

"예, 그렇잖아도 온 나라 안이 독립 만세운동의 열기로 들끓고 있는 이런 판국에 한 사장님께서 이렇게 말씀하시니 어쩌겠습니까. 더구나 여기 계신 우리 숙부님과 함께 〈밀양청년독립단〉을 지원하는 유지 모임의 동료라는 사실을 배려해 드리는 차원에서도 당연히 성심껏 협조해 드려야지요!"

"고맙소이다, 당주 양반. 나도 그 마음만은 잊지 않으리다!"

"그런데 한 사장님! 저도 긴히 드릴 청이 하나 있습니다."

중산이 긴한 청이 있다는 바람에 한 사장이 순간적으로 긴장한다.

"긴한 청이라면 그게 무엇인지…?"

"매매 계약금이라 생각하시고 시생에게 이만 원 정도를 선불로 지급해 주실 수는 없겠습니까?"

"아, 그 문제 말씀입니까? 어차피 조만간에 지급해 드릴 돈인데, 그쪽에서 원하신다면 당연히 그렇게 편의를 봐 드려야지요. 그런데 그돈이 언제쯤 필요하신지요?"

"그야 빠르면 빠를수록 좋지요! 가능하시다면 이따가 집으로 갈 때 시생이 한 사장님의 가곡리 역전 미곡상에 들를 테니 그때 주시면 좋겠고, 그것이 어렵다면 내일 오전까지 만이라도 해 주시면 좋겠습니다."

"이만 원이라면 적지 않은 돈인데, 어음으로 끊어 드려도 되겠습니까?"

"가능하다면 오천 원짜리 어음 두 장에다 나머지 일만 원은 모두 현찰로 주시면 더욱 고맙겠습니다."

"아, 그래요? 당주 양반의 뜻이 정히 그러하시다면 당연히 그렇게 해 드려야지요! 그러면 내일 아침까지 기다릴 것 없이 이따가 귀가하시는 길에 우리 미곡상에 들러 주시지요. 내 곧 집으로 돌아가는 대로 준비를 해 놓고 기다리고 있겠소이다."

미곡 거래에 관한 얘기가 마무리 되자 한 사장은 그 동안 죽명 선생으로부터 자세하게 얘기를 듣고 있었는지, 박종흠과 그의 부하 직원이 삼랑진 거지들을 동원하여 벌였던 망동들에 대해 중산에게 정중히 때늦은 사과를 하는 것이었다.

"그동안 죽명 선생을 만나도 그런 얘기가 전혀 없어서 모르고 있다가 최근에야 알게 되었는데, 종흠이와 그 부하 직원 놈이 귀댁에 대하여 해서는 안 될 여러 가지 못된 짓거리를 한 일에 대해서는 내가 이렇게 늦게나마 대신 정식으로 사과를 드리겠소이다. 제 딴에는 나를 위한답시고 그런 일들을 저질렀을 수도 있는 일이라, 참으로 미안하게 되었소이다!"

한 사장은 탁자 너머로 팔을 뻗어 중산의 두 손을 마주 잡으면서 낯을 붉힌다.

"결과론적으로 그 사람 때문에 한 사장님의 처지도 우리 집 못지 않게 참으로 난감하게 되었는데, 이렇게 대신 사과까지 해 주시니 고맙습니다."

한춘옥 사장과의 얘기가 끝난 뒤, 중산이 자리에서 막 일어나려고 할 때였다. 운사가 갑자기 생각난 게 있었던지 황급히 그를 붙들어 앉히는 것이었다.

"이보게, 중산! 이제 보니 자네가 드디어 당면과제였던 단발을 단행하였네그려! 잠시만 기다리게. 그렇잖아도 이런 날이 오기를 학수고대하며 자네에게 주려고 준비해 두었던 선물이 하나 있다네!"

중산이 상투를 잘라 버리고 이발을 한 사실을 뒤늦게 알아챈 운사는 말을 마치자마자 황급히 자리에서 일어난다. 응접실 장식장 안에서 그가 허둥거리며 찾아 들고 온 것은 뜻밖에도 자신이 쓰고 다니는 것과 똑같은 검정색 중산모자였다.

"자네가 드디어 큰일을 저지르고 말았는데, 이런 날이 오기를 학수고대하고 있었던 내가 그 감투정신에 대한 축하 선물을 아니할 수가 없지 않겠는가? 자, 상투를 자르고 이발을 하였으면 이제부터는 저승차사처럼 청승맞은 그 고리타분한 갓을 쓰고 다닐 게 아니라, 앞으로는 양복을 새로 맞추어 입고 구색에 맞는 이런 모자를 쓰고 다녀야 제격일걸세!"

운사는 중산이 쓰고 있는 갓이며, 탕건이며, 망건을 자기의 손으로 차례대로 벗겨 내고는 자신이 중산의 머리 치수에 맞게 미리 마련해 두었던 중산모자를 씌워 주더니 거나하게 바라보며 뭐가 그리도 우스운지 박장대소를 하는 것이었다. 김 서방은 운사가 탁자 위에 벗겨 놓은 중산의 갓이며 탕건과 망건을 고이 모시듯이 챙겼으며, 그의 이발 사실을 뒤늦게 알아차린 죽명 선생도 운사 때문에 순식간에 하이칼라 머리가 드러난, 몰라보게 달라진 중산의 모습을 신기한 듯이 바라보며 모처럼 호탕하게 껄껄 웃으면서 축하의 박수를 보내는 것이었다.

"옷이 날개라는 말이 있더니만, 거 참 신통하네 그려!"

모두들 신기하게 바라보는 가운데 중산은 중산모자를 쓴 자신의 낯선 모습을 바람벽의 체경에 비춰보며 사뭇 감격한 듯이 읊조린다.

"영국 속담에 옷이 사람을 만든다는 말이 있다네!"

남다른 우정을 견지하고 지내는 속에서도 언제나 이질적인 구시대의 인물로만 여겨지던 중산이 비로소 자기처럼 어김없는 신진 사류의 모습을 갖추게 된 것을 보고 운사가 드디어 소원 성취를 했다는 듯이 감개무량한 어조로 그렇게 맞장구를 친다.

"그 말이 맞는가 보이! 이 서양 모자를 쓰니 나도 갑자기 신진사류가 된 것처럼 마음이 절로 새로워지니 말일세!"

상투를 자른 자신의 남다른 소회를 그렇게 피력한 중산은 한결 안색이 밝아져 있는 한 사장을 한번 쳐다보고 나서 운사에게 득의에 찬 목소리로 말하였다.

"이보게, 운사! 자네가 확신한 대로 내일 만세운동이 아무 일 없이 벌어진다면 서울에서 그랬듯이, 왜놈들의 무자비한 총칼 앞에 사상자가 속출하지 않겠는가? 그러니 자네도 서양 의술을 배우고 돌아온 히포크라테스 선생의 후예로서 나한테 호언장담했던 그 상하귀천을 가리지 않는 인술을 아무 여한 없이 베풀어 보여야 할 것일세!"

"예끼, 이 사람아! 그것도 말이라고 하는가? 그렇잖아도 적잖은 사상자가 발생할 것 같아서 내 나름대로 마음을 단단히 먹고 휴교로 집에 와 있는 향숙이와 인식이까지 동원하여 최선을 다하려고 대비하고 있다네!"

이렇게 다짐을 해 보인 운사는 그동안 중산이 입버릇처럼 하던 말들을 떠올리면서 그의 걱정도 잊지 않는다.

"이보게, 중산! 일개 양의에 불과한 나야 가진 게 의술뿐이라 배운 대로 부상자들을 성심 성의껏 치료해 주면 그만이지만, 문중 종손이자 당주로서 두 어깨에 무거운 짐을 짊어진 자네의 일이야말로 크게 걱정이 아닌가? 그러니 나는 이번 만세운동을 앞두고 왜놈들한테 맺힌 원한이 많은 자네가 어떻게 아무 불상사 없이 대응하고 나설지에 대해 기대가 되는 바가 없지 않지만, 다른 한편으로는 자네가 입버릇처럼 달고 다니던 그 무거운 역사적인 책임감의 무게를 어떻게 감당할지 심히 걱정이 되는 바도 없지 않다네. 허나, 급히 먹는 밥은 체하는 법이니 한꺼번에 결코 무리할 생각은 하지 말아 줬으면 좋겠네!"

방금 한 사장한테 부탁하여 거액의 자금을 준비하는 중산의 태도로 보아 아무래도 그의 위험한 행보가 빨라질 것 같아서 해 보는 말이었다.

"고맙네, 운사! 우정 어린 자네의 그 말을 금과옥조로 알고 명심하겠네!"

중산은 가감 없는 운사의 충고에 진정으로 고마워하며 전쟁터에 나가는 투사라도 되는 것처럼 그의 손을 굳게 잡는다. 머리에는 운사가 선물한 중산모자를 쓰고, 두 어깨에는 그가 일깨워 준 묵직한 역사적인 책임감의 무게를 느끼면서 두근거리는 가슴 안고 돌아선 그는 한 사장과 운사의 배웅을 받으며 김 서방을 대동하고 죽명 숙부를 따라 밖으로 나왔다.

그러자 뒤따라 나온 운사가 그의 귀에 대고 속삭이는 것이었다.

"지금쯤 우리 청년 단원들이 박종흠이 그놈을 쥐도새도 모르게 안전한 곳으로 보쌈을 해 가서 꼼짝 못하게 묶어 놓고 감시를 하고 있을 것이네!"

제2장

대륙풍(大陸風)

◇ 젊은 성운(星雲)들
◇ 의승(義僧)의 길
◇ 지신밟기와 호국법회(護國法會)

◇ 젊은 성운星雲들

향청껄 죽명 숙부 댁에서 때늦은 점심을 먹은 중산은 숙부 댁 가족들과 아까 오전에 못다 한 환담을 다시 나눌 사이도 없이 서둘러 자리에서 일어났다. 오늘이 가기 전에 자신이 해야 할 일이 새로이 생겼기 때문이었다. 단걸음에 가곡리 역전 미곡상으로 달려가서 미리 도착하여 기다리고 있던 한 사장으로부터 아까 부탁하였던 거금 2만 원을 건네받은 그는 무슨 생각을 했는지, 어음을 제외한 현찰 중에서 20원을 따로 떼어 10전짜리 잔돈으로 바꾸었다. 그리고 남포 나루로 가는 갈림길에 이르러 고삐를 당겨 말을 세운 그는 읍내로 되돌아갈 생각을 하면서 김 서방에게 이르는 것이다.

"이 보게, 김 서방. 나는 이 길로 성내로 다시 가서 급히 해야 할 일이 있으니까 자네 혼자서 먼저 집으로 돌아가게!"

"서방님 혼자서 다시 성내로 가시게요? 그렇게 되면 날이 저물어서야 돌아오실 수밖에 없을 긴데, 그래도 괜찮으시겠습니꺼?"

김 서방은 그 까닭을 굳이 물으려 하지 않고 날이 저물어서야 돌아오게 될 그의 귀갓길 걱정부터 먼저 한다. 아까 민중의원에서 운사와 하던 얘기들로 미루어 거금을 확보하고 읍내로 되돌아가려는 중산의 의도를 벌써 알아차린 모양이었다.

"이 사람아, 내가 어디 한두 살 먹은 어린애인가? 내 걱정은 말고 집으로 돌아가는 대로 지금부터 내가 당부하는 일이나 차질 없이 잘 수행해 주게나!"

"예. 알겠습니더. 서방님의 뜻이 그러하시다면 아무 걱정 마시고 소인에게 분부하실 말씀부터 해 주시소!"

김 서방은 비장한 중산의 목소리에 덩달아 긴장을 하면서 머리를 조아린다.

"내일 만세운동에 관하여 오늘 아침에도 자네한테 얘기를 하였네만, 아무래도 생각을 바꿔야 할 것 같네!"

"서방님, 갑자기 그기이 무신 말씀이십니껴?"

"거듭 생각을 해 봐도 그 정도로 해서는 안 되겠다는 생각이 들어서 하는 말일세! 그러니 지금 집으로 돌아가는 대로 우리 대소가를 한 바퀴 돌면서 내일 낮 12시에 성내 시장 통에서 만세운동이 벌어지게 된다는 사실을 웃 어르신들께 먼저 아뢴 다음에, 가급적이면 많은 하인과 머슴들이 이번 만세운동에 참여할 수 있도록 조처를 취해 주셨으면 좋겠다는 내 뜻을 가감 없이 그대로 전해 올리시게. 그리고 자네는 별도로 대소가의 젊은 하인들과 머슴들을 일일이 찾아다니며 만세운동에 나설 수 있도록 독려해 주고 나서, 그 반응을 눈여겨 살펴본 연후에 처음부터 참여 의사를 분명히 밝히는 자에게는 내일 아침에 은밀히 따로 불러서 아무도 모르게 각자에게 50전씩을 손에 쥐어 주도록 하게. 그리고 만세운동에 나가거든 지금부터 내가 말해 주는 행동 수칙을 꼭 지키도록 하라고 단단히 일러 주시게!"

"그렇게도 많은 돈을 그들 모두에게 일일이 다 나누어 주게요?"

하루 일손을 놓고 읍내 만세운동에 나가라고 하면 그렇잖아도 바깥 바람을 못 쐬어서 몸이 근질근질하던 장정들이라, 물어 보나마나 모두들 제 세상을 만난 듯이 뛸 듯이 기뻐 날뛸 게 뻔하였다. 게다가 소꼴 머슴의 일 년치 새경과 맞먹는 나락 한 가마니 값에 가까운 큰돈을 모두에게 나누어 주라니, 갑작스럽게 이 무슨 조처인가? 김 서방은 도무지 알다가도 모르겠다는 얼굴이다.

"성내까지 가고 오는 뱃삯에다 만세운동을 벌이다가 왜놈 순사들과 헌병들한테 쫓겨서 차를 타고 먼 곳으로 피신해야 할 일도 생길 수 있고, 상처를 입고 인근의 민가에 숨어 들어가 신세를 지게 될 일이 있을 수도 있으니 그렇게 하라는 걸세. 그리고 열흘이고 한 달이고 멀리 도망가 은신하는 한이 있더라도 왜놈들을 뒤에 달고 동산리 쪽으로 도망쳐 오는 위험천만한 일이 있게 해서는 절대로 안 된다는 사실도 단단히 일러 주도록 하게!"

비장한 얼굴로 이르는 중산의 의도를 알아차린 김 서방은 그제서야 한 술 더 뜨며 자신의 생각까지 보태는 것이다.

"그라고 왜놈들한테 붙잡히는 일이 생기더라도 주인집 몰래 귀경하러 나왔다가 만세운동에 휩쓸리게 된 기이라는 말 외에는 입을 딱 봉해 버리라는 말도 단단히 일러 들겨야 되지 않겠습니꺼?"

"그야 여부가 있겠는가? 그리고 내가 미처 생각하지 못하고 빠뜨린 것이 있으면 그것도 자네가 다 알아서 부가하여 조처를 해 주면 고맙겠네!"

그러면서 중산은 아까 한 사장한테서 잔돈으로 바꾸었던 20원 전액을 김 서방의 손에 쥐어 준다. 김 서방은 평소에는 만져 보지도 못했던 거금을 덜덜 떨리는 손으로 받아 품속에 단단히 찔러 넣으며 사뭇 고무된 얼굴로 한 가지 제안을 하였다.

"서방님! 이렇게 많은 돈을 나누어 줄 바에야 만약에 왜놈들한테 쫓기게 되는 경우에는 우리 밀양에 얼씬거리고 있을 기이 앙이라, 차라리 초량 미곡창이나 동래 객사로 내려가서 세상이 잠잠해질 때까지 거기서 일이나 돕고 있으라고 하는 기이 좋지 않겠습니꺼?"

"그것 참 좋은 생각일세! 하지만 많은 인원들이 한 곳으로 몰려가는 것도 여러 가지로 문제가 될 수 있으니 가급적이면 한데 뭉쳐 다니지 말고 흩어져 행동하라고 이르게!"

그러면서 중산은 항일 운동을 하고 다니는 청암이 있는 동래 객사도 안전한 은신처가 될 수 없을지 모른다는 생각에 다시 당부를 한다.

"그런데 김 서방! 동래 객사도 안전한 곳이 되지 못할 수도 있으니 장기간 도피처가 필요할 경우에는 초량 미곡창에 가 있으라고 하고, 삼수란 놈과 한 통속인 하인들은 동래 범어사로 가서 언년이라는 채공보살을 은밀히 찾아보라고 하게. 절 아래의 팔송 마을에 그 보살님의 사가가 있는데, 내 이름을 대고 도움을 요청하면 기꺼이 거두어 줄 것이라 하고!"

"팔송에 사는 동래 범어사의 언년이 채공 보살이라고 하셨습니꺼?"

"그렇네. 하지만 범어사 안에도 친일 승려가 있다고 하니 각별히 조심들 하라고 이르게!"

"알겠습니더, 서방님! 그라모 소인한테 맡기신 일은 아무 걱정 마시고 곧 날이 저물기인데, 조심하시고 퍼뜩 댕겨 오시소!"

20원이나 되는 거액을 자기에게 선뜻 쥐어 주는 중산의 파격적인 조처에 사뭇 감동한 김 서방은 연신 머리를 조아리며 인사를 한다.

"집으로 가는 대로 내가 당부한 일부터 먼저 서둘러 하고, 그 결과를 나중에 내가 귀가하는 대로 즉시 알려 주게!"

"예, 서방님!"

김 서방과 헤어진 중산은 그 길로 곧장 말을 달려 아까 죽명 숙부로부터 대충 위치를 확인해 두었던 을강 선생 댁을 찾아갔다. 그러나 그의 초당은 인기척도 없이 이미 텅텅 비어 있었다. 중산은 그 사이에 또 무슨 일이 터진 게 아닌가 하고 가슴이 철렁하여 그 길로 곧장 운사로부터 들어서 알고 있던 김병환의 서문껄 쌀가게로 바쁘게 달려갔다.

그런데 그 역시 집에 없는 것을 보고 그는 또다시 가슴이 덜컥 내려앉고 말았다. 머리가 하얘진 그는 혹시나 하는 마음으로 노상리 쪽으로 달려가서 그곳 길가에 말을 묶어 두기가 바쁘게 지난해 운사의 병원 개업식날 을강 선생과 밀담을 나누었던, 시장 통 초입의 지물포 건물로 찾아갔다.

그가 삐걱거리는 나무계단을 소리 나지 않게 밟고 올라가서 예전에 대종교 밀양지사의 시교당으로 사용하였다는 그 건물 2층의 출입문을 열고 조심조심 들어섰을 때, 그곳 시교당 안에서는 을강 선생을 비롯하여 〈밀양청년독립단〉의 전 단원들이 거의 다 모인 가운데 내일의 거사를 앞두고 최종 점검 회의를 하고 있었다.

팽팽한 긴장감이 흐르는 회의장에 아무런 예고도 없이 중산이 불쑥 들이닥치자, 그를 모르는 청년 단원들이 화들짝 놀라면서 웅성거리기 시작하였다. 그러나 을강 선생이 두 손을 흔들면서 달려 나와 그를 반갑게 맞이하는 것을 보고서야 모두들 진정들을 하는 눈치였다.

"아니, 이런 시각에 민 공자께서 갑자기 여기에는 어인 일이시오?"

반가움과 놀라움이 뒤섞인 얼굴로 을강 선생이 물었다.

"댁으로 찾아갔다가 아무도 안 계시기에 서문껄 쌀가게로 김병환씨를 찾아갔었지요! 그런데 그분도 안 계시기에 무슨 일인가 하고 크게 걱정이 되어서 혹시나 하는 마음으로 여기까지 아무 경황도 없이 달려오게 되었습니다!"

그러면서 중산은 평소와는 달리 지난날 대종교 신의주 지사의 최응상 사교가 미곡상으로 변장하고 감내 장터에 왔을 때처럼 허름한 양복 차림에 밤색 중절모를 쓰고 있는 을강 선생의 모습을 새삼스러운 눈으로 바라본다.

"그러시다면 혹시 나한테 급하게 물어 보실 무슨 말씀이라도…?"

을강 선생은 만세운동을 앞두고 중산이 또다시 박철 사교의 일로 찾아 온 게 아닌가 싶은 모양이나, 중산은 박중흠이 거기에 붙잡혀 와 있는게 아닌가 하고 사방을 두리번 거리다가 일단 고개부터 그떡인다.

"예, 그렇습니다. 시생은 국상 일로 서울을 다녀 온 뒤로 병석에 죽 누워 있다가 몸을 털고 일어난 오늘 아침에야 뒤늦게 밀양 만세운동 소식을 듣게 되었습니다. 그래서 마침 다른 볼일도 있고 하여 성내에 나온 김에 일이 어떻게 돌아가고 있는지 알아보려고 우선 민중의원으로 운사 친구를 찾아갔다가 거기서 저희 숙부님과 한춘옥 사장을 뵙게 되었지요. 그런데 그분들로부터 오늘 아침에 박종흠이란 사람이 을강 선생님을 찾아와서 밀양면 사무소의 등사기 문제로 밀양경찰서에 갇혀 있는 자기 조카애를 오늘 중으로 무죄 방면이 되도록 조처를 취해 주지 않으면 가만히 있지 않겠다며 최후통첩을 하고 갔다는 얘기를 듣게 되었습니다. 그렇잖아도 왜놈들 주구노릇을 한다는 그 사람 때문에 시생도 몇번 곤욕을 치른 일도 있고 하여 크게 걱정이 되어서 바쁘실 줄을 뻔히 알면서도 두서없이 이렇게 불쑥 찾아뵙게 되었습니다. 그런데 그 이후로 아무런 일도 없었는지요!"

"아, 그 일로 크게 놀라시어 이렇게 부랴부랴 달려오신 것이구려? 자, 우선 저기 사무실 안으로 좀 들어가시지요!"

중산을 일단 사무실로 안으로 먼저 들여보낸 을강 선생은 시교당에 모여 있는 휘하의 단원들에게 뭔가를 열심히 이르고 나서 이내 사무실 안으로 따라 들어왔다.

중산과 마주 보고 앉으면서 상기된 얼굴로 그가 물었다.

"방금 말씀하신 그 박종흡씨의 부하 직원이 자작극으로 벌인 미곡 절도 사건으로 조선 독립군들과 내통한 혐의를 뒤집어쓰고 조사를 받으시고, 사냥대회 행사 중에는 또 아우님께서 일본 헌병들로부터 총격을 받는 등, 그동안 도저히 있을 수 없는 곤욕을 치렀다는 얘기는 죽명 선생으로부터 이미 듣고 있었습니다. 나를 도우려고 어려운 발걸음을 하셨다가 한춘옥 사장의 공연한 오해로 말미암아 그런 곤욕을 치르게 되셨으니 무어라 위로의 말씀과 함께 사과의 말씀을 드려야 할지 모르겠소이다!"

을강 선생도 그런 일들이 벌어진 까닭이 한 사장의 오해 때문에 빚어진 일로 파악하고 있는 모양이었다.

"당치도 않으신 말씀입니다. 그 일은 시생이 박철 사교의 일로 을강 선생님을 은밀히 찾아뵙는 바람에 생긴 것이지, 을강 선생님의 과오 때문에 생긴 일은 결코 아니질 않습니까?"

"아니지요! 따지고 보면 한 사장이 그렇게 우리 사이를 오해하게 된 것도 평소에 내가 부덕했던 탓에 생긴 일이 아니겠소이까? 만약에 그렇지만 않았더라면 한 사장이 자신의 군자금 모집에 내가 경쟁자로 나선 것으로 오해할 리도 없었을 터이고, 박종흠이 그를 위한 답시고 자기 부하 직원을 시켜서 귀댁에 그런 몹쓸 짓을 저지르게 만들었을 리도 만무하지요! 그런데 총상을 입었다던 제씨께서는 쾌차하셨습니까?"

"예, 그렇습니다. 을강 선생님께서 이렇게 각별히 염려해 주시는 덕분으로 허벅지의 총상은 깨끗이 다 나았습니다. 그런데 박종흠씨가 자신의 최후통첩에 따르지 않으면 가만히 있지 않겠다고 했다는데, 내일 만세운동에는 아무런 지장이 없겠습니까?"

중산은 아까 운사가 세 가지 이유를 들어가며 박종흠이 자기가 호언한 대로 경거망동을 하지 못할 것이라고 확언하는 것을 보고 그런 대로 안심이 되기는 하였으나, 일말의 불안감은 여전히 남아 있었다.

"아, 그 문제 말씀입니까? 아무려면 우리가 그런 친일 모리배의 뻔한 얕은 술수에 호락호락 넘어가기야 하겠습니까?"

청년 독립단의 지도자답게 을강 선생은 그런 난리를 겪고서도 의연한 기상과 자신감을 잃지 않고 있다.

중산은 을강 선생의 그런 모습을 보고서야 겨우 안심을 하며 자기가 찾아 온 본 용건을 비로소 밝힌다.

"오늘 읍내에 나왔다가 이번 만세운동 준비에 성 안의 많은 사람들이 팔을 걷어붙이고 나섰다고 들었습니다. 하지만 시생은 그동안 서울에서 문중의 여러 어르신들을 모시고 국장일에 매달려 있다가 집에 와서도 몸져 드러눕는 바람에 아무것도 도와드리지 못하고 말았습니다. 그렇다고 가만히 있을 수도 없고 하여 늦게 나마 최소한의 성의라도 보여 드리는 것이 도리이겠기에…."

그러면서 중산은 한 사장한테서 미곡 거래 착수금 조로 선불로 받은 2만원 중에서 아까 잔돈으로 바꾸어 김 서방에게 주고 남은 전액이 담긴 전대를 을강 선생 앞의 탁자 위에 가만히 올려 놓는다.

"아니, 이게 뭡니까?"

적이 놀란 을강 선생의 눈이 거액의 독립운동 자금을 기탁하면서도 심히 겸연쩍어 하는 중산의 얼굴을 더듬는다.

"내일 만세운동이 벌어지게 되면 총칼을 든 일경과 헌병들의 검거 선풍이 불어 닥치지 않겠습니까? 앞으로 더 큰 일을 도모하시기 위해서는 을강 선생님과 휘하 단원들의 도피 자금이 필요할 것 같기에 급한 대로 조금 마련해 가지고 왔습니다. 시생이 도울 수 있는 게 고작 이 방법뿐이니, 약소하지만 충심에서 우러난 성의라 여기시고 거두어 주시면 좋겠습니다."

중산은 피바람이 불어 닥칠지도 모를 만세운동 현장에 직접 뛰어 들 수 없는 자신의 처지를 내심 민망하게 여기면서 얼굴을 붉힌다.

"고작 이 방법뿐이라니요? 당치도 않습니다! 만금이 있다한들 민 공자와 같은 뜻이 없다면 그게 우리한테 무슨 소용이 닿겠습니까? 그런데 고맙기야 한량없지만, 자꾸 이러시다가 또 어떤 험한 꼴을 당하시게 될지 심히 걱정이 되는구려!"

감동한 을강 선생의 마음속에는 오늘 이렇게 자신을 만나고 간 중산이 이 일로 인하여 앞으로 또 어떤 곤욕을 치르게 될지 몰라 그게 은근히 부담이 되는 모양이었다. 그리고 사실 따지고 보면, 그는 위정척사적 분위기 때문에 지난 3·1만세운동에도 참여하지 않은 유림계 집안의 종손이 아닌가? 그런데 척사의 대상이 되었던 타 종교계가 주도하는 이번 밀양 만세운동에 이런 파격적인 행보를 보인다는 것은 여간 놀랍고 고무적인 일이 아닌 것이다.

"앞으로 한 사장님 때문에 걱정하실 일은 아마도 일절 없게 될 것입니다. 그러니 거기에 대해서는 아무 괘념치 마시고, 이것은 선생님과 휘하 청년 단원들의 무운장구를 빌어 드리는 시생의 마음이자 조선 광복에 힘을 보태고자 하는 최소한의 우국충정이기도 하니 편하신 마음으로 받아 주십시오."

중산의 가슴 속에는 조선 선비가 통상적으로 느끼는 위정척사적인 배

타적 이념보다는 나라 잃은 식민지 백성의 한 사람으로서, 그리고 망국의 책임감에서 결코 자유로울 수 없는 황실 척족 집안의 후예로서 남몰래 간직한 우국지정을 마지막 남은 생명줄처럼 뜨럽게 느끼고 있었다.

"성의는 고맙기 한량 없지만, 만날 때마다 번번이 이러시니 무턱대고 받아도 되는지 모르겠습니다!"

을강 선생은 중산이 우국충정이라고 하는 말을 듣고도 거액이 담긴 전대를 앞에 놓고 어찌할 바를 모르다가, 그가 보다 못해 직접 손에 쥐어 주자 그제서야 그것을 마지 못해 받아서 탁자 옆의 책상 서랍 속에 집어넣는다.

"을강 선생님께서는 애국 청년 교육에 가산을 다 바치시고도 모자라 평생을 두고 이렇게 조국 광복을 위해 불철주야로 헌신하고 계시는데, 시생은 고작 이렇게 뒤에서 몸을 사리고 변죽만 울리고 있는 꼴이라 부끄럽기 짝이 없습니다."

중산은 을강 선생이 그렇게 할수록 지난날이나 지금이나 한결같은 우국충정으로 일생을 바치고 있는 그의 곡진한 겸손 앞에서 자신의 존재가 너무도 작고 초라하게 느껴졌다. 그래서 그는 그런 참괴함을 다소나마 덮어 보려는 심정으로, 박토를 뚫고 올라온 왕대밭의 죽순처럼 자기네 집안의 체면을 가까스로 살려 주고 있는 청암의 얘기를 슬며시 끄집어내는 것이었다.

"낯이 뜨겁기만 한 이런 시생에게도 불행인지, 다행인지 성질이 불같은 청암이라는 아우가 하나 있답니다. 그런데 그동안 동래 향교에서 경학에만 전념하고 있던 그 아우가 지난해 연말에 뒤늦게 신학문을 접하고자 동래고보에 편입학을 하였더랬지요. 헌데, 그 시생의 아우도 〈성운〉이라고 하는 부산 지역의 종교연합 학생운동 단체에 가입한 모양인데, 거기서 제 역할이나 제대로 하고 있는지 모르겠습니다."

발설해서는 안 되는 일인 양 조심스럽게, 그러나 의미 있게 내뱉는 중산의 말에 을강 선생은 의외로 큰 관심을 나타낸다.

"아, 그래요? 〈성운〉에 관한 얘기는 3·1만세운동 바로 전날 아무 예고도 없이 급히 다녀 가신 박철 사교로부터도 들은 바가 있었지요!

"아, 그렇습니까? 박철 사교가 젊은 스님 한 분과 밀양을 다녀갔다는 얘기는 해천껄의 장인어른으로부터 전해 들었습니다!""

'예, 민 공자께서도 그 사실을 이미 알고 계셨던 것이구료! 만세운동의 일정이 갑자기 앞당겨지는 바람에 그 사실을 전하고자 동래로 내려가는 길에 약산 스님이라는 외종 생질 되시는 분과 잠시 들렀다 가셨던 게지요!"

"아니, 약산 스님이라는 외종 생질 되시는 분과 같이 왔었다고요? 혹시 청관 스님이라는 말을 약산 스님으로 잘못 들으신 것이 아닌지요?"

"아니, 분명히 약산 스님이라는 별호를 쓴다고 하였습니다."

그러나 중산은 그가 바로 청관 스님이었음을 믿어 의심치 않았다.

"그런데 그 스님은 지금 표충사에 가 있는지도 모르겠군요?"

"글쎄요. 표충사의 청년 스님들을 데리고 당일로 상경한다고 했으니까 그것은 잘 모르겠습니다. 그런데 아우되시는 분이 〈성운〉에 참여하고 있다니, 참으로 듣던 중 반갑고 정한 일이십니다!"

"우리 가문의 얼굴에 먹칠이나 하지 않았으면 좋겠는데, 장하다고 하시니 듣기에 민망합니다. 그런데 혹시 대종교 동래지사의 박철 사교께서도 그 〈성운〉이라는 종교연합 학생운동 단체에 관여하고 계신다고 하지 않았는지요?"

그러면서 중산은 미곡 출하차 부산에 갔다가 동자승 송아의 안내로 범어사의 채공보살로 있는 언년이 보살의 팔송 사가를 찾아갔을 때 그녀로부터 들었던 말을 새삼스럽게 떠올린다. 그때, 그녀는 범어사 안에 있는 명정학교에 다니다가 친일 인사인 용각 스님이 새 주지로 부임하면서 자기 학교의 교장이 되는 것을 보고 동래고보로 전학을 한 앞집의 조동백이라는 청년 학생과 박철 사교가 선이 닿아 있다는 말을 들었다고 하지 않았던가!

"글쎄올시다. 그런 얘기는 들은 바가 아직 없습니다. 다만, 박철 사교께서는 지난 연말에 만주를 다녀온 이후로 〈대한정의단(大韓正義團)〉의 신규 단원 모집에 동분서주하고 계시는 걸로 알고 있습니다."

"〈대한정의단〉이라니요? 시생이 듣기로는 지난해까지만 해도 그분은 만주의 대종교에서 창단한 〈중광단〉의 영남 총책으로 활동한다고 들었습니다만…."

"예, 왜놈들의 언론 통제로 아직도 국내에서는 모르는 사람들이 많지만, 우리 대종교에서는 지난해 음력 11월에 만주와 연해주를 비롯하여 해외에 있는 저명인사 서른아홉 분이 연대 서명하여 〈무오독립선언서〉를 발표한 적이 있었지요! 거기에 서명한 인사들 중에는 우리 대종교의 도사교(都司教)이신 김교헌 선생을 비롯하여 선언서 작성자인 조소앙 선생과 김동삼 · 신규식 · 박은식 · 이시영 · 이상룡 · 이동녕 · 신채호 · 김좌진 · 김규식 · 이승만 선생 등, 기라성 같은 인물들이 총망라되어 있었는데, 우리 밀양 출신의 인사들도 윤세복, 손일민, 황상규 선생 등, 세 분이나 거기에 동참하여 뜻을 함께 하였지요! 그런데 우리 대종교에서는 이 〈무오독립선언서〉를 발표한 이후로 독립운동의 방법을 보다 적극적인 항일 무력투쟁으로 전환하여 펼치기 위하여 지난날의 〈중광단〉을 토대로 이번에 이 〈대한정의단〉을 새로 창단한 것이지요. 박철 사교께서 지난해 연말에 만주 화룡현에 있는 우리 대종교의 총본사에 갔던 것도 아마 그 준비 작업 때문이 아니었던가 싶습니다."

"아, 그렇습니까? 그렇다면 혹시 이곳 청년 독립단원들도 내일 만세운동을 벌인 뒤에는 만주로 건너가서 〈대한정의단〉이란 그 무력 독립투쟁 단체에 신규 단원으로 입단할 수도 있겠군요?"

자기도 모르게 주먹을 불끈 쥐고 묻는 중산의 눈에 뜨거운 바람이 이는 듯하였다,

"예, 그렇습니다! 윤세복 선생과 황상규 선생의 특별한 요청도 있고 하여 이번 만세운동의 기획 단계에서부터 특별한 사정이 없는 한 우리

단원들 모두가 만주로 건너가서 〈대한정의단〉에 투신할 계획을 미리부터 세워 두고 있었지요!"

그러면서 안광이 강하게 빛나는 을강 선생의 눈이 의아한 듯이 중산의 얼굴 표정을 새삼스럽게 더듬는다.

"아, 시생이 왜 이렇게 여쭙는지 그게 궁금하신 모양이시군요? 사실은 내일 만세운동에 우리 문중에서도 모든 젊은 일꾼들이 각자의 자유의사에 따라 적극적으로 참여할 수 있도록 뒤늦게 조처를 서두르고 있는 중이라 그냥 한번 여쭈어 보는 것입니다."

"아, 그렇습니까? 그러고 보니 태황제 폐하의 국상을 당한 뒤로 귀댁에서도 현시국에 대한 인식이 달라져서 더욱 강화되고 있나 보구려? 우리 단원들의 도피 자금 지원에다 또 그렇게 인원 동원에까지 신경을 써 주시다니, 내일은 정말로 대단한 날이 될 것 같습니다!"

"별 것도 아닌 것을 가지고 낯 뜨겁게 과찬의 말씀을 다 하십니다. 보아하니 아주 바쁘신 모양인데, 용무를 다 마쳤으니 시생은 이만 실례를 하여야 할 것 같습니다."

중산은 만세운동 준비에 지장을 주는 것 같아 서둘러 자리에서 일어난다. 무거운 마음으로 찾아왔으나 돌아가는 그의 발걸음은 한결 가벼워져 있었다. 아까 운사가 이번 만세운동을 앞두고 왜놈들한테 맺힌 원한이 많은 자네가 어떻게 대응하고 나설지에 대해 기대가 되는 바가 크지만, 다른 한편으로는 입버릇처럼 달고 다니던 그 무거운 역사적인 책임감의 무게를 어떻게 다 감당할지 심히 걱정이 되는 바도 없지 않다고 하던 말을 들었을 때만 해도 적지 않게 마음이 무거웠던 그였다. 그런데 이제는 그 마음의 짐을 다소나마 덜게 되었다는 생각에 내심 가슴을 쓸어 내리게 된 것이었다.

그들이 사무실 밖의 시교당으로 나왔을 때, 거기서 자기들끼리 회의를 진행하고 있던 청년 독립 단원들이 누가 시키기라도 한 듯이 일제히 자리에서 일어났다. 아까 중산이 사무실 안으로 먼저 들어갔을 때 뒤에 남았던 을강 선생으로부터 그에 대한 자세한 설명을 전해 들었던 모양이었다.

건물 밖으로 나오기에 앞서 청년 단원들의 뜨거운 시선들을 의식한 중산은 내일 만세운동의 주역들인 그들을 둘러보며 목례로써 미리 경의를 표하였다. 그리고 을강 선생을 향하여 돌아선 그는 머리를 깊이 숙여 정중하게 읍례를 올리면서 하직 인사를 한다.

“밖으로 따라 나오지 마십시오. 시생은 여기서 하직 인사를 올리겠습니다.”

“민 공자, 여러 가지로 고맙소이다! 어디에 가 있더라도 내 그 마음 두고 두고 잊지 않으리다!”

뒤따라 나오던 을강 선생이 감개무량한 얼굴로 그의 두 손을 마주 잡는다.

“시생도 해방된 조국의 하늘 밑에서 을강 선생님과 재회하게 되는 그 날이 하루 빨리 오게 되기를 천지신명께 빌고 있겠습니다. 그런데 이렇게 헤어지고 나면 언제 그런 날이 와서 다시 뵙게 될는지요?”

을강 선생을 애틋하게 바라보는 중산의 검은 두 눈이 뿌옇게 흐려진다.

그러나 을강 선생은 오히려 그런 그를 바라보며 환하게 미소를 짓고 있었다.

“어디를 간들 목숨이 붙어 있다면 다시 돌아와 만날 날이 있지 않겠습니까?”

“부디 그런 날이 하루 속히 오기를 빌고 있겠습니다. 만주에 가 계시더라도 부디 언제까지나 옥체 보존하십시오!”

“고맙소 민 공자! 이토록 마음을 써 주시는 성의를 생각해서라도 내 기필코 그렇게 하리다!”

을강 선생은 미소를 잃지 않고 걱정하지 말라는 듯이 중산의 듬직한 어깨를 두드려 주다가 갑자기 울컥 치미는 격한 감정을 주체치 못하고 기어이 그의 상체를 와락 껴안고 만다. 자기로 말미암아 그동안 박종흠과 왜놈들로부터 험한 꼴을 당한 그가 또다시 자기를 도와 주려고 달려온 그 마음이, 한결같이 뜨거운 그 충심이 이루 말할 수 없이 고맙고, 또 감격스러웠던 것이리라.

그러자 키가 훌쩍 큰 중산도 그의 상체를 마주 껴안는다. 그렇게 시작된 그들의 포옹은 더없이 뜨겁고 강렬하였으며, 한동안 계속되었다.

뜨거운 포옹 끝에 눈시울이 붉어진 중산이 다시금 하직 인사를 하였다.

"그러면 시생은 이만 물러가겠습니다. 만주에 가계시더라도 늘 지금처럼 건강하십시오!"

뒷걸음질을 치는 중산의 눈에 물기가 어리고 있었다.

"안녕히 가시오, 민 공자!"

손을 들어 보이는 을강 선생의 눈시울도 어느 새 붉어지고 있었다.

그 모습을 보고 먹먹해진 가슴을 안고 집으로 돌아온 중산이 바깥사랑으로 막 들어설 때였다. 문간 신혼방에서 기다리고 있던 김 서방이 그의 인기척을 느끼고 달려나와 전하는 말이 예사롭지 않았다.

"서방님! 아까 서방님께서 생각을 바꾸시고 소인한테 분부하신 일 말입니더. 서방님께서 공연한 걱정을 하신 것 같습니더! 대소가의 하인·머슴들 할 것 없이 모든 장정들이 내일 만세운동에 나가기로 이미 작당들을 하고 있었으니까 말입니더!"

중산은 그게 강학당의 배 선생과 강 선생이 그만큼 적극적으로 홍보활동을 벌인 결과 때문이 아닌가 했다.

그런데 김 서방의 설명을 듣고 보니 그게 아니었다. 그동안 객지에 나갔다가 돌아온 마산리 교회의 신자인 최수봉이 어제 아침부터 오늘 오후까지 마산리 교회의 청년 교인들과 마을 친구들을 대거 동원하여 상남면과 하남면 일대를 두루 누비고 다니면서 대대적으로 홍보 활동을 벌이는 바람에 자기네 대소가에서도 젊은 일꾼들 중에 이번 밀양 장날에 있을 만세운동에 대해 모르는 사람이 없었다는 것이다. 그런데 나중에 알고 봤더니 그 중에서도 특히 운당 종조부 댁의 봉도와 초당 종조부 댁의 득수를 비롯하여, 평소에 그들과 가까이 지내 온 자기네 집의 을환이에다, 초량 미곡창의 사무장 윤 영감의 아들 병환이와 삼수의 형 갑수까지 자기네들끼리 만세 운동에 몰래 참가하기로 미리 작당들을 하고 잔뜩 벼르고 있었다는 것이다.

"그러고 보니 지난해 서반아 괴질이 창궐했을 때 머슴살이를 그만두게 한 그 마산리의 예수꾼이라던 종팔이하고 똘출이가 그 녀석들을 미리 구워삶아서 끌여들였던 게로군먼!"

"예, 맞습니더! 그라고 그놈아들은 원래부터 한 통속이었다 앙입니꺼!"

"한통속이라니, 그건 또 무슨 말인가?"

"서방님께서도 방금 말씀하셨다시피, 봉도하고 득수는 예전부터 예수쟁이인 종팔이하고 또출이의 똘마니 노릇을 하고 댕기던 녀석들이 앙이겠습니꺼. 그라고 남들이 몹쓸 놈이라꼬 손가락질을 하는 삼수 놈하고 죽고 몬 살던 우리 집 을환이도 한 패거리였다니까요! 지난번 미곡 출하차 부산으로 갈 때 그 녀석들이 작당들을 해 가지고 하역 인부로 자청하여 나섰던 것도 다 그 때문이었다 앙입니꺼! 그런데 거기서 그동안 헤어져 있던 삼수 놈을 만나서 미곡 하역 작업을 할 때 늘 붙어서 지냈는데, 밤에 잘 때도 자기네들끼리 똘똘 뭉쳐서 따로 잠을 잤다지 뭡니꺼. 그런데 오늘 갑환이한테서 그때의 이바구를 들어보니 그날 밤 삼수란 놈이 그동안 약장수 풍각쟁이 노릇을 하면서 조선 팔도에 안 가본 데가 없다는 당곡의 염녹술이 아들 풍수한테서 들었던 별의별 바깥세상 이바구를 날 새는 줄도 모르고 다 쏟아놓았다 하네요. 그런데 어리숭한 우리집 을환이 녀석은 누구나 차를 타면 놀고 있는 땅이 천지사방에 널려 있다고 하는 만주까지 갈 수 있다고 떠벌리는 삼수 놈의 말에 홀려 가지고 지금도 꿈에 잔뜩 부풀어 있다고 하지 뭡니꺼!"

"그래애? 이 사람아! 그렇다면 진작부터 그런 사실을 나한테 귀띔을 해 주었어야지, 이제 와서 이러면 어찌하는가?"

중산은 어이가 없기도 하고, 다른 한 편으로 놀랍기도 하여 김 서방한테 버럭 역정을 낸다. 김 서방의 그러한 얘기를 듣고서야 그는 지난날 초량 미곡창으로 가는 선상에서 삼수를 두고 하던 청암의 말이 문득 생각났던 것이다.

그때, 청암은 이렇게 말했던 것이다.

"앞으로는 형님도 그 녀석을 사고뭉치로만 보시지 말고 마음을 터놓고 인간적으로 대해 주면서 모든 얘기를 스스로 터놓고 할 수 있도록 한번 해 보십시오! 저번에 동래고보에 편입학할 준비를 하라는 형님의 편지를 전하러 왔을 때, 동래에 온 김에 범어사를 구경하고 싶다고 하기에 그 까닭은 물었더니 자기가 아는 마산리 교회의 권사 아들 중에 최수봉이라는 청년이 있는데, 범어사 안에 있는 명정학교에서 공부를 하다가 독립운동가가 되는 꿈을 안고 많은 애국지사들이 교편을 잡고 있는 평양 숭실학교로 유학을 떠났다고 하지 뭡니까! 그 녀석은 머리가 잘 돌아가고, 또 교회의 물을 먹은 데다 견문이 넓은 풍수라는 약장수 친구 때문에 그런지는 몰라도, 오히려 우리보다 개명이 훨씬 더 많이 되어 있더라니까요. 최수봉이 마산리 교회의 어느 장로의 주선으로 전학을 간 평양 숭실학교라는 곳이 많은 애국지사들이 애국사상 교육을 펼치고 있는 민족학교라는 사실도 알고 있었고요, 자기도 훌륭한 독지가가 있거나, 좋은 기회를 잡게 되면 최수봉이라는 사람처럼 민족교육을 받을 수 있고, 독립 운동가가 되는 길도 열리게 된다는 사실도 알고 있었습니다."

그렇다면 삼수와 가까이 지냈던 그 하인 녀석들이 이번 만세운동에 저들끼리 남몰래 참가하기로 대담하게 작당들을 하게 된 데에는 그 전부터 〈성운〉의 일원으로 활동하고 있었던 청암의 어떤 힘이 직접적이든, 간접적이든 분명히 작용하고 있었을 수도 있다는 게 중산의 판단이었다.

'그래, 그랬던 것이야! 이것이 사고뭉치인 삼수 녀석을 자기 곁에 두고자 하였던 청암의 치밀하게 계획된 의도였단 말이지!'

중산은 속으로 그렇게 부르짖었다. 그런데 이상한 일이었다. 아까 죽명 숙부 댁에서 향숙이가 동래고보에서도 내일 만세운동이 벌어질 것이라는 소문을 들었다고 했을 때만 해도 머리끝이 쭈뼛해지면서 청암에 대한 걱정부터 앞섰는데, 지금은 그와 반대로 알 수 없는 거룩한 어떤 기운이 자기를 감싸고도는 듯한 느낌이 들면서 부지불식간에 가슴이 울렁거리면서 주먹까지 불끈 쥐어지는 것이다.

심각하게 굳어진 얼굴로 중산이 말했다.

"김 서방. 내일 아침에 만세운동에 나가는 일꾼들에게 50전씩을 다 나누어 주고도 남는 돈이 있거든 그 돈 모두를 삼수 놈과 한통속이라는 그 녀석들에게 골고루 더 나누어 주도록 하게!"

"아니, 서방님!"

김 서방이 사뭇 놀란 얼굴로 무엇이라고 토를 다려고 하자 중산은 단호하게 다시 이르는 것이다.

"나한테도 생각하는 바가 있어서 그러는 것이니 아무 말 말고 그리 하도록 하게!"

이날 밤, 중산은 전에는 경험하지 못했던 새로운 감정에 휩싸인 나머지 밤새도록 잠을 이룰 수가 없었다. 돌아가는 사태의 추이를 보니 자기가 마치 휘하 군사들의 생사가 걸린 결전의 날을 앞둔 변방 군막의 수장과도 같은 입장이 되어 버린 것이다.

다음날 아침, 어느 때보다 이른 시각에 백호를 타고 산책길에 나선 중산은 늘 다니던 긴다리강 가의 농로와 응천강 가의 밀성제 제방길 대신에 당곡 쪽으로 열려 있는 황토빛 신작로를 말 머리를 돌렸다. 그리고는 백마의 몸이 풀릴 만큼 뚜벅뚜벅 걸어가다가 마치 황량한 만주 벌판에 나선 선구자라도 되는 듯이 속력을 내어 마산리 쪽을 향하여 질풍같이 달려가기 시작하였다.

아마도 을강 선생의 모습을 떠올리면서 내일 만세운동 후에 자기 휘하의 청년 당원들과 함께 국경선을 넘어 만주 벌판을 누비면서 겪게 될 그분의 앞길을 자기도 몸소 체험해 보고 싶었는지도 모를 일이었다.

사실, 그는 타관에서 돌아온 최수봉이 주축이 되어 어제와 오늘 많은 청년 신도들과 함께 상남면과 하남면 일대에서 대대적으로 밀양 만세운동의 홍보활동을 펼칠 수 있게 만든 마산리교회부터 한번 둘러보고 싶었던 것이다. 그리고 그들의 노력으로 많은 사람들이 만세운동에 참가하게 될 당곡과 백족, 동산 너머의 상세천, 중세천, 하세천을 포함한 동산리 일대와 자기네 소작인들이 많이 사는 이웃 마을 어은동과 외산 부락까지도 내킨 김에 한번 둘러볼 생각이었다.

하지만 장꾼들이 길을 나서기에는 아직도 이른 시각이라, 희뿌윰한 여명 속에 밀과 보리들이 한창 자라고 있는 강마을의 한적하고 평화로운 아침 풍경만 시야 가득 펼쳐질 뿐, 만세운동이 벌어지는 날이라고 해서 특별히 달라진 것은 없었다.

그런데 당곡 부락을 지나고 마긋들 앞을 지나서 느리미산과 소백족 사이의 진등대를 넘어갈 때였다. 주일도 아닌 평일날 아침에 멀리 마산리교회 쪽에서 종소리가 요란하게 울려 퍼지기 시작하는 것이었다. 아마도 만세운동을 앞두고 특별 찬양예배라도 열리는 것이리라.

아니나 다를까, 한동안 계속되던 종소리가 미처 그치기도 전에 이곳저곳에서 나들이옷을 갈아입은 남녀 교인들의 모습이 나타나기 시작하였다.

그것을 본 중산은 자기네 유림에서 아직도 벽사(辟邪)의 대상으로 여기는 교회를 염탐질 하다가 들킨 것처럼, 말고삐를 잡아당겨서 황급히 발길을 돌리고 만다. 자기네 유림들과 문중에서는 아직도 기독교를 '야소교'라 지칭하며 백안시 하고 있고, 또 교인들 쪽에서도 그런 자기네를 경원하는 게 엄연한 현실이라, 그들이 주도하는 만세운동을 앞두고 교회 앞에서 그들과 마주친다는 게 여간 쑥스러운 일이 아니었기 때문이다.

그러나 아까부터 그의 머릿속에서는 예수교 청년들이 주축을 이루고 있는 〈밀양청년독립단〉과, 그들의 지도자인 을강 선생의 생각이 여전히 망망한 만주 벌판을 향하여 흘러가는 뜬구름처럼 끊임없이 흘러가고 있었다. 그리고 내일 자기네 학교에서 만세운동을 벌이게 될 청암의 얼굴을 비롯하여, 죽명 숙부의 권유로 예수교인이 되어 〈민중의원〉을 운영함과 동시에 개원한 이후로 지역 내의 유력 인사가 되어 〈밀양청년독립단〉의 옵서버 역할을 하면서 그들과 뜻을 함께 하고 있는 운사의 얼굴이 교차되고 있었다.

그리고 그와 동시에 기회 있을 때마다 우유부단하게 현실과 타협하는 듯한 해외 유학파들의 온건주의에 대해 비판을 가하던 자기에게 조상대대로 맺힌 원한이 많은 자네가 암담한 민족현실에 어떻게 대응하고 나설 것이며, 그 무거운 역사적인 책임감의 무게를 어떻게 감당할지 심히 기대가 되고 걱정이 되기도 한다던 운사의 목소리가 환청이 되어 머릿속에 메아리 치고 있었다.

하지만 마산리 앞에서 발길을 돌려 소백족과 성지골을 지나고 백족고개를 넘어서 상세천, 중세천과 하세천을 차례로 둘러보고 낙동강 본류가 저만큼 바라다 보이는 어은동과 외산 부락 일대까지 들러보고 집으로 돌아온 그는 평소와 다름없이 아침밥을 먹었다. 부친 영동 어른이 집에 있었더라면 자신이 처리한 문중 일과 가정사에 관하여 보고도 하고 의논도 하면서 중사랑에서 함께 식사를 하게 되었으련만, 부친이 의성으로 간 후로 아직도 돌아오지 않고 있어서 오늘 따라 별당 박씨 부인의 처소에서 아침 밥상을 받게 된 중산이었다.

하지만 임신 다섯 달째인 부인의 배가 눈에 띠게 불러 왔음에도 그는 태중 아이의 얘기를 하며 부부간에 정담을 나누거나 일상에 대하여 한가로이 이야기를 나눌 겨를이 없었다. 조반상을 물리기가 바쁘게 바깥사랑의 자기 처소로 돌아온 그는 바깥 행랑 쪽에서 무리를 지어 읍내 장터로 몰려가는 젊은 일꾼들의 인기척이 떠들썩하게 들려오고 있었건만 그들에 관한 일에 대해서는 모두 김 서방한테 맡겨둔 채 그 자신은 더 이상 일체 간여하지 않았으며, 먼발치에서나마 만세운동의 진행 과정을 지켜보기로 했던 애초의 생각마저도 아예 접고 말았다.

그가 이렇게 하룻밤 사이에 갑자기 태도를 바꾸게 된 것은 어제 을강 선생을 만나고 돌아오는 길에 청관 스님의 최근 소식을 혹시 들을 수 있지 않을까 하여 해천껄 처가에 들렀다가 병석의 곽종석 선생을 만나러 거창의 다전으로 갔던 운곡 선생이 가지고 온 아주 중대한 유림계의 소식을 들었기 때문이었다. 그가 전하는 바에 의하면, 지난해 연말에 대종교 계의 주도 하에 만주와 연해주를 비롯하여 해외에 나가 있는 저명인사들이 뜻을 모아 〈무오독립선언서〉를 발표했듯이, 자기네 유림에서도 천도교, 불교, 기독교계가 주도한 3·1만세운동 때 불참했던 아쉬움을 만회하기 위해 대한제국의 국권 회복을 요구하는 독립청원서를 파리 강화회의에 보내기로 했다는 것이었다.

그런데 유림계의 독자적인 이번 독립운동이 의성이 본관인 경북 성주의 심산(心山) 김창숙(金昌淑)이 퇴계 학맥의 영남 유림의 대표적 학자인 스승 곽종석 선생에게 발의하여 비밀리에 추진되고 있는 중이고, 때마침 그곳과 가까운 의성에 부친 영동 어른이 가 있는 실정이기도 하니 그 일이 마무리 될 때까지 은인자중하고 있는 게 좋겠다며 처조부 운곡 선생은 물론, 장인 필운 선생까지 엄히 당부하는 바람에 중산은 본의와는 상관없이 이번 밀양 만세운동에는 존재감도 없이 몸을 낮추고 있어야 할 처지가 되고 만 것이었다.

그가 읍내 만세운동 현장을 직접 살펴보지 못하는 안타까움을 달래기 위하여 후원 사당에 나아가 오늘 읍내에서 만세운동이 벌어진다는 사실과 함께 어제 오늘에 윗분들의 재가 없이 자신이 독단적으로 취한 비상 조처들을 여러 조상님들께 아룀과 동시에 만세운동에 나간 일꾼들이 무사히 귀가 할 수 있도록 굽어살펴 달라고 빌고 있을 때, 거사를 앞둔 읍성 일대에서는 아침부터 전운이 감돌고 있었다.

독립선언서의 낭독으로 만세운동이 시작될 밀양 읍성 안의 노상리(路上里) 장터 사거리에서는 이른 아침부터 〈밀양청년독립단〉 핵심 요원들과 밀양읍교회의 기독교 청년회 간부들이 시장 상인으로 가장하고 나와 그동안에 준비해 두었던 각종 플래카드와 깃발들을 인근 가게 안으로 속속 옮겨다 놓기에 바빴으며, 한쪽에서는 어물전마다 돌아다니며 연단 가설용으로 쓸 생선 상자들을 부지런히 빌려다 나르고 있었다.

그곳은 을사 보호 조약이 체결되던 지난 1905년 이전까지만 해도 민족학교인 '밀양사립개창학교(密陽私立開創學校)'가 있었던 곳이었다. 그 학교는 향청(鄕廳)의 부속 건물이 있던 자리에 세운 것으로, 일찍이 이 지역의 선각자로 국채보상운동(國債報償運動)에 가담하고 애국계몽에 앞장섰던 문산(聞山) 손정현(孫貞鉉) 선생이 지난 1897년 11월 1일에 식민지 개척에 혈안이 된 세계열강들 속에서 독립된 조선의 미래를 이끌어 갈 신진 인재를 양성하기 위하여 밀양 유림의 뜻을 모아 세웠던 민족학교였다.

그러나 그 피어린 민족학교는 을사 보호 조약의 체결로 조선의 외교권을 박탈한 일제가 바로 그 이듬해인 병오년(丙吾年: 1906년)에 자기네의 조선 공략을 원활히 하기 위하여 강권으로 학제 개편을 단행할 때, 공립학교로 만들면서 배다리 건너 삼문리 쪽으로 이전하여 이름마저 〈밀양 공립 보통학교〉로 바뀌어 버린 뒤로 저들의 조선 강점을 합리화시키는 식민지 교육의 전초 기지로 삼아 버린 지 이미 오래였다. 그리고 향청 부속 건물과 민족학교가 있었던 그 유서깊은 자리에는 저자 거리가 조성되었고, 그 주변 일대에는 동양척식회사(東洋拓植會社) 지사와 수리조합, 금융조합과 같은 각종 기관들이 들어서면서 일제의 식민지 정책이 판을 치는 이 지역 경제 수탈의 중심지가 되어 버린 곳이기도 하였다.

그곳으로 오는 사대문 밖과 성내의 각 길목에서는 이른 아침부터 장꾼으로 변장한 청년 단원들이 밀양면 사무소와 부북면 사무소에서 훔쳐 온 등사기로 만든 수천, 수만 장의 독립선언서와 밀양읍교회의 부녀회원들이 일일이 손으로 그려서 만든 태극기를 망태기에 담아 와서 장터로 들어오는 장꾼들과 시위 군중들에게 나누어 주기에 여념이 없었다.

김기득과 박만수는 해천껄 서문 밖에서, 윤보은과 강인수는 향천껄의 대로변에서, 정동준과 한봉인은 황포돛배가 와 닿는 남문 밖의 배다리 나루에서, 김소지와 박상오는 동문 밖에서, 이장수와 권호는 부북면으로 가는 길목인 서문 밖에서, 그리고 설인길과 한봉고는 교동 쪽의 북성껄에서 각각 그 임무를 수행하고 있었다.

장터 거리는 한낮이 되기도 전에 명절을 앞둔 대목장처럼 장꾼들로 붐비기 시작하였다. 정오가 가까워지면서 장날마다 난전의 좌판이 빼곡히 들어차곤 하던 장터 네거리 한복판에는 어느 새 생선 상자를 쌓아서 만든 높다란 연단이 자리잡고 있었으며, 주변의 가게 안에 숨겨 두었던 각종 플래카드며 온갖 깃발들도 속속 그곳으로 날라져 오고 있었다.

그러는 가운데 장터거리의 외곽에서는 멀리서 온 군중들이 끊임없이 밀려들고 있었다. 심산유곡에서 흘러 온 계류와 지류들이 한곳에 모여서 시내를 이루고, 그것들이 다시 모이고 모여서 대하(大河)가 되고 대양(大洋)이 되어 넘실거리듯이, 이곳 시장통 일대는 그야말로 인산인해를 이루어 가고 있었다.

홍수에 떠밀려 온 온갖 부유물들처럼, 시장통 일대를 가득 채우고 그 면적을 점점 더 넓혀 가고 있는 군중들의 모습도 각양각색이었다. 일찌감치 장을 본 장꾼들은 물론이요, 지나가던 길손이며, 근처의 인가에서 몰려나온 구경꾼들까지 뒤섞여서 그야말로 남녀노유를 막론하여 온갖 인간 군상들이 다 뒤섞여 있는 것이었다.

폭발 직전의 활화산처럼 팽팽한 긴장감이 감도는 일촉즉발의 분위기 속에서도 적진의 동향을 알리는 척후병들처럼 사람의 바다 속을 누비고 다니면서 독립선언서와 태극기를 미처 받지 못한 사람들에게 그것들을 나누어 주기에 여념이 없는 밀양읍교회의 청년회와 부녀회 회원들을 비롯하여, 무봉사 불교 신도회 사람들의 움직임도 점점 빨라지고 있었다.

그런데 어찌된 일일까. 시장통을 비롯한 성내 일대에서 그런 일이 벌어지고 있다는 사실을 아는지 모르는지, 바로 코앞에 있는 밀양 경찰서와 헌병 파견대 쪽에서는 아직까지 아무런 움직임이 감지되지 않고 있었다.

낮 12시 10분 전!

드디어 만세운동의 서막이 올랐다. 시장통 사거리에 진을 치고 있던 김병환과 윤치형, 윤세주를 비롯한 핵심이단원들이 을강 선생의 지시에 따라 대나무 장대 끝에 매단 각종 깃발과 플래카드들을 거기에 대기하고 있던 동지들에게 나누어 주기 시작하였고, 그것들을 양쪽에서 마주 든 단원들은 생선 상자를 쌓아서 만든 연단 앞으로 나와 그 역시 대나무 깃대에 매단 대형 태극기를 중심으로 배수진을 치듯이 양 옆으로 길게 늘어서기 시작한 것이다.

자기들만으로는 손이 모자라자 연단 가까이에 있는 군중들에게도 바쁘게 나누어 준 그 플래카드들마다 '향민들이여, 총궐기하라!' '대한독립 만세!', '밀양의 의열은 살아 있다!' 등 온갖 구호가 다 난무하고 있었다.

만세운동의 시발점이 될 그곳에는 이미 구름 관중들로 인산인해를 이루고 있었으며, 그 외곽 쪽에서도 허겁지겁 달려온 사람들로 겹겹이 사람의 장막이 형성되며 그 면적이 바쁘게 확장되어 가고 있었다. 가쁜 숨을 몰아쉬며 안도하는 그들의 손에는 어김없이 둘둘 말린 태극기며, 등사하여 만든 독립선언서가 굳게 쥐어져 있었다.

정오가 가까워지면서 사대문 밖에서 각자의 임무를 수행하고 있던 청년 단원들도 하던 일을 멈추고 일제히 시장통 사거리로 달려왔다.

드디어 낮 열두 시 정각!

시간을 확인하고 있던 청년단장 김병환의 신호에 따라 뒤에서 그들을 지켜보고 있던 을강 선생의 입에서 드디어 역사적인 밀양 만세운동의 시작 명령이 떨어진다. 거기에 나와 있던 모든 청년 독립단원들은 저마다 품속에서 태극기가 선명하게 그려진 하얀 머리띠를 꺼내어 일제히 머리에 동여매었다.

그것을 본 앞쪽의 군중들이 갑자기 술렁거리기 시작하였고, 그 여파는 물결을 이루며 후미로 후미로 번져 나갔다. 동지들이 머리띠를 다 두른 것을 확인한 김병환이 뛰는 걸음으로 생선 비늘이 덕지덕지 눌어붙은 높다란 연단 위로 올라갔다. 그리고는 시장통 일대를 가득 메운 군중들을 향하여 메가폰을 들고 목이 터져라 외치는 것이다.

"지금으로부터 독립선언서를 낭독하겠습니다. 독립선언서를 낭독할 사람은 예전에 바로 이 자리에 있었던 밀양 공립보통학교 시절에 왜놈들 최고의 국경일인 천장절날 학교 행사장에 걸려 있던 일장기를 분뇨통 속에 처넣는 거사를 감행하여 소년 항일투사로 이름을 떨쳤던 바로 그 윤세주 군입니다!"

김병환의 소개가 끝나자 대나무 깃대에 매단 대형 태극기를 치켜든 윤치형을 앞세우고 연단 위로 뚜벅뚜벅 올라간 윤세주는 감개무량한 얼굴로 구름처럼 운집해 있는 단하의 군중들을 잠시 둘러보더니 머리에 동여매고 있던 머리띠를 풀어서 연단 바닥에 펼쳐 놓는다. 그러자 연단 아래에 있던 수많은 군중들은 대관절 무엇을 하려고 저러는가 하는 얼굴로 그의 일거수일투족을 숨을 죽이고 지켜보고 있었다.

태극기가 그려진 머리띠 앞에 무릎을 꿇고 앉은 윤세주는 하늘을 우러러 잠시 묵도를 올린 다음, 갑자기 오른손 검지를 깨물더니 선혈이 뚝뚝 떨어지는 손가락으로 하얀 머리띠 위에다 무언가 혈서를 쓰기 시작하였다. 일필휘지로 혈서를 쓴 그는 자리에서 일어나 선혈이 낭자한 그 머리띠를 두 손으로 맞잡고 머리 위로 치켜들어 군중들에게 활짝 펼쳐 보였다. 거기에는 '대한독립만세'라는 여섯 글자가 군중들의 가슴에 옮겨 붙일 의열의 불씨처럼 선명하게 쓰여 있었다.

그것을 본 단하의 동지들은 너도 나도 손가락을 깨물어 자기들의 머리띠에다 같은 글귀의 혈서를 써서 머리에 동여매기 시작하였다. 이제는 그들에게 명령을 하는 사람도 없었고, 명령을 받는 사람도 없었다. 추화산성의 성황 사신님과 천지신명 앞에서 단지혈맹의식(斷指血盟儀式)으로 이미 몸과 마음이 하나로 뭉쳐진 그들이라 그러한 집단적인 의열 행위에 있어서는 한 치의 오차나 시행착오가 있으래야 있을 수가 없었다.

너도나도 혈서를 쓰는 청년 단원들의 결의에 찬 모습들을 본 군중들은 그 순간 눈빛부터 달라지기 시작하였다. 주먹을 불끈 쥔 그들의 눈빛은 벌써부터 뜨거워지기 시작하였으며, 가슴 속에서는 의열의 피가 출렁거리기 시작하였다.

선혈로 물들여진 자신의 머리띠를 이마에 동여맨 윤세주는 그런 군중들의 모습을 바라보며 비장한 얼굴로 품속에서 독립선언서를 꺼내 들었다. 3·1만세운동이 벌어졌던 서울 탑골공원에서 직접 주워 가지고 와서 신주처럼 고이 간직하고 있었던 〈기미독립선언서〉 원본이었다. 김병환이 건네어 준 메가폰을 손에 든 그는 그것을 화염을 내뿜는 듯한 격렬한 목소리로 한자 한 자 읽어 내려가기 시작하였다.

오등(吳等)은 자(玆)에 아(我) 조선(朝鮮)의 독립국(獨立國)임과 조선(朝鮮)의 자주민(自主民)임을 선언(宣言)하노라. 차(此)로써 세계(世界) 만방(萬邦)에 고(告)하야 인류(人類) 대의(大義)를 극명(克明)하며, 차(此)로써 자손만대(子孫萬代)에 고(誥)하야 민족적(民族的) 존영(尊榮)을 영유(永有)케 하노라….

독립선언서를 낭독하는 윤세주의 목소리는 피를 토하듯이 강렬하면서도 추화산성의 성황사에서 있었던 고축제 때 단지혈맹에 앞서 성황사신과 천지신명 앞에서 고천문을 독축하였던 을강 선생 못지않게 경건하고도 비장하였다. 그의 남다른 경력과 거침없는 그런 모습이 그대로 군중들의 가슴마다 불을 지핀 것이리라. 그들의 눈에서도 어느덧 뜨거운 불꽃이 피어나기 시작하였으며, 윤세주가 읽어 내려가는 독립선언서 구절의 내용에 따라 한숨을 내쉬기도 하고, 어떤 대목에서는 의분이 솟구치는 듯 두 주먹을 불끈 쥐고 공분을 나타내기도 하면서 내쉬는 숨결마저 점점 거칠어지고 있었다.

…희(噫)라, 구래(舊來)의 억울(抑鬱)을 선창(宣暢)하려 하면, 시하(時下)의 고통(苦痛)을 파탈(擺脫)하려 하면, 장래(將來)의 협위(脅威)를 삼제(芟除)하려 하면, 민족적(民族的) 양심(良心)과 국가적(國家的) 염의(廉義)의 압축 소잔(壓縮銷殘)을 흥분 신장(興奮伸張)하려 하면….

시간이 흐를수록 독립선언서를 낭독하는 윤세주의 목소리는 점점 더 격앙되어 갔고, 불을 뿜는 듯한 그의 목소리는 기어이 여기저기서 옷소매로 눈물을 찍어내는 여인네들이며, 불같은 의분으로 불끈 쥔 두 주먹을 치켜들고 전신을 부들부들 떠는 남정네들까지 속출하게 만들어 가고 있었다.

한편, 같은 시각에 응천강을 사이에 두고 영남루와 마주 보고 있는 삼문리 송림 속의 밀양 공립 보통학교 옆 공설운동장에서도 만세 군중들이 속속 모여들며 그 수를 점점 늘려 가고 있었다. 밀양읍교회에서 지원 나온 교인들과 삼문리 일대에서 태극기와 독립선언서를 나누어 주며 홍보전을 펼치고 있던 정동찬, 김명규 등의 청년 단원들을 위시하여, 그들을 지원 나온 밀양읍교회의 청년 신도들이 만세운동이 시작되는 정오까지 성내 시장통 사거리까지 가 닿기 어려운 사람들을 그곳으로 모이도록 유도하였고, 마산리 교회에서 지원 나온 청년 교인들과 함께 가곡리 일대를 누비고 다니며 똑같은 임무를 수행하고 있던 최수봉, 차해규, 한봉고가 또다시 수많은 만세 군중들을 몰아와서 거기에 합류한 것이었다.

그들 〈밀양청년독립단〉 단원들은 뒤늦게 도착한 먼 데서 온 장꾼들과 만세 군중들을 이끌고 거기서 따로 만세운동을 벌이고 있다가 성내 쪽에서 파도처럼 밀려올 만세 군중들과 합류하여 만세운동의 열기를 극적으로 증폭시킬 심산인 것이다.

낮 열두 시 정각이 되자, 그들 역시도 성내 시장통 네거리에서와 마찬가지로 깃대에 매단 태극기와 각종 구호들이 적힌 플래카드를 든 동지들이 일렬로 늘어선 가운데, 왕년의 소년 항일투사 출신인 최수봉이 연단 위로 올라가 독립선언서를 낭독하면서 별도의 만세운동을 진행하고 있었다.

같은 시각, 성내 시장통 사거리에서는 윤세주의 독립선언서 낭독이 최고조의 고비를 향하여 숨 가쁘게 치닫고 있었다.

각개(各個) 인격(人格)의 정당(正當)한 발달(發達)을 수(遂)하려 하면, 가련(可憐)한 자제(子弟)에게 고치적(苦恥的) 재산(財産)을 유여(遺與)치 안이 하려 하면, 자자손손(子子孫孫)의 영구 완전(永久完全)한 경복(慶福)을 도영(導迎)하려 하면, 최대 급무(最大急務)가 민족적(民族的) 독립(獨立)을 확실(確實)케 함이니….

그의 젊은 몸뚱어리에서는 주체할 길이 없는 뜨거운 의열의 피가 용솟음 쳤고, 팽팽한 긴장감 속에 장터 사거리는 물론 그 외각의 뒷골목까지 가득 찬 만세시위 군중들의 귀에 울려 퍼지는 그의 불같은 목소리는 일제의 강권으로 얼어붙고 무너져 버린 민족의 혼을 일깨우고도 남을 만큼 결연하고도 확고부동한 신념이 철철 넘쳐 흐르고 있었다.

그가 버티고 선 연단 밑에서는 여러 동지들과 만세 군중들이 치켜든 각종 깃발과 플래카드들이 그의 의기에 힘을 불어 넣으려는 듯이 단상의 윤치형이 치켜든 대형 태극기와 함께 솔솔 부는 바람결에 끊임없이 펄럭이고 있었다.

이천만(二千萬) 각개(各個)가 인(人)마다 방촌(方寸)의 인(刃)을 회(懷)하고, 인류 통성(人類通性)과 시대 양심(時代良心)이 정의(正義)의 군(軍)과 인도(人道)의 간과(干戈)로써 호원(護援)하는 금일(今日), 오인(吳人)은 진(進)하야 취(取)하매 하강(何强)을 좌(挫)치 못하랴. 퇴(退)하야 작(作) 하매 하지(何志)를 전(展)치 못하랴!

호곡에 가까운 윤세주의 피맺힌 목청은 마침내 그 열기가 최고조에 달하고 있었다. 동지들이 움켜잡은 각종 플래카드와 깃발들도 일제의 총칼 앞에 죽어간 호국 선열들의 넋을 조상하듯 만장처럼 하늘 높이 나부끼는데, 급기야는 독립선언문의 중요한 대목이 흘러나올 때마다 기수들은 어김없이 깃발들을 하늘 높이 치켜들면서 기세를 올렸고, 군중들은 그때마다 '와—!' 하는 함성과 함께 일제히 박수를 치면서 호응하였다.

"아아, 新天地(신천지)가 眼前(안전)에 展開(전개)되도다. 威力(위력)의 時代(시대)가 去(거)하고 道義(도의)의 時代(시대)가 來(내)하도다. 過去(과거) 全世紀(전세기)에 鍊磨長養(연마 장양)된 人道的(인도적) 精神(정신)이 바야흐로 新文明(신문명)의 曙光(서광)을 人類(인류)의 歷史(역사)에 投射(투사)하기 始(시)하도다."

선언문의 내용이 최고조의 절정에 이르자 윤세주의 목소리는 피를 토하듯이 격렬해지다 못해 일제의 억압으로 신음하는 동포들의 가슴에서 용솟음치는 절규처럼 더욱 처절해지고 있었다.

"吳等(오등)이 玆(자)에 奮起(분기)하도다. 良心(양심)이 我(아)와 同存(동존)하며 眞理(진리)가 我(아)와 幷進 (병진)하는도다. 男女老少(남녀노소) 업시 陰鬱(음울)한 古巢(고소)로서 活潑(활발)히 起來(기래)하야 萬彙군象(만휘군상)으로 더불어 欣快(흔쾌)한 復活(부활)을 成遂(성수)하게 되도다. 千百世(천 백세) 祖靈(조령)이 吳等 (오등)을 陰佑(음우)하며 全世界(전 세계) 氣運(기운)이 吳等(오등)을 外護(외호)하나니,着手(착수)가 곳 成功(성공)이라. 다만, 前頭(전두)의 光明(광명)으로 驀進(맥진)할 따름인뎌!"

선언서의 본문 뒤에는 끝까지 질서를 지킬 것이며 반일 감정으로 일주(逸走)치 말라는, 만해 한용운 선생이 첨가한 공약 삼장이 있었으나, 그것을 의도적으로 생략하고 메가폰을 내려놓은 윤세주는 소매 속에 미리 준비해 지니고 있던 태극기 깃발 두 개를 꺼내어 양쪽 손에 하나씩 나누어 들고 하늘 높이 치켜들면서 목이 터져라 외치는 것이다.

"대한독립만세!"

그러자 누가 시킨 것도 아닌데 군중들도 그를 따라서 두 손을 치켜들고 만세를 부르면서 소리 높여 외치는 것이다.

"대한독립만세!"

윤세주는 재차 만세를 부르면서 목청을 더욱 높인다.

"대한독립만세!"

"대한독립만세!"

그러자 이번에는 주변에 각종 플래카드며 깃발을 들고 있던 청년 단원들이 그것들을 하늘 높이 치켜들면서 윤세주와 함께 만세를 합창하는 것이다.

"대한독립만세!"

"대한독립만세!"

그렇게 만세 삼창이 끝나자 연단에서 뛰어 내려온 윤세주는 김병환, 윤치형과 함께 을강 선생을 양 옆에서 호위하며 태극기와 플래카드며 각종 깃발들을 든 동지들을 앞세우고 용용한 파도처럼 거센 소용돌이를 일으키고 있는 군중들을 이끌고 움직이기 시작한다. 길고 긴 군중들을 뒤에 거느리고 장터 거리를 벗어난 그들은 각종 플래카드들을 더욱 높이 치켜들고 겹겹이 대오를 형성하여 앞으로 앞으로 나아가면서 본격적인 시가행진에 돌입하였다.

운명의 주사위는 이미 던져졌고, 그들은 계획대로 그것을 밀고 나갈 뿐이었다. 그들이 시위 군중들을 이끌고 시가지로 나서면서 길거리에 나와 있던 수많은 구경꾼들도 박수를 치면서 환호하다가 북받치는 감정을 견디다 못해 시위대에 뛰어드는 사람이 속출하고 있었다.

"일제는 물러가라! 대한독립만세!"

윤세주가 선창하면 선봉에 선 동료들이 그대로 복창하였고, 그것에 따라 시위 군중들도 소리 높여 외치는 것이다.

"일제는 물러가라! 대한독립만세!"

시가지로 진출한 만세 군중들은 장터거리를 완전히 벗어나서 탄탄대로인 향청껄의 큰길로 접어들었다. 성난 파도처럼 길거리를 가득 메우고 밀려가는 시위 행렬이 운사의 민중의원과 죽명 선생의 혜민당 한의원이 있는 동쪽으로 방향을 잡으면서 향청껄 중심가로 막 접어들었을 때였다. 그들이 몰려가는 큰길 한복판에 그동안 코끝도 보이지 않던 일본 경찰의 모습이 드디어 나타났다. 그들은 착검을 한 소총으로 무장을 한 상태로 일렬횡대로 길을 가로막고 이쪽을 향하여 총구를 겨눈 채 버티고 있었다.

밀양에 주둔하고 있는 전체 경찰들이 모두 동원된 모양이나, 그 숫자는 십여 명에 불과하였고, 거리를 가득 메우고 밀려가는 시위 군중의 물결은 그들을 단숨에 휩쓸어 버릴 기세로 그대로 간단없이 전진한다.

"시위 군중들은 즉시 해산하라! 해산하지 않으면 발포하겠다!"

일본도를 빼어 든 경찰서장 와타나베가 앉아쏴 자세로 일제히 총을 겨누고 있는 부하들의 뒤에서 메가폰을 잡고 소리쳤다. 하지만 그 소리는 천둥 소리와도 같은 시위 군중들의 함성 속에 묻히는 바람에 선두에 선 청년 단원들의 귀에조차도 잘 들리지 않았다.

"일제는 물러가라! 대한독립만세!"

"다시 한 번 경고한다. 해산하지 않고 더 이상 전진하면 가차 없이 발포하겠다. 시위대 해산하라! 빨리 해산하랏!"

와타나베가 목소리를 더욱 높여 소리쳤지만, 선봉에 선 수십 명의 청년 독립단원들은 이미 단지혈맹으로 죽기를 각오하고 나선 길이라 눈 하나 까딱하지 않고 그대로 전진한다. 자기들의 뒤에는 온 시가지를 뒤덮을 정도로 많은, 그것도 의열의 고장 밀양의 피끓는 시위 군중들이 뒤따르고 있는 것이다. 그리고 밀양면에 주둔하고 있는 왜놈 경찰 병력을 통틀어 봐야 불과 16명, 거기에 아직 모습을 드러내지 않고 있는 20명도 채 안 되는 현지의 헌병들을 합쳐 본들 겁날 것이 없는 중과부적의 병력이라는 사실 또한 모를 리 없는 그들이었다.

그런 일방적인 중과 부적의 상황은 시위에 나선 만세 군중들의 사기가 충천하도록 만들기에 충분하였고, 착검을 한 소총을 겨누며 저지선을 구축하고 있는 일본 경찰들도 거리를 가득 채우고 몰려오는 시위 군중들 앞에서는 결코 위협적인 존재가 되지 못하였다.

그러자 일차 저지선 뒤에 버티고 선 와타나베의 다급한 발포 명령이 떨어진다.

"사격 개시! 발포하랏!"

무릎쏴 자세를 취한 일본 경찰들의 총구가 일제히 불을 뿜었다. 그러나 시위대의 전열은 조금도 흐트러짐이 없었고, 그들이 쏜 총탄은 하나같이 시위 군중들의 머리 위를 스치고 멀리 허공을 향해 날아가고 있었다. 선봉에 선 청년 단원들은 그들의 존재를 아예 무시하였고, 겁에 질린 놈들의 총구는 시위대가 아닌 그들의 머리 위를 향하여 공포탄을 발사한 것이었다.

“의열의 피가 들끓는 향민들이여, 총궐기하라! 대한독립만세!”

공포 사격에도 불구하고 우렁찬 구호를 앞세운 만세 군중들의 전진이 계속되자 왜놈들 쪽에서 다시 바쁘게 사격 자세가 취해진다.

“이번에는 조준사격을 하겠다. 시위대 정지하라! 정지! 정지하랏!”

그러자 청년 단원들은 거기에 뒤질세라 일제히 스크럼을 짠 돌격 자세로 점점 걸음을 빨리한다. 총소리가 들리기만 하면 일제히 달려가서 그대로 그들을 덮쳐서 짓뭉개 버릴 기세였다.

“일제는 물러가라! 대한독립만세!”

양쪽 진영의 거리가 점점 가까워지고 있었다. 한 걸음, 두 걸음, 세 걸음…. 이쪽의 시위대가 유효 사거리 안쪽으로 좁혀 가고 있어도 왜놈들은 감히 총을 쏘지 못한 채 머뭇거리고 있었다. 그리고 양쪽 사이의 거리가 채 오십 보도 안 되게 가까워졌을 때, 오히려 왜놈들 쪽에서 먼저 황급히 대오를 풀면서 정신없이 달아나기 시작하였다. 자기네 쪽에서 먼저 발포했다가는 수천 명에 이르는 성난 시위대가 그대로 자기네의 경찰서와 헌병 파견대를 덮치게 될 것을 우려한 때문이었다.

그 바람에 만세 군중들은 더욱 기가 올랐고, 길가의 구경꾼들도 마치 조선 천지에서 왜놈들이 모두 물러가는 것을 본 것처럼 일제히 박수를 치고 환호성을 올리면서 기뻐하였다.

왜놈들의 저지선을 뚫고 지나간 시위대는 더욱 소리 높여 기세를 올리며 앞으로 밀고 간다. 그리하여 영남루가 저만큼 올려다 보이는 지점에 이르러 남문 밖의 배다리 나루터를 향하여 우측으로 꺾어 들었을 때였다. 이번에는 전방에서 길을 가로막고 일렬로 포진한 헌병 파견대 병력이 그들의 눈앞에 나타났고, 그와 동시에 한 방의 총성이 탕! 하고 길거리에 울려 퍼졌다. 이쪽의 기세에 놀란 헌병 파견대장이 먼저 권총을 뽑아 들고 경고용 공포탄을 발사한 것이었다.

그들은 조금 전에 달아난 경찰들이 그랬던 것처럼, 응청강 가로 통하는 배다리 나루의 길목 한복판을 가로막은 채 그야말로 배수진을 치고 있었다. 그들의 등 뒤에는 검푸른 응천강이 넘실거리고 있었고, 앞에서는 수천 군중들이 성난 파도처럼 용용하게 밀려가고 있는 것이다.

"시위대 정지하랏! 시위대 정지! 정지!"

헌병 파견대장이 연거푸 공포탄을 쏘아대면서 소리친다. 그러나 시위대의 물결은 대오를 그대로 유지하면서 보무도 당당하게 전진할 뿐이었다.

그러자 헌병 파견대장이 발사 명령을 내렸고, 병사들의 총구에서 일제히 불을 뿜었다. 그들이 쏜 총탄은 아까처럼 허공으로 날아가지 않고 선두에 선 청년 단원들의 바로 코앞의 길바닥으로 날아와서 푹푹 박히고 있었다.

그래도 시위대의 물결은 거침없이 앞으로 앞으로 나아갔고, 헌병들 역시도 뒷걸음질을 치면서 연신 총을 쏘아대고 있었다. 하지만 그것 역시도 엄포용의 위협사격에 지나지 않았다.

그들이 친 배수진을 단숨에 허물어 버리고 응천강 가의 나루터로 진출한 시위대는 목청껏 만세를 부르면서 그대로 배다리 부교를 타고 개미 떼처럼 삼문리 쪽으로 넘어간다.

일제히 쏘아대는 자기네의 공포 사격에도 아랑곳하지 않고 시위대가 성난 파도처럼 용용히 덮쳐 오자 영남루 쪽의 언덕 위로 황급히 튀어 달아난 헌병들은 삼문리 쪽으로 밀려가는 어마어마한 시위 군중들의 위세에 기가 질린 나머지 전의마저 상실한 채 속수무책으로 구경만 하고 있었다.

총질을 하면서 위협을 가하는 일제 병력들의 저지선을 두 번씩이나 보기 좋게 허물어 버린 시위대는 목청껏 만세를 부르면서 곧장 삼문리 송림 속에 자리 잡은 밀양 공설 운동장까지 그렇게 거침없이 밀려갔다.

그들이 그곳에 이르렀을 때, 그곳 공설운동장에서도 상상을 초월할 정도로 많은 시위 군중들이 집결하여 각종 구호들을 외쳐가며 연거푸 만세를 부르고 있었다. 강 건너 가곡리, 삼랑진 쪽과 마산리 교회가 있는 상남면을 비롯하여 그 남쪽의 하남면과 초동면 쪽에서 몰려 온 시위 군중들이었다. 수천수만 평이나 되는 송림 속에 자리잡은 공설운동장도 엄청나게 넓었으나, 양쪽의 군중들이 한데 합쳐지는 바람에 시위 인파는 운동장 밖의 송림 속으로까지 밀려날 지경이 되었다.

을강 선생을 비롯한 시위대의 지휘부는 밀양면 내에 거주하는 각계각층의 인사들과 합세하여 다시금 각종 구호를 외치면서 시위를 계속하였고, 일제의 탄압을 성토하는 격렬한 시국 강연까지 릴레이식으로 곁들인 만세 운동은 오후 늦게까지 열기를 더해 가며 그렇게 이어 가고 있었다.

그러나 늦은 오후가 되면서 상황은 급변하고 말았다. 밀양 군민들의 대대적인 만세 시위에 크게 당황한 일제 당국이 상급 관청에 지원을 요청하여 부산에서 긴급 출동한 지원 병력과 합세하여 총검을 마구 휘두르면서 무자비한 진압 작전을 대대적으로 펼치기 시작한 것이었다.

병력 수를 크게 늘린 일본 경찰과 부산에서 급파된 일본군 수비대와 헌병대가 불시에 들이닥치는 바람에 안심하고 시위를 벌이고 있던 군중들은 삽시간에 아비규환의 혼란 속에 빠져 들고 말았다. 삼문동 일대가 평야를 이룬 삼각주 지역이라 서쪽의 배다리 나루와 밀양역 방면으로 통하는 동쪽 길목인 용두목 나루 두 쪽을 차단하기만 하면 수천 명에 이르는 시위 군중들은 그야말로 독 안에 갇힌 생쥐 신세가 되고 말 형세였던 것이다.

그 바람에 일제의 증원 병력이 출동하자 시위 군중들은 약속이나 한 듯이 두 패로 갈리어 양쪽의 활로를 향하여 줄달음칠 수밖에 없었고, 그 바람에 도주로를 차단한 일본 경찰과 헌병들이 무자비하게 쏘아대고 휘두르는 총칼 앞에서 수많은 시위 군중들은 그대로 추풍낙엽처럼 연이어서 쓰러지는 참극을 피할 도리가 없었다.

그와 같은 대대적인 진압 작전에도 불구하고 용케도 저지선을 뚫거나 응천강을 헤엄쳐 건너서 삼문동 삼각주를 빠져 나간 성난 군중들의 만세 시위는 강 건너의 가곡리를 비롯한 읍내 전역에서 동시 다발적으로 저녁 늦게까지 계속되고 있었다. 그런데 날이 어두워지면서부터는 일본 경찰과 헌병들의 진압 작전이 보다 노골적으로 잔인무도해지기 시작하였고, 분노한 시위대 쪽에서도 투석으로 맞서는 등, 쫓고 쫓기는 백병전이 시가지 곳곳에서 벌어지면서 사상자가 속출하고 있었다. 독이 오를 대로 오른 일제 병력들이 곳곳에서 시위 군중들을 골목으로 몰아넣고 무차별적으로 총질을 하고 긴 칼을 휘둘러대는 바람에 총상과 자상을 입고 쓰러지는 사람들 속에는 만세 시위와 무관한 어린이와 부녀자들도 적잖이 섞여 있었다.

피비린내 나는 백병전이 그토록 치열하게 곳곳에서 벌어졌던 읍성의 하늘 위에서도 밤이 점점 깊어 가면서 음력 2월 열이튿날의 희멀건 상현달은 어김없이 떠올랐다. 그날 밤, 총성이 멎고 만세 소리가 잦아진 자정 무렵이 되자 읍성 곳곳에서 시위를 벌였던 청년 단원들이 애초에 약속했던 대로 추화산성에 있는 성황사 안으로 속속 모여들기 시작하였다.

옷이 피범벅이 된 사람도 있었으나 중상을 입고 병원에 실려 갔거나 송장이 되어 길거리에 방치되어 있는 단원들이 있는지는 몰라도, 거기에 나타난 단원들 중에 다행스럽게도 큰 상처를 입은 사람은 눈에 띄지 않았다. 어쩌면 그것이 거사 계획 단계에서부터 시위의 진행 순서와 탈출 방법에 이르기까지 사전에 미리 철저하게 작전을 짜서 대비해 두었기 때문에 나타난 결과였다.

왜놈들의 검거망을 피하여 하나 둘씩 성황사에 집결한 청년 단원들은 모두 열 명 남짓 되었다. 나머지는 어디서 어떻게 되었는지 파악할 길이 없었다.

"약속 시간이 이미 삼십 분이나 지났는데, 겨우 열두 명밖에 안 왔단 말인가?"

남 먼저 달려와 창훈문(彰勳門) 밖에서 서성이고 있던 을강 선생이 성황사 안으로 들어와서 거기에 와 있는 단원들을 한 눈으로 확인해 보고는 망연자실한 낯빛을 감추지 못한다. 그는 사지에서 빠져 나온 사람이 누구이고 탈락자가 누구인지를 파악하려는 듯, 단원들의 얼굴을 일일이 둘러보더니 그래도 핵심 단원들은 거의 대부분이 아무 탈 없이 와 있는 것을 확인하고는 그제서야 힘을 얻어 그들에게 묻는 것이다.

"나머지 단원들은 어떻게 되었는지 아는 사람이 있는가?"

"선생님, 어제 저녁부터 오늘 만세운동을 시작할 때까지 여기서 박종흠을 억류하고 있던 동지들 대부분이 보이지 않는데요?"

을강 선생의 지시로 인원 점검을 하고 있던 윤세주가 그 사실을 뒤늦게 발견하고서 이상하다는 듯이 고개를 갸웃거리며 최수봉과 윤치형, 김기득을 차례대로 바라본다. 지역유지 모임의 비상회의가 열리던 날, 자기네 집 앞에서 〈밀양청년독립단〉 단원들에게 보쌈을 당했던 박종흠이 만세운동이 시작될 때까지 억류되어 있었던 곳이 바로 이곳 성황사였던 것이다. 그런데 그날 밤을 새워 가며 박종흠을 마지막 순간까지 억류하고 있었던 마지막 감시조 단원들 모두가 아직 돌아오지 않고 있는 것이다.

"아무리 생각해도 거 참 이상하군! 우리 뒤를 밟았던 자가 있었거나, 예상치 못한 돌발 사태가 있었다면 사단이 나도 벌써 났을 텐데 만세운동을 시작할 때까지 아무런 일도 없었던 것을 보면 그렇지는 않은 것 같은데 말이야!"

윤치형이 고개를 갸웃거리면서 고추 먹은 소리를 하자, 혼자서 무언가 생각에 잠겨 있던 김병환이 그 내막을 자기 혼자서 알고 있었던지 그제서야 이렇게 털어놓는 것이었다.

"선생님. 지금까지 나타나지 않고 있는 동지들은 어젯밤에 여기서 밧줄로 결박한 박종흠을 꼬박 뜬눈으로 지키고 있다가 만세운동이 시작되는 오늘 정오에 그를 풀어 주는 임무를 맡았던 마지막 근무조들입니다. 그 동지들 대부분은 저와 마찬가지로 대식구들을 거느린 가장으로서 만주로 망명할 처지가 못 되는 동지들입니다. 그 동지들이 어젯밤에 힘든 철야 근무를 하겠다고 자청하였던 이유도 사실은 그 때문이였습니다."

"왜 망명 신청자가 예상보다 적은가 했더니, 역시 겉으로 대놓고 말은 못하고 벙어리 냉가슴 알듯이 속을 태우는 동지들이 적잖이 있었던 게로구먼! 그렇다면 그 친구들에게 굳이 오늘 여기로 집결할 것 없이 만세운동이 끝나는 대로 바로 몸을 피하라고 미리 말해 두지 그랬나?"

"사실은 그렇잖아도 그렇게 하라고 미리 일러 두었더랬습니다. 그러니 그 동지들 걱정은 하지 마시고 선생님께서는 여기 있는 동지들과 함께 어서 몸을 피하도록 하시지요!"

김병환의 설명을 듣고 나서야 을강 선생도 걱정거리를 하나 덜었다는 듯이 고개를 끄떡인다.

"알았네! 그건 그렇고, 자네는 어떠한가? 원래의 계획대로 밀양에 남아 국내의 거점 역할을 수행하자면 만주로 가는 우리보다 여러 가지로 어려움이 더 많을 텐데, 그래도 괜찮겠는가?"

을강 선생은 김병환이 노부모와 어린 동생들을 비롯하여 자식이 셋이나 되는 대식구들의 생계를 책임지고 있는 가장으로서 국외로 망명할 수 없는 처지임을 알고 미리부터 그에게 국내에 잔류토록 하면서 밀양청년독립단의 국내 거점 역할을 계속 수행해 달라고 미리 당부해 두고 있었던 것이다.

"예, 그렇습니다! 세상이 잠잠해질 때까지 피신해 있을 곳도 미리 물색해 두었으니까 제 걱정은 하지 마십시오. 하지만 선생님을 모시고 함께 만주로 가지 못해 송구스럽기 짝이 없습니다."

"그런 말 하지 말게! 미안한 것은 오히려 내 쪽이야. 국외로 피신하는 것보다 국내에 남아 임무를 수행하는 것이 얼마나 더 위험하고 어려운데 그러는가? 게다가, 어차피 다음 거사를 도모하기 위해서는 국내에 남아서 암약하는 자네와 같은 필수 요원이야말로 왜놈들이 노리는 주 표적이 되기 십상이니 말일세! 그러니 자네는 아무 말 말고 국내에 잔류하는 다른 동지들과 수시로 연락을 취하면서 우리가 국내로 진격하는 그날까지 특히 몸조심하고, 국내에 잔류하는 동지들과 힘을 모아 우리 청년단을 잘 이끌어 주게나!"

김병환에게 뒷일을 부탁한 을강 선생은 한껏 굳은 목소리로 거기에 모인 해외 망명파 청년 단원들을 향하여 한층 고양된 목소리로 다음 말을 이어 간다.

"자, 그렇다면 맨손인 우리가 국내에서 할 수 있는 독립 운동은 여기까지일세! 이제 이 시간 이후부터는 아닐세! 밀양면 사무소의 등사기 도난 사건의 진범이 우리임을 알게 된 이상, 왜놈들도 우리의 인적 사항과 그동안 행한 항일운동의 뒷조사를 하면서 검거에 나설 것이 분명하니, 우리 밀양 땅에 남아서 꾸물거리고 있다가는 그놈들의 검거망을 피해 가기가 어려울 걸세! 그러니 지금 당장 몸을 피하여 애초의 계획대로 우선 만주로 무사히 빠져 나가는 활로를 모색하는 일이 무엇보다 급선무일세!"

그것은 을강 선생이 기회 있을 때마다 단원들의 머릿속에 못이 박히도록 누누이 강조해 온 말이었다. 그래서 그럴 각오가 서 있는 단원들은 이미 제각기 밀양을 떠날 수 있도록 만반의 준비를 해 두고 식구들과 미리 작별인사까지 해 두고 있는 상태였다.

"선생님! 안전하게 밀양 밖으로 빠져 나가려면 지금 당장 서둘러야 되지 않겠습니까?"

이미 마음의 각오가 단단히 서 있는 윤치형이 결연한 얼굴로 의견을 내놓는다.

"물론 서둘러야지! 그러니 지금부터 망명 자금을 나누어 줄 터이니 각자가 오늘 밤 안으로 밀양 밖으로 빠져 나가서 가능한 한 빨리 국경을 넘어 만주로 가도록 하게! 남만주 서간도의 통화현(通化縣) 합니하

[哈泥河: 하니강]에 있는 신흥학교로 바로 찾아 가는 것도 좋겠지만, 그 곳의 사정을 잘 알아 두기 위해서는 먼저 대종교 본사가 있는 화룡현(和龍縣)으로 가서 전강(典講)으로 계시는 우리 밀양의 단애(檀崖) 윤세복(尹世復) 선생을 찾거나, 백암(白菴) 윤세용(尹世茸) 선생을 찾아가 뵙는 것이 좋을 걸세! 거기에 이주해 있는 우리 동포들 대부분이 이시영 선생이 교장으로 있는 신흥학교와 우리 대종교에서 새로 창설한 〈대한정의단〉에 파견되어 군사 훈련을 받고 있다니, 우리에게 좋은 길잡이가 되어 주실 걸세! 일단 거기로 가기만 하면 김원봉 군과 황상규, 손일민, 김대지, 한봉근 등의 여타 우리 밀양 출신의 독립투사들과도 어렵지 않게 손이 닿을 수 있을 것일세!"

만주 봉천성의 화룡현과 환인현은 이곳 밀양 출신의 애국지사 윤세용, 윤세복 선생 형제가 천석지기의 전 재산을 털어 망명한 지역으로, 한 분은 대종교의 지도자가 되어 그 종교의 모든 역량을 독립운동 쪽으로 몰아가고 있었고, 다른 한분은 독립 운동을 성공적으로 이끌기 위해 〈동창학교(東昌學校)〉라는 민족학교를 설립하여 투철한 애국사상을 가진 인재 양성에 전념하고 있는 곳이었다.

그리고 그 지역 유하현은 박장호(朴長浩), 조맹선(趙孟善), 백삼규(白三圭), 조병준(趙秉準), 전덕원(全德元) 등, 이주 동포 대표자 500여 명이 모여서 조직한 〈대한독립단〉이 있는 곳이기도 하였다.

"선생님께서도 중국으로 바로 망명하실 생각이십니까?"

뒤에서 최수봉이 물었다.

"윤세복 선생 형제 분들이나 황상규 선생이 독립군들의 본거지인 만주 땅에서 꿈쩍도 하지 않고 버티고 있는 것처럼, 나도 우리 밀양 땅을 수문장처럼 지키고 있어야 타 지역에 나가 있는 애국지사들과 연락을 취하면서 앞으로의 과업을 원활하게 수행해 나갈 수가 있겠지만, 이런 상황에서 뒤가 잠잠해질 때까지 당분간 국외로 나가서 피신해 있을 수밖에 별 도리가 없지 않겠는가? 하지만 나는 뒷일을 처리하고 뒤따라 밀양을 벗어날 터이니 자네들부터 먼저 떠나도록 하게! 거듭 강조하지만 이제부터 집단행동은 금물일세! 그러니 지금부터 각자가 따로 만주로 건너가 거기서 우리 모두 만나기로 하세나! 알겠는가?"

이렇게 결연하게 다짐을 한 을강 선생은 양복 안쪽의 허리에 차고 있던 전대에서 미리 준비해 가지고 온 돈 봉투를 꺼내어 단원들에게 하나씩 나누어 주기 시작한다. 그동안 중산은 물론, 이 지역의 유력 인사들이 기회가 있을 때마다 그를 믿고 기탁하였던 피맺힌 독립운동 자금으로 마련한 돈 봉투였다. 거기에 있는 모든 단원들에게 일일이 활동자금이 든 돈봉투를 나누어 주면서 굳게 악수를 한 을강 선생은 마치 어미 새가 어린 새끼들에게 비상을 위하여 둥지를 떠나는 이소(離巢) 훈련을 시키려고 위험천만한 둥지 밖으로 내보내는 것처럼 비장한 마음으로, 그러나 운명에 도전이나 하는 듯이 형형히 빛나는 눈빛으로 그들을 차례대로 밖으로 내보기 시작한다.

"자, 출발하게! 우선은 오늘 밤 안으로 가능한 대로 우리 밀양 땅을 벗어나는 것이 급선무임을 명심하게! 뱃길을 이용하든, 육로를 이용하든, 그것은 자네들 자유의사에 맡길 터이니 각자의 형편에 따라 편리한 대로 하게나!"

단원들은 한 사람씩 성황사 밖으로 나가면서 소리 없이 울먹이며 마루 바닥에 엎드려 을강 선생에게 큰절을 올렸고, 을강 선생은 그들을 얼싸안으며 일일이 어깨를 두드려 준다. 이제 앞으로 생사를 넘나드는 각자의 운명이 어떻게 서로 갈리게 될지 아무도 모르는 것이다.

단원들이 시야 밖으로 멀어져 가자 창훈문 앞에 나가 그들의 뒷모습을 끝까지 지켜보고 있던 을강 선생은 뒤에 남은 청년단장 김병환이 지켜보는 앞에서 희뿌연 월광 속에 무수한 별무리가 명멸하는 장엄한 산상의 하늘을 우러러 두 팔을 활짝 벌린 자세로 피맺힌 목소리로 고축을 하는 것이다.

'일월성신(日月星辰)이시어, 저들의 발길을 사지(死地)로 몰지 말고

부디 조국 광복의 위업을 완수할 수 있도록 탄탄대로로 인도하시어 안전하게 지켜 주시옵소서!'

오래도록 하늘을 우러러 보며 장승처럼 우뚝 서 있던 을강 선생은 가까스로 마음을 가라앉히고는 성황사 안으로 들어가 제단 앞에 가만히 무릎을 꿇고 앉는다. 그리고는 얼마 전에 바로 이곳에서 고축제를 올릴 때 낭독하였던 고천문의 내용을 성황사신과 천지신명께 속으로 다시금 고축하면서 전도의 운명을 알 수 없는 청년 단원들의 무운장구를 축원하기 시작하였다. 목각 창살 틈으로 스며든 희뿌윰한 한 줄기의 달빛이 그의 잔등을 비추고 있었으며, 그의 간절한 뒷모습을 말없이 지켜보고 있던 청년단장 김병환도 옆에 앉아 똑같은 마음으로 기도를 올리기 시작하였다.

그러나 그 무렵에도 성내 일각에서는 총칼을 든 왜놈들과 쫓고 쫓기는 숨바꼭질을 거듭하면서 만세 시위를 계속하고 있는 듯, 이따금씩 멀리 어디선가 섬찟한 총성이 울려 퍼지고 있었다.

◇ 의승義僧의 길

밀양 만세운동의 열기는 을강 선생을 위시하여 〈밀양청년독립단〉의 핵심 인물들이 당일날 밤에 종적을 감추고 난 이후에도 쉽사리 가라앉지 않았다. 다음날 아침부터 밀양공립보통학교 학생 160여 명이 교사들의 만류에도 불구하고 일제히 학교를 뛰쳐나와 거리의 만세 행진에 돌입하였고, 많은 군중들이 거기에 가세하여 만세운동을 벌였으며, 3월 15일에는 삼문리 응천 강변의 솔밭 광장에서 밀양 유림 구락부에서 주도한 만세운동에 연도의 주민들과 기독교인들이 5천여 명이나 합세한 바가 있었고, 20일에는 시헌(時軒) 안희원(安熙元) 선생의 장례 행렬이 읍내 장터를 지날 때 주민 수천 명이 거리로 몰려 나와 만세를 외쳤으며, 4월 2일 밤에는 밀양 소년단원 50여 명이 읍내 청년들과 학교에서 집회를 열고 거리로 쏟아져 나와 만세운동을 벌였던 것이다.

그러나 만세 시위 첫날 오후 늦게부터 부산에서 급파된 일본군 수비대와 헌병대에다 심지어 부산의 군용철로 엄호대까지 가세하여 무자비한 진압 작전을 대대적으로 펼치면서 피의 맛을 본 일제의 탄압은 갈수록 더욱 집요하고 잔혹해졌으며, 그때마다 만세 군중들은 거미 떼처럼 사방으로 흩어져 달아나곤 하였다. 하지만 주동 인물들은 왜놈 경찰과 헌병들이 끝까지 추적하는 바람에 거의 대부분이 곳곳에서 체포되어 줄줄이 구금되는 상황을 피하지 못하였다.

그 결과, 밀양 만세운동에 참가한 군중은 줄잡아 1만3천5백여 명에 이르렀고, 시위 도중에 부상을 당한 사람은 부지기수요, 사망한 사람만도 150명이 넘었다. 쫓고 쫓기는 시위 과정에서 일제 경찰과 헌병들이 통행로가 하나밖에 없는 동네 입구를 가로막고 무차별적으로 사격을 가하여 죄 없는 노약자와 부녀자들까지 사살하는 등, 갖은 만행을 다 저지른 결과였다.

읍내 전역을 태풍처럼 휩쓸었던 만세 시위가 전쟁 못지않게 크나큰 상처를 남기고 겨우 잦아들었을 때, 운사의 민중의원은 시위 도중에 왜놈들의 총칼에 다치거나 길가에서 구경을 하다가 불의의 상처를 입은 환자들로 인하여 연일 북새통을 이루고 있었으며, 죽명 선생의 혜민당 한의원도 예외는 아니었다.

그 무렵, 동산리 민씨 종택에서도 이번 만세운동의 후유증으로 몸살을 앓고 있었다. 만세 시위가 계속되는 지난 사흘 동안에 대부분의 일꾼들은 하루 이틀만에 돌아왔고, 삼수와 한 통속이라던 봉도와 득수며, 을환이, 병환이, 갑수는 밀양 만세운동 당일 오후에 일제의 검기 지진을 피해 일찌감치 동래 객사로 도망가 있다가 다음날 한 사장과의 미곡 거래 일로 부산에 내려갔던 농감 곽 서방이 초량 미곡창으로 보낸 것으로 확인되었으나, 아직도 소재가 파악되지 않고 있는 대소가의 하인들이 한둘이 아니었기 때문이다.

중산이 윗분들의 사전 허락도 없이 자기네 문중 대소가의 젊은 일꾼들을 척사의 대상인 다른 종교계에서 주관하는 만세운동에 대거 내보낸 것은 조상 대대로 자기네 집안에 남다른 피해를 끼쳤던 왜놈들에 대한 지울 수 없이 누적된 원한에다, 황실 척족 집안의 후예로서 나라가 망한데 대한 책임에서 결코 자유로울 수 없다고 인식한 자신의 역사관과 시국관에서 나온 결과임은 의심할 여지가 없었ㄷ다.

하지만 그 내면을 자세히 들여다보면, 망국의 한을 품고 의거 순절하면서 천출의 재능을 지녔으나 신분상의 한계 때문에 제 뜻을 펼치지 못하게 될 당신의 서출 자식의 장래를 위하여 사명대사의 법통을 계승하게 하여 항일 의승의 꿈을 펼칠 수 있도록 길을 열어 주려고 노력하였던 승당 할아버지의 뜻을 기리고 싶은 간절한 마음과도 결코 무관하지 않았다.

그리고 위정척사적인 의식이 엄연히 존재하고 있는 현실 속에서 아직도 척사의 대상으로 간주되고 있는 기독교를 비롯한 타종교계가 주축이 되어 도모한 이번 3·13밀양만세 운동에 자신이 취할 수 있는 범위 내에서 그렇게 적극적으로 도움을 주고자 하였던 것은 다른 무엇보다도 지난달 정권 실세로서 임오군란을 평정한 자기네 황실 척족들에 대하여 아직도 그때의 오랜 원한에서 헤어나지 못하고 있는 박철 사교를 의식하여 취한 조처라고 하는 것이 가장 근본적인 이유라 할 수 있었다. 말하자면, 임오군란 때의 구원을 갚고자 복벽주의 독립운동을 지원해 온 자기네 여흥 민씨 척족 세력들에게 공화주의를 표방하는 독립군의 세력을 등에 업고 악의적으로 여론을 호도하며 압박을 가하고 있는 박철 사교와의 뒤틀린 악연을 푸는 데는 그의 명분을 무력화 시키는 그와 같은 맞대응 외에는 달리 타당한 방법이 없다는 게 중산의 생각이었던 것이다.

그러나 그의 뜻이 아무리 그렇다 하더라도 그가 취한 이번의 독단적인 조처는 아직도 윗대로부터 탄탄하게 다져 온 수구 보수적인 체제가 여전히 건재하고 있는 자기네 문중의 현실을 감안할 때, 개화 · 개방의 시대를 조심스럽게 열어 가는 문중 종가의 새 당주인 그로서는 적잖은 모험일 수도 있었다.

게다가, 수산 정미소도 이미 완공이 되었으나 오랜 국상 기간에 이어 영동 어른의 오랜 부재로 인하여 아직 준공식도 올리지 못한 채 자기네 창고에 쌓여 있는 미곡을 도정하며 시험 삼아 가동하는 중이었고, 파리강화회의에 보낼 유림계의 독립청원서 서명운동이 추진되고 있는 이런 민감한 때에 부친이 그 운동의 진원지라고 할 수 있는 의성으로 가서 오래도록 머무르고 있다는 게 청관 스님을 만날 수 있는 절체절명의 기회인 태룡리 만세운동을 앞두고 있는 중산으로서는 여간 초조하고 마음에 걸리는 일이 아니었다.

그런 중산에게 귀가 번쩍 띄게 하는 희소식이 전해진 것은 구포 만세운동이 일어난 직후인 3월 하순께의 일이었다. 3 · 1운동의 여파로 휴교 조처가 내려졌음에도 그동안 청암과 함께 동래에 머무르고 있던 송암 창식이 청관 스님을 만날 수 있는 단초를 가지고 부랴부랴 집으로 올라온 것이었다. 한결 따사로워진 날씨에 토담 아래의 홍매화, 백매화가 솔솔 부는 바람결에 속절없이 한 잎 두 잎 떨어지는 쓸쓸한 석양 무렵의 일이었다.

"큰형님! 기뻐하십시오. 태룡리 만세운동 날짜가 4월 4일 태룡 장날로 잡혀져 있다고 합니다. 청암 형님이 그 소식을 큰형님께 급히 전해 올리라 하여서 이렇게 정신없이 달려왔습니다!"

배에서 내리자마자 얼마나 바쁘게 달려왔는지, 중문을 통하여 바깥 사랑으로 들어서는 창식의 얼굴은 멀리서 보기에도 온통 땀에 젖어 있었다. 한 사장과의 미곡 거래를 끝내고 모처럼 한가하게 육모정 정자에 나와 하루가 다르게 난만해지고 있는 춘경을 완상하며 시름을 달래고 있던 중산은 온 집안이 쩌렁쩌렁 울릴 만큼 큰소리로 외치는 창식의 말소리에 크게 놀라 목소리를 낮추라는 시늉을 하면서 황급히 누대 아래로 달려 내려간다. 그리고는 누가 볼세라 그의 손목을 잡아끌고 서둘러 자신의 방으로 들어갔다.

방으로 들어서기가 무섭게 그가 물었다.

"아니, 태릉리 만세운동 날짜를 알아냈다니 그게 정녕 사실이냐? 분명히 양력으로 4월4일 태릉 장날이란 말이지?"

재우쳐 묻는 중산의 얼굴에 오랜 가뭄 끝에 단비를 맞은 풀잎처럼 생기가 철철 넘친다.

"예! 그렇다니까요, 형님!"

창식은 교모를 벗어 부채질을 하면서 가쁜 숨을 몰아쉰다.

"청암이 그 사실을 어떻게 알아냈다고 하더냐?"

"범어사 학생 의거에 가담했다가 알게 된 모양입니다!"

"범어사 학생 의거라니! 결국 거기서도 만세운동을 벌였더란 말이냐?"

"물론입니다, 형님!"

창식이 전하는 범어사의 학생의거는 지난 3월 11일과 13일에 연이어 있었던 부산진 일신여학교와 동래고보의 만세 시위가 있고 나서 범어사의 지방학림 학생들과 명정학교 학생들이 주도한 만세운동이었다. 서울에서 3·1만세운동이 일어나기 직전인 2월 말께에 불교계를 대표한 만해 스님이 범어사로 내려와서 사찰령에 따라 조선총독부에서 임명한 친일파 용각 스님에게 주지 자리를 내주고 총섭(總攝) 자리에서 물러난 오성월 스님을 비롯하여 이담해 스님과 오이산 스님을 만나 3·1운동에 대해서 의논하고 올라갔는데, 오성월, 이담해 스님 등은 곧 범어사 지방학림 출신인 김법린, 차상명, 김영규와 지방학림의 대표 김상기, 그리고 범어사의 명정학교 대표 김한기 등 7명의 대표자들을 한 자리에 모아 놓고 의논한 끝에 서울의 3·1만세운동에 참가하기로 결정하고 곧 상경하였던 것이다.

이들 중 당시 범어사 지방학림을 졸업한 김법린과 서울 불교 중앙학림(동국대의 전신)에 재학 중인 김상헌은 자기 학교 학생들의 모임인 〈유심회(惟心會)〉에 가담하여 불교 교리 연구와 애국 민족사상의 고양을 목표로 만해 스님이 지난해 9월에 창간한 불교 잡지 「유심(唯心)」의 편집 실무를 맡고 있던 인물들이었다.

그런데 이들은 2월 28일 서울 계동에 있는 만해 선생의 집에서 3·1만세운동 거사에 필요한 인쇄물을 받아 밤을 새워 운종가 일대에 살포하고, 다음날 민족 대표들이 인사동의 태화관에 모여 기미독립선언서를 발표할 때, 인근의 탑골공원에서 각 학교의 학생 대표들과 그곳에 운집한 수많은 군중들의 만세운동을 이끄는데 동참하였으며, 전국적인 민중 항거를 위해 경향 각지의 대표들에게 선도하고 연락하는 책임도 아울러 맡고 있었다. 그래서 동래 범어사의 연락책인 김법린과 김상헌은 만해 스님의 지시에 따라 3월 14일 독립선언서를 가지고 급거 범어사로 내려왔던 것이다.

이들은 범어사의 명정학교와 지방학림 학생들을 중심으로 독립만세의거를 단행하기로 결정하고 3월 18일(음력 2월 17일) 동래읍 장날을 기하여 거사할 것을 약속하였으나, 오계운이란 자의 밀고로 주동자들은 힘 한번 쓰지 못한 채 사전에 일본 고등계 형사들에게 연행되고 말았다.

그러나 이날 밤 윤상은, 이근우, 김재호, 김해관 등 40여 명의 명정학교와 지방학림 학생들은 동래읍 서문 근처에서부터 기습적으로 의거를 시작하여 대한독립만세를 소리높이 외치면서 동래시장을 거쳐 남문에 이르기까지 시위를 벌이다가 저녁 늦게야 해산하였다. 그리고 다음날 3월 19일 아침이 되자 윤상은, 허영호, 이영우, 황학동 등은 허영호가 작성한 『일사(一死)는 자유를 얻는 것만 같지 못하다』는 격문 수천 장을 동래 시장통에서 군중들에게 미리 배부하며 홍보 활동에 나섰으며, 5시경에 양수근, 이근우, 오시권, 김영식, 황만우 등을 비롯한 수십 명의 양교 학생들은 동래시장 남문 근방에서부터 만세시위를 선동하여 벌이면서 동래경찰서 앞으로 행진하였다.

한편, 이날 오후 6시경에는 김해관, 김재호, 최응권을 비롯한 수십 명의 다른 학생들은 별도로 동래시장에 모여 대한독립만세를 소리 높이 외치면서 시위를 전개하였다. 이틀간 계속된 이와 같은 범어사 학생 의거는 일제의 무자비한 진압으로 차상명, 김한기, 김상기, 정성언, 김해관 등 34명이 검거되면서 막을 내렸으나, 3월 29일에 있을 구포시장 만세운동의 도화선이 되기도 하였다.

"그런데 청암이 청관 스님을 만나 보았다고는 하지 않더냐?"

중산의 머릿속에는 자나 깨나 청관 스님의 생각으로 가득 차 있었다.

"그런 얘기는 아직 없었습니다! 하지만 청암 형님이 불교계의 학생들이 주도하는 범어사 의거에 명정학교 출신의 〈성운〉 동기들과 함께 적극적으로 참여하게 된 것도 청관 스님을 만나 보려는 의도 역시 함께 있었기 때문일시 분명하니 벌써 만나 보았을 수도 있지 않겠습니까?"

"그래, 그럴지도 모르지! 그건 그렇고…. 혹여 우리 대소가의 하인들이 부산으로 내려왔다는 소식은 못 들었느냐?"

"아, 삼수 녀석 때문에 간에 바람이 단단히 들었다는 그 말썽꾸러기 하인들 말씀입니까? 물론 듣고 있었습니다. 동래 객관 현 서방의 말에 의하면, 운당 할아버지 댁의 봉도와 초당 할아버지 댁의 득수하고 우리 집의 을환이, 병환이, 갑수가 밀양 만세운동에 참가했다가 이튿날 저녁 때 제가 없는 사이에 동래 객사로 내려와 있었던 모양인데, 마침 집에서 내려온 곽 서방한테 발각되어 모조리 초량 미곡창으로 쫓겨 갔다고 하던데요?"

현 서방은 자기 식구들과 함께 소싯적부터 동래 객사의 살림살이를 도맡고 있는, 그곳의 산증인과도 같은 충복이었다.

"그 녀석들 말고, 다른 하인들의 소식이 궁금하여 묻는 말이니라. 혹시 우리 대소가의 하인들 중에서 범어사 언년이 채공보살의 팔송 사가에 따로 가 있는 자가 있다는 얘기는 못 들었느냐?"

"청관 스님의 이모님이 된다는 그 노비 출신의 범어사 채공보살님 댁 말씀입니까? 아직 그런 얘기는 못 들었는데요."

"그래…?"

내심 기대를 걸고 있던 중산의 얼굴에 한 줄기 실망의 빛이 스치고 지나간다.

"예, 형님! 그런데 밀양 만세운동에 나갔다가 아직도 돌아오지 않고 있는 하인들이 있다는 말씀입니까?"

"그런 모양이다. 대소가의 몇몇 하인들의 행방이 아직도 묘연하다는데, 그것 참 이상한 일이 아니냐!"

삼수를 중심으로 뭉치고 있는 하인들은 그나마 행방이 확인되었건만, 평소에 아무런 말썽이 없었던 대소가의 하인들 중의 몇몇이 여태까지 아무런 소식도 없이 종적이 묘연하다는 게 중산으로서는 도무지 이해가 되지 않는 것이다.

"그렇다면 밀양경찰서나 헌병대에 잡혀 가 있는지도 모르는 일이니 그쪽으로 한번 알아보지 그랬습니까?"

"그야 물론 진작 그랬었지! 하지만 죽명 숙부님까지 나서 가지고 알아볼 만큼 알아보았으나 아직 모르겠다는구나!"

"경찰서와 헌병대에 끌려 갔거나 만세 운동 도중에 큰 변을 당했다면 왜놈들이 집으로 조사를 나왔거나 소문이 나도 벌써 났을 텐데, 그렇지 않다면 혹시 어디로 멀리 도망을 친 게 아닐까요?"

"도망을 친다고? 노비 문서가 불살라진 지가 옛날이고, 예전의 노비들처럼 속박을 받으며 힘들게 사는 것도 아닌데 그 자들이 새삼스럽게 무슨 까닭으로 도망을 치겠느냐?"

"형님, 그것은 하인들의 속을 잘 모르고 하시는 말씀입니다! 그동안 내색은 하지 않고 있어도 신분의 벽이 허물어진 요즘 같은 세상에 그들에게도 불만이 없으란 법이 없지 않겠습니까? 입장을 바꾸어 놓고 한번 생각해 보십시오! 먹고 입고 사는 데는 아무런 지장이 없겠지만, 그럴수록 종놈의 자식이라는 소리를 듣고 사는 게 싫어서 우리가 상상도 하지 못했던 대담한 욕심이 생겼을 수도 있지 않겠습니까? 그런데 알고 봤더니 큰형님께서도 만세운동에 나간 일꾼들에게 적잖은 도피 자금을 일일이 다 나눠 주셨다면서요?"

그러나 중산은 대답을 하려다 말고 들창 쪽을 바라보며 잠자코 귀를 기울인다. 자기의 특별한 배려로 뜰아래의 중문 옆 문간방에서 신혼생활을 하고 있는 삼월이의 흥얼거리는 노래 소리가 들려오기 시작한 것이었다. 김 서방은 임시로 시운전 삼아 가동 중인 수산 정미소에 가고 없었고, 그동안 안정을 되찾은 그녀는 아마 오늘도 전처의 소생인 어린 을순이의 머리를 땋아 주며 소꿉놀이를 하듯이 노닥거리고 있는 모양이었다.

새야 새야 파랑새야
녹두 남게 앉지 마라

녹두꽃이 떨어지면
청포장수 울고 간다

연민이 스쳐가는 얼굴로 삼월이의 청승가락에 잠시 귀를 기울이고 있던 중산은 한참만에 아직도 종적이 묘연한 하인들이 종놈의 자식이라는 딱지를 떼기 위하여 딴 생각을 품었을 수도 있다는 창식의 의견에 대하여 뒤늦게 공감을 나타내며, 그들에게 도피 자금을 나누어 준 사실에 대해서도 감추지 않고 고개를 끄떡인다.

"그 녀석들에게 도피 자금을 미리 나누어 준 것은 사실이야!"

"그것 보십시오! 말을 타면 경마 잡히고 싶다고, 하인들의 입장에서는 평소에 구경도 하지 못하던 큰돈을 손에 쥐게 되었으니 딴 생각을 할 수도 있지 않겠습니까? 그동안 신천지라고 소문만 들었던 만주 땅으로 구경을 떠났거나, 농토를 잃고 그곳으로 먼저 떠난 유민들처럼 아주 정착할 요량으로 거기에 있는 한인 정착촌이나 독립군 부대의 훈련소를 찾아갔을 수도 있는 일이고 말입니다."

학생운동을 한답시고 밖으로만 나돌아 다닌다며 청암에게 불만이 적지 않았던 창식도 그동안 청암과 삼수에게 물이 어지간히 들었는지, 중산이 미처 파악하지 못하고 있었던 그런 사실까지 아무런 거부감도 없이 거침없이 쏟아놓고 있었다.

"독립군 부대라니, 그렇다면 혹여 너도 최근에 새로이 개편 창단되었다는 그 〈대한정의군〉이라는 독립군 부대의 얘기를 전해 듣고 있었던 게로구나?"

중산은 그러면 그렇지! 하고 눈을 크게 뜨고 창식을 바라본다.

"그 얘기는 우리 학교 안에서도 알만 한 사람들은 이미 다 알고 있는 공공연한 비밀인걸요, 뭐."

창식의 대답이 기대와는 다르게 그렇게 나오자, 중산은 속으로 '나는 또 청암 아우가 박철 사교를 만났나 했더니…!' 하고 허탈해 하면서도 한 가닥의 기대를 놓지 못하고 되묻는다.

"하지만 세상이 어떻게 돌아가고 있는지도 모르는 무지한 자들이 어찌 그런 생각까지 할 수가 있겠느냐?"

"큰형님! 동래 객사로 내려왔다가 미곡창으로 쫓겨 간 하인들은 삼수하고 뇌화부동한 자들이라 그렇게 우습게 볼 놈들이 아니라니까요!"

"정말로 그럴까? …말이 났으니 하는 말이지만, 이럴 때 그 말썽꾸러기 녀석들이 개과천선하여 사람다운 큰 역할을 해 준다면, 그들 가족들에게 내 섭섭지 않게 그 보상을 해 줄 용의도 있는데 무슨 걱정이겠느냐?"
하고 비로소 가슴 속 깊이 숨기고 있던 자신의 본심을 드러낸다.

그러면서 그는 밀양 만세운동에 참여하고 돌아온 배 선생과 강 선생한테서 들었던 김좌진이라는 독립군의 얘기를 부지불식간에 떠올리는 것이다. 충청도 홍성 출신인 그는 열여섯 살이 되던 해에 가장이 되어 소작인들에게 토지를 나누어 주고 종들을 모두 풀어 주었으며, 한일병탄으로 일제 강점기가 시작되자 무장 독립투쟁을 위한 군자금을 조달하려고 서울을 오르내리면서 동분서주하다가 서대문 형무소에서 2년 6개월 동안이나 수형생활을 한 바가 있었다고 하지 않았던가?

그리고 그것도 모자라 1916년부터 노백린 · 신현대 등과 함께 박상진 · 채기중 등이 중심이 되어 결성한 〈광복단〉에 가담하여 활동하다가 지난해 초에 만주로 건너가서 대종교에 입교하여 〈중광단〉의 핵심 인물이 되어 〈무오독립선언서〉에 서명하고, 무력투쟁을 위해 새로 개편된 〈대한정의단〉 소속으로 활약하고 있다고 하던 말이 천지신명이 일깨운 듯이 귀에 쟁쟁 되살아나는 것이다.

김좌진에 대한 이야기에 비춰 볼 때, 지금까지 종적이 묘연한 하인들이 창식의 말처럼 만세운동에 참가한 후 만주로 도망을 쳤다면 자기로서는 그야말로 뒤통수를 얻어맞은 꼴이기는 하여도 마냥 싫어할 일은 결코 아니었다.

"큰형님! 방금 하신 그 말씀, 정말로 진심으로 하신 것입니까?"

아까부터 중산의 태도를 심상치 않다는 듯이 줄곧 주시하고 있던 창식의 두 눈이 무엇에 들린 듯이 화등잔 만하게 커지면서 빛난다.

"내가 대추나무에 연줄 걸리듯이, 이 일 저 일에 묶여서 속수무책이니 그렇게라도 하면 그나마 숨통이 트이고도 남을 일인데, 내 어찌 막중대사를 두고 허언을 하겠느냐?"

"형님, 어제의 애국자가 오늘은 일제의 앞잡이가 되는 세상입니다! 이름 없는 노비들도 듣고 보는 말과 눈이 있고, 종놈의 소리를 듣고 사는 것이 죽기보다 싫었을 수도 있습니다. 그러니 어찌 팔자를 고쳐 보겠다는 야망을 품지 않을 수 있겠습니까? 그런 사정을 감안해 보면 마냥 낙담만 하고 있을 일은 아닌 것 같습니다!"

"글쎄다…. 과연 그럴까? 차라리 그렇기만 하다면서야 무슨 걱정이겠느냐?"

"두고 보십시오, 형님! 연일 계속 되는 만세운동의 여파로 나라 전체가 온통 들썩이는 판국입니다! 비단 하인들의 일뿐만이 아니고, 만세운동의 여파가 앞으로 어떤 사회구조 변화 현상으로 나타나게 될지 아무도 장담 못할 일이니, 우리도 그 판도 변화의 물결에 철저히 대비하고 있어야 할 것입니다!"

의미심장한 말로 중산의 가슴에 크나큰 울림을 남긴 창식은 잠잠하기만 한 집 안에 머물러 있는 것이 갑갑해 못 견디겠다는 듯이 다음날 아침 일찍 동래로 휭하니 내려가고 말았다.

창식의 말에 적잖이 고무된 중산은 공연히 마음이 바빠졌다. 창식이 동래로 내려간 뒤, 그는 그 길로 곧장 해천껄 처가로 달려가서 필운 선생에게 태룡리 만세운동 날짜를 알게 된 사실을 전하면서 이번 기회에는 기필코 청관 스님을 만나고 싶다는 뜻을 표명하며 도움을 요청하였다.

그런데 어찌 된 까닭인지, 청관 스님이 밀양으로 내려오기만 하면 자기와의 만남을 주선해 주겠다고 하던 필운 선생은 천만 뜻밖에도 언제 그런 약조를 했더냐는 듯이 펄쩍 뛰는 것이었다. 그것은 위험천만하고 무모하기 짝이 없는 모험으로서 중산 자신은 물론 청관 스님에게도 전혀 도움이 안 된다며 단순한 거부가 아니라 단호하고도 엄중한 반대 의사를 표명한 것이다.

그 대신 필운 선생은 크게 낙담하는 중산에게 한 가지 제안을 하는 것이었다. 이번 기회에 청관 스님 스스로가 동산리로 직접 찾아갈 수 있도록 미리 손을 써놓았으니 그냥 모른 척하고 기다려 보면 기필코 좋은 일이 있게 될 것이라 하였다.

청관 스님의 존재를 남 먼저 알려 주며 그와의 만남에 그리도 적극적이던 장인어른이 그렇게 나오는 것을 보면, 처가 쪽에서도 그동안 자기네를 위하여 뭔가 비밀리에 추진하고 있는 일이 따로 있었던 모양이었다. 그리고 사실 돌이켜보면, 표충사 측과 밀양 유림이 연례행사로 공동 주관하고 있는 사명대사의 추모 봉향대제의 유림측 대표가 운곡 선생과 함께 숭당 할아버지의 오랜 문우 삼인방인 태룡리의 무룡 선생이었고, 청관 스님의 소식을 처음 전해 준 것도 또한 그분이니 충분히 그럴 수 있는 일이기도 하였다.

그러나 그렇다고 하여 기대에 잔뜩 부풀어 있던 중산의 마음이 그대로 온전히 가라앉을 리가 없었다. 집으로 돌아온 그가 좌불안석으로 속을 태우는 속에서도 세월은 하루하루 속절없이 흘러가고 있었다.

강남 갔던 제비가 돌아온다는 삼월 삼짇날(양력으로 4월 3일)이 지나면서 안개 같은 이슬비가 내리더니, 여태까지 잔설이 남아 있던 밀양 동쪽 산악지대의 심산유곡에도 마침내 봄은 오고 있었다.

영남의 알프스로 일컬어지는 천황산(天皇山)과 재약산(載藥山)이 겹으로 품어 안은 단장면(丹場面) 구천리(九川里) 소재의 호국사찰 표충사(表忠寺) 경내—.

밤새도록 산자락을 감싸고 있던 띠안개가 걷히면서 장엄한 재약산 일대의 빼어난 야월 풍광이 한 폭의 실경 산수화처럼 새벽하늘 밑에 서서히 제 모습을 드러내기 시작하였다.

높다란 대광전 처마 끝에서 밤새워 울던 풍경도 어느덧 깊이 잠든 꼭두새벽, 서산마루 위의 은청색 하늘가에 걸린 차가운 초승 달빛이 웅장한 대가람의 크고 작은 무수한 전각들의 기왓골을 타고 흘러내리면서 눈부시게 반짝일 즈음, 미명마저 숨을 죽인 깊은 적막을 깨트리며 산사의 하루 일과가 시작되는 도량석(道場釋)이 열리고 있었다.

사방찬(四方讚)을 염송하는 노전 스님의 독경소리와 청아한 목탁소리가 저승길처럼 어둑한 칠성각 뒤안길을 감돌아 나와 창백한 초승 달빛이 교교히 흐르는 서래각(西來閣) 앞의 돌계단을 타고 흘러간다. 달빛을 타고 흐르는 독경 소리는 삼라만상의 뭇 영혼들을 일깨우면서 삼층 석탑이 있는 연못가의 아름드리 보리수나무 주위를 맴돌다가 사명대사를 비롯한 호국승 삼위의 신주가 모셔진 표충서원(表忠書院) 쪽으로 이어져 갔다.

일쇄동방결도량(一灑東方潔道場: 동방을 씻어서 도량이 깨끗하고)
이쇄남방득청량(二灑南方得淸凉: 남방을 씻어서 청량함을 얻으니)
삼쇄서방구정토(三灑西方俱淨土: 서방을 씻어서 정토가 이루어지고)
사쇄북방영안강(四灑北方永安康: 북방을 씻어서 길이 평안하도다)

사방찬 염불 소리에 휩싸인 표충서원은 임진왜란 때 의승장으로서 나라를 구하는데 큰 공을 세운 서산대사 · 사명대사 · 기허대사 등, 세 분 호국승들의 충렬을 기리기 위해 사명대사가 입적한 광해군 2년(1610년)에 세운 것으로서, 현종 10년(1669년)에 조정에서 사액(賜額)한 서원이었다. 원래는 사명대사의 출생지인 무안면 중산리 웅동(熊洞 : 현, 대법사 자리)에 사당으로 세워져서 표충사(表忠祠)라 부르던 것을, 조선 헌종(憲宗) 5년(1839년) 정월에 대사의 8세 법손(法孫)인 월파당(月坡堂) 천유(天有) 스님이 당시 이곳 영정사(靈井寺) 주지로 있을 때, 밀양부사와 예조의 승인을 받아 지금의 위치로 옮겨 오면서 그 격을 높여 편액(扁額)을 '표충서원(表忠書院)'으로 고쳐 걸고, 절의 이름도 '표충사(表忠寺)'로 개칭하게 된 것이었다.

그 후, 고종 8년(1871년)에 흥선대원군(興宣大院君)의 서원 철폐령으로 훼철 되었다가 지난 고종 20년(1883년)에 밀양 유림의 요청으로 복원이 되었는데, 사찰 안에 세분 호국승들의 영정과 위패를 봉안한 사당을 별도로 두고 있는 것도 특이하거니와, 유교의 시설인 서원이 불교

사찰 안에 존재하는 것 또한 일반적인 관례와는 거리가 먼 아주 특별한 일이었다. 그리고 각종 불교 의식과는 별도로 밀양의 관청과 영남 사림에서 사찰 측과 함께 매년 춘추로 향사를 받들어 온 전통 역시 예사로운 일이 아니었다.

하지만 한일병탄 이후로 왜놈들이 점령한 관청에서는 일찌감치 그 일에 손을 떼고 말았지만, 사림과 사찰 측의 합동 추모 봉향대제의 전통은 여전히 이어져 오고 있었으며, 세 분의 호국승들은 충의 이념을 근본으로 하는 유림도 아닌 승려의 몸으로 절체절명의 국난을 당하여 진충보국으로 대공을 세운 의승장으로서 전설이 되어 있는 인물들이기에 만인들의 추앙 속에 세속의 사림으로부터 향사를 받는 동시에, 후세 승려들로부터도 여느 부처님들이나 다름없는 위상으로 이렇게 아침마다 도량석의 예불을 받고 있는 것이었다.

사방찬을 염송하던 독경 소리는 어느덧 도량찬(道場讚)으로 바뀌면서 삼층 석탑이 저만큼 바라보이는 전나무 · 잣나무가 우거진 연못가의 팔상전(八相殿) 쪽에서 숭엄하게 울려퍼지고 있었다.

도량청정무하예(道場淸淨無瑕穢: 도량이 깨끗해져 티끌과 더러움이 없어지고)
삼보천룡강차지(三寶天龍降此地: 불 · 법 · 승 삼보와 천룡팔부가 이 땅에 내려오는구나)
아금지송묘진언(我今持誦妙眞言: 내가 지금 묘한 진언을 외우니)
원사자비밀가호(願賜慈悲密加護: 자비를 내려 은밀하고 비밀스럽게 지켜주길 원하노니)

구비마다 법열이 넘치는 노전 스님의 도량찬 독경 소리가 시간이 흐를수록 점점 고조되면서 공양실 너머 요사채에 곤히 잠든 강원의 스님들과 사바의 불자들을 두루 깨우고는 영정수(靈井水)가 골골거리며 흐르는 약수터를 지나고, 우화루(雨花樓)와 의중당(義重堂)을 거쳐서 범종각 앞으로 차례대로 이어져 나간다.

노전 스님이 도량석을 하는 동안에 대중들은 요사채의 잠자리에서 일제히 일어나 세수를 하고 법복을 걸친 다음에 차례로 밖으로 나와 차수안행(叉手雁行: 불교에서, 왼손등 위에 오른손을 포개어 단전에 붙이고 기러기처럼 질서 있게 이동함을 이르는 말)의 예를 갖추어 두 손을 모은 경건한 자세로 범종각 맞은편의 법당을 향하여 줄지어 걸어가고 있었다. 서울로 갔다가 항일 승려 이종욱(李宗郁)이 있는 오대산 월정사와 영남 지역의 불교계 항일운동의 요람이라 할 수 있는 동래 범어사를 거쳐서 온 청관 스님도 태룡리 만세운동을 주도할 이장옥(李章玉) · 이찰수(李刹修) · 오학성(嗚學城) · 손영식(孫永植) · 김성흡(金性洽) · 구연운(具蓮紜) · 오응석(嗚應石) 스님을 주축으로 한 수십 명의 청년 승려들과 함께 남 다른 각오로 새벽 예불에 임하고 있었다.

그들 대부분은 행자 시절부터 청관 스님과 함께 이곳 표충사에서 연무사승(鍊武師僧)의 지도 하에 천황산의 천황봉을 비롯하여 재약산의 수미봉과 사자평, 층층폭포, 칡밭재, 중무골, 옥류동 등을 오르내리며 체력 단련과 함께 호신술을 익혔던 동료들이었고, 그들 속에는 경내의 동쪽 끝에 있는 영정학교(靈井學校)의 학생들에게 중학교 과정을 가르치는 강사 스님들도 여러 명 섞여 있었다.

아석소조제악업(我昔所造諸惡業: 내가 옛날에 지은 모든 악업은)
개유무시탐진치(皆由無始貪瞋癡: 끝없이 오랜 옛적부터 익혀온 탐·진 · 치의 삼독 때문에 일어난다.)
종신구의지소생(從身口意之所生: 신·구·의 삼업으로 하여 생긴)
일체아금개참회(一切我今皆懺悔: 모든 것들을 지금 스스로 참회한다.)

대광전 왼켠에 나란히 서 있는 관음전과 명부전을 차례로 돌아 나와 법당 앞에 이르러서 목탁을 세 번 내리치면서 참회게(懺悔偈) 독경을 마친 노전 스님은 아까 도량경을 시작할 때 향촉을 밝히고 삼배를 올렸던 대광전 법당 안으로 들어가 작은 종을 치면서 종송(鐘頌)이라고 하는 게송(偈頌)을 다시 읊조리기 시작한다. 이른바 아침예불을 올리기 위한 준비 과정인 것이다.

원차종성변법계(願此鐘聲弁法界: 원컨대 이 종소리 법계에서 두루하여)
철위유암실개명(鐵圍幽暗悉皆明: 철위산 짙은 어둠 모두 다 밝아지고)
삼도이고파도산(三途離苦破刀山: 삼도는 고통 없고 도산은 부서져서)
일체중생성정각(一切衆生成正覺: 뭇 중생 남김없이 정각을 이루고저)

뭇 스님들이 법당으로 속속 들어서는 가운데 노전 스님의 타종게(打鐘偈) 독경에 이어 화엄경사구게(華嚴經四句偈), 파지옥진언(破地獄眞言), 극락세계십종장엄(極樂世界十種莊嚴), 오종대은명심불망(五種大恩銘心不忘) 등을 외우는 소리가 차례로 이어지면서 그 독경 소리가 점점 높아져 절정에 이르렀다가 잦아졌을 때, 법당 밖에서는 종루(鐘樓)와 고루(鼓樓)에 매달린 범종(梵鐘)과 법고(法鼓)며 목어(木魚)·운판(雲版) 등, 불법(佛法)을 전하는 사물들의 소리가 차례로 울려 퍼지기 시작하였다. 대들보에 매달려 종각을 지키던 육중한 범종은 이승의 산중 사바 중생들에게 법열(法悅)을 얻으라고 외치는 듯, 사자후 같은 굉음을 토해내며 길게 여음을 끌고 온 산골을 울리면서 한 동안 수십 리 밖의 인간 속세까지 거룩하고 장엄하게 멀리멀리 퍼져 나가고 있었다.

그러자 이번에는 범종 소리가 미처 사그라지기도 전에 사후에 가죽을 남겨서 법고(法鼓)가 된 우마 축생(牛馬畜生)도 살신으로 두들겨 패는 스님의 심원한 불심을 담아 도산(刀山)을 무너뜨리고 삼라만상의 뭇 짐승들에게 정각(正覺)의 깨달음을 소리 높여 알리기 시작한다. 곧 이어서 자신의 배를 갈라 목어가 된 수중계(水中界)의 어족(魚族)도 살신의 염원을 담아 심산유곡의 작은 물고기들이며 강과 심해의 큰 물고기들까지 깨워서 정각계(正覺界: 완전한 깨달음 또는 철저한 깨달음의 경지)에 들라며 소리를 드높이고, 어두운 땅 속에서 나와 육신을 불사른 단련 끝에 다락 높은 곳에 매달린 운판마저 철위산(鐵圍山)의 칠흑 같은 어둠을 걷어내고 날짐승과 허공을 떠도는 뭇 중생들을 향해 광명한 천상계(天上界)에 들라며 명쾌한 청음(淸音)으로 제 목소리를 내고 있었다.

종송(鐘頌)과 사물의 타종이 끝나고 시작된 아침 예경은 부처님께 차를 올리는 다례게(茶禮偈)로, 저녁 예불은 향을 올리는 오분향례[(五分香禮): 오분법신(五分法身), 즉 부처님께 향(香)을 공양하고 예(禮)를 올리는 것]로 하는 것이 과거로부터 전해 내려오는 통례였다. 불·법·승 삼보에게 예경문을 외우면서 오체투지(五體投地)를 하는 것으로 진행된 아침 예불은 조실의 노스님에서부터 갓 계를 받은 동자승에 이르기까지 모두 법당에 모여 경쇠 소리에 맞추어 예불을 올림으로써 그 자체가 하나의 커다란 수행이라 할 수 있었다.

아침 예불의 마지막 단계에서 조실 스님의 축원문 독송이 있었는데, 그 내용은 나와 남이 동시에 성불하기 바란다는 축원과 오늘 있을 태룡장터 만세운동에 부처님의 자비가 충만하기를 기원하다는 간절한 소망의 뜻도 아울러 담겨져 있었다. 조실 스님의 축원이 끝나고 모두가 반야심경을 외움으로써 아침 예불은 모두 끝이 났다.

예불이 끝나고 법당에 남아 있던 청관 스님은 만세운동에 임할 청년스님들과 함께 그 길로 곧장 서산대사 · 사명대사 · 기허대사 등, 충렬대사 삼위의 영정과 위패가 모셔져 있는 표충서원(表忠書院)을 향해 합장을 한 자세로 걸어간다. 임진왜란 때 승려의 몸으로 싸움터에 나아가 큰 공을 세워서 나라 안의 온 중생들로부터 널리 추앙을 받는 큰 인물이 되었으니, 그들 또한 같은 섬나라 족속인 일제를 상대로 펼치는 이번 만세운동을 앞두고 그 사실을 그분들께 아뢰고 소기의 목적을 달성할 수 있도록 자비를 베풀어 달라는 각별한 청원의 예를 올리지 않을 수 없는 것이다.

하지만 젊은 승려들이 정두(淨頭: 불교 선종(禪宗)에서, 변소의 청소를 맡은 사람을 이르는 말)가 되어 다 같이 행하는 아침 청소와 발우공양에 늦지 않기 위해서는 청원 의식을 서두르지 않으면 안 되었다.

축원의 예는 향촉을 밝히고 분향을 한 뒤에 세 분의 영정 앞에 나아가 오늘 만세 운동을 할 때 사용할 독립선언서와 태극기를 제단에 올리고 나서 각자가 묵상의 예를 올린 다음에, 천수경 독경에 이어 삼위의 호국영령들 앞에서 오체투지로 각각 삼배씩을 올리는 것으로 끝이 났다.

표충서원에서 대한독립을 위한 청원의 예를 올리고 밖으로 나왔을 때, 청관 스님은 동료 스님들이 만세운동에 필요한 물품들을 챙기기 위하여 영정학교로 몰려가는 것을 보고 대광전 동쪽에 위치한 관음전(觀音殿) 옆의 명부전(冥府殿)을 향해 발길을 돌린다. 거기서 자기 혼자서 올려야 하는 별도의 의식이 또 한 차례 따로 남아 있는 것이다.

"역시 소승이 예상한 대로 청관 스님께서는 예전과 다름없이 선대인의 영가(靈駕) 앞에서 올리던 그 혼정신성의 예를 오늘도 어김없이 올리실 생각이시로군요?"

명부전으로 가는 그를 발견하고 어느 새 뒤따라 온 이장옥 스님이 그와 어깨를 나란히 하고 걸으면서 환하게 웃는 얼굴로 묻는다.

"예, 그렇습니다. 더욱이 오늘은 왜놈들을 상대로 벌이는 거사가 있는 특별한 날이 아닙니까?"

청관 스님은 그가 따라 올 줄을 알고 있었는지, 그 답례로 단주(短珠)를 걸친 손으로 합장을 해 보이면서 당연하다는 듯이 그렇게 반문한다.

명부전은 지장보살을 중심으로 그 주위에 염라대왕 등 시왕(十王)들을 모셔 놓은 전각인데, 그곳이 바로 그에게 동산리 여흥 민씨 집안의 피를 나누어 준 승당 어른의 위패가 봉안되어 있는 아주 특별한 장소인 것이다.

"오늘은 특별한 날이니 소승도 우리 동료 스님들을 대표하여 청관 스님과 함께 우국충정으로 순절하신 선대인께 축원의 예를 올리도록 하겠습니다."

이장욱 스님도 거사를 앞둔 동지로서 합장을 하면서 아무 스스럼없이 동지애를 드러낸다. 승당 선생이 이곳 경내와 가까운 은거지에서 망국의 한을 품고 의거 순절함으로써 청관 스님으로 하여금 삭발 입산케 하여 사명대사의 직계 법손이 되게 만든 장본인이니, 왜놈들을 상대로 거사를 도모하는 오늘 같은 날을 맞이하여 사명대사의 호국정신을 받들자고 불문(佛門) 동지의 한 사람으로서 그런 생각을 하게 되는 것도 무리는 아니었다.

"고맙습니다. 스님! 명부(冥府)에 계신 소승의 선고(先考)께서도 아주 고마워하실 것입니다."

청관 스님도 고마운 마음을 담아 합장 배례로 정중하게 답례를 한다. 마음 든든한 동료 스님과 함께 막중대사를 앞두고 선친의 위패가 봉안 되어 있는 명부전으로 향하노라니 감개 무량해진 청관 스님의 뇌리에 지난날 이곳에 와서 심신 수련을 하면서 한동안 우국지정을 나누며 머물렀던 김원봉의 모습이 선연히 스쳐 간다.

사미계(沙彌戒)를 받은 후 사명대사의 법손이 되었을 때였다. 시간이 날 때마다 자기와 함께 주변의 산들을 오르내리며 체력 단련을 하면서 연무사승(鍊武師僧)의 가르침으로 호신술을 익히던 어느 날이었을 것이다. 그 날도 여느 때처럼 저녁 예불을 마치고 이곳 명부전에 들러서 부친 승당 어른의 영전에 혼정신성의 예를 올리고 밖으로 나오는데,

문 밖의 돌계단에 걸터앉아 땀을 식히고 있던 김원봉이 어디서 주워들었는지, 뜬금없는 말을 하면서 그를 어리둥절하게 만든 일이 있었다.

"청관 스님, 나를 좀 보십시오! 문반과 무반의 핏줄을 동시에 타고난 걸출한 천하의 호걸을 동지로 둔 내 얼굴이 마치 부처님의 상호처럼 오늘따라 찬란해 보이지 않습니까? 이래 뵈도 오늘은 천황산 종주를 마치고 단 하루만에 수십 년 동안의 수행생활 끝에 깨달음을 얻은 고승처럼 완전히 득도한 기분이라니까요!"

그때, 김원봉은 혼자서 또 어디를 다녀왔는지 옷이 땀에 흠뻑 젖은 상태였고, 구슬 같은 땀방울이 연신 쏟아지는 얼굴에는 정말 득도라도 한 것처럼 흥분과 놀라움과 득의로 가득찬 웃음기가 철철 넘치고 있었던 것이다.

"시주님! 밑도 끝도 없이 갑자기 득도라니요, 도대체 그게 무슨 말씀입니까?"

청관 스님은 그때 그가 밤낮으로 노력한 결과 호신술에 어느 정도 자신감을 얻어서 그러는 게 아닌가 했었다.

"오늘 천황산의 최고봉인 사자봉까지 올라갔다가 내려오는 길에 그동안 줄곧 베일에 가려져 있던 청관 스님의 비밀을 죄다 알게 되었으니 이보다 더 큰 깨달음이 어디 있겠습니까? 사실, 그동안 말은 안 했지만, 청관 스님처럼 범상치 않은 인물이 왜 굳이 머리를 깎고 스님이 되었나 하고 궁금증이 이만저만이 아니었는데, 이제야 그 비밀을 알게 되었으니 이보다 감동적인 큰 깨달음이 어디에 또 있겠습니까?"

그러면서 그는 득의와 자신감이 넘치는 눈빛으로 청관 스님을 바라보며 이런 다짐부터 단단히 하는 것이었다.

"지금부터 내가 하는 말은 감격에서 우러난 진언이니 마음이 상하시거나, 거북스러워 하신다거나, 그리고 추호의 부담을 가져서는 절대로 아니 될 것입니다! 이러한 내 진심을 너그러이 용납해 주시겠습니까? 그렇다면 내가 이렇게 흥분한 까닭을 기꺼이 말씀 드리지요!"

그때, 청관 스님은 무슨 영문인지도 모른 채 죽비(竹篦)로 느닷없이 뒤통수를 얻어맞은 것처럼 어안이 벙벙하여 기고만장해 있는 김원봉의 얼굴을 말없이 멍하니 바라보기만 했던 것이다.

"…………?"

"청관 스님! 정말 놀랍습니다! 아니, 존경스럽습니다! 구한말에 조정 중신으로 계시던 승당 민 대감이라고 하는 분이 을사늑약이 체결된 후 저쪽 금강동 계곡의 토굴 움막집에서 은둔생활을 하고 계시다가 경술국치의 비보를 접하자마자 할복으로 의거 순절을 하신 일이 있었다고요? 그런데 그 바람에 하인 행세를 하면서 5년 동안이나 시봉을 받들고 있던 청관 스님께서 그분의 유지를 받들어 이곳 표충사에서 삭발을 하고 호국승으로 이름 높은 사명대사의 직계 법손이 되셨다면서요?"

자기와 함께 연무수련을 받고 있던 행자승이 사명대사의 법손이 된 내력을 알게 된 것이 독립투사의 꿈을 안고 심신수련차 와 있던 그에게는 그리도 대단스러웠던 것일까? 김원봉이 그렇게 만고의 진리를 깨우친 것처럼 흥분된 어조로 말했을 때, 청관 스님은 긴가민가 하면서도 혹시 자신이 하잘것없는 노비의 몸에서 태어난 서출인 주제에 대단히 출세한 것으로 알고 그렇게 장난삼아 놀려 주려고 일부러 너스레를 떨고 있는 게 아닌가 하고 내심 자존심이 상했던 것도 사실이었다.

"시주님! 도대체 누가 그런 말을 하던가요?"

"누군 누구이겠습니까? 저쪽 절 아랫마을에 산다는 토박이 약초꾼한테서 들었지요! 방금 천황산에 갔다가 내려오는 길에 그 약초꾼을 만나 동행을 하게 되었는데, 금강폭포 근처의 계곡을 타고 내려오다가 토굴 움막이 있던 칡덩굴 속의 움푹 패인 동굴 자리를 가리키며 그 사람이 그럽디다. 그곳이 바로 벼슬이 궁내부 칙임관 정2품까지 올랐던 승당 민 대감이라고 하는 조정 대신이 을사늑약 때 숨어 들어와 은둔생활을 하고 있었다고요! 그러다가 한일합방 때 하인의 행세를 하며 시봉을 받들고 있던 서출 자식에게 자신이 죽거든 표충사 절로 들어가 사명대사와 같은 걸출한 의승장이 되어서 망국의 한을 풀어 달라는 유언을 남기고 단검으로 할복 자결을 한 곳이라는 기막힌 사연까지 다 알게 되었는데, 내가 득도한 것처럼 흥분하지 않게 생겼습니까?"

청관 스님은 불시에 당한 일이라 정곡을 찌르는 그의 말에 어찌나 기가 막히고 당황했던지, 그때의 일을 생각하면 지금도 가슴이 덜덜 떨리며 등골에 진땀이 배어날 지경이었다. 그런데 김원봉은 스스로 감격한 나머지 청관 스님의 그런 심정에는 아랑곳없이 기고만장하여 또다시 불같은 목소리로 이런 말을 거침없이 쏟아놓았던 것이다.

"청관 스님! 그런데 나라가 망했다는 비보를 접하자마자 의거 순절하신 그 궁내부 칙임관을 지내신 선대인 말씀입니다. 그 양반도 참으로 대단한 분이 아닙니까? 망국의 책임을 통감한 조정 중신의 한 사람으로서 나라를 지키지 못한 일을 통탄하며 스스로 순절의 길을 택한다는 것은 절개 굳은 신하라면 누구나 취할 수 있는 일이겠지요! 하지만 은둔생활을 시작할 때부터 자신이 순절한 이후에 어려운 삶을 살게 될 서출 자식의 장래까지 염두에 두고서 호국사찰인 이곳 표충사 가까운 계곡에 은둔처를 미리 정했다는 것은 보통의 일은 아니지요! 당신의 재임중에 뒤엉킨 은원을 남기고 죽을 땐 죽더라도 인생의 앵혈(鶯血) 같은 서출 자식의 앞길만이라도 열어 주자는 뜻이었음이 분명하니, 그것이야말로 인생 최후의 순간에 선택한 화룡점정(畵龍點睛)과도 같은 일생일대의 묘수가 아니고 무엇이겠습니까?"

그때, 기고만장하게 떠드는 김원봉의 열풍 같은 변설 앞에서 청관 스님은 가사와 장삼으로 겹겹이 감추고 있던 자신의 맨살이 여지없이 드러나는 듯한 충격에 휩싸인 나머지 몸 둘 바를 모르다가 앞뒤 생각도 없이 대뜸 이렇게 대들듯이 되물었던 것이다

"이보시오, 시주님! 소승이 선고(先考)님의 뒤를 따라 이곳 은거지로 내려온 이후로 그 오랜 세월 동안 신분을 감추고 노심초사로 전전긍긍하며 살아 온 속사정을 알기나 하고 이렇게 쥐구멍도 못 찾게 막무가내

로 놀려대시는 겝니까?"

언제나 연무수련을 함께 하는 동지로서 마음 편하게 대해 주던 청관 스님이 정말로 화를 내면서 이렇게 따지고 물었을 때, 자기감정에 도취되어 기고만장해 있던 김원봉도 감정을 다소 누그러뜨리기는 했었다. 그러나 그는 자신이 가지고 있는 판단만은 여전히 되돌릴 수 없다는 듯이 이렇게 당당하게 맞섰던 것이다.

"청관 스님! 내가 이렇게 감격한 까닭은 나와 연무수련을 함께 하고 있는 동지가 사명대사의 법통 계승자라는 사실과, 걸출한 호국승의 조건을 두루 갖춘 분이라는 점이 너무도 감격스럽고 자랑스럽기 때문이니, 제발 마음을 가라앉히시고 내 이야기를 마저 들어 보시고 난 연후에 화를 내시든지 말든지 하십시오. 그 때는 어떠한 질타라도 달게 받겠습니다! 아시겠습니까?"

그러면서 김원봉이 한 말은 전혀 예상치 못한 뜻밖의 말이었고, 청관 스님은 지금도 그때 보여 주었던 김원봉의 불타는 눈빛과 먹먹하게 가슴을 울려 주던 그의 기탄없는 가정사 얘기를 결코 잊을 수가 없었다.

"지금부터 내가 하는 얘기를 들으시면 청관 스님께서도 아마 내가 지금 느끼고 있는 가슴 벅찬 감격만큼은 아니더라도 어느 정도 공감하는 바가 있을 줄 믿습니다. 왜냐하면, 우리 두 사람은 남들에게 밝히고 싶지 않은 신상의 비밀을 똑같이 나누어 지니고 있는 동지일 뿐만 아니라, 말 못할 속사정이 독립운동에 투신할 수 있도록 만들어 준 점도 유사하데다, 인생의 목표 또한 오로지 조국 광복에 두고 있다는 점도 정확하게 일치하고 있으니까 말입니다!"

이렇게 서두를 장식하며 그날 김원봉이 민낯으로 털어놓는, 자기로 하여금 독립운동가의 길로 들어서지 않을 수 없게 만든 자기네 집의 형편을 간추려 보면 대략 이런 것이었다.

이릴 때부터 고모부인 황상규로부터 한문을 배웠던 김원봉에게는 안락한 가정생활을 영위하지 못하고 밖으로 나돌 수밖에 없는 그럴만한 사정이 있었다. 아버지 김주익(金周益)은 김해김씨 참판공파(參判公派)의 후손으로 일본어 역관 출신인 부친으로부터 30 마지기나 되는 농토를 물려받은 중농이었다.

그러나 김원봉의 어머니 월성 이씨 이경념(李京念)이 차남인 경봉을 낳고 산후풍으로 병사하는 바람에 김주익은 밖에서 박순남(朴順南)이라는 여자를 보았고, 거기서 3남 춘봉, 4남 용봉, 5남 익봉을 낳은 뒤에, 또다시 영양 천씨인 천연이(千蓮伊)와 재혼하여 다시 장녀 복잠과 6남 봉철, 7남 봉기, 8남 덕봉, 9남 구봉, 차녀 학봉을 줄줄이 낳기 시작하였던 것이다. 그 바람에 가산은 기울기 시작하였으며, 본처 소생의 장남으로서 설 자리를 잃어버린 김원봉은 어릴 때부터 외가와, 독립운동가에게 출가한 고모의 보살핌을 받으며 성장하게 되었는데, 독립운동가인 고모부 황상규도 일찍부터 기골이 장대한 김원봉의 명석함을 보고 총애하였고, 김원봉 역시 그런 고모부를 부친처럼 따르게 되었던 것이다.

신념이 남 다르게 투철한 애국 청년으로 성장한 김원봉이 조국 독립운동에 대한 웅지를 품게 된 것도 모두 그러한 가정 사정과 독립운동가인 고모부 황상규의 영향 때문이었으며, 이곳 표충사로 와서 독립운동에 필요한 각종 서적들을 섭렵하며 심신 수련에 전념하였던 것도 모두 그 때문이었던 것이다.

김원봉은 두뇌 회전이 빠른 만큼 장부다운 넓은 아량과 쾌도난마하는 결단력도 아울러 가지고 있었다. 그래서 청관 스님의 모든 비밀을 알게 된 그날, 자신의 비밀도 있는 그대로 과감하게 드러내 보임으로써 그렇게 동지애를 더욱 공고히 다지고자 하였던 것이다.

청관 스님은 그의 가족사 얘기를 다 듣고 나서 그의 그러한 무예가다운 배포와 포용심에 더욱 큰 신뢰감을 느끼면서 합장 배례로 감사의 뜻을 전하는데 주저하지 않았음은 물론이다.

"소승의 처지를 그렇게 높이 이해해 주시니 정말 감사합니다. 시주님, 우리 두 사람은 유사한 운명을 타고 태어났으니 보통의 인연이 아닌 것 같습니다! 이곳에서 심신수련을 끝내고 떠나시더라도 소승과의 남다른 인연을 잊지 마시고, 부디 독립군 지도자가 되는 꿈을 이루시고 조국 광복의 큰 별이 되십시오!"

"예, 스님! 스님께서도 문반 무반의 피를 동시에 타고 나신 분이시니 사명대사 못지않은 걸출한 큰 인물이 되시고도 남을 분이라 믿습니다! 앞으로 어느 하늘 밑에 가 계시든지 부디 청사에 길이 남을 호국의 대선사가 되시기를 두 손 모아 빌겠습니다."

그 후, 김원봉은 표충사를 떠나 비구니인 이모할머니의 도움으로 서울의 중앙학교에서 김성수(金性洙), 유근(柳瑾), 안재홍(安在鴻) 등의 민족주의자 밑에서 수학하며 윤치영(尹致暎), 변영로(卞榮魯) 등과 교류하였고, 독립운동에 뜻을 같이 한 중앙학교 친구 이명건(李命鍵), 김두전(金枓全)과 의기투합하여 중국으로 망명을 하였던 모양이었다.

그런데, 지난해 겨울에 청관 스님이 대종교 동래 지사의 박철 사교와 함께 만주로 갔을 때, 군사학을 익히기 위해 서간도(西間島) 통화현(通化縣) 합니하(哈泥河)에 있는 신흥학교(新興學校)로 찾아갔다가 거기서 그와 운명적으로 다시 조우하게 되었던 것이다.

국권 회복과 독립군 양성을 목표로 설립한 군사학교에서 청관 스님과 우연히 조우한 것을 천지신명과 부처님의 뜻이라며 크게 반긴 김원봉은 중국으로 망명한 후 천신만고 끝에 천진에 있는 독일계 학교인 덕화학당에 다니다가 제1차 세계대전의 여파로 중국이 독일과 오스트리아에 선전포고를 하면서 그 학교가 폐교되는 바람에, 지난 해 5월에 의형제를 맺은 김약수(金若水: 약수는 김두전의 호), 이여성(李如星: 여성은 이명건의 호) 두 친구들과 함께 고모부 황상규 선생의 도움으로 독일어과가 있는 금릉대학(金陵大學: 현재의 남경대학)에 들어갔다는 것이다. 그러나 지금은 독일 유학의 꿈을 접고 독립운동에 뛰어들어 작탄혈전

(炸彈血戰)을 벌일 생각으로 학교를 그만두고 많은 동지들을 규합하여 그들과 함께 상해로 가서 폭탄 제조법과 그 사용법을 익힐 수 있는 길을 알아보고 돌아다니다가 군사학을 배우면서 더 많은 동지들을 규합하기 위해 그곳 신흥학교를 둘러보러 왔다는 것이었다.

"아니, 그토록 어렵게 들어간 좋은 대학교를 왜 중도에 그만 두었다는 말씀입니까?"

"내가 금릉대학에 들어간 목적이 뭔 줄 아십니까? 덕국계(德國系: 독일계) 학교인 덕화학당(德華學堂)에 들어갔던 것도 그렇지만, 덕국어학과가 있는 그 대학에서 덕국어를 배워서 군사 강국인 덕국으로 군사학을 배우러 갈 원대한 포부를 가지고 있었기 때문이었지요! 하지만 지금은 생각이 바뀌고 말았습니다. 왜놈들과 맞서 싸우기 위해서는 정규전보다는 비밀결사를 바탕으로 하는 작탄혈전만이 우리에게 가장 적합하고 효과적인 전법이라는 사실을 뒤늦게 절감하고, 거기에 따른 군사기술을 터득할 수 있는 길을 찾아 이곳까지 오게 된 것이 아니겠습니까?"

"그러시다면 김원봉 시주님께서도 이곳에서 군사교육을 받을 생각이십니까?"

"예, 그럴 생각으로 왔는데, 좀 더 생각을 해 봐야 할 것 같습니다."

"아니, 왜요?"

"육탄혈전을 감행하기 위해서는 무엇보다 폭탄 제조법과 그것을 터뜨리는 작탄(炸彈) 방법을 터득하는 것이 급선무인데, 유감스럽게도 여기에는 아직 그런 전법을 가르칠 만한 교관이 없다기에 하는 말이지요!"

"아니, 폭탄 제조법과 작탄 방법을 직접 배우시려고요?"

"예. 조선 강점의 발판이 되고 있는 조선총독부와 전국의 경찰서를 비롯하여 각종 일제의 시설물들을 단번에 날려 버리기에는 그보다 좋은 방법이 없지 않겠습니까? 그런데 유감스럽게도 이곳 신흥학교에서는 아직 그런 것을 가르칠 수 있는 교관이 없다고 하니, 이 문제점을 해결할 수 있는 방안부터 강구하는 것이 시급한 과제인 것 같습니다!"

"그런데, 그런 것을 배울 수 있는 길이 있기는 있는 겝니까?"

"예, 지난 몇 달 동안 없는 것이 없다는 상해 뒷골목의 만물상들을 죄다 뒤진 끝에 드디어 주황(周況)이라는 중국인 폭탄 기술자와 선이 닿게 되었습니다. 그런데 그런 분을 이곳 신흥학교의 교관으로 모셔 올 수만 있다면 얼마나 좋겠습니까! …그런데 청관 스님께서는 여기에 무슨 일로 오셨습니까?"

"소승도 대종교 본사가 있는 화룡현으로 가는 외종숙님과 동행을 했다가, 만주까지 온 김에 우리 불가의 동안거 삼아 단기 군사교육이나 받고 돌아갈까 하고 왔습니다!"

재회의 기쁨을 감추지 못하고 저간의 고생담과 앞으로의 계획을 죽 들려 준 김원봉은 청관 스님도 같은 뜻을 가지고 군사교육을 받으러 왔다고 하자, 신흥학교를 둘러보고 자기 나름대로 회의가 생겼는지 이렇게 진지하게 물었던 것이다.

"청관 스님! 나도 표충사에 있을 때 밤을 새워 가며 각종 역사 지리서와 위인 전기는 물론, 손자병법(孫子兵法)에다 육도삼략(六韜三略), 한비자(韓非子), 오자(五子)와 같은 각종 병서를 읽을 만큼은 다 읽어 보았는데, 이렇게 신흥학교에서 정규 독립군을 길러서 일본군 정규군과 맞서 싸우는 것은 무모하기 짝이 없는 비효율적인 투쟁 방법이라고 생각하는데, 청관 스님의 생각은 어떻습니까?"

"글쎄요! 나는 여기서 3개월 단과 반에서 군사학 교육만 받고 돌아갈 생각으로 왔기 때문에 아직 거기까지는 생각해 보지 못했습니다만…."

"청관 스님께서도 여기서 군사교육을 받기는 받지만 설마하니 왜놈들을 상대로 정규전을 치를 생각은 물론 아니시겠지요?"

"그야 이를 말씀입니까? 우리 같은 땡초 형편에 대동아공영권의 맹주를 꿈꾸며 중국 대륙까지 넘보고 있는 왜놈들을 상대로 맞서 싸울 수 있는 정규 독립군이 될 깜냥이나 되어야 말이지요."

"그것 보십시오! 청관 스님의 생각도 결국 나와 똑같지 않습니까?"

"그러고 보니 얘기가 결국 그렇게 되는군요!"

"적은 숫자로 왜놈들과 맞서 싸워서 이길 수 있는 길은 무력을 갖춘 비밀결사 단체를 수백, 수천 개 결성하여 파상적인 게릴라식 전법으로 독립전쟁을 펼치는 길밖에 없다고 생각합니다! 국권을 상실하고 남의 땅에 와서 망명생활을 하고 있는 우리 처지에 정규전은 언감생심이지요! 정공법은 아무래도 무리에요!"

"예, 시주님의 말씀을 들어 보니 지금으로서는 아무래도 그게 가장 효율적인 투쟁 방법이 될 것 같은 생각이 들기는 합니다."

"그러니 청관 스님께서도 정규군의 정공법이 아닌 비밀결사 요원의 체질에 맞는 게릴라식 전법에 많은 관심을 가지고 훈련을 받으시는 게 아마 가장 쓸모 있는 군사교육이 될 것입니다."

문신과 무신 집안의 핏줄을 동시에 타고났으니 윗대의 법통을 계승하여 사명대사 못지않은 걸출한 의승장이 되라고 당부했던 것도 그렇고, 국권을 상실한 우리의 처지를 염두에 두고 비밀결사 요원의 체질에 맞는 군사 교육을 받으라는 것도 그렇고, 이제나 저제나 김원봉의 그런 말들은 청관 스님에게는 움직일 수 없는 삶의 지표처럼 굳어졌고, 또한 독립투쟁의 신념을 불심 속에 깊이 새기는 계기가 되기도 하였다.

그때 하던 김원봉의 말을 머리에 떠올리며 명부전으로 들어가는 청관 스님의 어깨는 오늘의 거사를 앞둔 선봉자이자 지략가로서 그 어느 때보다도 무거웠다. 승당 선생의 위패 앞에 촛불을 밝히고 향불을 피운 그는 자신을 따라온 이장옥 스님과 함께 아까 만세운동에 임할 동료들과 함께 표충서원에서 그랬던 것처럼, 순서대로 경건하고도 애절한 남다른 마음으로 예를 모두 올린 다음에 밖으로 나왔다.

밖에서는 벌써부터 법당 앞에 늘어 선 젊은 승려들의 마당 쓸기가 한창이었다. 그들 대부분도 나중에 태룡장터로 나가 만세 시위에 참가

하게 될 행자와 청년 승려들이었다.

표충사 동쪽 외곽 지대에 위치한 영내의 영정학교로 향하면서 청관 스님이 이장옥 스님을 돌아보며 물었다.

"우리 〈한국민단부〉에서 내려보낸 의용승군의 전략 교범(教範)에 따라 벌이기로 한 이번 태룡리 만세운동에 대해 이곳 영정학교 청년 학생들과 청년 신도회 쪽의 반응은 어떠하던가요?"

"부처님의 원력(願力)을 빌어서 벌이는 만세운동 방식에 대해 반대할 사람이 어디 있겠습니까?"

"예. 그렇겠지요. 만세운동의 성공 여부는 시위군중 동원의 규모에 달려 있다고 해도 과언이 아니지요. 그런데 이번 만세 운동에는 원근 각지의 우리 불자들은 물론 유림에서도 일반 주민들을 상대로 인원 동원에 전폭 지원해 주기로 했으니까 그런 만큼 의식이 서로 다른 두 집단끼리 행동 통일을 이루기가 쉽지는 않을 겁니다. 군중심리라고 하는 것은 그 수가 많아질수록 힘이 배가되는 것은 사실이나 그 대신 폭력으로 번지기 십상이라, 그 점에 대해서는 우리 모두가 각별히 신경을 써야 할 것입니다."

"지당하신 말씀입니다. 그래서 군내에 산재해 있는 각 면의 신도회 측과 협의를 하고 우리의 뜻을 전하는 과정에서도 그 점에 대하여 누누이 강조한 바가 있었고, 또 지역 유림을 대표하시는 태룡리의 무룡 선생께도 우리 불교계의 만세운동 교범을 충분히 설명해 드렸다고 들었습니다."

"손자병법에 '병(兵)은 곧 흉기'라는 말이 있지요! 잘 활용하면 병기(兵器)가 되지만, 그렇지 못하면 오히려 일을 그르치게 만든다는 뜻이 아니겠습니까?"

청관 스님은 〈한국민단부〉의 의용승군에서 주관하는 전국 각지의 만세시위 현장을 누비고 다니면서 지역 특성과 형편에 맞는 불교계의 만세운동 전략 교범을 전수시키고 다니는 과정에서 만세운동에 참여하는 각계각층 만세 참가자들의 행동통일을 어떻게 이끌어 내느냐가 다른 무엇보다 중요하다는 사실을 절감하게 된 모양이었다.

"예, 스님! 하지만 너무 심려치 마십시오. 우리 모두가 청관 스님이 강조하신 것처럼 상하 스님들 모두가 살신성불 하는 마음으로 만세운동에 임하여 자기보다 사부대중들을 먼저 배려하는 마음으로 솔선수범을 보인다면, 이번 거사 중에 그런 일은 절대로 있을 수가 없겠지요. 나는 그렇게 되리라 확신합니다!"

"이번 태룡리 만세 운동에 동원되는 수많은 불자들과 지역 유생들을 비롯한 일반 대중들 모두가 오늘 하루만은 병(兵)이 되어 줄 분들이고, 병(兵)의 형태는 곧 물과 같다고 했으니 당연히 그렇게 되도록 하셔야 할 것입니다!"

"예, 스님! 그런데 독립군 양성소에서는 실전 훈련뿐만 아니라 그런 병법서의 이론 공부도 많이 시키는 모양이지요?"

"예, 그렇습니다. 적은 숫자로 거대한 괴물 같은 일본 제국주의 전체를 상대해야 하니까요! "

"스님, 거사에 임하기에 앞서 최종적으로 점검해야 할 일은 없을까요?"

얘기가 대충 마무리 되자 이장옥 스님이 청관 스님에게 묻는다.

"나중에 태룡리의 광주 안씨(廣州 安氏) 종가로 가서 그쪽 사정을 알아보고 난 연후에 최종적으로 결정하겠지만, 일단은 계획대로 시행하는 것으로 해 두는 것이 좋을 듯합니다."

안씨 종가란, 표충서원의 춘추 제향 때마다 유림 측을 대표하여 집례를 도맡아 온 무릉(武陵) 안익주(安翌週) 선생의 고택을 두고 이르는 말이었다.

영정학교는 사찰 뒤쪽의 산기슭 전체를 뒤덮은 대나무숲 속의 지심에서 발원한 영정(影井) 약수의 원천이 지표로 솟아 흐르는 표충사 경내의 동쪽 끝 외진 고목숲 속에 자리잡고 있었다. 신라 선덕여왕의 셋째 왕자의 문둥병을 낫게 하였다고 해서 사찰 이름마저 영정사로 부르게 하였던 영정수(靈井水) 원천이 샘솟는 곳에 자리잡은 영정학교는 ㄷ자 모양의 큰 건물로서 원래는 서북 방향의 끝에 있는 만일루(萬日樓)와 더불어 고승들의 강원(講院)과 요사채로 사용되던 건물이었다.

그러나 지금은 낮에는 영정학교로 쓰이고 밤에는 아랫마을 젊은이들의 야학으로 쓰이다가 이번 만세운동의 회의실로 이용되는 곳이어서, 그 분위기부터가 선원이라기보다는 비밀결사 단체의 아지트처럼 팽팽한 긴장감이 감돌고 있었다.

그들이 만세운동 준비 장소로 사용하고 있는 영정학교로 갔을 때, 동료들은 아직도 어둠살이 완전히 걷히지 않은 희뿌윰한 미명 속에서 저마다 그곳 교무실에서 준비하고 보관해 두고 있던 태극기며 독립선언서 등의 만세 운동 물품들을 각자의 바랑 속에 챙겨 넣고 나서 오늘 있을 만세운동에 대한 전략을 논의하고 있었는지, 모두들 심각한 얼굴로 그들을 맞이하였다.

"청관 스님, 오늘 만세운동의 세부 전략을 마지막으로 점검해야 하지 않겠습니까? 지난 밀양 장날 만세운동 때는 오후 늦게 부산에서 급파된 항만 수비대와 헌병대 병력들이 배다리껄과 용두목 양쪽을 차단하고 검거작전을 펼치게 될 것을 미리 예상한 핵심 지도부가 멀리 삼문리 남단에 미리 숨겨 두었던 나룻배를 타고 도강한 뒤, 그날 밤으로 서둘러 만주로 망명해 가는 바람에 대부분 무사했으나 뒤에 남은 일반 민중들의 피해가 적지 않았다고 들었습니다. 그런데, 우리는 중생을 구제하는 불자의 몸으로 그렇게 할 수만은 없는 일이 아니겠습니까?"

먼저 가 있던 스님들끼리 오늘 벌이게 될 만세시위의 방법을 놓고 갑론을박을 하면서 토론해 보았으나 끝내 시원한 해결책을 찾지 못했는지, 청관 스님이 교무실 안으로 들어서기가 바쁘게 잔뜩 열이 올라 있던 김성흡 스님이 물었다.

"그야 여부가 있겠습니까?그들은 모두가 독립투사가 될 사람들이고,

우리는 중생을 구제할 불자의 몸이니 당연히 그렇게 할 수만은 없겠지요!"

청관 스님은 일단 그렇게 맞장구를 치고 나서 결상을 끌어 당겨 그들 옆에 다가앉으며 다시 말을 잇는다.

"우리는 스스로 앞장을 서서 살신성불(殺身成佛)을 할지언정 우리를 믿고 만세운동에 나선 불자들을 사지에 내몰 수는 결코 없습니다. 손자병법에 이런 말이 있지요. '적과 나를 알면 백번 싸워도 위태롭지 않을 것[知彼知己百戰不殆: 지피지기백전불태]'이요, '적을 모르고 나를 안다면 한 번은 승리하나 한 번은 패배할 것[不知彼而知己一勝一負: 부지피이지기일승일부]'이며, '적도 모르고 나도 모른다면 싸울 때마다 반드시 패할 것[不知彼不知己每戰必敗: 부지피부지기매전필패]'이라고요! 자세히 음미해 보면 이 말 속에서도 능히 그 해법을 찾을 수 있을 것입니다."

"〈밀양청년독립단〉 얘기를 하다가 갑자기 손자병법을 인용하는 것을 보니 청관 스님께서는 별도로 다른 계획을 세워놓고 계신가 보군요?"

이찰수 스님이 물었다.

"예, 그렇습니다. 3·13 밀양 만세운동을 주도한 〈밀양청년독립단〉에는 손자병법에다 육도삼략과 같은 각종 병서를 섭렵하신 훌륭한 지도자가 있었다는 뜻이지요!"

"그렇다면 우리도 그렇게 하자는 말씀은 아니시고요?"

"'지피지기'이면 '백전불태'라 했으니 우리도 당연히 그렇게 하기는 해야 하겠지요!"

청관 스님이 그렇게 말하자 얘기가 다시 원점으로 돌아가고 있는 것으로 판단했는지, 김성흡 스님이 의아한 얼굴로 다시 물었다.

"아니, 그렇다면 우리도 〈밀양청년독립단〉처럼 하자는 말씀이 아닙니까?"

"그건 아니지요! 우리는 그 사람들과 처지가 다르니, 똑같은 왜놈들을 상대로 만세운동을 벌이지만 행동은 우리 처지에 맞게 해야 불태(不殆), 즉 위태롭게 되지 않을 것이란 뜻입니다. 그리고 왜놈들이 만세 군중이 엄청나게 많았던 밀양 만세 운동 때처럼 중과부적으로 전의를 상실하고 처음에는 전략상 후퇴를 하게 될지, 아니면 그때의 일을 거울삼아 처음부터 초전박살의 기세로 달려들게 될지는 아직 모르는 일이니, 적을 아는 것도 나를 아는 것 못지않게 중요하다는 뜻입니다!"

"무슨 말씀인지 나는 잘 알아듣지 못하겠습니다. 스님!"

이장옥 스님은 그러면서 다른 동료들을 둘러본다.

"조금 전에 김성흡 스님께서 말씀하시기를, 3·13 밀양 장날 만세운동 때는 시위를 이끌었던 주도 세력들이 전략적으로 잘 대처하는 바람에 거의 모두가 무사했지만, 그 바람에 뒤에 남아서 끝까지 만세운동을 펼쳤던 일반 대중들의 희생이 아주 컸으니 우리는 중생을 제도하는 불제자로서 그렇게 할 수만은 없다고 하지 않았습니까?"

"예, 물론 그랬습니다만…."

대답을 하면서도 이장옥 스님은 여전히 어리둥절한 얼굴이다.

"그것 보십시오! 스님께서도 오늘 만세운동에서 〈밀양청년독립단〉 단원들처럼 할 수 없다고 하신 것은 자신의 신분이 승려임을 염두에 두고 하신 말씀이 아닙니까? 그렇다면, 스님께서도 포악무도한 일제의 본성을 알고 자신의 본분에 맞게 행동하는 것이 곧 지피지기(知彼知己)하는 방법이 되겠지요. 다시 말씀 드리자면, 오늘 왜놈들이 어떻게 나올지를 정확하게 판단하고, 이번 거사의 목표를 중생을 구제하는 불제자의 본분 안에 두신다면, 만세운동에 임하는 자세도 당연히 거기에 맞게 해야 불태(不殆)에 빠지지 않게 된다는 뜻이지요!"

"아, 그렇군요! 이제야 무슨 말씀인지 알았습니다. 듣고 보니 과연 그렇겠군요!"

"잘 아셨다면 지피지기부터 먼저 하시고 오늘 만세운동에 임하시면 불태하시는 일은 결코 없을 것입니다!"

"그렇다면 오늘 거사를 총괄하시는 청관 스님께서는 어떻게 하실 작정이십니까?"

청관 스님이 서울 중앙학림 안에 있는 〈한국민단부〉 소속의 의용승군으로서 자기네의 교범에 따라 만세운동이 전개될 수 있도록 지원하는 소임을 맡고 있다는 사실은 잘 알고 있었지만, 정작 그가 지향하는 승려생활의 목표에 대해서는 별로 알려진 바가 없어서 이번 태룡리 만세운동을 치르고 난 이후에 걷게 될 그의 행보가 더욱 궁금해지는 모양이었다.

"나도 불제자이니 당연히 그렇게 해야 하겠지만, 내 삶의 목표가 다르고 내가 맡은 역할이 다르다면 당연히 만세에 임하는 마음가짐과 행동 역시 여기 계신 여러 스님들과는 차원을 달리 해야 되겠지요!"

"청관 스님, 마음 가짐과 행동의 차원을 달리 하다니요?"

"예, 그렇습니다! 나는 여기 계신 스님들과 걸어가야 할 길이 다르니 마음가짐과 행동 또한 완전히 다를 수밖에요! 〈밀양청년독립단〉 단원들이 만세운동을 주도하고도 일제의 검거망을 피하여 무사히 빠져나갈 수 있었던 것은 만세운동보다 훨씬 크고 높은 자기네의 소임과 목표를 잘 알고 그 목표 달성에 가장 적합한 방법을 택하여 만세 운동에 임했기 때문이 아니겠습니까?"

"만세운동보다 훨씬 더 크고 높은 소임과 목표라니요?"

"그들은 만세 운동을 주도하고 나서 무사히 국경을 넘어 만주로 갔다지 않았습니까!"

"그분들이 모두 만주로 갔다고요?"

"예! 독립군을 양성하는 신흥학교와 〈대한정의단〉이 있는 만주 말입니다! 그분들은 국내에서 맨손으로 매번 왜놈들과 맞서 싸워 봤댔자 매전필패(每戰必敗)한다는 사실을 너무나 잘 잘 알고 있었던 것이지요! 말하자면 지기(知己)를 잘 했다는 뜻이 아니겠습니까? 허나, 두고 보십시오! 그들은 왜놈들과 맞붙어 싸워 이길 수 있는 능력을 완전히 갖추고 머잖은 장래에 반드시 늠름한 투사가 되어 다시 돌아올 것입니다!"

청관 스님이 말하는 신흥학교는 신흥무관학교의 전신으로서 지난 1910년 7월경에 〈신민회(新民會)〉 회원인 이회영 · 이시영 선생 6형제와 이동녕 선생 등이 국권회복을 위한 독립군 기지 건설 운동의 일환으로 남만주 서간도 유하현(柳河縣)의 삼원보(三源堡) 추가가(鄒家街) 지역을 사들여 세운 군사학교로서, 1912년 가을에 새로운 한인 자치단체로 〈부민단(扶民團)〉이 조직되면서 통화현(通化縣) 합니하(哈泥河)로 이전한 상태였다. 그런데 지난 3·1만세운동 이후 일본 육사 출신인 지청천(池青天)·김경천(金擎天) 등의 군사 전문가들이 망명해 전격적으로 합류했다는 사실이 알려지면서 독립운동에 뜻을 둔 많은 국내외의 애국 청년들이 그곳으로 속속 모여들고 있다는 소문을 청관 스님도 듣고 있었다.

"신흥학교라면 청관 스님께서 지난 겨울에 군사학 교육을 받고 왔다는 바로 그 독립군 양성소 말씀입니까?"

"예, 그렇습니다!"

어느 새 독립투사의 피가 솟구치는지, 청관 스님의 목소리에는 결연한 의지가 실리고 있었다. 그 모양을 보고 이장옥 스님은 물론 거기에 있는 모든 청년 스님들의 안색이 일시에 눈에 띄게 달라진다.

"그렇다면 청관 스님께서도 앞으로 그렇게 하실 의향이라는 말씀입니까?"

"글쎄요. 지난겨울에 만주로 갔을 때, 시간에 쫓기는 바람에 폭탄 제조법을 비롯하여 대일 항전에 필요한 군사 지식을 배우지 못한 게 너무 많았습니다. 4년제 본과 외에 무관 양성을 위한 6개월, 3개월 과정의 속성과가 있었는데, 나는 겨우 3개월 과정만 마치고 돌아올 수밖에 없었거든요! 하지만 이번 거사를 끝내고 서울로 올라가면 해야 할 일도 많이 남아 있기 때문에 언제 만주로 다시 갈 수 있을지는 아직 정해진 바가 없습니다. 그러나 그곳으로 피신한 〈밀양청년독립단〉 단원들은 내가 그곳의 사정을 미리 잘 알려 준 바가 있기 때문에 아마도 머잖은 장래에 군사교육을 제대로 받고 독립전쟁의 당당한 투사가 되어 돌아올 것입니다."

사명 스님의 직계 법손인 청관 스님이 이곳에 있을 때부터 연무수련에 정진하였고, 또 그 후 불교계의 항일운동 본거지라고 할 수 있는 동래 범어사로 승적(僧籍)을 옮겨 간 사실을 잘 알고 있는 동료 승려들은 더 이상 아무 말도 하지 못한 채 그의 입만 잠자코 주시하고 있었다.

"하지만 나 자신에 대해서는 잘 알고 있으나 왜놈들의 본성이 오늘 어떻게 표출될지를 알 수가 없으니 어떻게 해야 불태(不殆)의 수확을 거둘 수 있게 될지, 그리고 또 어떤 급박한 상황에 처하게 될지는 소승으로서도 지금은 모르는 일이니 나중에 상황을 보아 가며 거취를 결정해야 하겠지요!"

이렇게 불확실성을 언급한 청관 스님은 마치 유언이라도 전하는 것처럼 비장한 각오로 동료 스님들에게 특단의 당부를 하는 것이다.

"내가 어제 저녁에 누누이 말씀드렸던 것처럼, 오늘의 만세운동은 어디까지나 대자대비하신 부처님의 가르침 속에서 이루어지는 것임을 모두들 명심하시기 바랍니다. 그러니 오늘의 거사에서 우리가 사용할 수 있는 무기는 오로지 목탁과 경쇠뿐이며, 우리가 믿는 것도 그것뿐이니 끝까지 그것들을 놓치지 마십시오! 그리고 우리 모두가 앞장을 서는 것은 물론, 최후의 보루 역할도 우리의 몫이라는 사실 또한 잊지 마십시오! 그러니 만세 도중에 일반 불자와 시위군중들보다 먼저 몸을 피한다거나 물러서시는 일은 절대로 있어서는 아니 될 것입니다."

"예, 스님!"

이구동성으로 대답하는 모든 스님들의 목소리는 결연하였다.

"그리고 오늘 만세운동이 본 궤도에 올 때까지 내가 만세 현장에서 수시로 신호를 보낼 테니 스님들께서는 반드시 거기에 따라서 행동해 주시기 바랍니다! 스님들께서는 모두가 왜놈들에게 피체 되어 구금을 당하는 한이 있더라도 절대로 그들의 무력에 맞서지 마시고, 서두르지도 마시고, 선두에 서서 일제히 불경을 독경하시면서 조국 광복을 기원하는 봉축 대제를 올린다는 일념으로 의연하게 합장 행진만 하십시오! 그렇게 무저항적으로 만세운동에 임한다면 왜놈들도 불교를 믿는 족속들이고, 개중에는 독실한 불자들도 없지 않을 터이니 선불리 총구를 들이대거나 일본도를 휘두르지는 못할 겝니다."

행동 수칙을 하나하나 짚어 나가는 청관 스님의 결연한 목소리에 단주(短珠)를 굴리면서 아미타불을 염송하는 이가 한둘이 아니었다.

"그리고 우리 쪽에서 처음부터 끝까지 그렇게 평화적으로 만세 시위를 벌이면, 설령 그들에게 피체 되어 재판에 넘겨지는 경우가 생길지언정 인명이 살상 당하는 일은 결코 벌어지지 않을 것입니다. 아마 감옥살이를 한다 하더라도 짧게는 몇 개월, 길어도 일 년도 채 못 되어 풀려날 수 있겠지요. 그리고 그것 또한 나를 희생하여 침략국의 탄압으로 신음하는 중생들을 구제하는 과정에 겪는 고행이라, 안거수행(安居修行)과 별반 다를 바 없는 대단한 수행 과정이 되리라 믿습니다. 예전에 사명 대선사님께서도 일본 에도성[江戶城]으로 가서 도쿠가와 이에야스와 강화 담판을 하실 때, 여러 가지 고행 과정을 극복한 끝에 임진왜란 때 끌려 간 3천5백 명이나 되는 동포들을 구하여 돌아오셨다고 하지 않았습니까? 그러니 모두들 긴장을 푸시고 이번 일을 바탕 삼아 앞으로도 가일층 노력하셔서 부디 유종의 미를 거두도록 하십시오!"

청관 스님이 동료들에게 결연한 목소리로 당부하고 분연히 몸을 일으켰을 때, 그들의 결연한 불심을 고양시키려는 듯, 멀리 공양실 쪽에서 때마침 발우공양 시간을 알리는 커다란 목탁소리가 거대한 죽비 소리처럼 무겁고 둔탁하게 들려오고 있었다.

◇ 지신밟기와 호국법회護國法會

"나으리 마님. 손님이 오셨습니다!'

문 밖에서 하인이 아뢰었다.

"드시라 하여라."

점잖게 의관을 갖춘 무릉 선생은 책장을 덮고 자세를 고쳐 앉는다. 분합문을 들어 올린 조용한 방 안에는 중천에 떠오른 해맑은 아침나절의 눈부신 햇살이 환하게 들이치고 있었다.

좀만에 여닫이문이 열리면서 청관 스님과 이장옥 스님이 중생 심방에 나선 생불처럼 눈부신 햇빛을 광배(光背)인 양 등에 업고 안으로 성큼 들어선다. 이장옥 스님은 승복 차림이었으나 청관 스님은 괴나리봇짐을 진 선비 차림으로 손에는 삿갓을 들고 있었다.

합장 배례를 올린 그들은 사승을 뵈러 온 문하생들처럼 무릉 선생 앞에 와 나란히 앉았다.

"어서들 오시오. 이른 아침부터 먼 길을 걸어오느라고 수고가 많으셨소!"

손자들 연배밖에 안 되는 청년 스님들을 맞이하는 무릉 선생의 태도는 어디까지나 정중하고 깍듯하였다. 매년 3월과 9월 초정일(初丁日)에 올리는 표충서원의 합동 향사 때에 사림의 대표 집례자로 활동하면서 표충사 출입을 오래도록 하였고, 최근에도 그들을 비롯한 청년 스님들을 자택에서 몇 차례 상면한 적이 있는 만큼 그토록 예를 갖추어 어렵게 맞이해야 할 손님들은 사실 아니었다.

하지만 오늘은 특별한 날이고, 또 그들의 역할에 대한 믿음과 기대가 큰 만큼 대우마저 달라지게 된 것이었다.

"소승들이야 저희들의 일이니 성심을 다해야 마땅하겠지만, 시주님께서는 지역 유림의 원로이신데 노구를 무릅쓰고 우리 일을 도우시느라고 그동안 여러 가지로 노고가 너무 많으셨습니다."

세속의 노유(老儒)인 무릉 선생을 대하는 스님들의 예의도 지나칠 정도로 각별하다. 사찰 측에서 주관하는 이번 거사에 밀양군 내외의 남녀 신도들은 물론, 성향이 각양각색인 면내 각 동리의 주민들까지 시위군중으로 동원하는 문제가 무엇보다 큰 난제였는데, 지역 유림의 거목으로서 영향력이 막강한 무릉 선생의 힘을 빌려 그 문제를 원만히 해결하고 보니 만세운동의 주무를 맡고 있는 그들 청년 스님들로서는 그보다 더 황감한 일이 따로 있을 수가 없는 것이다.

"유생인 나로서도 당연히 해야 될 일을 한 것뿐인데 노고랄 게 무에 있겠습니까? 우리 유림의 입장에서 보면 세속을 떠난 불자의 몸으로 진충보국 일념으로 거행하는 이번 불교계의 호국 시위에 오히려 삼배구고두(三拜九叩頭)를 올려도 모자랄 판이지요!"

일찍이 밀양 사림에서 조정에 탄원하여 사찰 안에 사명대사를 비롯한 호국영령 삼위의 충혼을 기리기 위하여 표충서원을 세웠던 옛일을 감안하면 무릉 선생의 말이 단순한 겸양지덕에서 나온 칭송은 아닐 터였다. 그는 표충사에서 주관하는 이번 태룡리 만세운동을 돕는 것이 밀양 유림의 한 사람으로서 마땅히 해야 할 일이기도 하거니와, 청관 스님을 호국 명승의 법손으로 받아 준 사찰 측에 보답함과 동시에 그의 장래를 걱정하며 순절한 옛 문우를 돕는 길이라는 점에서 스스로 팔을 걷어붙이고 나설 수밖에 없는 입장이기도 하였다.

더구나 지금은 그동안 밀양 유림을 도와 복벽주의 독립운동 지원 사업에 동분서주하던 승당 문우의 적장자가 파리강화회의에 보낼 독립청원서 서명 운동의 산실인 경북 의성에 가 있는 때가 아닌가? 이러한 때에 발맞추어 또 다른 핏줄인 서출 자식은 의용승군이 되어 이번 거사를 이끌고 있으니 운곡, 승당 문우와 더불어 점필재 선생의 영남학파 학통을 이어받은 밀양 사림 복벽파 삼인방의 일원인 무릉 선생에게는 오늘

이 개인적으로도 여간 의미 있는 날이 아닌 것이다.

각별한 마음을 담아 이장수 스님에게 정중하게 사의를 표명한 무릉 선생은 모처럼 친정인 표충사로 돌아와 이번 거사에 임하고 있는 청관 스님에게도 인사 삼아 한 마디 던지는 것이다.

"청관 자네는 동에 번쩍 서에 번쩍 하면서 전국의 사찰을 두루 헤집고 다니느라고 힘이 들지도 아니한가? 그만하면 지칠 법도 한데, 언제 보아도 그 기상은 여전하니 그야말로 명불허전(名不虛傳)일세그려! 아마 명천에 계신 승당 선생께서도 자네의 이런 모습을 보시게 된다면 적잖이 기꺼워하실 것이네!"

오늘 따라 청관 스님을 대하는 무릉 선생의 감회는 각별하다. 표충사로 들어가 불목하니 행자 시절을 거쳐서 비구계를 받도록 길을 열어 준 것이 바로 엊그제 같은데, 어느 새 전국의 사찰을 순회하며 만세운동을 이끌 정도로 믿음직한 의용승군으로 우뚝 선 그의 장한 모습을 보게 되니 여간 대견스럽지가 않은 것이다.

"당치도 않은 과찬의 말씀이십니다. 소승이 맡은 소임이 너무도 절실하고 막중한지라 미처 지칠 사이가 없는 까닭입니다."

제 눈에 고우면 곰보도 보조개로 보이는 게 인지상정이다. 청관 스님이 겸연쩍다는 듯이 민망한 기색을 보였으나 무릉 선생은 그것마저도 기꺼운 듯, 다시금 마음에 새기듯이 중얼거리는 것이다.

"허허…. 출중한 기상에 겸양지덕까지 겸비하였으니 그야말로 우문현답에 관주(貫珠)로구먼…."

기구한 운명으로 남의 집 하녀 몸에서 태어나 의용승군이 된 청관 스님을 바라보는 무릉 선생의 마음은 애틋하다기보다 차라리 가슴 벅찬 감회에 젖어 있었으며, 그의 눈길은 망국지탄으로 순절한 옛 문우를 보는 듯이 뜨거워져 있었다.

이때, 밖에서 인기척이 나는가 싶더니 하녀의 목소리가 들려온다.

"나으리 마님! 다과상을 대령하였사옵니다."

"그래, 어서 올리거라."

조심스럽게 방으로 들어온 하녀가 내려놓고 간 다과상에는 인삼차에다 색색의 한과와 분꽃이 하얗게 핀 곶감이 소담스레 차려져 있었다. 손님들에게 다과를 권한 무릉 선생은 자기도 찻잔을 들어 몇 모금 마시고는 아침 햇살이 환하게 들이치는 분합문 쪽을 이윽히 바라본다.

지난해 5월 보름날 밤이었던가. 용화 부인의 표충사 불공 행차 때 그녀를 수행하고 왔던 승당 문우의 적장자와 함께 휘영청 밝은 달빛 아래 솔향기 그윽한 동동주로 대작을 하며 나라의 일을 걱정하던 것이 바로 엊그제의 일인 듯이 눈앞에 선연히 떠오르는 것이다.

그날, 〈풍기광복단〉 시절부터 항일 군자금 모집과 지역 연락책으로 활동하다가 광복단 사건으로 체포된 남포 선생의 안부를 물었을 때, 그는 혹독한 고문에도 일체를 함구하며 아예 식음을 전폐하다시피 하고 계시니 명재경각이라며 일이 그 지경이 된 것이 마치 지역 유림 원로들을 잘못 보좌해 온 자신의 탓이라도 되는 듯이 크게 자책하지 않았던가? 그런데 승당 문우에 이어 남포 문우마저 망국의 한을 품고 세상을 떠나고 없는 지금, 사찰 측에서 도모하는 항일 만세운동 거사를 맞이하고 보니 만고풍상을 다 겪으며 벼랑 위에 홀로 남은 고목 같은 무릉 선생의 황폐한 가슴 속에서도 한 줄기 의기의 바람이 스산하게 휘몰아치는 것이다.

방안에는 잠시 침묵이 흘렀다. 그야말로 기대에 찬 침묵이요, 막중대사를 앞둔 폭풍 전야와도 같은 팽팽한 침묵이다. 그 순간, 토담 너머 계곡 쪽에서 암벽 계류를 타고 흐르는 폭포수 소리가 수풀을 스치고 오는 바람소리처럼 쏴아! 하고 들려온다.

그리고 그 틈을 비집고 아주 먼 곳에서 풍물 소리가 하늘의 울림처럼 들려오기 시작하였다. 악을 쓰는 듯한 꽹과리 소리에 이어 길고 둔중한 징소리가 대지를 울리듯이 뒤미처 그 사이에 파고든다. 멀리 들판 건너 연경 장터에서 들려오는 농악 소리였다. 아마도 청관 스님이 가져

온 의용승군의 교범에 따라 「연경장 개설 5주년 기념」 축하 잔치의 서막을 알리는 농악패들의 지신밟기가 드디어 시작된 모양이다.

그 소리에 귀를 기울이고 있던 무릉 선생이 갑자기 생각난 듯이 물었다.

"다른 스님들께서는 지금 어디에 계시는가?"

"모두들 연경 장터에 와 계십니다."

이장수 스님이 간략하게 대답하자 청관 스님이 보다 자세하게 보충 설명을 한다.

"각기 장꾼들 행색으로 변장들을 하고 와서 장터 근처의 민가에 분산하여 가사와 장삼으로 갈아입고 대기하고 있는 중입니다."

"그렇다면 우리 스님들께서 한가로이 이러고 있을 때가 아니로구먼!"

무릉 선생의 마음이 갑자기 바빠진다. 청관 스님이 비장하게 굳어진 얼굴로 그에게 묻는다.

"시주님께서 마지막으로 소승들에게 따로 주문하실 말씀은 없으신지요?"

"내 뜻은 이미 다 전하였고, 만세운동이야 자네가 가지고 온 교범에 따라 이미 협의한 바 그대로 진행하면 될 터이니 더 할 말이 무에 있겠는가?"

"그렇다면 그렇게 알고 저희들은 이만 물러가도록 하겠습니다."

두 청년 스님들이 결연히 말하고 일어나려고 하자 무릉 선생이 갑자기 표정을 달리 하며 청관 스님에게 묻는다.

"청관 자네는 거사를 마치는 대로 곧장 범어사로 바로 내려갈 생각인가?"

"글쎄요. 거기서도 최근에 만세운동이 있었던 터이라, 다른데서 잠시 은신해 있다가 가야 할지 어떨지는 좀더 두고 봐야 할 것 같습니다."

"암, 그래야지! 자네는 앞으로도 할 일이 많은 의용승군이라는 사실을 잊지 말게. 독을 잔뜩 품고 눈에 불을 켠 왜놈들이 사방에 깔려 있을 터이니, 어디를 가든 신분이 발각되지 않도록 각별히 조심을 해야 할 것이네."

무릉 선생은 선비 차림으로 변장을 한 청관 스님을 이윽히 바라보며 그렇게 당부하고 나서 어조를 바꾸어 다시 묻는다.

"그건 그렇고, 이따 거사 후에 나한테 다시 들르기는 어렵겠지?"

"아무래도 그럴 것 같습니다!"

청관 스님은 그러다가 무릉 선생의 의중을 뒤미쳐 헤아린 듯, 다소 상기된 얼굴로 그에게 묻는다.

"소승에게 분부하실 말씀이 따로 있으시다면 지금 미리 해 두시는 것이 좋지 않을는지요?"

"그래? 그렇다면 그렇게 하는 게 좋겠구먼!"

무릉 선생은 고개를 끄떡이며 양해를 구하듯이 이장옥 스님 쪽을 바라보았고, 이장욱 스님은 그의 의중을 헤아리고 자리에서 일어나 허리를 깊이 숙여 합장 배례를 한다.

"시주님, 소승은 먼저 물러가도록 하겠습니다."

"그러시지요. 모쪼록 오늘의 거사를 무사히 마칠 수 있게 되기를 빌겠소이다!"

이장옥 스님을 먼저 떠나보낸 무릉 선생은 그의 인기척이 대청마루 아래로 멀어져 가자 목청을 낮추어 청관 스님에게 묻는다.

"엊그제 당부한 내 말을 잊지는 않았겠지?"

"예, 시주님! 각별히 당부하신 분부라 가슴 깊이 명심하고 있습니다!"

청관 스님의 목소리는 나지막하였지만 어디까지나 결연하였으며, 그 속에는 복잡한 여러 가지 심회가 뜨겁게 뒤엉켜 있는 것 같기도 하였다.

"그러면 되었네! 헌데 운곡 선생의 고택은 아직 초행일 터인데, 혼자서 찾아갈 수 있겠는가?"

"예, 시주님! 무봉사의 채공보살님으로부터 그 댁의 얘기를 들었던 적이 있었던지라 어렵지 않게 찾아갈 수 있을 것 같습니다."

"그래? 그렇다면 다행이군! 사실은 자네를 만날 수 있게 해 달라고 내게 기별을 한 당사자는 운곡 선생이 아니라 그 어른의 자제분인 필운 선생일세. 그러니 그 댁을 찾아 가거든 청지기한테 가급적 남들이 모르게 조용히 필운 선생의 부름을 받고 왔노라고 이르고 은밀히 그 분을 만나 뵙도록 하게."

무릉 선생이 필운 선생의 서찰을 인편으로 전해 받은 것은 지난번 밀양 장날이었다. 밀지처럼 단단히 밀봉한 그 서찰에는 자신이 청관 스님을 기필코 만나야 할 일이 있다는 사실과, 청관 스님을 청하여 만나는 일에 대해서는 동산리 사돈댁과 자기네 집의 다른 식구들에게는 비밀로 해 달라는 당부의 말까지 각별하게 적혀 있었던 것이다.

하지만 무릉 선생은 청관 스님의 존재에 관한 얘기를 맨 처음 그쪽으로 흘러 들어가게 만든 장본인이었던 만큼, 그렇게 하려는 저쪽의 의도에 대해서는 서로 교감되는 바가 있어서 더 이상 물어 볼 것도 없었다.

"예, 분부대로 거행하겠습니다."

"그러면 되었네. 늦기 전에 어서 가 보게!"

무릉 선생은 중문 밖까지 따라 나와 다시는 돌아올 수 없는 먼 길이라도 떠나보내는 듯이 각별한 마음으로 청관 스님을 배웅하였다.

청관 스님이 마을 앞 고목 수풀 속의 개울가에서 기다리고 있던 이장옥 스님과 함께 들 한가운데의 들마 부락을 지나 '용회동'이라고도 하는 연경 장터에 이르렀을 때, 그곳 일대에는 벌써부터 적잖은 인파들이 몰려든 가운데 축제 분위기로 한껏 들떠 있었다. 장터거리의 각 가게들마다 청사초롱이 내걸렸으며, 태룡리의 본동인 태동을 위시하여 야촌, 들마, 연경 등 인근 지역의 농악패들이 타 지역의 연합 걸립패들이 미처 당도하기도 전에 저자거리의 각 점포를 돌아다니며 집굿을 돌고 나서 장터 초입의 공터에서 터 밟기 걸립놀이가 한창 벌어지고 있었다.

철없는 아이들은 설, 추석 같은 큰 명절날이라도 되는 듯이 걸립놀이가 벌어진 장터 마당을 뛰어다니며 기뻐 날뛰었으며, 장이 서기가 무섭게 걸립패를 따라 다니며 걸립 상에 오른 술을 얻어 마신 저자거리의 토박이 장사치들이며, 아침 일찍부터 선술집과 장터거리의 목로주점에서 해장술로 목을 축인 멀리서 온 장꾼들도 얼큰하게 취기가 오른 얼굴로 걸립패의 굿놀이에 흥이 겨워 어깨를 들썩이다 못해 숫제 두 팔을 벌리고 너울너울 춤을 추기도 하였다. 흥에 겨운 구름 관중들이 겹겹이 에워싼 속에서 터 밟기 굿놀이는 시간이 흐를수록 더욱 기세를 올려 갔고, 뒤미처 속속 당도하는 각 지역의 장꾼들과 시위 군중들로 인하여 장터거리 일대는 어느새 북새통을 이루어 가고 있었다.

청관 스님이 제시한 만세불사 교범에 따라 '연경장 개설 5주년 경축 잔치'라는 깃발을 내걸고 벌이는 이러한 대규모의 굿놀이 광경은 지난 1914년에 있었던 행정 구역 개편 때 단장리에 있던 면사무소가 이곳 연경으로 이전하면서 연경장이 처음 서던 날 베풀어졌던 개장 축제 때의 풍경과 조금도 다를 바가 없었다.

지신 지신 지신사
마당 지신을 울리자
캐앵, 갱매, 갯깽, 캐애, 개갱매, 개캥매, 캐앵, 갯 - .

상쇠잡이 고사꾼의 지신밟기 고사소리 선창에 뭇 풍물꾼들의 자진모리 쇠가락이 소나기처럼 쏟아지는 속에서 농기가 우쭐우쭐 춤을 추고, 소고 패는 신나게 소고를 두드리며 재주를 넘었으며, 양반은 장죽을 물고 거드름을 피우며 거리를 활보하는가 하면, 포수와 머슴이며 탈을 쓴 각시는 온갖 익살과 재주를 다 부려 가며 구경꾼들의 웃음을 자아내기에 정신이 없다.

전통 민속놀이 중에서 탄력적인 자지모리 가락에 따라 펼치는 지신밟기 놀이만큼 흥겹고 재미있는 민속놀이가 또 있을까. 흔히들 '걸립(乞粒)치기'라고도 하는 이 지신밟기는 원래 음력 정초에 지신(地神)을 진압함으로써 악귀와 잡신을 물리치고, 마을의 안강(安康)과 풍작이며 가정의 다복을 축원하는 벽사진경의 성격이 짙은 민속놀이였다.

북. 장고, 꽹과리, 징과 날라리로 흥을 돋우는 풍물패들을 선두로 소고패, 양반, 하동, 포수, 머슴과 탈을 쓴 각시 등이 집집마다 돌아다니며 지신을 밟으면서 벌이는 이 놀이는 원래 서낭기나 농기를 앞세운 걸립패가 주산(主山)이나 마을 당산에서 서낭굿을 시작으로 마을 공동우물에서 우물굿을 치기도 하며, 가가호호를 방문하여 주로 집굿을 치는 굿놀이의 일종이었다. 집굿은 무당굿 · 우물굿 · 마당굿 · 성주굿 · 조왕굿 등으로 이루어지며, 걸립패가 자기 집에 당도하면 주인은 고사 상을 차려 술과 음식을 대접하며 전곡을 성의껏 희사하였고, 마을에서는 그것을 모아 마을의 공동비용으로 사용하는 것이 상례였다.

그런데 오늘은 연경 5일장 개설 5주년을 기념한다는 명분하에 면내에 있는 모든 부락의 농악 걸립패가 연합하여 벌이는 굿놀이라 그 수효만도 일백 수십 명은 좋이 될 성싶을 정도로 엄청나게 많았고, 각 역할을 맡은 걸립패의 인적 구성도 다양하였다.

어허라 진신사
지신지신 누르자

캐앵, 갱매, 갯깽, 캐애, 개캥매, 개캥매, 캐앵, 갯－.

이장수 스님과 함께 연경 장터에 당도한 청관 스님은 지신밟기 놀이패를 이끌고 있는 태룡리 본동의 몸매 날렵한 중년 상쇠꾼 곁으로 다가

간다. 엊그제 무릉 천변의 단연정에서 있었던 각 지역 대표자들의 예비 모임에서 시달하였던 작전 내용을 제대로 인지하고 있는지 확인하기 위해서였다.

귓속말로 상쇠잡이와 잠시 얘기를 나눈 청관 스님은 만사가 순조롭게 전달되고 그대로 작동되고 되고 있음을 확인하고는 사뭇 고무된 얼굴로 이장수 스님과 함께 군중들 사이를 바쁘게 빠져 나온다.

개복처(改服處)로 정해놓은 장터 뒷골목의 인가로 향하면서 청관 스님이 말했다.

"춘산 스님, 시위 도중에 소승이 보이지 않더라도 놀라시면 아니 됩니다!"

"그야 물론이지요! 우리 걱정은 마시고 만세 법회가 시작되는 것만 확인하시고는 의용승군의 신분이 탄로나기 전에 서둘러 다음 임지로 떠나십시오."

청관 스님의 소임은 이미 끝났다는 뜻이었다.

"암만해도 시위 군중들이 기대 이상으로 많아질 것 같은데, 시위 진행 과정을 좀더 살펴본 연후에 떠나야 할 것 같습니다."

"병은 물과 같아서 잘 쓰면 약이 되지만 그렇지 않으면 독이 된다고 하시더니, 아무래도 소승 등이 미덥지가 않아서 걱정이 되시는 모양이군요?"

"그런게 아니라 벌써부터 저 정도의 인파가 몰려들었으니 나중에는 오죽하겠습니까?"

"우리 절이 전국 제일의 호국사찰이라 영남 일대의 웬만한 신도들은 다 몰려온 데다, 무릉 시주님께서 별도로 청관 스님을 위하여 인원 동원에 그만큼 애를 많이 써 주신 결과가 아니겠습니까!"

"그러게나 말입니다! 병은 물과 같아서 열린 길을 만나면 순리로 흐르지만, 그렇지 못하면 역류가 되거나 격랑을 이루기 십상이지요. 그런데 이건 보통의 큰물이 아니라, 아주 대단한 홍수가 날 것 같은데요?"

손자병법의 예를 들어 가며 만세시위의 성공 여부는 인원 동원 능력에 달려 있다고 강조하던 청관 스님도 막상 이렇게 시위 군중들이 엄청나게 모여들 조짐을 보이자 오히려 뒷일 걱정이 앞서는 모양이었다.

"하지만 각 부락의 대표자들에게 그토록 단단히 일러 듣겼으니 교범대로 진행한다면 어디 별일이야 있겠습니까?"

"글쎄요, 그렇게만 된다면 오죽이나 좋겠습니까?"

"청관 스님께서 그만큼 세심하게 공을 들였으니 그렇게 염려하지 않으셔도 될 것입니다. 청관 스님께서 하실 역할은 이미 다 하셨으니 변복 차림을 하신 김에 우리 걱정은 마시고 지금 바로 다음 임지로 떠나셔도 될 것 같습니다."

"아무려면 그럴 수가 있나요? 기왕에 나선 일인데 보살행 실천 일심발원이라도 함께 올린 다음에 떠나야지요!"

그들이 시장 뒷골목으로 사라지고 난 뒤에도 터 밟기 걸립놀이는 원근 각지에서 온 남녀노유 장꾼들과, 불교 신도들이며 일반 만세운동 참여자들이 속속 당도할 때까지 한동안 그렇게 판세를 점점 더 불려가며 계속되고 있었다.

청관 스님이 개복처(改服處)로 정한 인가에서 점심 요기를 하고 가사 장삼에 목탁과 경쇠를 든 수십 명의 청년 스님들을 이끌고 그곳에 다시 나타난 것은 오후 1시경이 거의 다 되었을 무렵이었다. 그들이 나타나자 태룡리 본동 상쇠잡이의 쇠가락이 갑자기 기세를 올리면서 벼락을 치듯이 울려 퍼지기 시작하였으며, 온갖 풍물들이 자진모리 2·4조 장단으로 흥겨운 가락을 쏟아내는 가운데 수십 명이나 되는 연합 걸립패 소고 놀이꾼들이 뒷걸음질로 원을 그리며 겹겹이 둘러선 구경꾼들을 뒤로 밀어내며 빈 공간을 넓혀 가기 시작한다.

어허라 지신사
장터 지신을 누르자

캐앵, 갱매, 갯깽, 캐애, 개캥매, 개캥매, 캐앵, 갯-.

잡귀잡신은 물알로
만복은 이리로

캐앵, 갱매, 갯깽, 캐애, 개캥매, 개캥매, 캐앵, 갯-.

왜놈 주구는 섬으로
오랑캐는 북으로

캐앵, 갱매, 갯깽, 캐애, 개캥매, 개캥매, 캐앵, 갯-.

태룡리 상쇠잡이 고사꾼의 선창이 고조되는 가운데 농악패의 자진모리 풍물소리와 함께 여타 각 지역에서 온 지신밟기 걸립패가 합세하여 온갖 익살스런 짓거리로 터를 넓혀 놓는 사이에, 어느 새 가사 장삼으로 갈아입은 청관 스님과 이장수 스님이 마당 가운데로 나와 의병장처럼 선두에 자리를 잡고 선다. 그러자 그들보다 먼저 승복으로 갈아입고 군중들 속에 섞여 있던 수많은 청년 스님들이 일제히 앞으로 나아가 그들 곁으로 모여들어 대오를 맞추기 시작하였다.

그와 함께 구경꾼들 사이에 섞여 있던 영정학교 학생들과 불교 신도회 청년들이 각종 기치를 높이 펴들며 꼬리에 꼬리를 물고 대오를 맞추며 그 뒤를 이어 갔고, 일반 시위 군중들도 술렁거리면서 그 후미에 따라붙기 시작하였다.

시위 군중들 속에서는 영정학교 학생들과 청년 신도들이 태극 수기와 기미독립선언서를 바쁘게 배포하고 있었으며, 그와는 별도로 일부 불교 신도들에 의해 장터 곳곳의 각 점포와 장꾼들에게도 그것들이 암암리에 뿌려지고 있었다.

그들이 그렇게 하고 있는 사이에 만세 시위불사의 진용을 갖춘 청년 스님들은 어느 새 저마다 목탁과 경쇠로 무장을 한 스님 본래의 모습으로 되돌아가서 시위 행렬의 선두를 형성하며 위풍당당한 위용을 갖추고 있었다.

그리고 곧 오후 한 시 정각이 되었을 때였다.

만세 만세 만만세
대한독립 만만세

캐앵, 갱매, 갯깽, 캐애, 개캥매, 개캥매, 캐앵, 갯 - .
징징징징징…깨갱깨갱깨갱…깽깽깽깽깽….

드디어 태룡리 본동 상쇠잡이가 약속했던 대로 그렇게 선소리를 먹이고 후렴 장단을 맞춘 뒤에 풍물패의 쇠가락과 징소리가 파상적으로 울려 퍼지기 시작하였다. 천지를 진동하는 요란한 신호에 따라 청관 스님과 이장수 스님을 비롯한 수십 명의 청년 스님들이 선두에 서서 일제히 목탁을 두드리고 경쇠를 흔들면서 천수경 독경을 시작하며 숨 고르기를 시작하고, 뒤쪽의 군중들도 깃발을 수없이 펼쳐 든 앞쪽의 청년 신도들을 따라 자연스럽게 대오를 형성하며 그 여파가 뒤쪽으로 뒤쪽으로 끝도 없이 이어져 나간다.

모든 준비가 끝나자 이장옥 스님의 만세불사 발원문 낭송에 이어 법의를 걸친 청년 스님들이 선두에서 호국사찰의 만세 불사답게 참회 불경을 장엄하게 합송하면서 서서히 움직이기 시작하였다. 각종 깃발과 플래카드를 들고 사실상 만세 시위를 주도하고 있는 영정학교 교사 및 학생들과 청년 신도들은 선두에 선 스님들의 우렁차고도 장엄한 독경 합창 소리에 따라 이따금씩 깃발과 플래카드를 치켜들면서 장엄한 호국 시위불사의 분위기를 드높이고 있었다.

그리고 그 뒤를 따라가는 신도들은 또 그들대로 앞쪽에서 들려오는 장엄한 독경 소리와 목탁 소리 경쇠 소리에 따라 저마다 관세음보살과 지장보살을 소리 높여 염송하면서 일제히 태극기를 흔들기 시작하였으며, 후미의 일반 시위 군중들도 너나없이 태극기를 든 손으로 합장을 한 채 나무아미타불을 합송하기도 하고, 어떤 이들은 아예 대한독립세를 소리 높여 외치기도 하였다.

이른바 '호국삼부경(護國三部經)'으로 일컬어지는 『금광명경(金光明經)』·『인왕경(仁王經)』·『법화경(法華經)』을 차례대로 합송한 청년 스님들의 불경 합송은 어느 새 금강경의 합송으로 이어지고 있었다.

소유일체 중생지류 약난생 약태생(所有一切衆生之類若卵生若胎生: 있는 바 모든 중생의 종류, 혹은 난생이건, 혹은 태생이건,)

약습생 약화생 약유색 약무색(若濕生若化生若有色若無色: 혹은 습생이건, 또는 화생이건, 혹은 유색이건, 무색이건,)

약유상 약무상 약비유상 비무상(若有想若無想若非有想非無想: 혹은 유상이건, 무상이건, 혹은 비유상이건, 비무상이건,)

아개영입 무여열반 이멸도지(我皆令入無餘涅槃而滅度之: 내가 그 모든 중생을 무여열반에 들게 하여 이를 제도하리라….)

앞쪽에서 울려 퍼지는 법열 가득 찬 청년 스님들의 우렁찬 금강경 독경 소리와 함께 후미의 연합 농악패들의 풍물소리가 끊임없이 천지를 진동하는 속에서, 각종 구호가 적힌 플래카드와 깃발이며, 태극기가 장엄한 물결을 이루며 용용하게 출렁거리며 앞으로 앞으로 밀려간다. 장터 거리에 나와 있던 구경꾼들과 장꾼들도 하나 둘씩 끼어들면서 시간이 지날수록 만세 시위 군중들의 수효는 끝도 없이 늘어만 가고 있었다.

앞장선 수많은 스님들의 독경소리, 경쇠 소리, 목탁 소리가 천상의 소리와도 같은 장엄한 울림으로 온 장터거리를 그렇게 뒤덮게 되자, 그 뒤를 따르는 무수한 플래카드와 각종 깃발들이며 태극기들이 일제히 날개를 파닥이며 수면 위로 비상하는 갈가마귀 떼처럼 온 장터거리의 하늘을 자욱하게 뒤덮으며 끝도 없이 펄럭거린다. 일반 시위 군중들 앞에 선 연합 농악패들의 흥겹고 신명나는 풍물소리 또한 거기에 뒤질세라 조국 광복의 열망을 포효하듯 천지를 진동시키면서 사부대중이 함께 펼치는 호국불사는 그렇게 아무 이변도 없이 애초의 계획대로 순조롭게 진행되고 있었다.

화창한 날씨, 살랑살랑 부는 봄바람에 각종 기발들이 만장처럼 나부끼는 가운데 만세 시위 행렬은 장터 거리의 노천 옹기전과 대장간 앞을 지나서 밀과 보리며, 길쌈용 대마가 대숲처럼 쑥쑥 자라고 있는 들판을 가로질러 태룡리 본동 쪽을 향하여 파도처럼 용용하게 밀려서 간다. 골목 밖에서 구경하던 아이들도 그들을 향하여 손을 흔들다가 만세를 따라 불렀고, 들판 곳곳의 보리밭, 밀밭에서 깜부기를 뽑고 못자리를 돌보던 농부들도 일손을 멈추고 이쪽을 향하여 춤을 추듯이 손을 흔들어대고 있었다.

스님들이 앞장 선 만세 시위 행렬이 들마 부락을 거쳐서 태룡리 본동 태동 부락을 한 바퀴 돌아서 다시 장터거리로 돌아왔을 때였다. 드디어 총을 든 헌병 분견대와 일본 경찰들의 모습이 나타났다. 그러나 5천 명이 넘는 엄청난 군중들이 모여든 가운데 연경장 개장 축하 잔치가 베풀어지는 줄로만 알고 있다가 졸지에 만세시위의 본색을 드러내는 바람에 미처 손을 쓸 사이도 없이 우왕좌왕하면서 헌병 분견대와 주재소 방어에만 나서고 있을 뿐이었다.

비록 착검을 한 소총으로 무장하였다고는 하나 전의를 상실한 그 모양을 보고 더욱 기세가 오른 스님들의 불경 소리와 목탁소리, 경쇠 소리는 물론 행렬 중앙에서 흥을 돋우는 연합 지신밟기 패의 풍악 소리도 더욱 높아만 갔고, 그에 따라 남녀노유 가릴 것 없이 모든 신도들과 일반 만세꾼들의 각종 구호와 만세소리도 한층 고조되어 가고 있었다.

약보살득시다라니자(若菩薩得是陀羅尼者: 만일 보살이 이 다라니를 얻는다면)
실능일시변신위불(悉能一時變身為佛: 모두 일시에 몸을 바꿔 부처가 되고)
주만십방교화중생(周滿十方教化衆生: 시방 가득히 중생을 교화하면서)
연어제법역불사역불거(然於諸法亦不死亦不去: 모든 법에 죽지도 떠나가지도 않고)
이도탈중생중생역불가득(而度脫衆生衆生亦不可得: 중생을 제도하여 해탈케 하되 중생도 얻을 수 없고,)
설법교화제문자등역불가득(說法教化諸文字等亦不可得: 법을 설하고 교화하는 모든 문자들도 얻을 수가 없으며,)
시현사생역불생(示現死生亦不生: 생사를 나타내는 일도 생기지 않나니….)

선두의 청년 스님들이 그렇게 부처님의 자비를 온 사바 중생들에게 전하는 장엄한 예경을 합송하는 바람에 시위 군중들도 가슴에 품고 있던 대한 독립에 대한 열망과 의지를 불심에 담아 소리 높여 관세음보살과 아미타불을 염송할 뿐, 흥분하여 날뛰는 모습은 아직까지 전혀 보이지 않고 있었다.

따라서 오늘의 태룡리 만세운동은 일제에 항거하는 만세 시위라기보다는 문자 그대로 호국사찰에서 벌이는 국권회복을 위한 축원 불사라 하여도 과언이 아닐 정도로 장엄하고도 질서정연하였으며, 거룩해 보이기까지 하였다.

그러나 평화적인 이런 시위만으로 어찌 중무장 황군을 앞세운 일제에게 빼앗긴 나라를 되찾을 수 있으리! 청관 스님이 걱정하였던 사단은 시위행렬이 연경 장터와 인접한 태룡리 일대를 한 바퀴 돌아 출발점에 이르러 선두의 스님들이 면사무소 옆의 경찰 주재소 앞을 지나 지난날

면소재지였던 단장리로 가는 신작로를 향해 다시 방향을 잡았을 때, 기어이 일이 터지고 말았다.

"대한독립만세!"

"왜놈들은 물러가라!"

천둥 같은 구호가 연이어 터져 나오는 속에서 갑자기 뒤쪽이 소란해지는가 싶더니, 평소부터 자기네 마을에 들어와 설쳐대는 왜놈들에게 짓눌려 악감정이 많았던 연경 부락의 청년들 중에서 누군가가 헌병 분견대 쪽을 향하여 돌 팔매질을 하자, 일행들 모두가 기다렸다는 듯이 신작로 바닥의 자갈들을 주워서 일제히 돌 세례를 퍼붓기 시작한 것이었다. 그 바람에 헌병 분견대와 그 옆의 주재소의 유리창이란 유리창은 순식간에 모두 박살이 났고, 혼비백산한 왜놈 헌병들과 순사들은 공포탄을 쏘아대며 부리나케 양 쪽 건물 안으로 달려 들어가고 말았다.

그러나 그것도 잠깐, 분견대 안으로 피신한 헌병들은 바깥을 향하여 총구를 내밀고 무차별적으로 총을 난사하기 시작하였으며, 뒤미쳐 나란히 있는 주재소의 순사들도 총질을 하기 시작하였다. 그 바람에 미처 피하지도 못한 시위 군중들 사이에서는 소나기처럼 퍼붓는 그들의 총탄을 맞고 픽픽 쓰러지는 자가 사방에서 속출하고 있었다. 순식간에 벌어진 일이라 선두의 스님들이 미처 손을 쓸 겨를도 없이 연경 장터 일대는 순식간에 아수라장이 되고 말았다.

"목탁과 경쇠는 다 내려놓고 위급 환자들부터 먼저 구합시다!"

피범벅이 된 환자를 부둥켜안은 이장옥 스님이 자갈이 하얗게 깔린 신작로 바닥에 퍼질러 앉아 처절하게 부르짖고 있었다. 그러나 죽음 앞에서도 일체 물러나지 않기를 맹세하였던 청년 스님들만 우박처럼 쏟아지는 총탄에도 아랑곳하지 않고 이리 뛰고 저리 뛰면서 아비규환 을 이룬 신작로 곳곳에서 인명구호 활동에 나서고 있을 뿐, 그들을 돕고 나서는 사람은 아무도 없었다. 주재소를 향해 용감하게 돌팔매를 하였던 연경 부락의 청년들은 남 먼저 들판 쪽으로 튀어 달아나기에 바빴으며, 한바탕 투석전을 벌이면서 맞서다가 나무아미타불과 관세음보살을 합송하면서 뜨거운 불심을 드러내었던 신도들이며, 기고만장하게 만세를 불러대던 그렇게 많던 시위 군중들도 갈피를 잡지 못하고 우왕자왕하다가 사방팔방으로 흩어져서 도망치기에 바빴다.

"나무관세음보살, 나무관세음보살 …. 청관 스님! 청관 스님!"

피 묻은 장삼 자락을 찢어 선혈이 벌쭉벌쭉 솟아나는 환자의 어깨를 묶어 주고 있던 김승흡 스님이 어찌할 바를 몰라 사방을 두리번거리며 구세주를 찾듯이 눈에 보이지 않는 청관 스님을 찾아 소리친다.

그러나 다행인지 불행인지, 청관 스님의 모습은 그 어디에서도 보이지 않았다. 그 대신 목탁과 경쇠를 내던지고 구호활동에 나선 청년 스님들만이 우박처럼 쏟아지는 총탄 사이로 정신없이 뛰어 다니고 있었으며, 살려 달라고 아우성치는 환자들의 비명 소리가 피를 쏟고 죽은 시체들이 즐비하게 널브러져 있는 길거리 곳곳에서 처절하게 울려 퍼지고 있을 뿐이었다.

제3장

천둥소리

◇ 빈자(貧者)의 환상(幻想)

◇ 유림단(儒林團) 사건

◇빈자貧者의 환상幻想

까악, 까악, 까악, 까악….

당곡 부락의 당산나무에 이른 아침부터 난데없는 까마귀들이 날아와서 시끄럽게 울고 있다. 한두 마리가 아니었다. 수십, 수백 마리나 되는 까마귀들이 김양산의 뒷집 우판돌네 지붕 너머의 팽나무(포구나무)를 새카맣게 뒤덮고서 마을 언덕배기에 올망졸망 눌어붙은 그만그만한 오두막들을 내려다보며 무슨 계시를 하는 듯이 시끄럽게 울어대고 있는 것이다. 까마귀 떼의 색깔도 거대한 검은 장막으로 당산나무를 온통 뒤덮은 것처럼 흉칙스럽거니와, 식칼로 난도질을 하는 듯이 토막토막 끊긴 소리들이 소나기처럼 퍼붓는 게 여간 음흉스럽고 섬뜩한 게 아니다.

"햐, 저 까마구들 좀 보게! 한두 마리도 앙이고 온 당산나무를 먹구름같이 시커멓게 뒤덮은 기이 보면 볼수록 참말로 장관이구마!"

썩어 모지라진 마당가 삭정이 울타리 밑의 떡돌 앞에서 묵직한 떡메로 칡뿌리를 내리 치고 있던 김양산은 잠시 일손을 멈추고 뒷집 분순네 지붕 너머의 당산나무 위에서 펼쳐지고 있는 섬뜩한 광경을 목격하고서도 오히려 입이 쩍 벌어져서 강산풍월을 읊듯이 감격해한다. 그게 보면 볼수록 그동안 자신이 남몰래 공을 들여 도모해 온 일의 성과가 나타나리란 조짐과 결코 무관치 않아 보이는 것이다.

"흥! 간에 바람이 잔뜩 들어 가지고 천방지방 바깥으로만 싸돌아 댕기더니, 인자는 마 단춧구멍 같은 눈에도 허연 명태 껍데기가 둘러 씌워져 삐렸는가보네! 내사 마 우리를 데리러 온 저승차사처럼 보여서 소름이 끼치도록 무서버 죽겠구마는!"

구포댁은 남편과 약간 거리를 두고 돌아 앉아 그가 떡메로 애벌 치기를 해 놓은 칡뿌리를 맷돌 받침대 위에 올려놓고 빨래를 하듯이 방망이질을 바쁘게 하면서도 이해할 수 없는 그의 생뚱맞은 소리에 입을 비쭉거리며 핀잔을 쏟아낸다.

수백 년 묵은 팽나무는 신령스러운 당산나무답게 온갖 부적들이 수없이 매달린 새끼줄을 허옇게 휘감은 채 웅장한 위용을 자랑하며 울퉁불퉁 혹이 달린 굵은 가지들을 천수관음불처럼 거룩하게 사방으로 뻗었는데, 저승차사 같은 까마귀들이 파릇파릇 피어나기 시작한 여린 이파리들이 거의 보이지 않을 정도로 새카맣게 뒤덮고서 온 동네가 떠나가도록 시끄럽게 울어대고 있는게 예사롭지가 않은 것이다.

"허허 참, 남의 속도 모르고 말하는 것 하고는! 내 눈에 맹태 껍데기가 둘러 씌워졌다면 자네 눈에는 소가죽 말가죽이 둘러씌워졌단 말이가? 썩어 문드러진 송장이나 파 묵고 사는 하찮은 까마구를 보고 머가 무서워서 그래쌓노? 간이 작은 자네 눈에는 무섭게 보이는지는 몰라도 내 눈에는 영락없이 만세 운동꾼들을 잡을라꼬 총을 들고 새카맣게 몰려 다니는 긴 칼 찬 왜놈 순사들처럼 보이구마는! 그렇잖아도 요새 만세운동을 한 죄로 경찰서하고 헌병대로 붙잡혀 가서 개처럼 두드려 맞거나 초주검이 되어 나자빠지는 사람이 부지기수라고 하는데, 그것도 모르고, 쯧쯧!"

김양산은 까마귀를 보고 오금을 못 쓰는 마누라를 한심하다는 듯이 돌아보며 혀를 끌끌 찬다. 그러다가 손바닥에 침을 퉤퉤 뱉고서는 묵직한 떡메를 번쩍 쳐들고 떡돌 위의 칡뿌리를 호기 있게 내리친다.

그는 아까부터 민 대감 댁의 청지기 딸과 김 서방이 혼례식을 올리던 날 밤에 술이 잔뜩 취해 가지고 삼랑진 거지 두목으로부터 듣게 되었던, 왜놈들한테 빌붙어서 매일신보 밀양지국과 삼랑진 보급소의 운영권을 따내는 등, 온갖 이권을 취하면서 팔자를 고쳤다는 박종흠의 출세담을 머리 속에 떠올리고 있었다. 그리고 그런 기막힌 얘기를 들려

주던 그 삼랑진 거지 두목이 사실은 매일신보 삼랑진 보급소에서 일하는 박종흠의 부하 직원이라는 것과, 그가 수족처럼 부리는 하찮은 삼랑진 거지들이 민 대감 댁의 나락을 열 섬이나 도적질하고 값비싼 종마까지 몰래 몰고 가려고 하는 등, 온갖 짓을 다 하고서도 아무런 뒤탈도 없이 마치 제 세상을 만난 듯이 활개를 치고 다니는 것도 왜놈들과 잘 통하는 그의 주인 박종흠이 뒤에 버티고 있기 때문이 아니겠느냐며 자랑하던 기막힌 사실을 생각하면 지금도 가슴이 절로 울렁거려지는 것이다.

"하이고, 총 들고 긴 칼 찬 왜놈 순사들이 새카맣게 몰려 댕기는 것 한번 좋아하고 있네! 바람난 기둥서방처럼 바깥으로만 싸돌아 댕기다가 오늘은 우째 안 하던 짓을 하고 나서길래 정신을 좀 차리는가 싶었더니 말하는 것 좀 보소! 내 코가 석 자나 되는데, 가장 노릇도 제대로 몬 하는 그 주제에 긴 칼 찬 왜놈들은 뭐고 만세운동은 또 뭐꼬!"

가난에 찌들어 허리가 한 움큼밖에 안 될 정도로 말라비틀어진 몸매, 땀에 젖은 머리카락이 아무렇게나 흘러내린 좁은 이마…. 악에 받힌 구포댁의 깡마른 얼굴에는 피눈물이 흐르는 듯하다.

"제기랄! 앞뒤가 꼭꼭 막힌 여편네가 세상 돌아가는 물정도 모르고 저렇게 마주치기만 하면 대놓고 바가지 긁어댈 궁리부터 먼저 하니 도무지 되는 일이 있어야 말이지! 아, 입은 비뚤어져도 말은 바로 하랬다고, 요즘 같은 세상에 마음만 묵었다 하면 죄 없는 우리 조선 사람들을 지들 멋대로 죽이고 살리고 하는 왜놈 순사하고 헌병들만큼 무서운 존재가 또 어디 있단 말이고?"

밀양 만세운동이 벌어진 이후로 일본 경찰과 헌병들이 불러일으키고 있는 검거 선풍을 감안하면 김양산이 왜놈들의 드센 기세에 그토록 놀라워하고 있는 것도 결코 무리는 아니었다. 3·13 밀양 만세운동 때는 말할 것도 없거니와, 며칠 전에 있었던 태룡리 만세운동 때에도 투석전을 벌이며 헌병 분견대와 경찰 주재소의 유리창과 기왓장을 박살낸 마을 청년들을 향해 무차별적으로 총을 난사하여 십여 명이나 죽였다는 소식이고, 그것도 모자라서 만세운동을 주도한 표충사의 청년 승려 수십 명은 물론 364명이나 되는 일반 만세시위 군중들까지 체포한 사실만으로도 그들의 위세를 능히 짐작하고도 남을 일이었던 것이다.

"그라모 당신 눈에는 왜놈들만 무섭고 저 노무 까마구들은 하나도 안 무섭단 말이요?"

구포댁은 방망이질을 하다 말고 말끝마다 왜놈들을 입에 담는 남편을 어이가 없다는 듯이 돌아 본다.

"허참, 그것도 말이라고 하나? 조금 시끄러워서 그렇지, 저 노무 까마구들이 뭐가 그리도 무섭단 말이고?"

"요새 조음리 가장골에 가면 굶어 죽은 송장이 지난해의 서반아 괴질 때처럼 곳곳에 널브러져 있다고 하는데, 그래도 저 노무 까마구들이 정말로 하나도 안 무섭단 말이요?

말이 거듭될수록 구포댁의 까칠한 목소리에 가시가 돋기 시작한다.

"저 놈들이사 원래부터 썩어 문드러진 동물들의 송장이나 파 묵고 사는 놈들 앙이가? 그런데 뭐가 그리도 무섭단 말이고? 저 놈들이 저렇게 떼로 몰려와서 귀가 따갑도록 울어쌓는 것도 송장 냄새를 맡고 온 기이 앙이라, 보나마나 누구네 집에 총칼을 든 왜놈 순사하고 헌병들이 곧 들이닥치게 될 불길한 징조가 앙이고 뭐냐 말이다. 내 말이 틀렸는지 어디 한번 두고 보라지!"

무슨 꿍꿍이 속으로 그러는지. 생활에 찌들린 구포댁이 앙탈을 부리기만 하면 귀찮은 각다귀 피하듯이 바깥으로 나갈 궁리부터 먼저 하곤 하던 김양산이 오늘 따라 전에 없이 아침 일찍부터 안 하던 짓을 하면서 기세가 등등하다.

하지만 생활고에 시달리고 가난에 찌든 구포댁은 그가 그럴수록 더욱 속이 뒤집어진 나머지 갈수록 말이 점점 더 거칠어지면서 날을 세운다.

"흥! 개 눈에는 똥 밖에 안 뷘다 카더마는, 우째서 저렇게 남의 일에는 관심이 많으면서도 내 집 일에는 아둑시니 까막눈에 소 죽은 구신처럼 먹통일꼬! 내 새끼들이 사흘에 희멀건 죽 한 그릇도 몬 얻어 묵어서 허구한 날 동냥 밥 얻으러 갈 궁리나 하며 저토록 누렇게 부황이 들어다 죽게 생겼는데, 명색이 가장이고 애비라꼬 하면서 우찌 그런 것도 모른단 말이고!"

그녀의 말대로 토방 문턱에 걸터앉아 젖먹이 동생을 등에 업은 채로 끊어진 새총의 고무줄을 고쳐 매는 데에 정신이 팔려 있는 꿀꿀이는 허기를 못 참고 장작개비 같은 칡뿌리를 걸신들린 듯이 질겅질겅 씹고 있었으며, 앙상한 갈비뼈가 다 드러난 벌거숭이 몸으로 어둑한 토방 안에 맥없이 널브러져 있는 어린 두 동생들도 눈만 멀뚱히 뜬 얼굴로 맥없이 칡뿌리를 빨고 있었다.

그런 자식들을 망연자실하게 바라보고 있던 구포댁은 집안일은 접어둔 채 허깨비 바람 잡듯이 밖으로만 싸돌아다가 제 기분에만 들떠 있는 김양산의 태평스러운 모습이 이제는 한심하다 못해 죽이고 싶도록 얄미워져서 애꿎은 칡뿌리에다 대고 분풀이를 하듯 방망이질을 퍼붓는다. 그러는 와중에도 소나기처럼 퍼붓는 섬뜩한 까마귀 소리를 더 이상 듣고 있기가 힘들었던지, 주위를 두리번거리다가 주먹만 한 돌멩이 하나를 집어 든다. 그리고는 신령스러운 당산나무 위의 까마귀들을 향해 돌을 차마 집어던지는 못하고 그러는 척하면서 헛팔매질을 한다. 하지만 의심 많고 눈치 빠르기가 새 중의 으뜸인 까마귀란 놈들이 거기에 속아 넘어갈 리가 만무하다.

그 바람에 더욱 부아가 난 구포댁은 네까짓 것이 아무리 앙탈을 부려도 나는 내 갈 길을 간다는 식으로 뺏뺏한 칡뿌리에다 대고 기세좋게 떡메질을 하고 있는 남편을 독기 어린 눈으로 바라본다.

하지만 김양산은 제 기분에 도취되어 속이 뒤집어진 마누라의 속을 아는지 모르는지 떡메질만 열심히 하고 있을 뿐, 눈 하나 까딱 하지 않는다. 요즘 들어 그는 점점 심해지고 있는 마누라의 앙탈에도 전혀 흔들리는 기색이 없는 것이다.

어제의 일만 해도 그랬다. 어디서 무슨 짓을 했는지, 밖에서 밤을 새우고 해가 한 나절이나 되어 집에 돌아와 방으로 들어가기가 무섭게 잠에 곯아떨어졌던 그는 구포댁이 어린 자식들에게 칡죽이나마 굶기지 않고 먹이려고 칡뿌리를 캐러 산으로 간 사이에 잠에서 깨어나자마자 굶주린 어린 자식들을 그대로 내버려 둔 채 휭하니 밖으로 나가고 말았던 것이다. 그것도 모르고 종일토록 이 산 저 산을 헤매고 다니던 구포댁이 날이 저물어서야 식구들의 끼니를 몇 차례 떼울 정도의 칡뿌리를 겨우 캐 지게에 지고 기진맥진하여 집으로 돌아와 보니, 어린것들이 배고픔을 견디다 못해 꿀꿀이가 멀리 민 대감 댁까지 가서 얻어 온 구휼 동냥밥을 앞에 놓고 반찬도 없이 아귀다툼으로 허급지급 긁어 먹고 있었던 것이다.

“아이고, 넘사시럽어라! 남의 집 동냥밥을 얻어 묵는 것도 한 두 번이지! 인자는 금쪽같은 내 새끼들이 낯짝에 철판을 깔고 빌어 묵는 걸뱅이 중에서도 상 걸뱅이가 다 되고 말았구나!”

어린 자식들의 기막힌 모습을 보고 약이 오를 대로 오른 구포댁은 그런 남편이 어디서 밤을 새웠는지 오늘 새벽에야 움푹 꺼진 두 눈이 시뻘게 충혈이 되고 상투머리가 봉두난발이 된 몰골로, 그러나 전에 없이 위풍당당한 모습으로 삽짝 문을 거침없이 밀고 들어오는 것을 보고도 아무런 내색도 하지 않았다. 그 대신 그녀는 어제 천신만고 끝에 손수 캐 온 칡뿌리를 떡메로 쳐서 칡죽을 끓일 준비부터 서둘렀다. 김양산이 평소처럼 방으로 들어가 갈 짓자로 사지를 뻗고 잠에 곯아떨어지기만 하면 입만 아프게 싸울 것도 없이 부엌에 가득 채워 놓은 물동이를 들어다가 그대로 그의 낯짝에다 대고 통째로 끼얹어 버릴 작정이었던 것이다.

그런데 오늘 따라 무슨 바람이 불었는지 낮도깨비 같은 몰골로 집으로 돌아온 그는 여느 때처럼 방으로 들어가 드러눕지도 않고 어제 입고 나갔던 바지저고리 차림 그대로 콧노래를 흥얼거리면서 평소에는 거들떠보지도 않던 칡뿌리 떡메질 돕기에 스스로 나서는 것이었다.

하기야 당곡 풍물패의 중쇠잡이를 할 정도로 흥이 많고 귀가 여린 데다 사람이 좀 헤픈 게 험이지, 원래부터 가정생활을 등한히 하여 욕심 많은 구포 댁의 속을 썩였던 김양산은 아니었다. 제 자식들 귀한 줄도 알았고, 밖에 나갔다가 집으로 돌아올 때면 욕심 많은 마누라의 비위를 맞추려고 품일 들러 나갔던 남의 집 숟가락이나 유기 술잔을 슬쩍해 오는 것은 다반사였고, 길가에 쌓아놓은 남의 집 장작개비라도 하나 몰래 빼어 들고 돌아와야 직성이 풀릴 정도로 마누라를 위할 줄도 아는 자상한 남편이었던 것이다.

그런데 지난해 연말에 여홍 민씨네 문중의 수렵대회가 열리던 날, 김 서방과 삼월이의 혼례식이 있고 나서 뒤풀이 잔치판에서 얼마나 술을 퍼마셨던지 남창북창 취해 가지고 이튿날 새벽녘에야 짚가리 속에서 노숙을 한 거지처럼 자잘한 짚 검부러기를 온 몸에 잔뜩 달고 집으로 돌아온 일이 있고부터 단 하룻밤 사이에 하는 짓이 죽었다 깨어난 사람처럼 완전히 달라져 버린 것이었다.

그렇게 표변해 버린 남편을 보고 가만히 있을 구포댁이 아니었다.

"보소, 꿀꿀이 아부지! 여홍 민씨네의 문중 사냥대회가 열린 뒤에 민대감 댁의 청지기 딸하고 홀애비 김 서방이 혼례를 올리고 나서 온 동네가 들썩이도록 흥청망청 뒤풀이 잔치를 벌이던 날 밤에 말이요. 당신 말로는 그 날 뒤풀이 잔치가 끝난 뒤에도 끝까지 남아서 그 집 하인들하고 한데 어울려서 신방 지키기를 하느라고 밤을 꼬박 새우고 왔다고 말하지 않았능교? 그런데 그날 밤에 혹시 거기서 무신 딴 일이 있었던기이 앙이요?"

하룻밤 사이에 딴 사람처럼 변해 버린 남편을 두고 여러 가지로 생각이 많았던 구포댁이 밤새도록 신방 지키기를 해 주고 왔다는 그의 말과는 달리, 온 몸이 짚 검부러기 투썽이가 되어 돌아온 것이 아무래도 수상쩍다 싶어 그렇게 된 속사정을 꼬치꼬치 캐물어 보았던 것이다. 그러나 김양산은 아무 말도 아니라며 한결같이 같은 말만 되풀이 할 뿐, 그렇게 된 내막에 대해서는 지금까지 끝내 입을 열지 않고 있는 것이다.

"쥐구멍에도 볕 들 날이 있다꼬 안 하더나? 우리라고 해서 그렇게 되지 말라는 법이 없는 기이라! 그러니 턱이나 슬슬 문지르며 나만 믿고 기다리다 보면 얼마 안 가서 좋은 일이 있게 될 기이라고 했는데, 무신 여편네가 그리도 잔말이 많노? 그렇게 함부로 안달을 해 쌓다가 영화를 보기도 전에 동네방네 소문이 나서 공든 탑이 무너지게 되면 우찌할라꼬 그라노? 그러니 나만 믿고 잠자코 있으란 말이다!"

그런 말을 한 이후로 다른 곳에다 혼을 빼 두고 온 사람처럼 바깥으로 나갈 궁리만 하는 김양산을 보고 구포댁은 혹시 계집질에 미쳤거나 노름에 손을 댄 게 아닌가 했었다. 하지만 삼랑진 역전에 볼일이 있어 나갔다가 그곳 저자거리의 장사치들이 상시로 노름판을 벌인다는 말을 듣고 그 지역의 사정을 좀 알아보려고 거기에 끼어들어 온갖 잔심부름을 다 해 주면서 한두 차례 밤을 지새며 개평을 얻은 적은 있지만, 직접 노름을 한 적이 없다는 게 그의 주장이었다. 하기야 실제로 따지고 보아도 땡전 한 푼 없는 빈털터리 주제라, 그 자신이 직접 노름을 하거나 계집질을 하고 다닐 형편이 되지 못한다는 것은 구포댁도 물론 모르지 않았다. 또, 어쩌다 생긴 눈먼 돈이 있어서 설령 그런 짓을 하고 다닌다 하더라도 막장으로 내몰린 자기네 살림살이 형편에 더 이상 탁방나거나 팔아먹을 것도 없어서 제 풀에 지칠 때까지 기다려 보는 수밖에 없다며 될 대로 되라는 식으로 내버려 두게 되었던 구포댁이었다.

그래도 혹시나 하는 마음으로 몇 차례나 그의 뒤를 몰래 밟아 보지 않은 것은 아니었다. 그러나 그가 노상 향하는 곳이 오우진 나루 쪽이어서 그의 행선지가 배를 타고 건너야만 하는 삼랑진 쪽의 그 어디메일 것이라는 사실 외에는 더 이상 알아낼 재간이 없었다.

그리고 그가 농사일이나 가정생활을 등한시 하며 노름판 출입을 하고 있다는 사실이 민 대감 댁 사람들의 귀에 들어가게 되는 날에는 어렵게 얻어 부치고 있는 소작권마저 위태로워질지도 모르는 일이라, 그 문제로 대놓고 부부싸움을 벌일 처지가 되지도 못하였다. 따라서 그로 말미암은 가난한 살림살이의 어려움은 그녀 혼자 고스란히 떠안지 않으면 안 되었던 것이다.

그가 몇 달째 살림살이에 아무런 도움도 주지 못하는 바람에 집에 식량이 떨어진 지는 이미 오래였으며, 아이들이 적당한 간격을 두고 번갈아 가며 얻어 오는 민 대감 댁의 구휼 동냥밥으로는 안 나오는 모유 대신으로 젖먹이에게 암죽을 끓여 먹이기에도 모자라서 칡죽으나마 근근이 식구들의 끼니를 이어 가야 하는 판국이라 이제는 구포댁의 기다림도 한계점에 다다르고 만 것이었다.

"차라리 밖으로 나돌아 댕기다가 굶어 죽어 까마구 밥이 되고 말지, 집구석에는 머 할라꼬 들어와서 이렇게 내 속을 있는 대로 다 뒤집어 놓는공! 그라고 저승차사도 눈이 삐었지. 저런 화상부터 얼른 잡아 가지 않고 어디서 무엇을 하고 있는지 모르겠네!"

형편없이 뒤말려 올라간 때 묻은 몽당 치맛자락을 걷어 올려 신경질적으로 코를 푼 구포댁은 저승차사처럼 두렵기만 한 까마귀들을 쫓아버려 줄 생각은 아예 하지도 않은 채 천연덕스럽게 떡메질을 하고 있는 남편의 뒷모습을 기가 찬 듯이 쏘아보는 것이었다. 그러나 그런 꼴을 쳐다보는 것도 역겨운 듯, 방망이질이 끝난 맷돌 받침대 위의 칡뿌리를 함지박에 바쁘게 쓸어 담고는 그가 애벌 치기로 대충 으깨어 놓은 새로운 칡뿌리 하나를 그의 뒷다리라도 되는 듯이 신경질적으로 확 끌어 당겨서 맷돌 받침대 위에 올려놓고는 빨래 방망이로 오뉴월 개 잡듯이 거칠게 두들겨 패기 시작하는 것이었다.

"누구는 우찌나 민 대감 댁 사람들의 비위에 맞게 행신을 잘 했던지 밀성제 끝자락에 있는 늪지대의 간척지 새 논 한 뙈기를 또 소작으로 얻어 부쳐 묵게 되었다고 자랑이 늘어졌더마는, 명색이 가장이 되어 가지고 우찌 그런 머리는 안 돌아가고…."

거칠게 방망이질을 하면서도 악에 받힌 구포댁의 앙탈은 점점 강도를 더해 가며 간단없이 쏟아지고 있었다.

"아니, 이 여편네가 오늘 죽을라꼬 날 잡아 놓고 기다렸나? 와 꾹 참고 있는 사람의 속을 자꾸 긁어대며 이래쌓노! 모처럼 마음잡고 안 해본 서방님 노릇, 애비 노릇을 한번 보겠다고 큰맘 묵고 집에 들어온 사람한테 몬 하는 소리가 없구만! 얼굴을 대하기만 하면 노상 이 지랄이니 집구석에 들어올 맛이 있어야 말이지, 게기랄!"

거듭되는 마누라의 앙탈에 여유를 가지고 있던 김양산은 배알이 뒤틀린 나머지 슬며시 떡메 질을 멈추며 쌀쌀맞기 그지없는 그녀의 비쩍 마른 뒷모습을 도끼눈을 하고 내려다본다.

"하이고, 김해 김씨 가문에 대단하신 애처가 한분 나셨고나! 서방 노릇 애비 노릇 두 번 다시 했다가는 동네 사람들한테 공덕비 세워 달라고 연판장을 돌리러 나서게 생겠구마는! 아둑시니 겉은 눈 먼 구신도 앙이고, 우찌 지 기집의 속은 모르고 남의 일에는 저리도 관심이 많아 가지고 구신 잠꼬대 같은 소리만 골라서 할꼬!"

구포댁은 생각하면 할수록 열불이 나는지 입에 거품을 물고 떠들다가 이참에 그의 본심이 어디에 가 있는지 다시 한 번 확인을 해 보고 이판사판 결딴을 낼 요량으로 방망이질을 멈추고 그를 향해 돌아앉으며 일부러 목소리를 깔고 다시 묻는다.

"보소, 꿀꿀이 아부지! 당신 눈에는 요새 아침마다 까마구들이 저렇게 떼로 날아와서 저 난리를 피우는 거를 뻔히 보고서도 그 까닭이 어디에 있는지 도통 모르겠고, 숭칙시럽은 저놈들의 울음소리마저 기생 사당년들의 풍년가 소리처럼 흥겹고 신이 난다 그 말이요?"

"야! 이 여편네야! 귀구녕에 말뚝을 박았나, 몇 번씩이나 같은 말을 반복해야 알아듣는단 말이고? 아침에 까치가 와서 울면 반가운 손님이 오고, 까마구가 와서 울면 재수가 없다 카는데, 난들 우찌 저놈들이 반가울 것이며 그 울음소리가 듣기 좋단 말이고?"

"그라모 저놈들이 우찌하여 아침마다 저렇게 당산나무에 떼로 몰려와 가지고 하필이면 우리 집을 내려다보고 숭칙시럽게 울어쌓는지, 그 까닭을 당신도 알고 있다 그말이요? 그렇다면 그 야문 입으로 다시 한 번 말해 보소!"

구포댁은 내친 김에 보기만 해도 섬뜩한 까마귀 떼를 핑계 삼아 자기네 집 식구들이 아사지경에 놓였다는 사실을 그에게 인식시키고, 앞으로는 식구들을 결코 굶기지 않겠다는 다짐을 오늘은 기어코 받아내고 싶은 모양이다.

"허허, 하라 카모 몬 할 줄 알고? 요새는 왜놈들이 마음만 묵었다 하면 우리 조선 사람들을 죽이고 살리고 하는 세상이 앙이가! 그러니 장차 우리 동산리에도 기세등등한 왜놈 헌병들이 들이닥쳐서 한바탕 본때를 보여 주는 일이 벌어질 줄을 미리 알고 저래쌓는 기이 앙이겠느냐 이 말이다, 내 말은. 이 답답한 여편네야!"

김양산도 그녀의 속셈을 알고 일부러 확고부동한 자신의 소신을 굽히지 않았으며, 당장 어린 자식들의 끼니 걱정을 해야 하는 구포댁 역시도 허깨비 바람 잡는 듯한, 엉뚱하기 짝이 없는 그의 말이 귀에 들어올 리가 만무하다.

"이 짐승만도 몬한 도치기 겉은 인간아! 팔은 안으로 굽기 마련이고 고슴도치도 지 새끼 귀한 줄을 안다 카는데, 인자는 마 니 눈구녕에는 내일 당장 굶어 죽게 생긴 자식새끼는 하나도 안 보이고 우찌 그렇게 남의 일만 보인단 말이고?"

독이 잔뜩 올라서 남편 곁으로 바싹 다가앉는 구포댁의 얼굴에 핏기가 걷히면서 전의가 본격적으로 감돌기 시작한다.

"아니, 이 여편네가 정말로 돼질라꼬 환장을 했나! 무엇이 어쩌구 으째?"

자기 기분에 도취되어 지금까지 그런 대로 참고 있던 김양산의 눈이 별안간 도끼눈으로 변하면서 불길이 확 당긴다.

하지만 구포댁은 똬리를 튼 독사처럼 고개를 빳빳하게 쳐든 자세로 눈 하나 까딱하지 않고 그의 곁으로 바싹 다가앉는다.

"흥! 눈먼 심봉사가 애매한 개천 나무란다 카드마는, 지 식구들 건사도 몬 하는 주제에 말하는 것 좀 보소! 내사 마 저 노무 까마구가 우리를 데리러 온 저승차사 같아 섬뜩해 몬 견디겠는데, 니놈의 눈에는 뭐 왜놈 순사하고 헌병들처럼 보인다꼬? 에라지, 이 허깨비 노름에 눈깔이 확 뒤집힌 놈아!"

"이 여편네가 아무것도 모르면서 어따 대고 함부로 더러운 아가리를 함부로 놀려쌓노? 까마구란 놈은 죽은 송장이나 파 묵고 사는 청소부 같은 미물이지만, 왜놈들은 우리 조선 사람들을 쥑일 수도 살릴 수도 있는 무서운 힘을 가진 놈들이란 말이다! 그런데 그런 사실을 미리 알려 주려고 온 저깟 놈의 까마구들이 뭐가 그리 무섭다고 애매한 나한테 독사같이 대가리를 쳐들고 대들면서 복장에 불을 지르며 이 지랄이고, 이 지랄이!"

화가 머리끝까지 뻗쳐 오른 김양산은 눈알이 확 뒤집어지면서 방금이라도 발길질을 할 것처럼 으르릉거린다.

"하이고, 미쳐도 단단히 미쳤구마! 까마구들이 무신 경사스러운 일을 알려 줄라꼬 저렇게 새카맣게 몰려 와서 울어 쌓는단 말이고! 우리가 굶어 죽기를 기다리고 있는 줄도 모르고 남의 걱정이나 하다니, 그러고도 니가 인간이가? 이, 이, 까마구보다 몬한 도치기 겉은 화상아!"

"아니, 이 여편네가 정말로 맞아 죽고 싶어서 환장을 했나? 고마 이 떡메로 한 방에 내리쳐 쥑여 삐릴랏!"

"그래, 나는 미쳤다! 그런데 멀쩡한 니는 와 그렇노? 집에 양식이 떨어지니 아나, 줄줄이 내질러놓은 새끼들이 누렇게 부황이 들어 죽게 생긴 것을 아나! 삐가리 같은 새끼들을 안 굶어 쥑일라꼬 여치 같은 지 마누라는 날이면 날마다 칡뿌리를 캐러 댕기느라고 지금이라도 당장 허기가 져 고꾸라져서 까마구 밥이 되게 생겼구마는, 머 자기는 까마구가 하나도 안 무섭다꼬? 에라지, 이 웬쑤 같은 인간 말자야! 쥐뿔도 가진 것이 없는 주제에 천날만날 한량처럼 밖에 나가 지내느라고 니는 사대 육신이 멀쩡해서 좋겠구나!"

악에 받힌 나머지 자식에 대한 아비의 역할을 들먹이며 몰아붙이는 구포댁의 입바른 소리는 기어이 김양산의 알량한 자존심을 여지없이 휘저어 놓고 만다.

"아니, 이 여편네가 하늘같은 서방님을 보고 무엇이 어쩌고 으째? 뱁새 겉은 여편네가 봉황새 겉은 서방님의 속을 우찌 안다고 함부로 아가리를 놀리면서 앙탈을 해? 앙탈을! 이년아, 씨암닭이 계란을 깔고 쭈그리고 앉을 적에는 다 때가 되면 삐가리를 보겠다는 포부를 가지고 하는 짓 앙이가? 그런데 서두른다고 해서 하루 이틀 만에 삐가리가 되어 나오는 줄 아나?"

바람난 들개처럼 밖으로만 싸돌아다니고 있지만, 자기 나름대로 도모하는 바가 있으니 군소리 할 것 없이 얌전하게 기다려 보라는 말 같았으나 남편에 대해 맺힌 것이 많은 구포댁은 이제는 그런 것에 신경 쓸 여유도, 겨를도 없었다.

"그래, 나는 뱁새 같이 몬 나서 새끼들 건사하느라고 목숨을 걸었다! 그런데, 봉황처럼 잘난 니는 어디 가서 무신 짓을 하고 댕겼더나? 노름을 하고 댕겼더나, 외상 기집질을 하고 댕겼더나? 입이 있으면 물에 넣으면 동동 떠내려갈 그 헤픈 주둥이로 어디 속 시원하게 말이나 한번 해 보거라, 이 잘난 웬쑤같은 놈아! 오냐! 그 떡메로 쳐 쥑이고 싶거든 쳐 쥑여 봐라! 자! 자!"

구포댁은 이런 때가 오기를 작정하고 기다렸다는 듯이, 남편의 바짓가랑이를 이판사판으로 붙잡고 늘어지면서 자신의 머리를 그의 턱 밑으로 한사코 들이민다.

"아니, 이 여편네가, 정말로 뒈질라꼬 환장을 했나? 그래, 환장을 했으면 뒈지거라! 에라지, 이 우라질 넌!"

거친 발길질로 마누라를 쓰러뜨린 김양산은 얼굴에 핏기가 걷히면서 묵직한 떡메를 치켜들고 그녀를 곧 내리칠 듯이 씩씩거리며 노려본다. 그 바람에 젖먹이 동생을 업고 토방 문턱에 걸터앉아 고무줄이 끊어진 새총을 고치고 있던 꿀꿀이가 이쪽을 바라보며 울음을 터뜨렸고, 등에 업힌 젖먹이며 어둑한 토방에 널브러져서 맥없이 칡뿌리를 빨고 있던 그만그만한 두 동생들도 일제히 울음을 터뜨린다.

마침 물동이를 머리에 이고 지나가던 뒷집 우판돌의 아내 분순네가 삭정이 울타리 너머로 그 모습을 바라보며 질겁을 하고 소리친다.

"아이고머니나! 저러다 살인내겠네! 꿀꿀아! 거기서 그렇게 울고만 있으면 우찌 하노? 아부지 옴마가 몬 싸우게 얼른 가서 뜯어 말려야 할거 앙이가? 어서!"

울타리 너머에서 들려오는 난데없는 그녀의 인기척에 놀란 것이리라. 민 대감 댁을 무시로 드나들며 침모 노릇으로 반가의 여인네처럼 고상하게 지내는 그녀를 발견한 김양산은 언제 그랬느냐는 듯이 떡메를 점잖게 내려놓고는 널찍한 떡돌 모서리에 걸터앉아 딴청을 피우면서 허리춤의 담배쌈지를 풀어 곰방대에 담배를 재기 시작한다. 민 대감 댁의 소작인으로서 그 댁에 책잡힐 일이 한 둘이 아닌 김양산에게는 그녀가 경계의 대상이 되는 인물이 아닐 수 없는 것이다.

기고만장하던 남편이 범을 만난 강아지처럼 꼬리를 내리는 것을 보고 갑자기 기가 오른 구포댁은 두 다리를 뻗치고 앉아 그동안 참고 지냈던 온갖 설움과 원망을 다 쏟아놓으면서 땅을 치며 대성통곡을 한다.

"내가 몬 산다, 몬 살아! 집구석에 양식이 떨어지니 아나, 걸신이 들린 새끼들이 눈만 뜨면 배가 고파 헐떡거리다가 걸뱅이들처럼 밥동냥을 나갈 궁리부터 하는 거를 아나! 인자는 눈알이 뒤집어져 미쳐 가지고 말라비틀어진 지 마누라마저 떡메로 단방에 내리쳐 쥑일라고 하고 있네! 아이고 아이고, 내 팔자야! 내 신세가 와 이리 됐노!"

물동이를 내려놓고 사립문 안으로 달려 들어온 분순네가 지분 냄새를 풍기면서 구포댁의 등을 두드려 주며 달래기 시작한다.

"꿀꿀이 옴마! 고마 참으시소. 지금까지 잘 참아 왔는데, 오늘 따라 와 이러십니껴?"

분순네가 가까이 다가와 달래는 바람에 구포 댁도 그녀한테 밉게 보이면 좋을 것이 없다고 생각했음인지 거짓말처럼 울음을 뚝 그친다. 그리고는 가뭄에 타들어 간 호박잎처럼 오그라져서 뒤말려 올라간 몽당치맛자락을 걷어 올려 코를 팽 풀고는 방망이를 집어 들고 다시금 청승맞게 칡뿌리에 대고 방망이질을 하기 시작한다.

같은 풍물패의 징잡이 우판돌의 마누라 앞에서 몹쓸 짓을 보인 것이 못내 부끄러웠던 것이리라. 덜덜 떨리는 손으로 부싯돌을 켜서 곰방대에 불을 붙인 김양산은 담배 연기를 훅 내뿜으면서 아직도 날아가지 않고 시끄럽게 울어대고 있는 까마귀 떼를 물끄러미 바라다본다. 하찮은 그놈들 때문에 금슬 좋고 행신이 반듯한 친구 마누라 앞에서 망신을 당했다는 생각에 고개를 절래절래 흔들면서 애꿎은 곰방대만 빽빽 빨고 있던 그는 마음이 다소 가라앉자 묵직한 떡메를 다시 집어 들면서 비 맞은 중처럼 궁시렁거린다.

"허허 그것 참! 아무 일도 아닌 걸 가지고 공연히 티격태격 하다가 아침부터 넘사스럽게 도대체 이기이 무신 꼴이고?"

입장이 난처해진 그로서는 분순네가 들으라고 자기 변명삼아 짐짓 해 보는 말이었을 것이다. 그러나 위로의 말이라도 한 마디 해줄 줄 알았던 분순네한테서는 아무런 반응이 없었다. 그 바람에 은근히 불만을 느낀 김양산은 지나가는 말투로, 그러나 오늘 삼랑진에서 듣고 온 소문의 진위를 확인이라도 하려는 듯이 그녀에게 묻는다.

"듣자 하니 요새 민 대감 댁에 골치 아픈 일이 생긴 모양이던데, 그 집 분위기는 어떻던고?"

"글쎄예. 어제 아침에 중산 양반이 무슨 기별을 받고 초암 아우님하고 안사랑의 김 영감을 대동하고 의성 외가에 갔다는 말을 들었지만, 무신 별일이야 있겠습니꺼?"

무심코 대꾸하며 몸을 일으키던 분순네는 심상치 않은 안색으로 자기를 쳐다보고 있는 김양산과 시선이 마주치는 순간 흠칫하고 놀란다.

"그런데 요새 출입이 없는 그 댁 일을 꿀꿀이 아부지가 우찌 그리도 잘 알고 묻습니꺼?"

"아! 그, 그거야 머 의성에 가 있던 그 댁 영동 양반의 신상에 안 좋을 일이 생겼다는 이바구를 그쪽 사정을 잘 아는 누구한테서 들었기에 걱정이 되어 물어 보는 말이 앙이겠능교?"

"그 댁을 자주 드나드는 나도 잘 모르는 그런 사실을 어디서 누구한테 들었는지 물어 봐도 되겠습니꺼?"

말을 더듬거리는 김양산을 새삼스러운 눈으로 쳐다보는 분순네의 단아한 얼굴에 의아한 빛이 스치고 자나간다.

"그야 뭐, 삼랑진에 볼일이 좀 있어 가지고 갔다가…."

정색을 하고 묻는 그녀의 말에 김양산은 말끝을 흐리고 돌아서며 떡메 질을 계속한다.

"요새 집에도 잘 안 들어온다 하더마는, 그쪽에 볼일이 많이 생긴 모양이네예?"

눈에 띄게 안색이 변하는 그의 모습을 본 분순네가 삽짝 문으로 향하면서 아무래도 수상쩍다는 듯이 뒤돌아보며 한 마디 던졌으나 얼굴이 굳어진 김양산은 입을 꾹 다문 채 아무런 말이 없다.

그들이 주고받는 얘기에는 아랑곳하지 않고 당산나무 쪽을 연신 쳐다보면서 방망이질을 하고 있던 구포댁은 삽짝 문을 향해 걸어가는 분순네에게 고맙다고 인사하는 것도 잊은 채 부러운 눈으로 그녀의 뒷모습을 한참 동안이나 지켜본다. 이웃에 사는 그녀가 까마귀 떼가 당산나무를 먹구름처럼 온통 뒤덮고 있는 기이한 현상을 모를 리 없건마는 그녀는 전혀 개의치 않고 있는 것이다. 구폭댁은 까마귀 떼가 보여 주는 흉칙한 변고에도 불구하고 분순네가 아무런 두려움 없이 지나칠 수 있게 된 까닭이 배고픔에 대한 두려움이 전혀 없는 반반한 살림살이 덕분이라는 사실을 뼈저리게 느끼고 있는 것이었다.

그래서 까마귀 소리가 더욱 저주스럽고 듣기 싫었던 것이리라. 그녀는 분순네의 뒷모습이 삽짝 밖으로 멀어져 가는 것을 보고 기다렸다는 듯이 다시 돌멩이를 집어 드는 것이다.

"야, 이 숭칙한 까마구들아! 우리 집에도 아직은 굶어 죽을 사람이 없니라! 그러니 제발 여기서 헛고생 하지 말고 송장 냄새가 진동하는 저 산 너머 조음리 가장골에나 퍼뜩 날아가 보지 않고 머 할라꼬 거기서 죽자 사자 울어대노? 어서 날아가거라, 이놈들아! 후여, 후여!"

그러나 이번에도 역시 돌팔매질을 감히 하지는 못하고 시늉만 하다 보니, 까마귀들은 여전히 꼼짝도 하지 않는다. 그러자 애가 탄 구포댁은 토방 문턱에 걸터앉아 아직도 새총 고치기에 정신이 팔려 있는 꿀꿀이를 향해 냅다 고함을 친다.

"꿀꿀아! 새총을 다 고쳤으면 저 노무 까마구들부터 퍼뜩 좇아 버리지 않고 머 하고 있노? 저놈들도 너그 아부지처럼 내 말은 도통 안 들을 모양이다. 그러니 니가 그 새총으로 얼른 좇아 삐리란 말이다!"

하지만 꿀꿀이 역시 아무런 반응이 없었으며, 분순네 때문에 심란해 있던 김양산이 그 모양을 보고 떡메 질을 멈추며 화해를 하려고 농담 삼아 한 마디 하고 나선다.

"허허, 째보가 곰보 나무란다 카더마는 당신이야말로 그런 사람 앙이가? 자기는 서낭신이 무서바서 몬 하는 짓을 우찌 철없는 어린 자식한테 시킨단 말이고?"

"그거야, 눈치 빠른 저놈들이 나보다는 새총을 가진 꿀꿀이를 보면 훨씬 더 겁낼 기이 뻔하니까 시키는 거 앙이요?"

마음을 가라앉힌 남편이 짓궂게 장난을 치고 나오니 지지 않고 응수

하는 구포댁의 목소리도 한결 부드러워진다.

"나 참! 굶어 죽는 구신은 있어도 말 몬 해서 죽을 구신은 없다 하더마는 그 말이 문서로구만! 하늘같은 가장의 속은 모르면서 송장을 파묵고 사는 까마구 속은 우찌 그리도 잘 알고 있는지 모르겠네."

말은 그렇게 하면서도 김양산의 얼굴에는 화해의 의지가 완연하였다.

"그렇다면 당신은 아직도 저 까마구들이 아침마다 당산나무에 와서 우는 까닭이 무엇이며, 내가 우찌 저놈들만 보면 저승차사처럼 무서바서 맥을 몬 추는지 그 이유를 알고 있었다 그 말이요?"

"허허, 당신 눈에는 저놈들이 우리를 데리러 온 저승차사나 되는 것처럼 보이는지 모르겠지만, 내 눈에는 틀림없이 우리 동산리 사람들이 깜짝 놀라 자빠지고도 남을 만한 일이 곧 벌어질 징조로 보인다 이 말앙이가? 까마구들이 긴 칼 찬 왜놈 순사들처럼 보인다고 말한 것도 그 때문이고 말이다!"

"당신 머리 속에 무신 꿍꿍잇속이 들어 있는지는 몰라도, 큰일을 낼 사람이네! 우리 식구들이 모두 허기를 몬 견디고 오늘 내일 엎어져 죽으면 저 노무 까마구들이 벌떼처럼 달려들 기이 뻔한데, 그래도 남의 일에만 그토록 신경이 쓰이고 저 숭칙시럽은 까마구들은 참말로 아무렇지도 않다 이 말이요?"

"그럴 리가 있나, 이 사람아! 겁이 날 것까지는 없고, 신경이 쓰이기야 하지! 그렇지만 저 까마구들이 우리를 데리러 온 저승차사 같아서가 앙이라, 우리 조선 사람들을 지들 멋대로 쥑이고 살릴 수 있는 왜놈 순사들처럼 보이고, 또 그 놈들 때문에 무신 변고가 일어날 거 같아서 하는 말 앙이가?"

"그렇다면 당신도 까마구가 나처럼 사시럽게 보이는 거는 분명한 모양이네! 그렇다모 그 좋은 팔뚝의 힘을 두었다가 뭐 할 기이요? 지금 당장 저 놈들을 멀리 쫓아 삐리지 않고설랑!"

그러나 김양산 역시 신령스러운 당산나무를 향하여 돌팔매질을 할

뜻이 전혀 없는지 실없게 웃으며,

"저 노무 까마구들이 새총을 보면 기절초풍을 하고 달라뺄 기이라면서?"

하고 반문을 한다. 자기 대신 꿀꿀이한테 시켜 보란 뜻이었다. 그제야 구포댁도 군소리 없이 꿀꿀이를 향해 다시 고함을 친다.

"꿀꿀아! 너그 아부지가 하는 말 니도 들었제? 그 새총으로 저 까마구들을 퍼뜩 쫓아 버삐리란 말이다! 어서!"

마침 끊어진 고무줄을 실낱같은 삼줄로 단단히 묶은 꿀꿀이가 기다렸다는 듯이 젓먹이 동생을 등에 업은 채 지난해 장마 때 빗물에 흙이 다 씻겨 내려고 자갈밭이 다 된 마당으로 냉큼 뛰어 내려온다. 그리고 밤톨만한 돌멩이를 하나 주워 새총 고무줄에 장전하여 당산나무 쪽을 향하여 막 돌아섰을 때였다. 지금까지 구포 댁에게 견디기 어려운 두려움을 안겨 주면서 꼼짝도 않고 버티고 있던 까마귀들이 일제히 화르르 날아올랐다. 그리고는 심상치 않은 먹구름이 시커멓게 몰려오는 아침 하늘을 까맣게 수놓으며 서쪽에 있는 조음리 가장골 쪽을 향하여 거짓말처럼 멀어져 가는 것이다.

"아이고, 인제야 숨을 제대로 쉬고 살 것 같구마! 그러고 보니 당신이 한 말처럼 총이 무섭기는 무서운 모양이네!"

모처럼 자기의 말을 인정해 주는 그런 마누라를 보고 김양산은 그동안 쌓였던, 그녀에 대한 모든 악감정이 일시에 해소된 것처럼 만족스럽게 벌쭉 웃는다.

"총이 무서운 줄을 인제사 아는구만! 바늘 가는 데 실 간다꼬, 진작부터 그렇게 나왔어야지. 그래야 나도 애쓰는 보람이 있을 거 앙이가?"

그러면서 김양산은 바짓말 틈에 숨겨 가지고 있던 꼬깃꼬깃 접은 지전 한 움큼을 그녀의 손에 슬며시, 그러나 점잖게 쥐어 주는 것이다.

"아니, 이기 무엇이요?"

눈알이 확 뒤집어질 정도로 놀란 구포댁의 탐욕스러운 눈이 득의에 찬 김양산의 얼굴을 새삼스럽게 더듬는다.

"이 사람아! 보면 모르겠나?"

"이기이 돈인 줄은 알지만, 어디서 난 기이냐 이 말이요!"

구포댁의 얼굴에는 기쁨보다도 먼저 겁이 더럭 실린다.

"당신이 그리도 원하던 돈 앙이가, 돈!"

"당신이 이것 전부를 노름판에서 땄단 말이요?"

"허허, 돈이면 됐지! 출처가 그리도 중요하남? 누가 보기 전에 얼른 숨기지 않고 뭐 하고 있노!"

그러나 구포댁은 남의 눈을 경계하는 듯한 그의 말에 그 돈이 수상쩍다 싶어 어쩔 줄을 모른다.

"이렇게 많은 돈이 갑자기 어디서 났단 말이요?"

"아까 내가 한 말을 몬 들었나? 씨암탉이 계란을 깔고 쭈그리고 앉을 적에는 다 때가 되면 삐가리를 보겠다는 포부를 가지고 하는 짓 앙이겠나? 그러니 우리 식구들을 먹여 살릴라꼬 그동안에 내가 애써 마련한 돈인 줄로만 알고 출처 같은 거는 따질 것 없이 당신 좋을 대로 생각하라니까!"

"돈을 보니 반갑기는 하지만, 어디선 난 돈인지 나는 무섭소!"

구포댁은 모처럼 가족을 위하여 마련한 돈이라는 남편의 말을 들으면서 평소에는 감히 구경도 할 수 없던 지전들을 꿈인지 생시인지 구분조차 할 수 없는 심정으로 한 장 한 장 펼쳐 보면서도 마음의 갈피를 잡지 못한다.

"야, 이 사람아! 우리가 입을 봉하기만 하면 아무 일도 없을 기인데, 무신 걱정이 그리도 많노?"

"그라모 정말로 노름판에서 딴 돈이란 말이요? 밑천도 없이…?"

"허허, 어디서 난 돈이라고 적혀 있는 것도 앙이니 좋을 대로 생각하고 있으라니까 와 자꾸 그래쌓노!"

"그라고 보이 노름판에서 딴 돈이 맞는 모양이구마? 노름판에서 난 돈이라면 나는 싫소!"

구포댁은 마음에도 없이 일부러 돈을 내던지려고 한다.

"이 사람아, 이 돈은 노름판에서 난 돈은 앙이고 딴 데서 생긴 돈이란 말이다!"

"그라모 어디서 난 돈이란 말이요?"

"강도짓을 하고 도둑질을 한 거는 앙이지만, 남들이 알면 내 입장이 난처해질 일이라 지금은 말할 수가 없으니 그정도로 알고 있으라 카이!"

"설마하니 죄 짓고 감옥소에 갈 일은 앙이지러?"

"그렇다니까, 이 사람아!"

거듭 다짐을 받고서야 구포댁은 입이 함지박 만하게 쩍 벌어져서 활짝 웃는다.

"내한테도 이런 날도 다 있는 가배!"

"이봐, 임자! 머잖은 장래에 우리도 떵떵거리고 살날이 있을 기니까 힘을 내 보더라꼬!'

"무신 일인지는 몰라도, 이기이 꿈인지 생시인지 모르겠구마!"

"동산에 떠오른 휘영청 밝은 보름달도 때가 되면 다 기우는 법 앙이가? 작황을 보러 댕기는 농감의 헛기침 소리만 들어도 가슴이 덜컥 내려앉았던 우리네 살림살이도 이쯤 해서 끝내고, 앞으로는 큰소리를 떵떵 치면서 한번 살아 보아야 하지 않겠나?"

"제발 그렇게만 된다면 얼매나 좋을꼬?"

"진짜로 그렇게 되는 날도 오게 될 테니 두고 보라니까!"

"그 말을 철석같이 믿어도 되겠소?"

"그렇다니까! 밖에 나가서 듣자 하니 민 대감 댁에도 지금 저 하늘처럼 시커먼 먹구름이 잔뜩 몰려오고 있다고 안 하나!"

"하늘같은 민 대감 댁에 시커먼 먹구름이 잔뜩 몰려오다니, 그기이 무신 말이요?"

고이 접은 지전들을 저고리 밑의 치마 말기 속에 숨기던 구포 댁의 놀란 눈길이 의뭉하게 웃는 김양산의 얼굴을 더듬는다.

"지난번 밀양 장날에 있었던 만세운동 때 말이다. 그날 만세를 부르러 읍내에 나갔던 여흥 민씨네 집안의 하인들 중에 아직도 안 돌아오고 있는 놈이 한 둘이 앙인 모양이야. 그라고 지난 번 임금님 국상 때 장례를 치를라꼬 서울로 갔다가 지금까지 안 돌아오고 있는 영동 양반도 그 동안 국상을 치르고 의성 외가에 가 있다가 만세운동 못지않은 어떤 무시븐 일에 가담하고 돌아오다가 그곳 경찰서로 잡혀 가서 조사를 받고 있는 모양이더라니까!"

김양산은 어디서 들었는지, 동네 사람들은 전혀 모르고 있는 출처 불명의 무서운 얘기를 거침없이 입에 담고 있었다.

"아이고머니나! 저런 변이 있나? 그런데 만세운동만 무시븐 줄 알았는데, 그거는 또 무신 일이길래 경찰서에 잡혀 갔단 말이요?"

"이런 무식한 사람 보았나! 나라를 되찾자고 하는 일이 어디 만세운동 뿐이겠나? 내가 왜놈들하고 가까이 지내는 어떤 사람한테 들은 바로는, 경북 의성 장터에서 만세운동을 일으켰던 송 아무개라는 독립 운동가를 왜놈 경찰들이 붙잡았는데, 그 사람을 조사를 하는 과정에 이번 일이 불거졌다고 하더구만. 그 바람에 조선총독부는 물론 일본 본토까지 발칵 뒤집힌 모양이라!"

"그라모 영동 양반이 손을 댄 일도 태극기를 흔들면서 벌이는 만세운동만큼 큰 죄가 된단 말이요?"

"그기이 말이라고 하나? 왜놈들 입장에서 보면 그보다 더 큰 죄가 없는 모양이더라니까!"

"그라모 아까 분순네가 민 대감댁의 젊은 양반이 동생하고 김 영감을 거느리고 의성에 갔다고 하더니만 그 일 때문이었던 가베!"

"쩝하면 입맛이더라꼬, 그거야 뻔한 일이 앙이겠나?"

"시상에 헐벗고 굶주려도 참 오래 살고 볼 일이네! 만석지기 재산에다 대궐 같은 고대광실에 살면서 가만히 앉아 있어도 떵떵거리며 호의호식하고 잘살 수 있을 기인데, 뭐가 답답해서 위험천만한 그런 무서운 일에 가담했을꼬?"

어린 새끼들을 굶기지 않고 먹여 살리기도 버겁고 고달픈 구포댁으로서는 도무지 이해가 되지 않는 것도 무리는 아니었다.

"대갓집이 망할라 카모 종놈들부터 동티가 난다고 안 하더나? 민 대감 댁 마지기 황 서방의 아들 삼수란 놈 말이다. 그놈이 젊은 당주의 심복인 김 서방하고 혼인을 하게 되어 있는 청지기 딸 삼월이한테 미쳐 날뛸 때부터 내 진작에 알아 봤지러! 그런데 이바구를 들어 보니 삼랑진 걸뱅이들의 두목이 동냥을 하러 댕기면서 밥 대신에 곡식을 달라고 생떼를 쓰다가 청지기 서 서방하고 장차 그의 사위가 될 뚝심 센 김 서방한테 멱살을 잡히는 등, 그동안 여러 차례 멸시를 당했던 일로 복수를 할라꼬 그 기회를 엿보고 있었던 모양이라! 그런데 왜놈 헌병 파견대장한테 뇌물로 바칠라꼬 마굿들의 종마를 몰래 끌고 나오다가 들켜서 자기들하고 패싸움을 벌였던 삼수란 놈을 끌어들여 가지고 서 서방하고 김 서방한테 복수를 하는 동시에 그놈의 한까지 풀어 주었던 기이라. 그 바람에 감복한 삼수놈하고 오히려 짝짜꿍이 되고 말았으니, 세상에 참 희한한 일도 다 있지 않는가배? 민 대감 댁에서도 인자는 하인들의 그런 치정 문제에 휘말려드는 바람에 호랑이 새끼를 키우고 있는 꼴이 되고 말았으니, 앞으로 벌어지는 일이 볼 만할꺼로!"

김양산은 자기 생각에 도취된 나머지 시커먼 먹구름이 몰려드는 하늘을 쳐다보고 구포댁으로서는 쉽게 납득이 되지 않는 말들을 늘어놓으면서 음험한 웃음을 날려 보낸다.

"당신, 그기이 무신 말이요? 삼랑진 걸뱅이 두목이 서 서방하고 그 사람의 사우가 된 김 서방한테 복수를 할라꼬 삼수를 끌어들여서 소원을 풀어 주었다는 거는 무엇이며, 민 대감 댁에서 호랑이 새끼를 키우는 꼴이 되고 말았다는 거는 또 무신 말이요?"

"허허, 때가 되면 그 기막힌 내막이 슬슬 드러나게 될 테니 그리 알고 입이나 꾹 다물고 있는 기이 좋을 기이다. 그래야 내가 두둑하게 한 몫을 잡게 될 좋은 일이 있게 될 거 앙이가?"

"당신, 그렇다면 혹시 지난번에 마굿들에 있는 민 대감 댁의 나락을 도둑질 하고 종마장의 말을 훔쳐 갈라꼬 했던 그 삼랑진 걸뱅이들하고 작당을 해 가지고 무신 일을 꾸미고 댕기는 기이 앙이요?"

민 대감댁의 나락을 도적질한 삼랑진 거지 패거리들이 종마장에 있던 민 대감 댁의 종마를 훔쳐 가려고 한 것도 다음날 문중 사냥대회 때 민 대감 댁 사람한테 총질을 한 삼랑진 헌병 파견대장에게 뇌물로 바치기 위해 저지른 일이라는 얘기를 구포댁도 소문을 들어서 알고 있는 모양이었다.

"이 사람아, 걸뱅이들이라고 해서 어디 다 같은 걸뱅이들인 줄 아나? 패거리가 많은 걸뱅이들 중에는 왜놈들을 등에 업고 세도가 못지않게 권세를 부리는 두목이 있다는 말도 몬 들었나?"

"그라모 삼랑진 걸뱅이 두목도 그런 사람이란 말이요?"

구포댁의 눈이 순간적으로 반짝하고 빛난다.

"하모! 그라고 그 사람 뒤에는 왜놈들과 잘 통하는 읍내의 유력 인사가 떡 버티고 있다 앙이가. 도구늪들 들마당에 쌓여 있던 민 대감 댁의 나락을 열 섬이나 도둑질해 간 것도 모자라서 종마장의 말까지 훔쳐 갈라꼬 한 대담한 짓을 저지르고도 끄떡도 없이 무사한 것만 봐도 알 쪼가 앙이가!"

그러면서 부푼 꿈에 부푼 김양산은 제 풀에 흥분한 나머지 그것도 모자라서 입이 헤픈 자신의 타고난 본능을 여지없이 드러내며 삼랑진의 거지 두목 뒤에는 친일 행각으로 조선총독부의 기관지 신문인 매일신보의 밀양지국과 삼랑진 보급소까지 따내어 남부럽지 않게 떵떵거리며 살고 있는 박종흠이라는 친일 인사가 뒤에 버티고 있다는 사실까지 전부 털어 놓고야 마는 것이었다.

반신반의 하고 있다가 남편의 얘기를 다 듣고 나서 감격한 구포댁은 뒷담 너머의 분순네 집을 본능적으로 한 번 뒤돌아보고 나서 갑자기 언성을 낮추며,

"시상에, 그러면 그렇지! 걸뱅이들 주제에 우찌 그런 대담한 짓을 하는가 했더니 그런 세도가가 뒤에서 힘을 써 주고 있었던 가배!"
하고 혀를 내두르며 놀라워한다. 그 모양을 보고 더욱 의기가 양양해진 김양산은 그제서야 자신도 언성을 낮추며 그녀의 귀에 대고 속삭이는 것이었다.

"이쯤 하면 내가 무슨 일을 하고 댕기는지 알았제? 그러니, 제발 입 조심이나 단단히 하고 있으란 말이다, 알았나?"

"그라모 당신도 그 박종흠이라는 사람하고 한 패가 되었단 말이요?"

"내가 그 사람의 부하하고 찰떡 궁합이 되게 생겼으니 두 말 하믄 뭐 하겠노? 그것도 이 김양산이의 남 다른 수완 때문이다. 이 말인 기이라!"

"그라모 진작부터 일이 그렇게 되었다고 나한테 귀띔이나 먼저 해 주지 않고설랑…!"

귀가 솔깃해진 구포댁은 지금까지 멋도 모르고 그런 대단한 일을 하고 다니는 남편에게 험한 패담을 퍼부으며 이웃 사람들이 다 알도록 시끄럽게 대든 것이 못내 부끄럽고 미안한 듯이 얼굴을 붉힌다.

"내가 그렇게 된 거를 알았으면 됐지, 낯부끄럽게 그런 말은 머할라꼬 하노?"

"너무도 좋아서 이러는 거 앙이요!"

"당신이 이러는 거를 보니 이제사 나도 진짜로 가장 노릇을 제대로 하는 것 같아서 살맛이 나는구마! 그렇지만 앞으로는 조선 사람들은 모두 우리 적이다 생각하고 말조심을 하고 살아야 할 기이다!"

"하모! 당연히 그렇게 해야제! 벽에도 귀가 있다 카는데…, 그라고 민 대감 댁의 은혜를 입고 사는 사람들이 우리 동산리는 물론 상남면

일대에 쫙 깔려 있으니까 그 사람들한테 손가락질을 당하고 몰매를 맞지 않을라 카모 당신도 밖에 나가서 입조심, 말조심을 하고 댕기는 기이 좋을 기이요!"

"이 김양산이가 어디 시 살 묵은 얼라인 줄 아나?"

"그래도 아무 생각도 없이 천방지축으로 아무 말이나 떠벌리고 다니는 성미라, 당신이 걱정이 되어서 하는 말이니 고깝게 듣지는 말고 새겨서 들으소!"

이렇게 남편의 입단속을 한 구포댁은 아무래도 김양산이 삼랑진 거지들과 작당을 하게 된 내막이 궁금하여 견딜 수가 없었던지 가까이 다가서며 파고 묻는 것이었다.

"그거는 그렇고…. 젓가락도 짝이 잘 맞아야 쓸모가 있다 카는데, 일이 우찌된 것인지 나도 그 내막을 알아야 내조를 하든지 말든지 할 기이 앙이요?"

"하기사 안팎의 장단이 맞아야 일이 잘 풀리게 될 테니…."

김양산은 일생일대의 대단한 얘기라도 하려는 듯이 비장한 얼굴로 구포 댁의 손을 잡고 대나무 테를 두른 항아리 두 개만 덩그렇게 놓여 있는 썰렁한 장독대 앞으로 걸어간다. 그리고는 돌계단에 나란히 앉으면서 곤경에 처한 민 대감 댁의 요즘 사정부터 장황하게 늘어놓기 시작하는 것이었다.

"그동안 위세를 떨치고 살았던 동산이 여흥 민씨들도 요새는 어려움이 한 둘이 앙인 모양이라! 지난달 밀양 만세운동 때 작당을 하여 밀양 읍내까지 배를 타고 만세운동을 하러 나갔던 하인들 중에서 아직도 안 돌아오고 있는 놈들이 한 둘이 앙이라고 하더구만. 그동안 객지에 나가 있다가 고향 집으로 돌아온 마산리 교회의 최 권사네 아들 최수봉이가 상남면과 하남면 일대를 돌아 댕기면서 만세운동꾼들을 휘몰아 갔다고는 하지만, 주인집에 얽매여 사는 민씨네 하인들 형편에 수십 명씩이나 일손을 전부 놓고 작당들을 해 가지고, 그것도 배를 타고 읍내까지 한

꺼번에 떼로 몰려 간 것을 보면 주인집에서 비싼 뱃삯까지 대 주며 적극적으로 밀어 주지 않고서는 절대로 있을 수 없는 일이 앙이겠나, 이 말이다. 그라고 상남면과 하남면 일대를 돌아다니면서 수많은 사람들이 만세운동에 나서도록 바람을 일으키고 다녔던 그 최수봉이가 이번 만세운동의 주동자로 알려진 읍내의 〈밀양청년독립단〉 청년들과 함께 만세 시위를 벌이고 나서 만주로 도망쳤다고 하는 거를 보면, 아직까지 안 돌아오고 있는 여흥 민씨네의 종놈들도 그들을 따라 독립운동을 할라꼬 만주로 가지 말라는 법도 없는 기이라!"

"아니, 그런데 당신은 남들이 잘 모르는 그런 일들을 우찌 그리도 미주알고주알 잘 알고 있능교?"

"내가 남들이 잘 모르는 이런 사실을 알게 될 때까지 읍내하고 삼랑진을 오가며 밤낮으로 온갖 궂은일을 다 해 주고 들인 공이 얼마나 되는데 그래쌓노?"

"당신이 그렇게 공을 들였다면 이 돈도 거기서 생긴 기이란 말이요?"

"하모. 인제사 내 말귀를 제대로 알아듣는구만!"

"혹시 당신이 그런 짓을 하고 댕기다가 온 동네 사람들한테 원수가 되어 몰매를 맞아 죽게 되는 거는 앙이요?"

돈이 되고 밥이 되는 일이라면 물불을 가리지 않던 구포 댁도 뒤가 찜찜한 것은 어쩔 수가 없는 모양이다.

"돌팔매질을 당하는 원수가 될지, 고대광실에서 떵떵거리고 사는 유지가 될지, 그기사 두고 보면 저절로 알게 될 일이고…! 그러니 당신도 앞으로 민 대감 댁 사정을 잘 아는 뒷집 우판돌이 마누라하고 이바구를 나누다가 종적을 감춘 여흥 민씨네의 하인들에 대한 새로운 사실이나 소문을 알게 되거든 까먹지 말고 나한테 꼭 알려 달란 말이다. 알았제?"

그러면서 김양산은 지난해 연말의 여흥 민씨네 문중의 사냥대회 뒤풀이 잔치가 벌어지던 날 밤의 일을 머릿속에 떠올리고는 마른 침을 끌꺽 삼키면서 다음 이야기를 이어가기 시작하는 것이었다.

"여흥 민씨 문중의 사냥대회가 열리던 날, 당신도 종일토록 민 대감 댁의 과방 일을 해 주고 나서 우리 아이들까지 불러 가지고 혼례식 귀경도 시켜 주고 뒤풀이 잔치 음식을 챙겨 먹이면서 바깥마당 건너편에서 각설이 타령을 하고 있던 삼랑진 걸뱅이 패거리들을 보았을 테니, 방금 한 내 말이 헛말이 아니라는 것쯤은 쉽게 납득이 될 기이다."

그날, 당곡 부락의 풍물패 상쇠잡이 염록술의 진두지휘 하에 민 대감 하인들과 함께 사냥감 도축 작업을 하였던 김양산이 뒤풀이 놀이판에서 풍물을 울리면서 춤판을 이끄는데 한 몫을 하고 난 뒤에 만취한 상태로 용변을 보려고 인적이 뜸한 곳을 찾아 두리번거리다가 혼자서 휘청거리며 행길밖으로 나섰던 것은 밤이 어지간히 깊었을 때의 일이었다.

낭자하게 술판이 벌어진 속에서 민 대감 댁의 여러 하인 · 머슴들과 동료 풍물패들이 신부 쪽의 췌객이 되어 신랑다루기를 하느라고 시끌벅적게 떠드는 소리를 가물가물 들으며 행길 밖의 으쓱한 곳을 찾아 기웃거리던 김양산은 그곳 짚가리 옆의 모닥불 가에 둘러 앉아 있는 삼랑진 거지패들과 그들에게 볼모처럼 붙잡혀 와 있는 삼수란 놈을 뜻밖에 발견하고 정신이 번쩍 들었던 것이다.

"그런데 말이다. 이 세상에는 참으로 이해 몬할 희한한 일도 다 있는 기이라! 어둑한 곳에 숨어서 똥을 누고 있자니까 종마장의 말을 훔쳐 가다가 삼수하고 풍수한테 들켜서 패싸움까지 벌였던 거지들의 두목하고 그들에게 붙잡혀 와 있는 삼수란 놈 사이에 오가는 말들이 들으면 들을수록 걸작이더라 이 말이야!"

거기서 우연히 엿듣게 되었던 거지 두목과 삼수 사이에 오가는 얘기에 술기가 확 달아날 정도로 정신이 번쩍 든 김양산은 용변을 마치자마자 바짓말을 서둘러 추스르며 신 내림을 받은 사람처럼 자신도 모르게 그들 앞으로 썩 나섰던 것이다. 그리하여 자신과 같은 사람을 필요로 하던 그들과 영합하여 한데서 밤을 지새우게 된 것이었다. 그런데 그날 밤에 있었던 기막힌 일과 모닥불 가에서 함께 밤을 자새며 거지 두목으로부터 전해 듣고 지금은 자신의 생활지표가 되어 버린 기막힌 인생 역전의 얘기는 그의 뼛속 깊이 문신처럼 선명하게 새겨져 있었으며, 그때의 일을 생각하면 김양산의 가슴은 지금도 광풍을 만난 봉창처럼 연신 벌렁거리게 되는 것이다.

말쑥한 양복에 〈도리구찌〉 모자를 쓴 거지 두목은 자기 또래로 보였는데, 민 대감 댁의 사정은 물론 그들 문중과 하인들의 속사정까지 웬만한 것은 거의 다 알고 있었으며, 특히 볼모로 잡은 삼수에 대해서는 오래 전부터 온갖 소문을 다 듣고 있었던 듯, 모르는 것이 없을 정도로 훤히 꿰뚫고 있었다.

"자네 이름이 삼수이며, 민 대감 댁 마지기의 둘째 아들로서 어려서부터 말썽만 부리다가 그 집에서 내놓은 천덕꾸러기 신세가 된 것쯤은 나도 이미 알고 있다네. 그리고 풍수라는 단짝 친구랑 술을 퍼마시고 다니다가 우연히 우리 애들하고 마주쳐서 패싸움을 벌이게 된 것도 원래 그러고 싶어서 한 짓이 아니고, 삼월이라고 하는 청지기의 딸을 짝사랑하다가 닭 쫓던 개꼴이 된 화풀이를 하는 과정에 생긴 일이라는 것도 이미 다 알고 있다네. 그러니 긴 말 할 것 없이, 이 자리에서 사나이 대 사나이끼리 나하고 협상을 한번 해 보는 게 어떻겠나? 우리가 길목을 지키고 있다가 자네를 납치하여 날이 어두워질 때까지 이렇게 붙들고 있게 된 것도 다 그 때문이니 너무 섭섭하게 생각하지 말고 이해하고 협상에 응해 주면 좋겠네!"

술에 만취한 김양산이 보기에도 거지 두목은 여느 신지식인들처럼 훤한 신수에 말투마저 유식한 게 조리가 있었으며, 아까 낮에 자기네 부하 거지들이 각설이 타령을 불러대며 민 대감 댁 바깥에서 소란을 피우고 있을 때는 못 보던 얼굴이었다.

"나도 당신네들이 긴다리강 가의 길목을 지키고 있다가 나를 납치하고도 분풀이를 하지 않고 지금까지 먹을 것도 주고 점잖게 대해 주는 거를 보고 대충 짐작은 하고 있었소! 그러니 협상 조건이 무엇인지 그것부터 퍼뜩 말해 주소!"

수많은 거지들에게 볼모가 되어 붙잡혀 와 있는 형편임에도 불구하고 삼수는 김양산이 번쩍 정신이 들어 새삼스러운 눈으로 바라볼 정도로 전혀 기죽지 않았으며, 비록 눈두덩에 피멍이 퍼렇게 들고 입술이 부르터진 모습이기는 하여도 전에 못 보던 당당한 태도로 자신의 의사를 분명하게 표현하고 있었다.

"그러면 되었네! 그런데 미리 말해 두지만 우리 뒤에는 그 누구도 함부로 대할 수 없는 마음 든든한 매일신보 밀양 지국장님이 계시고, 그 뒤에는 삼랑진 헌병들이 버티고 있다는 사실을 먼저 가슴에 새겨 두고 협상에 임해 주면 좋겠네!"

"길게 말할 거 없이 나는 그런 데는 관심이 없는 사람이니 나를 풀어주는 조건이 무엇인지, 그것부터 먼저 퍼뜩 말해 주소. 나도 우리 청암 도련님이 알기 전에 한 시가 급하게 동래 객사로 내려가 있었어야 할 급한 몸이란 말이요!"

"알았네! 나는 우리를 다른 거지들처럼 우습게보고 홀대한 자네 주인 집의 청지기하고 그의 사위가 될 감 서방한테 유감이 많은 사람일세! 그래서 우리가 어떤 존재인가를 확실하게 깨달을 수 있도록 본보기 삼아 복수를 해 주고 싶은데, 자네가 좀 도와 줄 수 있겠나?"

그들은 삼수의 마음을 손바닥 들여다보듯이 꿰뚫고 있었으며, 삼수 역시 그들의 의도에 대해 의심의 여지없이 공감을 느낀 듯, 자기의 요구 조건을 거침없이 제시하는 것이었다.

"복수라고요? 좋소! 그렇다면 나도 한 가지 청이 있소! 그 쪽에서 할라꼬 하는 복수가 어떤 것인지는 모르지만, 나도 그 사람들한테 뼈저리게 맺힌 것이 있는 사람이요. 그러니 내 소원을 하나 들어 준다면 나도 사람을 죽이지 않는 일이라면 기꺼이 그쪽의 요구에 응할 용의가 있소!"

"자네 소원은 혹시 지금 저쪽 행랑 수청방에 차려진 신방에서 신랑을 기다리고 있는 신부를 보쌈을 해 달라는 기이 아닌가?"

그곳에 있으면서도 그는 신랑 다루기가 한창 벌어지고 있는 바깥마당의 사정과 신부가 언제 들어올지도 모르는 신랑을 무료하게 기다리고 있는 행랑 수청방의 안팎 사정을 곳곳에 풀어놓은 부하 거지들의 보고를 통하여 훤히 꿰뚫고 있는 모양이었다.

"맞소! 때가 늦기 전에 혼자 있는 신부를 술단지처럼 이불에 둘둘 말아 가지고 데리고 와 달라는 기이 내 요구 조건이요! 그러면 나도 살인 같은 큰 죄를 짓는 일이 앙이라면 당신네들이 하라는 대로 하겠소!"

"신부를 여기까지 보쌈을 해 오는 일은 남의 눈에 들키기 쉬우니까 어렵겠고, 이렇게 하면 어떻겠소?"

"어떻게 말이요?"

"남들이 안 볼 때 자네가 진짜 신랑인 것처럼 해 가지고 신방으로 들어가서 신부와 합방을 먼저해 버리면 어떻겠나? 지금 새신랑이 바깥마당에서 술에 취해 가지고 인사불성이 다 되었다고 하니 그 방법이 뒤탈도 없고, 자네한테도 청지기 딸하고 정식으로 혼인을 한 것과 마찬가지로 꿈같은 신혼 첫날밤을 보내는 셈이니 그보다 더 뜻깊은 일이 어디 있겠나? 그리고 그렇게 하는 것이 자네와 우리 모두의 목적을 동시에 달성하고 넘어갈 수 있는 가장 무난한 방법이 될 수 있을 것 같은데, 자네의 생각은 어떤가? 자네가 신랑처럼 꾸며 가지고 신방에 들어갈 수 있도록 옷도 미리 준비해 놓았고, 밖에서 췌객 행세를 하면서 망을 봐 줄 사람까지 대기시켜 놓고 있다네. 그러니 자네는 신부가 신랑을 기다리다 지쳐 가지고 꾸벅꾸벅 졸거나 아예 엎어져 잠이 들기를 기다렸다가 신방으로 들어가 촛불부터 끈 다음에 신랑인 척 합방부터 먼저 하란 말일세. 그러고 나서 그때 비로소 자네임을 밝힌다면 신부도 이미 때가 늦은 현실을 직시하고 감히 일을 크게 만들 엄두조차 내지 못한 채 꼼짝 없이 자네의 사람이 되어 주지 않겠는가? 그리고 자네는 훗날을 기약하며 쥐도 새도 모르게 신방을 빠져 나와 동래로 내려가 버리면 그만일 테니까 말이네!"

"그라모 그렇게 하도록 하겠습니다! 그런데 췌객 행세를 하며 망을 봐 줄 사람은 도대체 누구요?"

"이 친구를 췌객으로 꾸며 망을 보도록 할 생각인데, 그럴 듯하지 않는가?"

두목이 바로 옆에 앉아 있는 부두목으로 보이는 자기 또래의 부하를 가리켰다. 그는 췌객처럼 보이려고 조선 바지저고리와 두루마기 차림에 갓까지 그럴싸하게 쓰고 있었다, 그러나 삼수는 그를 보자마자 어림도 없다는 듯이 고개를 흔들었다.

"그 양반이 췌객 노릇을 한다고요? 우리 집 사람들이 낯선 사람을 보고 췌객으로 믿어 줄 것 같소? 어림없는 일이요! 아무 탈 없이 눈속임을 할라고 하면 우리 집 하인들이나 머슴들이 앙일지라도, 적어도 드난꾼으로 일하는 마을 사람 정도는 되어야 하지 않겠소?"

김양산이 기다렸다는 듯이 그들 앞으로 썩 나선 것도 바로 그 때였다.

"이 보소, 두목 양반! 내가 나서 가지고 췌객 노릇을 대신 해 주면 어떻겠소? 그렇잖아도 초저녁부터 민 대감 댁 하인들과 함께 행랑을 드나들며 사냥감 도축 작업을 하였던 사람이요. 어디 그뿐인 줄 아요? 저렇게 시끌벅적하게 떠들어대는 뒤풀이 잔치 마당에서 진짜로 췌객으로 나서 가지고 저기 있는 사람들하고 신랑다루기까지 함께 하다가 왔으니까, 신방을 지키는 췌객 노릇을 하기에는 나보다 제격인 사람은 없을 기이요!"

"아니, 당신은 아까 낮에 몰이꾼으로 나섰던 당곡 부락의 풍물패의 중쇠잡이가 아니요?"

거지 두목은 오늘 사냥대회에서 풍물을 울리면서 사냥감 몰이꾼으로 활약하였던 김양산의 얼굴까지 기억하고 있었던 듯, 반색을 하며 그를 맞이하였다.

"그렇소! 나도 당신네들이 얼마나 대단한 존재인 줄은 이미 소문을 들어서 알고 있으이께, 아무 염려 말고 한 자리 끼워 주소!"

하찮은 자기를 귀신같이 알아보고 반색을 하고 묻는 두목의 말에 의기가 양양해진 김양산은 기다리고 기다리던 구세주를 만난 듯이 그의 손을 덥석 잡았던 것이다.

"좋소! 그렇다면 중쇠 양반의 말씀대로 그렇게 하도록 합시다. 그 대신 딴 생각을 품고 허튼 짓을 하는 날에는 우리가 두고두고 가만히 안 있을 거라는 사실을 잊지 마시오!"

거지 두목은 좀 전에 삼수에게 하였듯이 협박조로 뒤를 다지는 것을 잊지 않았다.

"허허, 나도 이 댁 소작인 노릇을 하고 살면서 가난에 한이 맺힌 사람이요! 그러니 나를 당신네 편으로 삼아만 준다면 오늘뿐만 앙이라 앞으로도 두고두고 쓸모 있게 내 몫을 다하면서 뼈가 깎이도록 노력할 테니까, 절대로 후회하실 일은 없을 기이요!"

그날 밤, 자기의 호언장담을 실증해 보이기 위하여 굳은 각오로 밤이 깊어 인적이 뜸해진 민 대감 댁의 행랑 마당으로 먼저 들어간 김양산은 신방을 지키는 췌객 행세를 하며 문구멍을 통하여 신방 안의 동태를 살피고 있다가 활옷과 족두리를 벗지도 못한 신부가 술과 음식이 차려진 주무상 앞에서 꾸벅꾸벅 졸고 있는 것을 확인했던 것이다. 그러다가 수모(手母)가 펴놓고 간 비단 금침 위에 모로 쓰러진 신부가 잠이 든 것을 보고 으쓱한 행랑 측간 뒤의 담장 밖에서 대기하고 있던 삼수란 놈을 월장케 하여 감쪽같이 신방으로 들여보냈던 것이다. 그리하여 삼수 녀석이 신랑을 대신하여 신혼 초야의 합방을 무사히 치르고 나옴으로써 소원을 이룰 수 있도록 자기의 역할을 다함으로써 거지 두목의 신임을 얻게 된 김양산은 그날 이후로 그 삼랑진 거지 두목의 일을 시키는대로 하면서 푼돈이나 얻어 쓰는 주구 노릇의 길로 본격적으로 들어서게 된 것이었다.

"인제사 하는 말이지만, 매일신보 밀양 지국장이라는 사람을 등에 엎고 삼랑진 걸뱅이들을 수족처럼 부리면서 두목 노릇을 하고 있는 그 삼랑진 보급소의 부하 직원이 얼마나 무서운 놈인 줄 아나? 왜놈 헌병들하고 내통하여 몇 년 앞을 내다보고 미리 계획을 짜서 온갖 모사를 다 꾸미면서 친일 인사로 나선 주인한테 충성을 다 바치고 있더라니까!"

마음이 들떠 기고만장한 나머지 자기가 하고 다니는 짓이 얼마나 무모하고 위험한 짓인가를 까맣게 잊은 채, 김양산은 자기들에게 독이 되어 돌아오게 될지도 모르는 그 모든 얘기들을 있는 그대로 다 털어놓고 마는 것이다. 그러나 구포 댁 역시 그 나물의 그 밥으로, 앞뒤를 가리지 않고 맞장구를 치고 나서면서도 그동안 많은 은혜를 입고 살아 온 일이 생각난 것인지, 민 대감 댁에 대한 미안한 마음을 내비치는 이중성을 드러내는 것이었다.

"하기사 팔자를 고치는 일이라 카모 무신 짓을 몬 하겠노? 그나저나 남의 일이기는 하지만, 민 대감 댁의 일이 큰일이네. 배고픈 우리한테는 그보다 좋은 그늘은 없었는데…."

"아까 내 코가 석자라 해 놓고서 하는 말 하고는…. 호의호식하고 떵떵거리며 잘 살고 있는 남의 집 일을 가지고 별 걱정을 다하고 있구마!"

마누라의 좁은 어깨를 다독여 주면서 그렇게 나무란 김양산은 자신의 운명처럼 다가오고 있는 아침 하늘의 먹구름을 바라보면서 스스로에게 다짐이나 하듯이 중얼거리는 것이었다.

"대갓집이 망할라 카모 하인들부터 동티가 난다고 하더니만, 그 말이 과연 문서였던 기이라! 수백 년 동안 끄떡없이 버티어 온 동산리 여흥 민씨네 왕국도 앞으로는 예전처럼 떵떵거리고 살지는 몬할 끼로!"

어느 새 중천에 떠오른 아침 햇살이 멀리 삼랑진 천태산 위의 먹구름 사이로 내비치는 것을 보고서도 김양산의 태도는 느긋하기만 하였다.

◇ 유림단儒林團 사건

의성으로 간 뒤 근 한 달이 지나도록 소식이 없던 영동 어른의 신상에 관한 중대한 급보가 집으로 전해진 것은 태룡리 만세운동이 있고 나서 며칠 뒤의 일이었다. 경주 양동 그의 처가에서 보내온 심부름꾼에 의하면, 그동안 성주에 머물러 있던 영동 어른이 집으로 내려오는 길에 양동 처가에 들러 그 지역의 지주들을 비롯한 여러 지인들을 두루 만나 시국을 담론하며 이틀을 묵고 나서 동산리로 올 참이었는데, 일본 고등계 형사들이 갑자기 들이닥쳐서 의성경찰서로 압송해 갔다는 것이었다.

중산은 그 소식을 접하는 순간, '드디어 올 것이 왔구나! 하고 머리가 하얘지면서 가슴이 덜컥 내려앉고 말았다. 그렇잖아도 국상을 끝내고 서울에서 내려오던 밤차에서 청관 스님의 생모를 만나 보려고 진관사를 찾아갔다가 거기서 연락소를 차려놓고 독립운동에 전념하고 있는 백초월이라는 걸출한 항일 의승을 만났다는 사실을 밝히면서 자기네 유림계가 3 · 1만세운동에 참여하지 못한 아쉬움을 토로했을 때, 장인 필운 선생이 하던 말이 언뜻 떠올랐던 것이다.

그때, 장인어른은 그렇잖아도 아버님께서 경운궁의 빈전에 들러 조문을 하시기가 바쁘게 경북 지역의 〈국권회복단〉 대표들이 모시고 온 심재(深齋) 조긍섭(曺兢燮) 선생과 함께 거창 다전(茶田)에 머무르고 계시는 면우(俛宇) 곽종석(郭鍾錫) 선생을 만나러 서둘러 떠나신 것을 보면 조만간에 경천동지할 대단한 일이 벌어지게 될 거라고 말하지 않았던가? 그리고 국상을 치르는 동안에 빈전을 지키면서 조문을 온 영남 유림의 여러 인사들과 빈번하게 귓속말로 밀담을 나누곤 하던 부친이 국상이 끝나기가 무섭게 영남 유림의 항일 의병운동 본거지라고 할 수 있는 의성으로 직행한 것을 보면, 그동안 영남 유림에서 극비리에 추진하고 있었던 모종의 거사 준비에 연루되었을 것임은 두말할 여지가 없다 싶었던 것이다.

그런데 어찌 된 것일까. 부친이 의성경찰서로 압송되어 갔다면 보나마나 그 일에 가담한 혐의점이 포착되었을 것임이 분명한데도 불구하고, 가슴이 덜컥 내려앉는 마음의 다른 한편에서는 까닭 모를 감동과 함께 어떤 보람 같은 것이 마치 폭풍우가 휘몰아친 뒤의 운무처럼 뭉게뭉게 피어오르는 데 대하여 중산은 스스로 놀라지 않을 수 없었다.

그의 머릿속에는 어느 새 조선왕조 복원을 위한 복벽주의 항일운동에 전념해 온 자기네를 마치 왜놈들의 식민지 통치에 호응하는 친일 지주라도 되는 듯이 공화주의파 독립운동 세력들을 등에 업고 왜곡된 여론전을 펼치면서 과거사의 한풀이를 일삼고 있는 박철 사교의 존재가 악령처럼 떠오르고 있었던 것이다. 그리고 그와 함께 태룡리 만세운동 때 청관 스님이 밀양에 오면 그 스스로가 동산리로 직접 찾아올 수 있도록 미리 조처를 취해 놓겠다고 하던 장인어른의 말이 마치 그와 뒤엉킨 악연의 고리를 끊을 수 있는 길을 열어 주는 어떤 선지자의 계시처럼 머릿속에 울려 퍼지고 있었다.

'그래! 일이 이렇게 된 이상 과거의 원한에 함몰된 나머지 우리의 복벽주의 항일 운동을 방해하고자 온갖 중상모략을 동원하여 우리를 친일 지주 세력으로 몰아가는데 골몰해 왔던 박철 사교의 해묵은 한풀이도 이제는 통하지 못하게 될 것이다. 그러니 이참에 청관 스님을 만나야 한다. 반드시 만나서 해묵은 구원을 청산하고 다같이 힘을 합쳐 새로운 독립운동의 지평을 열어 갈 수 있도록 머리를 맞대고 의논해야 한다!'

그런데 문제는 태룡리 만세운동이 벌어진 지도 며칠이 지났으니 청관 스님이 스스로 동산리로 찾아올 때가 되었다는 점이었다. 그렇다고 의성경찰서로 압송되어 간 부친을 찾아뵙는 일을 잠시도 미룰 수는 없었다. 더욱이 성년이 된 이후로 진외종조부의 장례 때 그곳을 다녀 온 이후로는 한 번도 가보지 못한 터라, 부친의 출입이 잦은 진외가 댁은 물론 그 지역 유림계의 사정에 대해서 자못 궁금해하던 자기가 아니었던가?

그가 그러한 마음으로 두서없이 집을 나선 것은 급보를 접한 지 한 시간도 미처 되지 않아서였다. 한동안 적조했던 의성 나들이인 만큼 언제나 그림자처럼 그를 수행하고 다녔던 김 서방 대신에 그곳 지리와 진외가의 사정에 밝은 김 영감이 스스로 길잡이로 나섰으며, 이제나 저제나 지조 있는 유생 유생임을 자처하며 중산이 모처럼 제의한 수산 정미소의 관리 임무까지 극구 사양할 정도로 은인자중, 유유자적하고 지내던 초암 아우도 함께 따라 나섰다.

용화 할머니가 동산리로 시집오기도 전인 처녀 시절에 그곳 진외가 댁에서 종살이를 하였던 김 영감을 앞세우고 중산이 초암 아우와 함께 부랴부랴 대구를 거쳐서 의성 진외가로 달려갔을 때, 날은 이미 저물대로 저물어 천지 분간을 할 수 없을 정도로 온 천지가 짙은 어둠에 파묻혀 있었다. 그들이 찾아왔다고 떠들썩하게 고하는 여러 하인들의 말을 듣고 남 먼저 버선발로 달려 나와 얼싸안을 듯이 두 팔을 벌리고 맞이한 사람은 나이 지긋한 진외종숙부 내외분이었다.

그들을 따라 내실로 들어간 중산은 문안 인사를 여쭙고 용화 할머니의 안부와 전하는 말씀부터 먼저 소상하게 아뢰었다. 그리고 부친의 얘기를 미처 꺼내기도 전에 진외종숙부가 먼저 그 얘기를 꺼내며 놀라는 얼굴로 묻는 것이었다.

"영동 고종제(姑從弟)는 지금 다른 몇몇 유림 인사들과 함께 의성경찰서 유치장에 수감되어 있다네! 사실은 지척에 있는 우리도 오늘 저녁 무렵에야 그렇게 되었다는 소식을 듣고 부랴부랴 경찰서로 달려가 면회를 하고 방금 돌아온 참이라 자네 집으로 미처 기별할 겨를이 없었다네. 그런데 멀리 있는 자네들은 그 사실을 어떻게 알고 이리도 빨리 올라왔단 말인가?"

"경주 양동에 있는 저희들 외가에서 급히 사람을 보내어 기별을 해 주는 바람에 금방 알게 되었습니다. 의성에서 내려오는 길에 그곳에 들러 여러 지주들과 유림 지인 분들을 두루 만나 시국을 담론하시며 이틀째 유하고 계시다가 왜놈 형사들한테 검거되어 의성경찰서로 압송되었다고요. 그런데 아버님을 만나 보니 일이 어떻게 된 거라고 하시던가요?"

"경찰서 안이라 자세한 내막은 들을 형편이 못 되었지만, 내가 짐작컨대는 이번에 있었던 우리 영남 유림단 거사에 가담한 어떤 혐의점을 일제 당국이 포착한 모양이야. 자네도 신문을 보았다면 알겠지만, 요즈음 불란서 파리에서 전승국들이 모여 제1차 세계대전의 종결과 전쟁의 뒤처리 문제를 놓고 1년 기간으로 만국평화회의가 열리고 있다고 하지 않던가? 그래서 우리 영남 유림에서는 그곳에 보낼 독립청원서를 작성하여 유림계 저명인사들의 서명을 받아 가지고 우리 문중의 심산(心山) 김창숙(金昌淑)이 얼마 전에 중국으로 망명하면서 상해 임시정부로 가져간 바가 있었다네. 그런데 어쩌다가 일이 잘못 되어 다른 데서 동티가 났는지 일이 이 지경이 되고 말았지 뭔가, 이 사람아!"

백발이 성성한 중산의 진외종숙부는 영동 어른이 그렇게 된 것이 마치 자신의 과오라도 되는 듯이 심히 미안해하며 비통하게 한숨을 내쉬었다.

"그렇다면 이거 보통 큰일이 아니로군요? 그렇잖아도 지난번에 국상을 치르고 서울에서 밤차를 타고 내려오는 길에 저의 장인께서 하시는 말씀을 듣고 우리 영남 유림에서 경천동지할 모종의 거사 준비를 하고 있다는 사실을 짐작하고는 있었지만, 일이 이렇게 될 줄은 전혀 예상치 못하고 있었습니다."

"이번 '유림단 사건'은 경술국치의 통분을 이기지 못하고 음주로 세월을 보내다가 모친의 교훈에 따라 유학에 정진하며 국권회복을 위해 성주 집에서 와신상담하며 칩거 중이던 우리 의성 김문의 심산(心山) 김창숙(金昌淑)이 거창 다전에서 와병 중이신 자기 스승 면우 곽종석 선생께 건의하여 도모한 일이었네! 게다가, 황실 외척의 일원으로서 우리 유림의 한주학파(寒洲學派)와 함께 왕조 복원에 절치부심해 온 자네 부친에게도 놓칠 수 없는 좋은 기회였으니 오죽하면 국상이 끝나자마자 의성으로 달려왔겠는가?"

중산의 진외종숙부가 말하는 '유림단 사건'은 한국 유림이 도모한 독립운동으로서 3·1만세운동과 쌍벽을 이룰 정도로 큰 반향을 불러일으켰던 계획적이고도 체계적인 독립의거였다. 그러나 일제 당국이 단서를 잡고 대대적으로 수사를 펼치면서도 철저하게 언론 통제를 하는 바람에 거사의 주체인 유림계 일각에서만 알고 있을 뿐으로, 일반인들은 아직도 전혀 모르고 있는 사건이었다.

'유림단 사건'의 주역인 심산 김창숙은 예수교, 불교, 천도교가 주도한 지난 3.1만세운동 때 고종 황제의 국상 참여와 한주학파 유림의 거두인 면우 선생의 외병 등, 여러 가지 내부 사정으로 인하여 유교가 빠진 것에 대한 한탄을 금치 못했다고 한다. 그러다가 3·1만세운동이 국민들의 독립의식을 고취시켰으나 국제적인 호소와 그에 따른 별도의 활동이 없었던 점에 주목하고 자신의 스승이자 유림계의 종장 격으로 가장 존경 받는 경남 단성(丹城) 출신의 곽종석 선생을 앞세워서 파리 강화회의에 독립청원서를 보낼 결심을 하게 되었다는 것이다.

"심산이 와병 중인 면우 선생을 굳이 전면에 내세우고자 한 것은, 그 어른이 을미의병 당시에 서양을 오랑캐로 보고 그들을 배척하던 위정척사파 유학자들이 의병운동에 나섰던 것과는 달리, 서양 각국 공사관에 공문을 발송하여 일제의 국권 침탈 행위를 성토하고 토죄(討罪)하도록 만국공법에 호소했을 정도로 어느 당색(黨色)에도 구속되지 않는 자정론자(自靖論者)자로서 국제여론을 중시하는 인물이었기 때문이 아니겠나? 게다가, 을미의병 당시 안동부 춘양(春陽: 지금의 경북 봉화리 춘양면)에 살 때 유곡 출신의 권세연(權世淵) 의병장이나 정재학파(定齋學派) 김도화(金道和) 선생의 의병진(義兵陣)에서 부장(副將)으로 추대하였으나 일체 응하지 않았고, 을사의병 때는 임병찬(林炳瓚) 등과 함께 봉기했던 위정척사의 거두 면암(勉菴) 최익현(崔益鉉) 선생의 제의가 있었으나 역시 응하지 않았을 정도로 위정척사 의식에 전혀 묶여 있지 않았으니 말이야!"

유림계가 3·1운동에 참여하지 못하고 따로 독립청원서 운동을 일으킨 데에는 사실 여러 가지 이유가 있었으나 가장 대표적인 이유를 두 가지로 요약할 수 있었다. 그 하나는 3·1독립선언서에 조선 왕조 복고에 대한 언급이 전혀 없었기 때문에 거기에 서명하고 만세운동에 참여하는 것은 왕조에 충성하는 한국 유림의 전통에 어긋나는 일이라는 것이었다. 그리고 다른 하나는 양의(洋夷)들처럼 신학문을 배우며 머리를 깎고 양복을 입은 자들과 자리를 같이 한다는 것은 유림의 수치라고 생각한 척사의식 때문이었다.

"그렇다면 이번에 보낸 독립청원서는 누가 작성했다는 말씀이십니까?"

중산은 모처럼 영남 유림에서 도모한 그와 같은 독립의거에 감동한 나머지 자기도 모르게 그 일에 깊이 빠져들면서 관심을 가지고 물었다.

"독립청원서에 대한 심산의 설명을 들은 면우 선생이 '늙은 망국의 대부로서 늘 죽을 자리를 못 얻어 한스럽게 여겼는데, 이제 비로소 전국 유림을 이끌고 천하만국에 대의를 소리치게 되었으니 이제 죽을 자리를 얻게 되었다'며 목숨을 바칠 각오로 기뻐했다고 하더구먼! 헌데, 선생께서는 몸이 불편하여 손을 대지 못하고, 심산의 외가 인동 장씨(仁同張氏) 집안의 사람으로 문장이 뛰어난 성주의 저명 유학자인 회당(晦堂) 장석영(張錫英) 선생에게 대신 맡겨졌는데, 왜놈들의 이목을 피해 그 초안이 작성된 곳이 바로 봉화군 봉화읍 바래미 마을에 있는 우리 의성 김문의 만회고택(晩悔古宅)이었다네!"

그곳 만회고택(晩悔古宅)은 바래미 마을의 의성 김씨 입향조(入鄕祖)인 팔오헌(八吳軒) 김성구(金聲久) 선생의 후손으로 이번 유림단의 독립의거에 앞장선 심산 김창숙 선생의 부친 김호림(金護林)이 이웃 고을 성주(星州)로 양자가 되어 떠나기 전까지 살았던 곳이었다. 그리고 의성 김씨들의 터전인 봉화와 의성 · 성주는 영남 항일 의병운동의 본거지로서 영남 유림단이 총화 단결하여 파리 만국평화회의에 보낼 독립청원서 서명운동을 맨 처음 모의한 거점 지역이기도 하였다.

"장석영 선생이 작성한 독립청원서는 그 초안을 검토 보완한 다전의 면우 선생이 그곳에 사는 자신의 조카인 곽윤(郭奫)에게 정본을 쓰게 한 뒤, 유림계의 저명인사 137명의 서명을 받아 가지고 왜놈들이 눈치 못 채게 미투리 날로 꼬아서 심산이 중국으로 망명하면서 직접 상해 임시정부로 가지고 가지 않았겠나? 그런데 그때까지는 아무런 탈이 없었던 일이 뒤늦게 꼬리가 잡히고 말았으니 앞으로의 일이 이만저만한 걱정이 아닐세!"

김창숙이 이 독립청원서를 상해로 가져가는 책임을 맡아 상경했을 때, 정통 왕권(王權)의 계승만이 진정한 국권의 회복이라고 생각한 위정척사파인 호남의 구산(臼山) 전우(田愚)는 척화를 하기 위해 또 다른 외세의 간섭을 자초하는 일이라며 참여를 거부했으나, 충청도 유림의 거두인 지산(志山) 김복한(金福漢)은 여러 선비들의 연명으로 파리 강화회의에 보낼 장서를 준비하고 있었기 때문에, 그 얘기를 들은 심산이 그의 제자인 임경호(林敬鎬)를 만나 그 사실을 확인하고 서로 공동행동을 할 것을 결의하였으며, 이에 양쪽에서 공동의 문서로 채택하여 137명의 유림 대표가 연명한 유림단의 독립청원서를 김창숙 선생이 휴대하여 국경을 넘게 했다는 게 진외종숙의 설명이었다.

그런데 그동안 한주학파로 불리는 한주 이진상(李震相) 계열의 유학자로서 은둔과 보신을 제일로 삼아온 영남 유림의 영수 곽종석이 왕년의 의병장이요, 호서 유림의 위정척사파 영수이자 홍주의병의 총수였던 지산 김복한과 손을 맞잡고 이번 독립청원서 거사에 임하게 되었다는 것은 놀라운 사실이었고, 3·1만세운동에 손을 놓고 있었다는 비난을 받으며, 자성론으로 몸살을 앓았던 영남 유림계의 체면을 바로 세우는 획기적인 계기가 되기도 하였다.

상해로 건너간 심산 김창숙은 손진형(孫晉衡) · 신규식(申圭植) · 신채호(申采浩) 등의 임시정부 독립 지도자들을 만나 독립청원서를 파리에서 개최되고 있던 만국평화회의에 보낼 방도를 의논하였고, 임시정부에서는 그것을 영어로 번역하여 한문 원본과 함께 3천 부를 인쇄한 다음에, 당시 신한청년당(新韓靑年黨) 대표로 선정되어 파리강화회의에 파견되어 있던 김규식에게 우송하여 파리강화회의 의장과 각국 대표에게는 물론, 임시정부가 있는 중국과 그곳의 외국 공관을 비롯한 언론 기관에도 일제히 배포하였던 것이다.

영동 어른이 국상이 끝나자마자 외가가 있는 그곳 경북 의성으로 달려간 또 다른 까닭은 지난날 그곳 현감으로 있을 때, 의병활동 문제를 놓고 유림계 파벌간의 갈등이 생기는 바람에 남다른 곤욕을 치렀던 경험이 있었던 것과도 무관치 않았을 것이다. 일본 낭인들의 명성황후 시해 만행으로 촉발된 1895년의 을미사변 이후로 유림들의 위정척사론에서 비롯된 항일 의병운동에서 많은 희생자가 발생하였고, 일제가 획책한 대한제국 군인들의 강제 해산 과정에서도 많은 사상자가 발생하였는데, 위정척사 학파의 유림 제자들과 해산된 구한국 군인들이 의기투합하여 의병군의 기본 골격을 이루게 되면서 왜병들과 관군에 맞서 싸워야 한다는 위정척사파 세력들과, 고종황제의 명확한 입장 표명이 없는 상태에서 섣불리 거병하는 것은 일본군과 관군을 동시에 상대해야 하는 상황이 되기 때문에 그것은 배역이나 다름없다고 여기는 한주학파 유림들 사이에 갈등이 적지 않았던 것이다. 그리고 그 와중에 한주학파의 일원이자 의성 현감으로서 위정척사파 의병군에 맞서 관아 사수에 진력하지 않으면 안 되었던 영동 어른이었기에 이번 거사가 그에게는 남다르게 받아들여졌을 가능성은 충분하였다.

그가 을사늑약으로 부친 승당 선생이 의거 순절한 이후부터 지금까지 가운을 걸다시피 하여 추구해 온 복벽주의 항일 의병운동과, 고종 황제의 북경 망명을 비롯한 여러 가지 복벽주의 독립운동에 대한 지원 사업이 모두 실패로 돌아간 현실을 감안할 때, 그동안 갈등을 빚었던 위정척사파 세력들과 한주학파 세력들이 연대하여 벌이게 된 이번 유림단의 거사야말로 복벽주의 독립운동의 새로운 돌파구가 될 수 있음은 물론, 해산된 구한국군 계의 백산 박철 사교와의 갈등 관계를 청산할 수 있는 다시없는 좋은 기회가 되리라는 점도 그에게는 고려의 대상이 되었을 수도 있었다.

진객 대접을 받으며 융숭하게, 그러나 바쁘게 차려 준 저녁 밥상을 받는 자리에서 진외종숙부의 얘기를 듣고 이번 유림단 사건의 전모를 파악하게 된 중산은 적잖이 고초를 겪게 될지도 모를 부친에 대한 걱정과, 이번 사건이 자기네의 입지를 바로 세우는데 크게 도움이 될지도 모른다는 기대감을 동시에 느끼면서 조심스럽게 입을 열었다.

"그렇다면 아버님께서도 상해 임시정부로 가져간 그 독립청원서에 서명을 하셨다는 말씀입니까?"

"불행인지 다행인지, 한 발 늦게 도착하는 바람에 심산과 길이 엇갈려서 원본의 서명에는 참여하지를 못하였다네!"

진외종숙은 그게 못내 아쉬운 듯 길게 자란 허연 수염발을 연신 쓸어내린다.

"그렇다면 아버님께서는 무슨 혐의로 경찰에 체포되셨는지요?"

중산의 얼굴에도 진한 아쉬움과 함께 한 줄기의 어두운 그림자가 자신도 모르게 스치고 지나간다.

"심산이 미투리 날로 꼰 독립청원서를 가지고 상해로 간 뒤에 우리 경북 지역에서는 〈국권회복단〉의 대표들이 유학자 심재(深齋) 조긍섭(曺兢燮) 선생에게 파리 강화회의에 보낼 별도의 문안을 초안하게 했다가 면우 선생의 허락을 받고 심산이 가져간 장서와 같은 내용의 글을 영어에 능통한 김응섭(金應燮)에게 휴대케 하여 상해에 보낸 바가 있는데, 아마도 거기에 가담한 것을 왜놈들이 포착한 게 아닌가 싶네. 심재 선생은 지난 3월에도 「일본 총독과 동포 대중에게 보내는 글」의 초안을 잡다가 발각돼 17일 간의 구류 처분을 받은 적이 있었거든!"

"그렇다면 동티가 나긴 하였어도 우리 영남 유림에서 도모한 이번 거사가 소기의 목적은 일단 달성한 셈이로군요!"

"그런셈이지! 조선총독부가 발칵 뒤집혔다는 것을 보면 상해로 가져 간 독립청원서는 애초의 계획대로 영문 번역본과 한문 원본 3천부를 각각 그곳에서 인쇄하여 파리 강화회의에 파견되어 있는 김규식에게 우송하여 강화회의 의장과 각국 대표는 물론, 중국 내의 각국 공관을 비롯하여 중요 언론 기관에도 이미 배포한 모양이니 말일세! 그런데 이번에 그 일에 가담한 핵심 인사들 중에서 중국으로 망명한 심산을 제외하고는 면우 선생 이하 전원이 일경에게 체포되고 말았으니, 앞으로 그 일이 어느 선까지 번져 나가게 될지 여간 큰 걱정이 아니라네!"

"아니, 스무 분이나 되는 핵심 인사들 전부가 체포되었단 말씀입니까?"

중산은 부친이 체포된 소식을 들었을 때에 못지않게 크게 놀란다.

"그렇다네! 지난 4월 2일에 심산의 집이 있는 성주에서도 만세시위가 있었는데, 그때 성주군 초전면의 송씨(宋氏) 일족을 중심으로 만세운동을 계획하고 준비하여 성주읍 장날을 기하여 시위운동을 이끈 이가 바로 왜놈들이 주목하고 있던 송회근(宋晦根)이라는 독립 운동가였던 모양이야. 그런데 그 사람을 체포한 왜놈 경찰들이 그의 행적은 물론, 지역 유력 인사들의 동정까지 샅샅이 뒤지며 조사하는 바람에 치밀한 계획 하에 극비리에 추진된 우리의 이번 거사가 세상에 처음으로 알려지게 된 것이라네!"

그러나 그들이 죽어도 입을 열지 않는 바람에 거사 활동의 전모는 아직 드러나지 않았으며, 유림단 의거의 전면에서 활동한 곽종석, 장석영, 송준필 등 핵심적인 주도급 인사 20명만 신분이 노출되어 왜놈 고등계 형사들에게 체포된 것이었다.

그러나 그로부터 약 한 달여 만에 한문본 청원서가 중국 상해에서 발각됨으로써 거기에 서명한 137명의 이름이 전부 드러나게 되고, 조선총독부는 물론 일본 본토까지 발칵 뒤집어지는 바람에 '유림단 사건'이 일파만파로 번진 나머지 검거선풍이 크게 불었으며, 서명 인사 전원은 물론, 국내에서 그 한문본과 한글로 번역한 인쇄본을 적국 각 고을의 향교로 배포하는데 참여한 유림 인사들까지 줄줄이 일제의 검거망에 걸려들고 말았는데, 이것이 '파리장서사건(巴里長書事件)'으로 명명된 '제1차 유림단사건'인 것이다.

이날 밤, 앞으로의 대책을 강구하며 뜬눈으로 밤을 지새운 중산이 이튿날 아침 일찍 소싯적에 한 솥밥을 먹었던 진외가 댁 집사와 김 영감의 안내를 맡으며 의성경찰서 유치장의 면회실로 찾아갔을 때, 경찰서 안팎은 도처에서 소식을 닫고 달려온 유림 인사들로 벌써부터 북적이고 있었다.

영동 어른은 다른 동료들과는 달리, 구치소 철창 안의 좁은 공간에서 벽면을 향해 돌아앉아 앙천부지무괴지심(仰天俯地無愧之心)한 마음을 지키려는 듯이, 평소의 의연한 모습 그대로 명상에 잠겨 있다가 입회 순사의 호명에 따라 면회 창구로 천천히 걸어 나왔다. 수사의 초기 단계라 그런지, 그의 신수는 갓과 탕건을 쓰고 있지 않은 상투머리인 것 외에는 고초를 겪은 흔적이 아직까지는 별로 없어 보였다. 하지만 자신의 뜻을 미처 다 펴 보지도 못한 채 영어(囹圄)의 신세가 되고만 데서 오는 자괴감 때문인지는 몰라도 모진 고문을 당한 이상의 심적인 고뇌에 시달리고 있는 기색만은 역력하였다.

그는 면회를 온 중산 일행을 대하면서도 반색을 하기는커녕 심히 거북스런 표정을 감추지 못하고 있었다.

"아버님, 대체 이게 어찌 된 일입니까?"

중산과 초암이 면회 창구의 쇠창살을 부여잡고 이구동성으로 비탄에 잠긴 목소리로 물었더니 영동 어른은 저쪽 의자에 걸터앉아 장부를 뒤적이며 면담 내용을 기록할 준비를 하며 한 눈을 팔고 있는 조선인 순사를 힐끗 돌아보고 나서 나직하게 말하였다.

"내가 할 바를 다하지 못하고 이렇게 되고 말았으니 어머님과 여러 조상님들을 대할 아무런 면목이 없고, 너희들 보기에도 민망하기 짝이 없구나!"

"아버님! 그 무슨 천부당만부당한 말씀이십니까? 저희들도 이번 일에 대한 얘기를 이미 들을 만큼 들어서 다 알고 왔습니다! 아버님께서는 아무나 할 수 없는 아주 대단한 큰일을 하신 것이니 그런 생각은 꿈에도 하지 마십시오!"

"이번 유림단의 거사와 내가 행한 일에 대해서는 죽을 때까지 입을 봉하고 있어야 하니 굳이 알려고도 하지 말아라. 허나, 앞으로 세월이 흘러 조국이 광복 되는 그 날이 오면 차차 밝혀지게 될 것이니라! 그리고 보다시피 나는 이렇게 무탈하니 나에 대해서는 털끝만큼도 걱정할 것 없느니라. 그러니 집으로 돌아가거든 어머님께도 그리 전하여라."

이렇게 자신의 뜻을 밝힌 영동 어른은 갑자기 수심에 찬 얼굴로 집안 사정을 묻는 것이었다.

"그런데 내가 이렇게 되었다는 소식을 듣고 어머님께서는 어떻게 하고 계시느냐? 이렇게 된 나로 말이암아 왕조복고 운동에 대한 한 가닥 남았던 기대마저 허물어져 버리게 생겼다고 혹여 식음을 전폐하고 비탄에 잠겨서 몸져 누워 계신 것은 아니더냐?"

"아버님! 우리 할머님이 어떤 분이십니까? 할머님께서는 아버님의 소식을 접하고 크게 충격을 받고 낙담하신 것은 사실이나, 이내 심기를 다잡으시고 추호의 흔들림도 없으셨습니다. 소자가 떠나올 때 아버님의 신상에 해를 입지 않으실까 걱정하시면서 집안일에 대한 걱정을 일체 하지 마시고 옥체 보존하시는 일에만 신경 쓰시도록 하라고 신신당부를 하셨습니다."

"그렇다면 다행이로구나!"

이렇게 되뇌면서 스스로 마음을 추스른 영동 어른은, 그러나 비통한 속내를 끝내 숨기지 못한 채 중산에게 심중에 맺힌 말을 이렇게 유언처럼 토해 내는 것이었다.

"애비야. 망국의 한을 품고 비명에 가신 아버님의 한을 풀어 드리기 위해 어머님을 모시고 내 그리도 노력하였건만, 내가 할 수 있는 일이 고작 이것뿐이라는 게 한스럽구나! 이제 우리 집안의 명운은 너의 그두 어깨에 달렸느니, 내 걱정은 추호도 하지 말고 앞으로는 해천껄 사돈어른을 아비라 생각하고, 그분과 상의하여 내가 못다 이룬 조선왕조 복벽독립(復辟獨立)의 뜻을 너의 당대에 기필코 이룩하도록 하여라!"

영동 어른은 그동안 필운 선생이 임오군란 때의 원한과 독립운동의 이념 문제로 집요하게 시비를 걸고 있는 박철 사교와의 갈등 관계를 중산이 해결할 수 있도록 온갖 조처를 다 취해 가면서 뒤에서 돕고 있었다는 사실을 죄다 알고 있는 모양이었다. 그가 스스로 눈치를 챈 것인지, 아니면 그 자신도 박철 사교와 청관 스님 문제로 얽혀 있는 과거사의 매듭을 풀기 위해 필운 선생과 별도로 소통하며 그 해결 방안을 따로 모색해 왔는지 그것은 분간할 길이 없었다,

그러나 그 문제의 해결을 위해서 필운 선생의 도움이 반드시 필요하다는 사실을 인식하고 있는 것만은 분명해 보였다.

"예, 아버님! 그 뜻을 가슴 깊이 새겨 두고 앞으로 하나하나 아무런 차질없이 거행해 나가도록 하겠습니다."

대답을 하면서도 중산은 입회한 조선인 순사의 눈치를 연신 살피면서 가슴을 졸이지 않으면 안 되었다. 그러나 영동 어른은 조금도 서두르거나 흔들리는 기색이 아니었다.

"집안이 어수선해지면 아랫것들도 동요하기 마련이고, 그 기반이 무

너지면 제방이 무너진 것처럼 걷잡을 수 없는 홍수가 되어서 밀어 닥치게 되는 것이 세상 인심이니라. 그러니 내가 하는 말을 각별히 명심하고, 그런 일이 없도록 식솔들부터 잘 보살펴야 하느니라. 문중 일에 대해서는 어머님과 네 숙부들을 비롯하여 문중의 원로 어르신 분들과 상의하여 처결해 나가면 아무런 어려움이 없을 것이야!"

나직하게 이어가는 부친의 간곡한 말은, 그러나 날이 선 수천 개의 비수가 되어 중산의 가슴 속에 하나하나 아프게 와 박히고 있었다.

"예, 아버님! 아버님의 뜻을 받들어 명천에 계신 여러 조상님들과 아버님께 결코 부끄럽지 않은 종손이 되도록 분골쇄신 노력하겠습니다. 그러니 집 걱정은 조금도 하지 마시고 부디 옥체 보존 하십시오!"

영동 어른은 시계를 쳐다보고 있는 입회 순사 쪽을 잠깐 돌아보고 나서 초암에게 일렀다.

"둘째 너도 서책에만 너무 안주할 것이 아니라, 우리가 처한 현실을 직시하고 네 형을 돕는 데도 신경을 좀 더 써 주도록 하여라."

"예, 아버님! 분부 말씀을 명심하고 실행토록 노력하겠습니다."

순사가 면회 시간이 끝났음을 알리며 자리에서 일어나는 것을 보고 중산은 서둘러 하직 인사를 하였다.

"아버님, 저는 누구를 긴히 만날 일도 있고 하여 이 길로 곧장 집으로 내려가야 할 것 같습니다. 그 대신 초암과 김 영감님을 남겨 두고 갈 테니, 필요하신 것이 있으시거나 저에게 시키실 일이 있으시면 언제라도 그들에게 하명해 주십시오. 불초 소자는 때를 가리지 않고 단숨에 달려오도록 하겠습니다."

순사가 다가오고 있었으므로 중산이 할 수 있는 말은 고작 그것뿐이었다.

유치장에 갇혀 있는 인사들 대부분이 진외가의 일가친척들이거나 그곳 유림계의 인사들이어서 송사 문제는 물론, 수감된 인사들의 뒷바라지 역시 그들이 공동으로 대처할 방침이었기 때문에 중산이 계속 머물러 있어야 할 필요는 사실 아무것도 없었다. 조석으로 면회를 신청하여 부친께 문안 인사를 드리거나, 입맛에 맞는 사식(私食)을 마련하여 차입하는 일은 초암과 김 영감만으로도 충분할 터였다.

경찰서를 나온 중산은 밖에서 말과 나귀를 몰고 기다리고 있던 진외가 댁의 집사와 함께 각각 말과 나귀에 올라타고 뒤에 남은 초암과 김 영감의 전송을 받으며 귀갓길을 서둘렀다.

제4장

어둠 깊은 밤

◇ 풍운진객(風雲珍客)
◇ 심야 방담(放談)

◇ 풍운진객風雲珍客

중산이 유언처럼 당부하던 부친의 말을 되새기며 바쁜 마음으로 동산리로 돌아왔을 때, 자기가 없는 사이에 집에서도 그에 못지않은 크나큰 사단이 벌어져 있었다. 그가 도착하기 몇 시간 전에 삼랑진 헌병 파견대장이 한 무리의 부하들을 이끌고 화적 떼처럼 들이닥치더니 불문곡직하고 집에 있던 하인과 머슴들을 가리지 않고 젊은 장정이란 장정들은 모두 솟을대문 밖으로 끌어내었다는 것이었다. 그리고는 다른 식구들과 격리된 속에서 지난 3·13밀양만세운동 때 만세운동을 하러 나갔는지 그 여부를 조사하고, 모두가 하나같이 그런 일이 없다고 잡아떼자 아직도 돌아오지 않고 있는 하인들의 부모까지 불러내어 한바탕 조사를 벌이더니 무슨 꼬투리를 잡았는지, 젊은 하인들의 중심인물인 갑환이와 숙소에 있던 강학당의 두 선생들까지 삼랑진 헌병 파견대로 끌고 가 버렸다는 것이었다.

집으로 들어서면서 김 서방과 서 서방으로부터 그런 보고를 접한 중산은 별 다른 내색을 하지는 않았으나 모골이 송연해지는 마음만은 어쩔 도리가 없었다. 하인들이 만세운동에 나가도록 일손을 놓게 하고, 적극적인 참가 의지를 보이는 하인들에게는 만세운동 참가 후의 도피자금까지 나누어 주도록 했다는 사실이 밝혀지는 날에는 자기마저 왜놈들의 마수에 걸려들지 말라는 법이 없는 것이다.

"그 밖에 다른 일은 없었는가?"

"요새 와서 삼랑진 걸뱅이들이 부쩍 기세를 올리면서 설치는 바람에 조석 끼니때만 되면 한바탕 실랑이를 벌여야 하니 여간 성가신 기이 앙입니더!"

"허헛, 그것 참! 아직도 그 장단이란 말인가? 밥 대신에 곡식으로 동냥을 달라고 생떼를 쓰면 그렇게 배부른 소리 하지 말고 노동으로 돈을 벌 궁리나 하라고 타이르란 말일세!"

"기고만장하여 그 기세가 하늘 높은 줄 모르고 설쳐대는 그놈들이 소인 놈의 그런 말을 듣기나 하겠습니꺼?"

"아니, 이 사람아! 듣지 않으면 듣게 만들어야지! 지금 그렇게 한가한 생각만 하고 있을 때인가, 어디? 막무가내로 생떼를 쓰거든 가축들에게 먹일 풀이나 땔나무라도 한 짐씩 해서 지고 오라고 하게! 그러면 그 노임에 상응하는 곡식을 기꺼이 내어 주겠다고 말일세!"

"서방님! 그라모 정말로 그렇게 해도 되겠습니꺼?"

"허허, 이 사람아! 배고픈 사람들에게 밥을 원대로 퍼 줄지언정, 놀고먹는 풍조가 생기지 않도록 하라고 했지, 내가 언제 곡식 동냥 온 걸인들한테 대놓고 문전박대로 밀어붙여서 분란을 일으키라고 하였던가? 내가 하는 말뜻을 알았으면 다시는 이런 일이 없도록 하란 말일세!"

"예, 서방님! 그라모 앞으로는 그런 분부 말씀대로 아무런 말썽이 생기지 않도록 거행하겠십니더!"

왜놈 헌병들 때문에 혼이 빠졌다가 중산에게 다시 야단을 맞은 서 서방은 연신 머리를 주억거리다가 아차, 하고 새로운 사실을 하나 더 고하였다.

"참, 서방님께서 의성으로 떠나시던 날 밤과 다음날 아침 사이에 〈대한정의단〉의 명의로 된 격문이 행랑하고 용화당 쪽의 후원 뒤뜰에 떨어져 있는 것을 소인이 아침 일찍 집 안 곳곳을 둘러보다가 주워서 아무도 모르게 용화당 노마님께 갖다 올렸습니다요!"

"격문이 투입되었다고?"

"예! 그렇십니더!"

"갈수록 태산이라더니, 그야말로 점입가경이로군!"

중산은 부지불식간에 박철 사교의 존재를 떠올리며 기가 막힌 나머지 그런 경황 속에서도 실소를 금치 못하고 격앙한다. 부친이 유림단의 독립 의거에 가담한 혐의로 의성경찰서에 구금되고, 갑환이와 강학당의 두 선생들까지 왜놈 헌병들한테 끌려간 마당에 난데없이 또 격문이라니, 이 무슨 해괴망측한 짓거리란 말인가?

왜놈들을 대적하기도 버거운데 동족으로부터, 그것도 노선은 서로 달라도 다같이 독립운동에 힘쓰는 동지나 다름없는 사람으로부터 속수무책으로 협공까지 당하는 형편이 되고 보니, 중산은 그동안 눌러 참고 있었던 박철 사교에 대한 반감이 전에 없이 불끈 북받쳐 오르는 것이다. 그래서 이제는 뭔가 돌파구를 찾아야 되겠다는 생각을 하면서, 그러나 담담한 어조로 서 서방에게 묻는다.

"지금 용화당 할머님께서는 어떻게 하고 계시는가?"

"서방님께서 의성으로 가신 이후로 바깥출입은 물론 후원 산책도 통하지 않으시고 방에서만 지내고 계셨는데, 오늘 또다시 왜놈 헌병들이 소란을 피우고 갔는지라 상심이 이만저만이 앙일 깁니더!"

"알았네! 이런 때일수록 행랑 식솔들과 문간 단속에 각별히 신경을 써 주게!"

식솔들의 단속을 특별히 강조하던 부친의 말을 되새기며 그 정도로 얘기를 대충 끝낸 중산은 곧장 후원 용화당을 향해 바쁜 걸음을 친다. 집안 곳곳에서 지나치는 남녀 하인들의 인사말에도 어디지 모르게 맥이 풀려 있는 것 같고, 금방이라도 빗방울이 뚝뚝 떨어질 듯이 날씨마저 잔뜩 찌푸린 게 집안의 분위기는 전에 없이 썰렁하다 못해 을씨년스럽기까지 하였다.

용화 부인은 심기와 기력이 안 좋아 보인다고 하던 서 서방의 말과는 달리, 평소와 다름없이 꼿꼿한 모습으로 대청 누마루에 나와 서성이고 있다가 그를 맞이하였다.

"먼 길을 다녀오느라고 애 많이 썼다! 그런데 하루 이틀을 더 유하지 않고 왜 이렇게 서둘러 돌아왔느냐?"

용화 부인은 중산이 예를 갖추어 귀가 인사를 올리기도 전에 말은 그렇게 하면서도 그가 빨리 돌아온 것이 여간 반갑지 않은 모양이었다.

"제가 더 머물러 있어 봤댔자 진외가 댁에 짐만 되고, 아버님한테도 별로 도움을 드릴 일이 더 이상 없었습니다. 그래서 초암하고 김 영감만 뒤에 남겨두고 이렇게 서둘러 돌아오고 말았습니다."

용화 부인을 따라 방으로 들어간 중산은 큰절을 올리며 문안 인사를 여쭙고 나서 진외가 댁의 안부부터 먼저 전하였다.

"의성 진외가에서는 모두들 무탈하게 잘 계셨습니다. 진외종숙 내외분도 안녕하시고, 다른 식구들이며 인근의 일가친척들도 잘 계신다고 들었습니다."

"다들 무탈하다니 다행이로구나. 그런데 네 아비는 어떻게 하다가 일이 그리 되었다고 하더냐?"

영동 어른의 일을 묻는 용화 부인의 눈에서는 지금까지와는 달리 뜨거운 불길이 확 당기는 듯하였다.

"할머니, 지난 1월 달부터 제1차 세계 대전의 전승국들이 불란서 파리라고 하는 도시에 모여서 연합국과 동맹국 간의 평화조약을 협의하려고 세계평화회의를 열고 있다는 신문 기사 얘기를 제가 말씀 드린 바가 있지 않았습니까? 그런데 이번에 중국으로 망명하신 심산 김창숙 선생께서 우리 영남 유림에서 작성한 독립청원서에 137명이나 되는 저명 유림 인사들의 서명을 받아 가지고 상해 임시정부로 가져가서 영어로 번역한 다음에 파리 평화회의에 파견된 신한청년당 대표인 김규식 선생에게 발송한 모양입니다."

"그러면 네 아비도 거기에 서명을 하였단 말이더냐?"

"국상을 끝내고 의성에 늦게 도착하는 바람에 길이 서로 엇갈려서 청원서 원본에 서명은 하지 못하셨다고 합니다. 하지만 경북 〈국권회복단〉에서 심산 선생이 상해로 떠난 뒤에 그분이 가져간 것과 똑같은 내용의 글을 작성하여 영어에 능통한 동전(東田) 김응섭(金應燮)이라는 분에게 휴대케 하여 상하이에 보낸 바가 있는데, 아마도 거기에 가담하신 모양이었습니다."

"아니, 동전 김응섭이라면 안동 출신의 풍산(豐山) 김씨로, 평양지방법원의 판사와 검사를 역임한 뒤에 대구에서 변호사로 일했던 신지식인이 아니냐? 그런데 네 아비는 독립청원서 원본에 서명도 하지 못한 처지에 어쩌다가 일이 그리 되었다고 하더냐?"

"지난 4월 2일이 성주읍 장날이었는데, 그날 거기서도 만세운동이 벌어진 모양이었습니다. 그때, 성주군 초전면의 송씨 일족을 중심으로 만세운동을 계획하고 준비하여 시위운동을 이끈 이가 바로 왜놈들이 주목하고 있던 송회근이라는 독립 운동가였던 모양입니다. 그런데 그 사람을 체포한 왜놈 경찰들이 그의 행적은 물론, 지역 유력 인사들의 동정까지 일일이 조사하는 바람에 꼬리가 잡혀 그에 따른 수사 과정에 면우 선생을 비롯한 핵심 인사들이 먼저 체포되고, 아버님의 혐의점도 뒤이어 포착되는 바람에 일이 그렇게 된 모양이었습니다."

"그렇다면 네 아비처럼 이번 독립청원서 거사에 가담한 유림들도 모두 체포되었단 말이더냐?"

"그런 것은 아닌 모양입니다. 독립청원서를 가지고 상해로 먼저 망명하신 심산 선생만 화를 겨우 면했을 뿐, 이번 거사를 막후에서 지도하신 거창 다전의 면우 곽종석 선생과 독립청원서 초안을 작성한 의성의 회당 장석영 선생을 비롯하여, 그 정본을 쓴 거창 다전의 곽윤 선생 등, 핵심 인사 스무 명은 이미 체포되었지만, 독립청원서에 서명을 한 저명인사들이 이분들 외에도 일백이십 명 가까이 되는데, 이분들의 신상에는 아직 아무런 일이 없다고 하였습니다."

"왜놈들도 아직 사태의 전모를 미처 다 파악치 못하고 있는 게로구나!"

"예, 할머니! 그런데 우리 영남 유림단이 이번에 작성하여 보낸 독립청원서에는 서양을 가리켜 '대명지조(大明之照) 대화지행(大化之行)'이라 하였다고 합니다. 그동안 우리 유림에서 견지해 온 조선 유학의 전통적인 척사 정신에서 본다면 서양 오랑캐를 가리켜 대명대화(大明大化)라 한 것이니, 이것은 결국 위정척사파 인사들이 우리 한주학파와 하나로 뭉치는 계기가 되지 않겠습니까?"

"척사정신의 청산도 좋지만, 그러다가 우리의 왕정복고 항일 독립운동 노선이 더욱 위축될까 두렵구나!"

"그래도 시대의 흐름이 그러하니 대한 독립을 위해서는 파벌을 가리지 않고 일단 대세를 수용하는 것이 좋지 않겠습니까?"

"글쎄다, 네 말이 틀린 것은 아니다만…. 그건 그렇고, 네 아비도 독립청원서 사건에 가담한 셈이니 쉽게 빠져 나오지는 못할 터, 지금 어떻게 지내고 있더냐?"

"다른 유림 동료 분들과 경찰서 유치장에 갇혀 지내고 계셨습니다."

"몸은 상하지 않았더냐?"

"예, 할머님. 왜놈들의 수사가 초기 단계라 아직까지는 신상에 아무런 해를 입지는 않으신 것 같았습니다!"

"하기야 지놈들도 우리의 뒤를 캐 보았으면 알겠지만, 지주 관리제로 조선 통치를 한답시고 동족간의 이간책으로 지주총대라는 족쇄를 우리한테 강권으로 둘러 씌워놓고 있는데다가, 우리가 제 놈들이 주겠다는 작위도 일언지하에 거부한 척족 실세들이니 대대로 남의 나라 노략질이나 해 먹고 살아 온 섬나라 주구들이라 할지라도 일반 독립 일꾼들을 대하듯이 함부로 대하지는 못할 게다. 그런데 그곳 너희 진외가와 유림에서는 뭐라고들 하더냐?"

"앞으로 전개될 사태의 추이를 예의주시 하며 경찰에 체포된 분들의 뒷바라지며 송사에 공동으로 대처할 모양이었습니다."

"앞으로 대체 이 일을 어이할꼬! 제발 몸이나 상하지 않아야 할 터인데…!"

중산의 설명으로 이번 유림단 사건의 전모를 대충 파악한 용화 부인은 꼿꼿하게 정좌한 모습 그대로 두 눈을 지그시 내리감은 채 한동안 말이 없었다. 안동김씨의 세도에 이어 어렵게 집권한 여흥 민씨 집정 시절의 영욕과 함께 조선 왕조 패망 과정의 만고풍상을 고스란히 다 겪어 온 그녀의 얼굴에 파란만장한 세월의 그림자가 쉼 없이 스쳐가고 있는 듯하였다.

그리고 어느 순간, 그녀의 입에서 파르르 떨리는 문풍지 소리처럼 파장을 일으키며 이런 말이 새어 나오는 것이었다.

"썩어도 준치라고, 지금까지 우리가 도모한 거사마다 모두 실패한데 이어 지난 3월의 독립만세운동 때 참여치 못한 것이 못내 한스럽더니, 네 아비가 이번에 그나마 장한 일을 한 셈이로구나!"

그 말을 듣고 의성에서 듣고 온 얘기를 전해 올리면서 그때까지 내심 가슴을 졸이며 그녀의 동태를 주시하고 있던 중산의 얼굴에 비로소 안도의 한숨이 터져 나왔다. 방 안에는 잠시 침묵이 흐른다.

어깨를 짓누르는 듯한 그 침묵의 무게를 묵묵히 견디면서 한참 동안이나 망설이고 있던 중산이 먼저 입을 열었다.

"그런데 할머니! 제가 의성으로 가던 날 밤에 〈대한정의단〉의 명의로 된 격문이 밤 사이에 투입되었다는 말을 방금 들었습니다."

"아니, 서 서방이 그러더냐?"

"예, 할머니!"

이쯤 되면 할머니의 입에서도 그동안 일체를 함구하고 지냈던 박철사교의 일에 대한 무슨 말씀이 계시지 않을까 하고 내심 기대를 하였으나 역시 허사였다. 그 대신 그녀는 이번 사태에 따른 복잡한 심회를 이렇게 묶어서 한 마디로 피력하는 것이었다.

"그동안 해산된 구한국 군인들이 위정척사파 유림 세력들과 영합하여 의병군의 기본 골격을 이루게 되면서부터 거기에 편승하여 우리 척족들과 한주학파의 복벽주의 사업에 온갖 훼방을 다 놓던 임오군란 수

괴 잔당의 무리들이 아니더냐? 그런데 이번의 거사 참여로 그자들이 유구무언이 될 소지가 없지는 않다마는, 앞으로 우리가 도모하는 왕조 복고 운동에 얼마나 득이 되고 실이 될지 그것이 문제로구나!"

용화 부인은 이번 독립청원서 사건으로 인하여 당신의 자제분이 옥고를 치르게 된 상황 하에서도 위정척사파 세력들과 한주학파 세력들이 모처럼 손을 맞잡고 큰 힘을 발휘하게 된데 대하여 일단 수긍을 하면서도, 이번 일을 기화로 그동안 의병운동을 함께 하였던 임오군란 때의 원한을 가진 박철 사교나 같은 구 한국군 세력들의 발호에 대한 경계 심리만은 끝내 완전히 떨쳐 버릴 수가 없는 모양이었다.

그러나 중산은 용화 부인의 의지가 생각보다 완강한 것을 보고 아까부터 생각하고 있었던 삼랑진 헌병들의 폭거에 관한 얘기를 비로소 입에 담는다.

"할머니, 오늘 낮에 삼랑진의 왜놈 헌병들이 들이닥쳐서 또 한바탕 난리를 피우고 돌아갔다고 들었는데, 그놈들의 난동에 얼마나 놀라셨는지요?"

갑작스런 중산의 말에 혼자 생각에 잠겨 있던 용화 부인도 그제야 언뜻 정신이 드는 모양이었다.

"그깟 놈들이 그렇게 개망나니들처럼 설쳐 보았댔자 무슨 대수이겠느냐?"

지난 3·13 밀양장날 만세 운동 때 문중 하인들에게 적잖은 도피 자금까지 쥐어 주고 내심 불안해하고 있는 중산의 조처를 알 리 없는 용화 부인이었다.

"할머님, 그렇게 가벼이 지나쳐 버릴 문제가 아닌 것 같습니다! 왜놈 헌병들이 강학당의 두 선생님들하고 갑환이를 헌병 파견대로 잡아 갔으니 앞으로 일이 어떻게 번져 나가게 될지 알 수 없는 상황이 아닙니까?"

"글쎄다. 이번 유림단 사건이 터진 마당에 무슨 억하심정으로 우리 식솔들을 잡아갔는지 모르겠으나, 네 아비의 일이 터지자 만세운동에 나갔다가 아직도 종적이 묘연한 우리 하인들의 행방을 알아내어 무슨 티끌이를 잡기 위함인 모양이다마는, 그래 봤댔자 우리 하인들한테서 그 무슨 대단한 별일이야 있겠느냐?"

"할머니! 그런 게 아니오라, 왜놈들이 주목하는 것은 다른 데 있는 것 같습니다. 지난번 밀양장날 만세 운동 때 마산리 교회의 청년 교인들이 우리 상남면과 하남면 일대를 돌아다니면서 만세 운동꾼들을 불러 모아 읍내로 나간 바가 있었는데, 그 교회의 청년들 중에 객지에 나갔다가 돌아온 최수봉이라는 사람이 이번 만세운동을 주도한 〈밀양청년독립단〉과 한 패이며, 강학당의 두 선생님들도 그들과 관련이 있을 거라는 단서를 포착한 것 같습니다. 왜냐하면 그분들도 밀양읍교회의 신도로서 〈밀양청년독립단〉 단원들이 소속된 기독교 청년회의 동료 회원들이니까 말입니다."

"그래? 일이 그렇게 된 것이라면 네 말대로 가벼이 보아 넘길 일만은 아니로구나?"

대수롭지 않게 여기던 용화 부인도 비로소 안색이 달라진다.

"게다가, 밀양장날 만세운동에 나갔다가 부산으로 피신하여 초량 미곡창의 일을 도우며 머물러 있는 운당 할아버님 댁의 봉도와 초당 할아버님 댁의 득수하고 우리 집의 을환이, 병환이, 일수 녀석들도 그들의 조종을 받았을 것으로 짐작하고 그 녀석들의 행방을 추적할 심산인 모양입니다."

"네 말을 들어 보니 딴은 그렇기도 하구나! 그런데 왜놈들이 그런 사실들을 어찌 손바닥 들여다보듯이 다 알게 되었단 말이냐?"

동산리 민씨 왕국의 여황 같은 존재라 굵직한 큰일에만 신경을 썼을 뿐으로, 행랑과 집 안팎에서 벌어지고 있는 사소한 일에 대해서는 일체 간여를 하지 않고 신경도 쓰지 않았던 용화 부인으로서는 그게 쉽게 납득되지 않는 것이다.

"그 녀석들이 마산리 교회의 신도인 종팔이와 또출이가 두 할아버님 댁에 머슴을 살 때부터 한데 어울리며 가까이 지냈다는 사실을 누가 귀띔해 준 모양입니다."

"그런 것까지 귀띔을 해 주었다고? 아니, 우리가 원수 진 이웃들도 없는데, 대체 누가 그런 짓거리를 한단 말이냐?"

"방금 서 서방한테서 듣자 하니, 그동안 우리 동산리 일대에서 살다시피 하고 있는 삼랑진의 걸인 패거리들이 구휼 밥 대신에 마른 곡식을 내놓으라며 그 작폐가 여간 심하지 않은 모양입니다."

"그렇다면 그놈들이 또 무슨 일을 저지르고자 왜놈들을 부추기고 있단 말이냐?"

"예, 할머니! 그놈들이 저간에 한 행태를 보면 충분히 그런 짓을 하고도 남을 놈들입니다. 그러니 지금이라도 당장 초량 미곡창으로 내려가서 그곳에 피신해 있는 우리 하인 녀석들을 다른 데로 다시 피신시켜야 할 것 같습니다!"

"여독이 쌓인 그 몸으로 지금 당장 초량 미곡창으로 내려가겠다고?"

"예, 할머니! 일각이 여삼추라 지체할 겨를이 없습니다!"

"아서라! 일이 그리도 급박하다면 너 대신에 김 서방을 내려 보내면 되지 않겠느냐?"

"새로운 은신처를 마련해 주려면 아무래도 김 서방보다는 제가 직접 다녀오는 것이 좋을 듯 싶습니다."

그것은 김 서방도 아직 팔송 언년이 보살의 사가를 모르고 있기에 하는 말이었다.

"아니다! 바깥 날씨도 좋지 않은데다 간밤의 꿈자리마저 심상치가 않았으니 아무래도 오늘 밤에는 네가 집에 머물러 있어야 할 것 같구나! 그러니 네가 직접 가려거든 내일 아침 일찍 내려가든지, 아니면 내가 시키는 대로 지금 당장 김 서방을 대신 내려 보내도록 하려무나!"

용화 부인의 태도가 확고부동한 것을 보고 중산은 혹시 청관 스님의 일 때문이 아닌가 하는 생각이 들었다.

"할머니의 의향이 정 그러시다면 지금 당장 저 대신에 김 서방을 동내로 내려보내도록 하겠습니다!"

그 길로 곧장 바깥사랑으로 달려 내려간 중산은 김 서방을 자기의 처소로 급히 불러들였다.

"김 서방! 한 시가 급하니 지금 당장 나 대신 부산을 좀 다녀와 주어야 할 것 같네!"

"부산에요? 예, 알겠심더! 무신 일인지 시켜만 주시소!"

중산이 양동에서 전해 온 급보를 받고 서둘러 의성을 다녀온 것도 그렇고, 어제 오늘 집 안팎의 상황이 급박하게 돌아가는 것을 보고 이미 각오를 단단히 하고 있었던 것이리라. 선뜻 나서는 김 서방의 얼굴에도 비장한 긴장감이 흐르고 있었다.

"삼랑진 분견대의 왜놈 헌병들 말일세! 아무래도 그놈들이 만세운동을 하고 초량 미곡창으로 내려가 피신해 있는 우리 하인 녀석들의 뒤를 추적해 갈 모양일세! 그러니 지금 즉시 초량으로 내려가서 그 녀석들을 모두 팔송에 있는 언년이라는 동래 범어사의 채공보살님 집으로 즉시 피신을 시켜 주게. 그 집의 위치는 동래 객사의 청암도 알고 있을 터이고, 청암의 도움을 받기가 여의치 않으면 범어사로 팔송 채공보살을 직접 찾아가거나, 그분이 사가에 가고 안 계시면 조실 스님의 시봉을 드는 송아라고 하는 꼬맹이 동자승을 은밀히 만나 보도록 하게. 그 동자승한테 내 이름을 대고 부탁하면 기꺼이 그리로 안내해 줄 것이네! 그리고 채공보살님한테는 내가 따로 연락할 때까지 우리 집 하인 녀석들이 은신해 있도록 편의를 봐 달라고 각별히 당부하더라는 내 말을 전하고, 제반 경비는 우선 이것으로 충당하라고 모두 전해 드리도록 하게!"

문갑 서랍에서 돈다발을 한 뭉치를 꺼낸 중산은 별도의 여비와 함께 그것을 그대로 김 서방의 손에 쥐어 준다.

김 서방은 행장을 꾸릴 것도 없이 그대로 밖으로 달려 나가 나귀 대신에 말을 타고 길을 떠났다. 그가 서둘러 떠나간 뒤로 바람이 선들선들 부는가 싶더니 오래지 않아 기어이 빗방울이 뚝뚝 떨어지기 시작하였다. 콩알만큼 굵은 빗방울이었다. 그렇게 시작된 비는 밤이 깊어지면서 급기야 뇌성벽력과 함께 한 치의 앞도 내다볼 수 없는 대단한 폭풍우가 되어 휘몰아치기 시작하였다.

밤이 깊을 대로 깊어 자정 무렵쯤은 되었을까? 종가 사당 뒤의 동산 기슭을 타고 살금거리며 내려오는 검은 그림자 하나가 있었다. 망토처럼 생긴 시커먼 판초 우의 같은 것을 어깨에 둘렀고, 머리에는 벙거지 같은 모자를 썼으며, 얼굴에도 검정색 복면을 하고 있었다. 그러나 연이어 터지는 천둥소리와 함께 대낮같이 명멸하는 번갯불 속에 간헐적으로 드러나는 겉모습만 보아도 단단한 체력으로 단련된 젊은 사내임이 분명하였다.

후원 사당 옆의 대나무숲 그늘 속으로 조심스럽게 숨어든 검은 그림자는 사당 앞에 이르러 어둠 속에서 지형지물을 확인하며 잠시 머무르던 기색이더니 이내 잽싸게 몸을 움직이기 시작하였다. 거세게 휘몰아치는 비바람 속을 헤치며 뭇 혼령들의 숨결이 느껴지는 사당 앞을 지나간 그는 비에 젖어 축축 휘늘어진 대나무들이 굴처럼 하늘을 덮은 돌담 모퉁이께에 이르자 눈앞에 다가온 일각대문 옆의 종가 후원 토담 쪽을 노려보며 잠시 숨을 고른다.

완만하게 경사진 산기슭을 따라 쌓아 올린 담장이라 바깥쪽은 그리 높지 않았으나 그 안쪽의 높이는 만만치가 않은 것이다. 인기척을 느낀 것일까. 아니면 연 이은 뇌성벽력에 놀란 것일까. 멀리 어디선가 개 짖는 소리가 들려온다.

가쁜 숨을 헐떡이면서 한동안 기회를 엿보던 검은 그림자는 마치 도둑고양이처럼 잽싸게 용화당 뒤쪽의 토담 밑으로 득달같이 달려간다. 그러나 갑자기 하늘이 무너져 내리는 듯한 뇌성벽력과 함께 눈앞이 하얘질 정도로 강력한 번갯불이 명멸하는 바람에 깜짝 놀라 다시 사당 돌담 밑으로 되돌아 와서 몸을 숨긴다.

그리고 얼마나 지났을까. 연거푸 번쩍이던 번갯불의 섬광이 차츰 잦아들자 다시금 토담 밑으로 살금거리며 다가간 검은 그림자는 풀어진 군화 끈을 고쳐 매며 한 순간 숨을 고른다. 그러다가 비호처럼 몸을 날리는가 싶더니, 단숨에 후원 담장 위로 훌쩍 뛰어 오르더니 전광석화처럼 그 안쪽의 용화당 뒤꼍 담장 밑으로 비호처럼 사뿐히 뛰어 내리는 것이었다.

용화당 옆쪽의 격자문에는 아직도 따듯한 주홍색 불빛이 혼연히 내비치고 있었다. 그러나 방 안에서는 아무런 기척이 없었다. 안에서 새어 나온 불빛이 진흙 투성이가 된 검은 그림자의 발등을 비추었다. 그가 신고 있는 신발은 일본식 군화였으나 각반은 차고 있지 않았다.

한참 만에 방 안에서 기침소리가 나는가 싶더니 사람 그림자 하나가 봉창 위에 어른거린다. 안에서는 아직도 잠자리에 들지 않은 모양이다. 간단없는 몸놀림으로 거짓말처럼 용화당 누마루 아래의 석축 밑으로 접근해 간 검은 그림자는, 그러나 방 안에서 새어 나오는 인기척에 꼼짝도 하지 못한 채 그 자리에 앉아 버리고 만다.

그리고 또 얼마나 지났을까. 봉창에 함빡 젖어 있던 불빛이 눈 깜짝할 사이에 거짓말처럼 사라진다. 그림자는 망토 같이 생긴 우의자락을 걷어 올리고 번갯불이 번쩍이기를 기다렸다가 손목시계를 들여다본다. 시침은 자정을 넘어 새벽 한 시를 가리키고 있었다.

방 주인이 곤한 잠에 빠져들 때까지 꽤 긴 시간이 지나간 뒤에야 그는 다시 바쁘게 움직이기 시작하였다. 살금거리며 용화당 정면의 누마루 앞으로 돌아나간 그는 군화를 신은 채로 돌계단을 조심조심 밟고 올라가 누마루 위로 성큼 올라서려다 말고 거기에 걸터앉아 진흙탕 범벅이 된 군화를 서둘러 벗는다. 그것을 섬돌 뒤에 감춘 검은 그림자는 물방울이 뚝뚝 떨어지는 벙거지를 벗어 들면서 복면과 망토처럼 생긴 우의를 둘러쓴 그대로 대청마루 위로 소리 나지 않게 올라서더니 주위를 둘러보며 뒷걸음질로 조심조심 여닫이 방문 앞으로 다가간다. 그리고는 분합문 아래의 여닫이문을 살그머니 열기가 무섭게 순식간에 안으로 빨려 들어가고는 거짓말처럼 도로 문이 닫힌다.

방으로 들어선 검은 그림자는 어둠에 눈이 익을 때까지 꼼짝도 하지 않고 그 자리에 서 있었다. 하늘이 무너져 내리는 듯한 뇌성벽력이 방고래를 울리며 터질 때마다 장승처럼 우뚝 선 도깨비 같은 그의 모습이 대낮처럼 밝은 번갯불의 섬광 속에 숨 가쁘게 명멸하고 있었다.

문 앞에 버티고 선 검은 그림자는 연이어 터지는 번갯불 속에 드러나는 용화 부인의 모습을 오래도록 지켜보고 있었다. 그 새 잠이 들어버린 것일까. 섬뜩한 모습의 불청객이 바로 자기 옆에서 지켜보고 있다는 사실을 꿈에도 생각지 못한 것이리라. 비단 이불 속에서 고요히 잠들어 있는 용화 부인의 평화로운 모습이 연이어 터지는 번갯불 속에서 그린 듯이 선명하게 드러난다.

하지만 그녀가 정말로 잠이 들었는지의 여부는 분간할 길이 없었다. 다만, 고른 숨결에 따라 덮고 있는 가슴께의 이불자락만이 주기적으로 편안하게 오르내릴 뿐이었다.

"마님! 소인이 왔습니다!"

대단한 뇌성벽력 속에서도 몸 한 번 뒤채지 않고 잠들어 있는 용화 부인의 모습을 한참 동안이나 지켜보고 있던 검은 그림자는 가까스로 용기를 내어, 그러나 말소리가 밖으로 새어 나갈세라 한껏 낮게 깔린 목소리로 그녀를 깨운다.

"누, 누구시오?"

그러고 보니 그때까지도 미처 잠들지 않고 있었던 것일까. 몽매에도 그의 소리가 들려오기만을 간절하게 기다리고 있었던 듯, 놀라는 기색도 없이 가만히 잠자리에서 일어나 앉은 용화 부인이 꿈꾸는 듯한 목소리로 어둠 속에서 물었다. 웬만한 사내대장부들보다 담대한 여걸이라는 점을 감안하더라도 그녀의 목소리는 의외로 차분하였고, 어찌나 의연하고 당당한지 오히려 그림자 쪽에서 주춤하고 놀랐을 정도였다.

"소인 청관이옵니다. 극비리에 마님을 뵙고자 예를 갖추지 못하고 이렇게 비적처럼 무례를 범하며 홀연히 찾아 왔으니 용서해 주십시오!"

"뭐라고? 그렇다면 자네가 정녕코 우리 영욱이란 말이냐?"

용화 부인은 그가 청관이라고 하는 바람에 기절초풍하고 놀라면서 상대방의 이름부터 먼저 되묻는다. 그러나 이쪽에서 뭐라고 대답하기도 전에 그녀는 어둠 속에서 더듬거리며 성냥을 찾아 서둘러 촛대에 불을 붙인다. 검은 그림자는 지척에 있으면서도 그것을 굳이 막으려고 하지 않았다.

다사롭고 포근한 주황색 불빛 속에서 검정색 우의를 어깨에 두르고 복면을 한 사내의 우람한 모습이 일렁거리는 그림자와 함께 적나라하게 드러난다. 그때까지도 그가 걸친 우의 자락에서는 연신 물방울이 뚝뚝 떨어지고 있었다. 하지만 용회 부인은 그것을 보고도 건넌방에 잠들어 있는 몸종 연실이를 부르려고 하지 않았다.

청관 스님이 이렇게 깊은 밤에 악천후를 무릅쓰고 자기의 침소에 나타났다는 사실이 믿어지지가 않아서인지 용화 부인이 재차 묻는다.

"자네가 정녕코 우리 영욱이란 말이냐?"

"예, 그러하옵니다. 제가 바로 그동안 마님의 부르심을 수차례나 받았으나 황송하옵게도 여러 가지 사정으로 인하여 한 번도 응하지 못하다가 이제야 겨우 찾아뵙게 된 영욱이옵니다!"

그의 동산리 친가 방문이 이렇게 필운 선생이 말한 것보다 늦어진 까닭은 태룡리 만세운동이 무사하게 진행되자 신작로 길을 버리고 산 고개를 넘고 넘어 밀양읍성 십 리 밖의 용두산 용궁사에 은신해 있다가, 오늘에야 성 안으로 들어가 해천껄의 필운 선생을 찾아 뵙고 나서 이곳으로 오게 되었기 때문이었다.

뇌성벽력을 동반한 험한 폭풍우를 뚫고 심야에 찾아온 손님이 승당 대감의 의거 순절 후에 표충사로 출가하여 중이 된 영욱임을 확인한 용화 부인은 그제서야 머리맡의 화초장 위에 고이 접어 걸쳐 놓았던 치마와 저고리를 끌어당겨 잠옷 위에 서둘러 껴입는다.

"네가 정녕코 내가 그렇게도 만나 보고자 하였던 영욱이라면 얼굴부터 나에게 보여 줘야 할 것이 아니냐?"

의복을 제대로 갖추어 입은 용화 부인이 복면 속에 감추어진 청관 스님의 참모습을 보고자 재촉을 한다.

"예, 마님!"

용화 부인의 분부를 받고서야 청관 스님은 머리에 쓰고 있던 복면부터 먼저 벗었다. 그리고 어깨에 두르고 있던 군용 우의도 벗어 한 옆에 내려놓고는 용화 부인 앞으로 조심스럽게 다가와 부복을 한다.

"얼굴을 들어라!"

용화 부인은 불빛 속에 드러난 그의 모습을 부신 듯이 바라보며 한동안 할 말을 잊고 있었다. 그동안 사월 초파일과 칠월 칠석이나 백중절과 같은 좋은 날이 돌아올 때마다 승당 대감의 극락왕생을 위한 각종 제를 올리는 한 편으로, 불가에 입문한 사연 많은 서출 자식인 그를 위해 적잖은 시주를 따로 행하는 등, 음으로 양으로 공덕을 쌓으면서 지내 온 그녀였다. 그리고 지난 십년 동안에 바깥어른의 장례 때와 사십구제 때에 단 두 차례 본 이후로는 정작 만나 보기가 하늘의 별 따기처럼 어려웠던 청관 스님이기도 하였다.

"그래, 그렇게 하고 나니 내가 기억하고 있던 예전의 자네 모습이 그대로 지펴 보이는구나!"

굵은 황촉 불빛 아래에 드러난 청관 스님을 바라보면서 용화 부인은 더 이상 말을 잇지 못한다. 비록 후줄그레 비에 젖은, 여느 승려들이나 다를 바 없이 평범한 잿빛 승복을 걸친 그의 모습에서도 지난날에 보았던 유난히도 눈썹이 짙고 검었던 그의 장부다운 인상착의를 어렵지 않게 알아보고 있었다.

훤칠한 키에다 바윗돌처럼 강인하게 느껴지는 단단한 체구며, 이목

구비가 뚜렷한 그의 당당한 모습에서 용화 부인은 하늘과 같았던 승당 대감의 소싯적 모습을 발견하고는 감개무량한 마음을 금치 못하고 있는 것이다. 아마도 동산리 여흥 민씨네 남자들의 공통된 특징이기도 한 짙은 눈썹과 윤곽 뚜렷한 얼굴이 용화 부인에게는 마치 승당 선생의 환영처럼 느껴진 것이리라.

파도처럼 밀려드는 옛 생각과 함께 마음고생이 많았던 지난 세월의 회한에 젖어 들면서 청관 스님을 말없이 바라보는 애잔한 그녀의 두 눈에서는 어느 새 촉촉한 물기가 어리고 있었다.

"저의 방문 사실을 극비에 부쳐야 마님 댁에 아무런 뒤탈이 없겠기에 저지르게 된 저의 결례가 이만저만이 아니오나 뒤늦게나마 마님께 예를 갖추고 인사를 올리겠습니다!"

화려한 열두 폭 화조도 병풍을 배경으로 하여 침방(寢房)의 번쩍이는 깁비단 보료 위에 허리를 꼿꼿이 세우고 앉아 있는 여황처럼 당당한 용화 부인의 모습을 부신 듯이 바라보고 있던 청관 스님은 드디어 마음을 가다듬고 합장배례로 큰절을 올린다.

용화 부인은 머리를 숙여 답례를 하고 나서 드디어 그에게 그동안 하루라도 빨리 만나기만 하면 꼭 들려주고 싶었던 말을 마치 작고한 부군의 뜻을 전하듯이 근엄하게, 그러나 더없이 따듯한 목소리로 이렇게 이르는 것이다.

"그동안에 내가 자네를 은밀히 만나 보려고 해천껄 사돈댁과 무릉 선생께 여러 번 청을 넣었던 것은 자네로 하여금 내 적자와 다름없이 우리 여흥 민씨 가문의 호적과 족보에 정식으로 입적하였음을 내 입으로 직접 알려 주면서 얼굴이라도 한번 보고자 함이었느니라! 그러니 비록 만시지탄이 있을지라도 내 뜻이 자네를 또 다른 자식으로 이미 마음속에 품고 있은 지가 오래 되었음을 알고 앞으로는 나에게 '마님' 대신 '어미'라 칭할 것이며, 자네 형제들에게도 호형호제(呼兄呼弟)할 것과 우리 문중의 출입을 허락하노니, 비록 탈속하여 불가에 떠나 있는 몸이라 할지라도 이 시간 이후로는 서출 자식이라는 자격지심을 버리고 살아 주었으면 좋겠네. 자네가 하고 다닌다는 의용승군의 일과 불제자로서의 제행(諸行)에 임함에 있어서도 더욱 떳떳하고 당당하게 남아대장부로서의 웅지를 마음껏 펼쳐서 부디 큰 뜻을 이루도록 한다면 명부에 계시는 자네 부친과 나는 더 바랄 바가 없을 것이네!"

청관 스님이 당당하게 족보에 올라 적자가 되었음을 직접 통고한 용화 부인은 그를 가까이 불러 두 손을 마주 잡고 어루만지면서 새삼스럽게 다시 목이 메인다. 박철 사교가 집요하게 분란을 일으켰던 원한의 원천인 지난날의 아픈 역사와, 그로 말미암아 빚어졌던 그쪽 집안에서 겪으면서 뼈에 사무쳤을 온갖 사연들을 생각한 것이리라.

"대감께서 망국지탄으로 의거 순절하신 이후로 나는 자네한테 지워진 서출의 고리와 자네 외가에 진 빚을 갚기 위하여 그분을 대신하여 내 딴에는 지극정성으로 공덕을 쌓아 가며 이날 이때까지 부처님 전에 속죄를 빌면서 살아 왔던 것도 이와같은 자네를 친자 못지 않은 마음으로 가슴에 보듬어 안아보기 위함이 아니었겠느냐!"

"마님께서 이러시지 않으셔도 소인이 두 분의 은혜를 어찌 모른다고 하오리까? 승당 나으리 마님 순절 시에 표충사 주지 스님께 청원서를 남겨서 소인으로 하여금 사명 스님의 법손이 되어 항일 의승이 되도록 길을 열어 주신 것도 모자라 태룡리 무룡 선생께도 저의 장래를 각별히 부탁하신 바가 있으셨고, 마님께서도 그분의 유지를 받드시어 비천한 서출인 저를 서울의 중앙학림까지 유학하여 수학할 수 있도록 물심양면으로 한결같이 후원해 주셨다는 사실을 어제 오늘에 이르러서야 뒤늦게 알게 되었습니다. 그러니 제가 우마 축생보다 못한 우매한 소인이라 한들 하해와도 같이 깊고 높으신 그 뜻들을 모른다고 해서야 어찌 인간이라 하오리이까?"

청관 스님도 그녀 못지않게 깊은 감회와 감격에 휩싸인 나머지 목소리마저 떨리고 있었다.

"나더러 '마님'이라고 부르지 말라고 했느니라. 그러니 이 자리에서 나한테 '어미'라고 한번 불러 보거라!"

용화 부인이 두 손을 마주 잡은 채 재촉하였으나 청관 스님은 목이 멘 채 선뜻 응하지를 못한다.

"어서 그리 불러 보래도!"

그제서야 청관 스님도 똑바로 쳐다보는 용화 부인의 뜨거운 시선을 감당할 길이 없어 고개를 떨구면서 마지못해 입을 열었다.

"예, 어머님!"

청관 스님의 체구는 용화 부인과는 비교가 되지 않을 정도로 우람하고 당당하였으나, 조용하게 대답하는 그의 목소리는 청순한 아이처럼 부드럽고 공손하기 이를 데 없었다.

"그래, 그러니 얼마나 듣기가 좋으냐?"

"하오나 저는 이미 불가에 귀의하여 사명 대선사처럼 멸사봉공으로 조국 광복에 신명을 다 바쳐 진충보국하기로 맹서한 몸이라 뿌리 깊은 영남 사림 문중의 혈족으로서 상시로 출입하여 그 본분을 행하기도 난망이옵고, 더구나 독립운동을 하고 다니는 소자로 말미암아 우리 가문이 일제 당국자들로부터 피해를 입는 것도 원치 않사오니 앞으로 여느 자제 분들처럼 시제와 기제 때의 제향 참례는 물론이며, 절기에 따른 각종 문중 행사에 동참하여 효도를 다하지 못하더라도 너그러이 용서해 주십시오!"

그가 여러 차례 용화 부인의 부름을 받고도 여태까지 동산리 본가 출입을 극도로 삼가고 있었던 까닭도 그 때문이었음을 용화 부인 역시도 모르지 않았다.

"내가 왜 그런 것을 모르겠느냐? 이렇게 야밤중에 은밀히 오도록 해 천결 사돈께 청을 넣은 것도 다 그 때문이었느니라! 하지만 나는 자네 같은 자식을 따로 둔 것이 참으로 자랑스럽고 마음 든든하구나! 천덕꾸러기 서출로 태어나 이렇게 훤칠한 대장부로 자성하여 여느 적자들 못지않게 출중한 인물이 되어 주었으니, 이 또한 치욕의 식민지 시대를 살아가는 우리 집안의 남다른 홍복이요, 자랑거리가 아니고 무엇이겠느냐?"

"받잡기 민망한 말씀이십니다! 저는 태어날 때부터 특별한 은총을 입어 민씨 가문의 항렬에 따라 '영욱(泳旭)'이라는 실명을 얻는 영광을 누린 바가 있었고, 말을 배우기 시작하면서부터는 대감마님, 아니 아버님으로부터 엄격한 훈육을 받으면서 여느 사대부 집안의 적통 자손들과 다름없이 학문을 배우고 익히는 면학 생활의 즐거움을 여한 없이 누릴 수도 있었습니다. 그리고 당신께서 을사늑약이 체결되던 해에 표충사 금강동 골짜기로 낙향하시어 경술병탄으로 의거 순절하실 때까지 토굴 움막집에서 은거생활을 하시던 5년 동안에 살을 맞대고 침식을 함께 하며 시중을 들면서 가없는 부성애를 분복 넘치게 누린 바도 또한 있었습니다. 그리고 선비 생활의 교본이나 다름없는 소학과 명심보감을 비롯하여 사서삼경은 물론, 대일 항전에 필수적인 온갖 병법서들에 이르기까지 학문 전반을 일일이 짚어 가며 가르쳐 주셨기 때문에, 서출 자식으로서는 남들이 감히 상상도 할 수 없는 분에 넘치는 사랑을 받았던 몸이옵니다. 소자가 분복 넘치는 홍복을 누렸음이 이처럼 하해와 같은데, 어찌 미천한 저더러 집안의 홍복이라 하시나이까? 그러함에도 불구하고 어디에 가 있든지 아버님의 기일마다 극락왕생을 축원하는 예불을 올리는 것 외에는 자식 된 도리로 아무것도 행한 바가 없사오니, 아무런 면목도 염체도 없게 된 몸이옵니다. 다만, 때가 너무 늦고 말았으나 저의 외종숙(外從叔)께서 피눈물 나는 과거사에 고착되어 필설로 이루 다 형언할 수 없는 심려를 끼쳐 드리고 있음도 뒤늦게 알고 이제서야 이렇게 찾아 와서 그분을 대신하여 백배 사죄를 드리오니 부디 저희 외종숙님이 행한 무례를 용서해 주십시오! 오늘 이후로는 절대로 그런 일이 없도록 소자가 신명을 다하여 모든 조처들을 강구하겠사오니, 그리 아시고 그 일에 대해서는 아무 심려치 마셔 주시기를 간곡한 마음으로 제차 소청 드리는 바이옵니다!"

그의 말을 어떻게 받아들였음일까? 용화 부인은 강하게 고개를 흔들었다.

"그건 그렇지가 않다네! 친가와 외가 사이에서 자네가 그동안에 감당한 고초만으로도 이미 자네의 할 바를 다한 셈이 되었으니 자네의 외종숙과는 일체 부딪치는 일이 없도록 각별히 유념해 주어야 할 것이야! 그래야 자네의 도리가 반듯해지고, 내 마음도 그런대로 편해질 것이니라. 알겠느냐?"

용화 부인은 박철 사교의 가슴에 맺혀 있는 한이 인위적인 외부의 어떤 작용에 의해 풀릴 수 있는 성질의 것이 아니기에, 본인 스스로의 마음속에서 그 응어리가 저절로 사그러들어야 아픈 과거사의 문제가 진정으로 해결되었다고 할 수 있을 것이고, 또 그렇게 될 수 있을 것으로 믿고 있는 모양이었다.

"어머님의 그와 같으신 뜻을 이립(而立)의 나이가 가 다 된 제가 어찌 모르겠습니까? 하오나 저희들 때문에 겪으신 마음의 고생이 태산처럼 지대하셨을 것이니 소자가 어머님의 그 뜻을 어떻게 받아 드려야 할지 모르겠습니다."

"그래도 자네는 아직도 젊었기로 노회(老獪)한 인간 심성이 얼마나 집요하고 무서운 줄을 모르고 있을 게다! 자네 외종숙이라는 그 양반도 일제에 의해 해산된 구 한국군 출신으로 〈풍기광복단〉 시절부터 우리 유림계가 거국적으로 도모하였던 의병운동에도 뜻을 함께 한 바가 있는 애국지사라고 들었는데, 그 사람인들 오죽이나 원한이 깊었으면 그리하였겠느냐?"

"제 외종숙께서 지나간 역사 속에서 진 빚을 갚으라며 해서는 안 될 온갖 작폐로 심려를 끼치는 바가 적지 않았음도 이번에야 필운 선생을 통하여 겨우 알게 되었습니다. 그러니 다시는 그런 불미스러운 일이 생기지 않도록…."

"아니다, 아니야! 자네는 자비심으로 제행에 임해야 하는 불제자가 아니냐? 그러니 우리의 일로 남몰래 가슴앓이를 해 온 외종숙께 다시 분란을 일으켜서는 결코 아니 될 것이야!"

그러면서 용화 부인은 영동 어른이 유림단 사건에 연루되어 영어(囹圄)의 몸이 되었다는 사실을 비로소 털어놓는다.

"불행인지 다행인지, 자네 외종숙과 갈등이 깊었던 내 적정자 영동이 이번에 터진 유림단의 독립청원서 사건으로 왜놈 고등계 형사들한테 피검되어 의성경찰서 유치장에 감금당하는 참담한 일이 벌어지고 말았지 뭔가. 그러니 자네 외종숙께서도 그 사실을 알게 된다면 생각하는 바가 많아지게 될 것이네."

"그렇잖아도 방금 말씀하신 그 비보는 이리로 오기 전에 해천껼의 필운 선생으로부터도 이미 듣고 있었습니다. 그래서 무어라고 위로의 말씀을 드려야 할지 모르겠고, 그 일이 마치 우리 때문에 빚어지게 된 일만 같아서 저의 마음도 여간 송구스럽고 걱정스럽지가 않은 것이옵니다."

"하지만 자네는 그것만으로도 자네의 몫을 이미 다한 바가 되었으니 너무 심려지 말라니까 그러네! 앞으로 자네와 우리가 서로 소통하며 조국 광복에 멸사봉공한다면 자네 외종숙의 마음속에도 과거의 앙금이 사라지고 평화가 깃들게 되지 않겠느냐?"

이렇게 청관 스님의 마음을 다독여 준 용화 부인은 새로운 제안을 하나 내놓는다.

"우리 집에도 자네와 동갑인 중산이라는 종손이 제 아비 대신으로 당주 노릇을 하고 있는데, 아마 해천껼 사돈 댁에서도 당신네들의 사위 일이라, 그 아이에 관한 얘기를 자네한테 이미 모두 다 해 주었을 것이야. 우리 중산이 제 아비의 비보를 접하고 서둘러 의성으로 갔다가 오늘 오후 늦게야 돌아왔는데, 그 아이가 하고 다니는 일과 생각도 자네와 크게 다를 바가 없을 터으니 한번 만나 보지 않겠느냐? 그래야만이 자네 외종숙과의 일도 빠른 시일 내에 원만히 해결될 수 있을 터이니 말이다."

"그렇잖아도 지난해 연말에 저를 만나 보려고 범어사까지 찾아 왔다가 헛걸음을 했다는 말씀을 조실 스님으로부터 전해 들은 바가 있었고, 이번에 해천껄 필운 선생께서도 어머님과 같은 말씀을 하셨습니다. 그래서 저도 어려운 발걸음을 하게 된 김에 그럴 생각을 하고 있었으니 이번 기회에 꼭 한번 만나고 싶습니다!"

"고맙구나, 영욱아! 그러면 여기서 잠깐 기다리거라. 내 몸소 바깥사랑으로 가서 우리 중산을 불러 올 터이니!"

그렇게 이르고 몸을 일으킨 용화 부인이 손수 걸레를 가져와 방바닥의 빗물부터 먼저 닦고 나서 방문을 막 열었을 때였다. 뇌성벽력과 함께 일진광풍이 휘몰아치면서 그때까지 방 안을 대낮같이 밝혀 주고 있던 황촛불이 순식간에 꺼지고 말했다.

◇ 심야 방담放談

백납 같은 번갯불이 명멸하고 난 다음에 밀려드는 어둠은 짙고 깊었다. 반사적으로 문을 닫고 안으로 돌아온 용화 부인은 시각을 마비시킬 정도로 강렬한 번갯불의 잔상이 완전히 사라질 때까지 그 자리에 잠시 서 있었다. 그리고 시각이 차츰 되살아나자 칠흑 같은 어둠 속에서 가까스로 성냥을 찾아 황촉에 불을 붙인 후 다시 방을 나서려고 할 때였다. 밖에서 난데없이 중산의 목소리가 들려오는 것이다.

"할머니, 소손 중산이옵니다!"

아마도 위기를 맞이한 집안의 일로 자못 이루고 있다가 애타게 기다렸던 청관 스님이 왔다는 낌새를 눈치 채고 한 달음에 달려온 것이리라.

"밖에 중산이 왔다고 했느냐? 그렇잖아도 내 몸소 너를 부르러 갈 참이었느니라!"

반색을 한 용화 부인은 펴놓은 이부자리를 얼른 걷어내고 보료 위의 자기 자리로 가 한 쪽 무릎을 세우고 앉으면서 중산을 맞이할 준비를 한다. 그녀를 따라 황망히 자리에서 일어난 청관 스님도 빗물에 젖은 자신의 우의와 벙거지를 한 옆으로 치운 다음에 들고 있던 복면으로 방바닥의 물기를 재빠르게 닦아내고는 용화 부인 앞에 가 우뚝 선 자세로 중산이 들어오기를 기다린다.

그러나 그들이 그렇게 하고 한참을 기다려도 중산은 방으로 선뜻 들어서지를 못하고 있었다.

"예까지 올라왔으면 얼른 안으로 들어오지를 않고 무얼 하고 있는 것이냐? 네가 그리도 애를 태우며 백방으로 찾아 다녔던 귀한 손님이 와 있느니라!"

"예, 할머니! 그러면 소손 안으로 들어가겠습니다!"

찾아 온 사람이 청관 스님임을 끝까지 확인한 중산은 그제서야 조심스럽게 문을 열고 안으로 들어온다. 긴장되고 설레는 마음으로 방에 들어온 그는 험악한 날씨를 무릅쓰고 아무도 모르게 숨어 들어와 마치 재물을 탈취하러 온 비적처럼 우뚝 서 있는 청관 스님을 발견하고는 부지부식 간에 움찔하고 크게 놀란다. 그러나 곧 이어 가슴이 터질 것 같은 진한 감동과 함께 물레방아처럼 쿵쿵거리는 심장의 박동 소리를 들으며 그에게 가만히 목례를 보내고는 사뭇 경직된 자세로 용화 부인 앞으로 묵묵히 걸어온다.

청관 스님도 그에게 뒤질세라 합장한 자세로 가볍게 눈인사를 하고는 그에게 자리를 내주며 한 걸음 옆으로 비켜서는 것이다.

엄숙하게 정좌한 용화 부인 앞에 그렇게 나란히 선 중산과 청관 스님은 서른 살의 기축년 동갑내기로 적통과 서출, 유생과 승려로서 가는 길이 서로 달라도 숙질간의 혈통만은 어쩔 수가 없는 듯, 육척이나 되는 장신에다 부리부리한 눈매와 숯검정처럼 짙은 눈썹까지 서로 닮아서 마치 쌍둥이로 보일 지경이었다.

하지만 그들은 시선이 처음 마주쳤을 때, 가볍게 목례를 주고받은 것을 제외하고는 시선 한번 마주치는 법 없이 지극히 어색하고 부자연스러운 자세로 용화 부인의 처분만을 기다리면서 묵묵히 서 있을 뿐이었다. 그런 중에도 그들의 안광은 자웅을 겨루듯이 야광석처럼 똑같이 빛나고 있었으며, 입을 굳게 다문 얼굴에도 서로에 대한 호기심과 기대감이 암암리에 교차되고 있었다.

아까운 시간은 잠시도 멈추지 않고 바쁘게 흘러만 가는데, 재회의 기쁨이 넘쳐야 할 방 안에는 간단없이 점멸하는 번갯불의 섬광과 함께 하늘이 무너져 내리는 듯한 천둥소리가 끊임없이 으르렁거리는 속에서 그렇게 미묘한 침묵이 한동안 지속되고 있었다. 그것은 적손과 서출, 유생과 승려로서 동갑내기 숙질지간이 되는 미묘한 인간관계에다, 지난해 단옷날 중산이 무봉사 요사채로 어렵게 청관 스님을 찾아갔다가 면전에서 보기 좋게 따돌림을 당했던 일이 만들어낸 결과임이 분명하였다.

그와 같은 곡절이 있었던 사실을 모른 채, 두 혈육 간의 감격적인 상면만을 잔뜩 기대하고 있던 용화 부인의 눈에 그러한 그들의 모습이 곱게 보일 리 만무하였다.

"허허, 내가 듣기로는 생면부지로 처음 만나는 사이는 아닌 줄로 하는데, 반가운 혈육을 만났으면 응당 반갑게 인사를 나누어야 하거늘, 왜들 그렇게 장승처럼 뻣뻣하게 굳은 얼굴로 서로 시선을 피하며 유구무언으로 서 있기만 하는 것이냐?"

보다 못한 용화 부인의 입에서 기어이 준엄한 질책이 떨어졌고, 손님을 맞이하는 입장인 중산이 어색한 어조로 먼저 입을 열었다.

"잘 오셨습니다. 날씨도 좋지 못한데 낯설고도 험한 먼 밤길을 찾아 오시느라고 얼마나 노고가 크셨는지요? 무봉사에서 처음 뵈온 이후로 일 년 가까이 애타게 기다리다가 막상 이렇게 다시 만나 뵙게 되고 보니 반갑고 고마운 마음을 어떻게 전해 드려야 할지 모르겠습니다!"

"예, 저 역시도 한밤중에 비적처럼 월장하여 난입한 결례가 이만저만이 아니오나, 이렇게나마 다시 만나 뵙게 되고 보니 반가운 마음을 금할 길이 없습니다! 그리고 지난해 단오절의 일은 참으로 유감스럽게 되었습니다. 늦었지만, 이 자리를 빌려 정식으로 사과 말씀을 드리겠습니다."

"사과라니요? 당치도 않으신 말씀입니다! 그때의 일은 아무런 예고도 없이 불쑥 찾아갔던 저의 불찰과 결례 때문에 빚어진 일이 아닙니까? 그러니 저의 무례를 용서해 주시고, 그 일에 대해서는 아무런 괘념도 없이 잊어 주셨으면 좋겠습니다."

중산이 그때의 일을 전적으로 자신의 탓으로 돌리며 사의를 표명하였으나, 청관 스님은 오히려 두 손을 모아 합장까지 해 가며 다시 용서를 구한다.

"아닙니다! 저같이 비천한 혈육지친(血肉之親)을 만나 보고자 어렵게 찾아 주신 본가의 귀한 손님을 그렇게 면전에서 따돌리고 말았는데, 어찌 저의 허물이 적다고 할 수가 있겠습니까? 옹색한 변명 같지만, 그때는 저를 만난 사실이 본가와 세상에 알려지게 되면 그로 인하여 여러 가지의 불상사가 생길까봐 본의 아니게 그런 결례를 저지르고 말았으니 넓으신 아량으로 이해해 주셨으면 좋겠습니다."

두 사람 모두가 지지 않고 그렇게 경쟁하듯이 서로가 자기의 과오라며 거듭 사과를 하고 있었으나 그것 역시도 복잡하고 미묘한 인간관계의 특수성 때문에 빚어지는 일임에 틀림없었다.

"아닙니다! 그 날 무봉사를 다녀와서 장인어른으로부터 자세한 설명을 듣고서야 내가 면전에서 따돌림을 당했다는 사실을 알고서 오죽이나 당황하셨으면 그리하셨을까 하고, 송구스러운 마음으로 얼마나 후회를 했는지 모릅니다. 그 바람에 두 번 다시 그런 실수는 저지르지 말아야겠다고 다짐하면서 무슨 수를 쓰든지 빠른 시일 내에 다시 만나 뵙고 혈육의 인연을 이어 가야겠다는 생각을 하면서 더욱 애를 태우게 된 것이지요! 그래서 기회가 생길 때마다 동래 범어사로, 삼각산 진관사로 원근을 가리지 않고 애타게 찾아다니게 되었던 것인데, 그 바람에 팔송 채공보살님도 만나 뵐 수 있게 되었고, 진관사에서는 생모가 되시는 해인수좌 스님은 물론 백초월 스님과 같은 걸출한 항일 의승분을 만나는 행운까지 누리게 되었는데, 그런 저에게 무슨 억하심정이 남아 있었겠습니까?"

"아닙니다! 그런 말씀까지 듣고 보니 아무래도 제 잘못이 지나쳤던 것 같습니다. 다른 분도 아니고, 문중 일에 바쁘신 귀한 몸인데 의용승군 노릇을 한답시고 천방지방으로 팔도의 사찰이나 싸돌아다니는 미천한 나 같은 서출에게 그리도 과분한 호감을 가져 주신 것만도 과분한데, 혈육의 인연을 이어 가고자 그토록 백방으로 찾아 다녔다니 황감하고 민망한 마음 금할 길이 없습니다!"

어색하고 부자연스러움 속에서도 상대방에 대한 그들의 예우는 극진하였으며, 거듭되는 말 속에도 각별한 사양지심과 함께 서로에 대한 기대감과 진정성이 넘쳐 흐르고 있었다.

그러나 친밀감보다도 지나친 격의로 상호간의 거리감만 더욱 멀어지게 할 뿐인 그와 같은 그들의 모습이 심히 못마땅했던지, 그때까지 잠자코 지켜보고 있던 용화 부인의 입에서 또다시 엄한 질책이 떨어진다.

"허허, 지금 뭣들 하고 있는 것이냐? 두 숙질이 만났으면 상호간에 호숙호질(呼叔呼姪)해야 하는 것은 인륜지사의 당연한 법도이거늘, 중산은 모처럼 만난 삼촌한테 왜 '삼촌'이라 칭하지 않는 것이며, 영욱이는 또 손아래의 조카한테 존댓말을 쓰다니 그 무슨 해괴한 망발인 것이냐? 비록, 서출이기는 하나 이제 영욱이는 우리 호적에 정식으로 이름을 올려 엄연한 종원(宗員)이 되어 있는데, 그게 가당치나 한 일이더냐? 만고에 그런 법은 없느니라!"

중산도 호적에 오른 청관 스님을 적출(嫡出) 삼촌과 다름없이 예우해야 한다는 생각을 하지 않은 바는 아니었다. 그러나 하녀의 몸에서 태어난 서출 자손이 적손의 자격을 얻어 자기네 호적에 오른 전례가 없었거니와, 동갑인 그에게 갑자기 예를 갖추고 깍듯이 삼촌으로 대하면 정작 저쪽에서 어떻게 받아들일지를 몰라 미처 마음을 정하지 못한 것뿐이었다. 그런데 용화 부인의 그와 같은 영이 떨어지고 보니 중산은 한결 편안한 마음으로 솔직하게 자신의 본심을 털어놓을 수 있게 되었다.

"사실은 진작부터 삼촌이라 부르고 싶었지만, 삼촌께서 어떻게 여기실지 몰라 잠시 지체하였습니다. 이제 할머님의 분부도 계셨으니 늦게나마 삼촌께 정식으로 인사를 올리겠으니 저의 절부터 받으십시오!"

자신의 심경을 솔직하게 털어놓은 중산은 민망한 마음에 동갑의 삼촌에게 숫제 무릎을 꿇고 큰절을 올린다. 그 바람에 청관 스님도 당황하며 불교식의 합장 숙배 대신에 그와 똑같이 맞절로써 황망히 인사를 받는 것이다.

"반갑네, 중산 조카님! 여기 계신 큰어머님의 분부가 지엄하니 나도 더 이상 거역치 못하고 이제부터 감히 말을 낮추어야 할 것 같으니 이해해 주시게!"

얼떨결에 중산과 맞절을 한 청관 스님은 그와 어깨를 나란히 하고 용화 부인 앞에 마주 앉으며 그런 말을 하면서도 여전히 민망한 마음에 얼굴을 붉힌다.

"그렇게 하니 얼마나 보기가 좋으냐? 지금 당장은 어색하기도 하겠지만, 계속 만나다 보면 금방 익숙해질 것이니라."

"예, 큰어머님! 그렇게 하도록 노력하겠습니다."

어색한 고비를 넘긴 청관 스님은 그동안 기회가 없어서 자신의 뜻을 전하지 못하였던 게 한이 되었던지, 용화 부인이 지켜보는 앞에서 자신의 솔직한 심정을 가슴 벅찬 목소리로 터진 봇물처럼 중산에게 다시 쏟아내기 시작하는 것이었다.

"이 보시게, 중산 조카님! 아까 큰어머님께도 말씀을 드렸지만, 적서의 차별이 엄격한 문중 법도가 있음에도 불구하고 아버님의 가없는 사랑으로 여느 적자들 못지않게 유복한 유년 시절을 보낸 바가 있었고, 당신의 사후에도 청사에 이름이 드높은 호국승의 직계 손승이 되게 길을 열어 주신 은혜가 하늘에 닿았기에, 그 과분한 은혜를 갚을 길이 없어 사실은 나도 노심초사 하고 있었다네! 그런데 오늘 또 이렇게 본가 큰어머님의 지극하신 배려로 호적에 이름을 올리는 홍복과 함께 인물 출중한 조카님까지 만나서 호숙호질하게 되는 영광을 누리게 되고 보니 장차 무엇으로 이 모든 은혜에 보답해야 할지 모르겠네! 하지만 내 비록 불문(佛門)에 든 승려의 신분이기는 하나 호국 의승대장의 후예가 되어 망국의 한을 품고 의거 순절하신 아버님의 유지를 받들고 있는 몸이라, 황실 척족 집안의 종손으로서 왕정복고라는 절체절명의 당면 과제를 안고 있는 조카님과 뜻을 함께 함으로써 내가 누린 은혜에 다소나마 보답코자 하는데, 내 뜻을 가납하여 주실 수 있겠는가?"

오랜 시간을 두고 작정하고 별러 온 듯이 청산유수 격으로 쏟아내는 청관 스님의 말은 정중하면서도 의용승군다운 꿋꿋한 기상이 넘쳐흐르고 있었다.

"삼촌의 뜻이 그와 같은데 제가 어찌 감히 마다 할 수가 있겠습니까? 사실은, 장인어른으로부터 삼촌의 얘기를 뒤늦게 전해 듣고 나서 지난해 단옷날 아이 축수불공을 핑계 삼아 무봉사로 서둘러 찾아갔던 것도 바로 그와 같은 뜻이 간절했기 때문이 아니겠습니까? 그러던 차에 국상 참여차 상경하였다가 삼촌의 소식을 혹시 들을 수 있을까 하여 짬을 내어 진관사로 찾아갔다가 백초월 스님한테서 전국의 사찰을 순회하며 의용승군 활동을 하고 계시다는 얘기를 듣고 나서 유생인 나에게 그런 의승 삼촌이 계시다는 사실이 얼마나 자랑스럽고 감격스러웠는지 모릅니다!"

그러면서 중산은 이제 비로소 만면에 미소를 머금고 자기네 두 사람을 말없이 지켜보고 있는 용화 부인을 슬쩍 바라본다.

"고맙네 중산 조카! 나도 필운 선생으로부터 이곳 본가와 중산 조카님의 얘기를 전해 듣고서 크게 고무되어 마음속으로 기대한 바가 적지 않았다네. 도리에 크게 어긋나는 줄을 번연히 알면서도 험한 폭풍우를 무릅쓰고 이렇게 야밤중에 불쑥 찾아온 것도 문중의 종손으로서 왕정복고라는 당면 과제와 문중의 개화 개방 문제를 해결하고자 남몰래 고군분투하고 있다는 조카님의 얘기를 전해 듣고서 무언가 힘을 보태는 게 내가 취해야 할 도리라는 생각이 간절했기 때문이 아니겠는가?"

중산과 청관 스님의 역사적인 만남은 그렇게 이루어졌다. 그러는 사이에도 밖에서는 간헐적으로 뇌성벽력이 계속되고 있었으며, 시간은 자정을 넘어 꼭두새벽을 향해 숨 가쁘게 치닫고 있었다. 상면의 인사가 그렇게 대충 마무리 되자, 청관 스님이 머물러 있을 시간이 별로 없음을 의식한 중산은 초조한 마음을 감추지 못하고 용화 부인에게 조심스럽게 청원을 한다.

"할머니, 저희들끼리 따로 나눌 얘기가 있는데, 삼촌을 모시고 제 처소로 내려가도 되겠습니까?"

"뜻이 맞는 동년배의 두 숙질이 만났으니 어련하겠느냐? 당연히 그렇게 하여야겠지! 나는 여기 있을 터이니 너희들끼리 바깥사랑으로 내려가서 서로 흉금을 터놓고 그동안 못다 한 얘기들을 마음껏 나누도록 하려무나!"

용화 부인의 허락 하에 서둘러 자리에서 일어난 중산은 청관 스님과 함께 자신의 처소를 향하여 바쁜 걸음을 친다.

"제가 지내는 곳은 이렇습니다."

청관 스님을 자신의 처소로 안내한 중산은 그에게 상석을 권하고 자신은 그 앞에 마주 앉는다.

"유림계의 일로 바쁘신 영동 장형님을 대신하여 종가의 당주 일까지 도맡고 있다고 하더니만, 이곳 처소의 광경만 보아도 조카님의 바쁜 생활상을 능히 짐작할 수가 있겠구먼!"

산사의 단출하고 검소한 산방과는 사뭇 다르게 거대 문중 종가 당주의 생활상을 그대로 엿보게 하는 방안의 색다른 풍광을 한 바퀴 둘러본 청관 스님은 중산이 권하는 대로 자리에 앉자마자 거두절미하고 영동 어른의 일부터 먼저 묻는다.

"영동 장형님께서 고등계 형사들한테 체포되어 의성경찰서에 수감되었다고 들었는데, 지금 어떻게 지내고 계시던가?"

"그렇잖아도 어제 아침에 그 비보를 접하자마자 의성으로 가서 그곳 경찰서 유치장에 계신 아버님을 찾아뵙고 오늘 오후에 곧장 집으로 내려왔지요. 그런데 삼촌, 그보다 훨씬 더 급한 일이 생겼습니다!"

"급한 일이라니, 그게 무슨 말인가?"

"지난번에 있었던 밀양 만세운동 때, 우리 문중의 젊은 하인들이 대거 참여할 수 있도록 제가 별도로 조처를 취한 바가 있었지요! 그런데 오늘 집으로 돌아와 보니 삼랑진의 왜놈 헌병들이 갑자기 들이닥쳐서 밀양읍교회의 기독교 청년회 소속인 우리 강학당의 두 선생님들과 하인 한 녀석을 헌병대로 끌고 간 모양입니다!"

"아니, 뭐라고? 그렇다면 헌병 놈들이 그 사실을 미리 알고서 들이닥쳤더란 말인가?"

"예, 삼촌! 우리 쪽의 사정을 잘 알고 있는 누군가가 고자질을 한 모양입니다. 밀양 읍내로 만세운동을 하러 나갔던 우리 문중 하인들 중에 며칠이 지나도록 집으로 돌아오지 않는 자들이 여러 명이나 되어서 소문이 밖으로 새어 나가지 않도록 그동안 입단속을 하면서 쉬쉬하고 있었는데, 멀리 강 건너에 있는 왜놈 헌병들이 그 사실까지 죄다 알고 왔었다니 말입니다."

"그렇다면 조카님이 그 하인들로 하여금 만세운동에 참여할 수 있도록 별도의 조처를 취했다는 사실까지도 그놈들이 알고 왔더란 말인가?"

"아직 그런 것은 잘 모르겠습니다. 하지만 만세운동을 하러 나갔다가 집으로 돌아오지 않은 그 녀석들 중의 세 명은 아직도 행방이 묘연하고, 나머지 다섯은 동래에 있는 우리 객사로 내려가 피신해 있었는데, 볼일을 보러 내려갔던 우리 집 농감이 뒤늦게 발견하고서 그 녀석들을 일을 돕도록 초량에 있는 우리 미곡창으로 내려 보냈다고 합니다. 그런데 왜놈 헌병들이 그 하인들의 행적을 행랑 젊은이들에게 집중적으로 캐묻다가 신통한 대답이 없자 본격적으로 조사를 하려고 두 선생들과 젊은 하인들 중에서 만형격인 하인 한 녀석을 삼랑진 헌병 분견대로 끌고 간 것 같습니다."

"초량이라면 왜놈들의 소굴이나 다름없는 왜관이 있는 지역인데, 너무 위험하지 않겠는가?"

"그래서 오늘 집에 오자마자 헌병들이 다녀갔다고 하는 얘기를 듣고는 다급한 마음에 저의 수행 집사를 부산으로 급히 내려 보냈지요! 그 하인 녀석들을 다시 팔송 채공보살님 댁으로 피신시키도록 하라고 말입니다. 그런데, 사전에 아무런 연락도 없이 그렇게 하여도 될는지 모르겠습니다."

"그래? 그것 참 잘 하였네! 팔송 이모님 집이라면 당분간은 그런 대로 안전할 것이네. 그런데 그곳으로 피신을 시키도록 조처를 취했으면 한 시름 놓게 되었는데, 왜 그리도 안절부절 못하는가?"

어느 결엔가 뇌성벽력이 뜸해지면서 사위는 깊은 적막에 점점 빠져들고 있었다. 중산은 청관 스님이 그렇게 묻는 의도가 자기네에게 온갖 음해를 서슴지 않았던 박철 사교를 의식한 때문이 아닌가 싶었다. 그래서 그는 심적인 부담감 때문에 난처해질 그의 처지를 생각하여 일부러 그 까닭을 다른 방향으로 접근하여 설명을 한다.

"제가 팔송으로 보내도록 한 그 다섯 명의 아이들은 애초부터 밀양 만세운동을 주도한 〈밀양청년독립단〉의 핵심 단원들처럼 만세운동을 벌이고 나서 국경을 넘어 만주로 갈 의향이 있었던 녀석들이었지요. 제가 만세운동에 참여하게 읍내로 내보내면서 그 녀석들에게 따로 도피자금까지 넉넉하게 쥐어 주었던 것도 그 때문이었고요. 그런데 아버님께서 '유림단 사건'에 연루되어 체포된 이 마당에 그 하인들까지 왜놈 헌병들한테 체포되는 날에는 그 사태가 일파만파로 걷잡을 수 없이 번지게 될 것임은 자명한 일이 아닙니까?"

이렇게 자기가 안절부절 못하는 까닭을 설명한 중산은 드디어 그를 따로 만나려고 한 본심을 드러내며 간곡히 부탁을 한다.

"삼촌! 그래서 드리는 부탁인데, 부산으로 내려가시는 대로 그 하인들을 직접 한번 만나 보시고 만주로 보내 주실 수는 없겠습니까?"

"아니, 만주로? 거기로 보내어서 뭘 하게?"

"그 녀석들은 가진 것도 배운 것도 없는 천민들이지만, 신체 하나만은 아주 실한 젊은 일꾼들이지요. 그러니 이번 기회에 만주로 가는 대로 당장 몸을 의탁할 수 있고, 또 그런 장정들을 필요로 하는 곳으로 보내어 신분상의 아무런 구애됨도 없이 보람되고 값진 삶을 누릴 수 있도록 새로운 인생의 길을 열어 줘야 하지 않겠습니까?"

"그렇다면 그 하인들을 전부 독립군으로 보내 달란 말이 아닌가?"

중산의 의중을 금방 알아차린 청관 스님은 눈이 휘둥그레지면서 놀란다.

"예! 그렇습니다, 삼촌! 그 녀석들은 만주로 이주하는 사람들의 얘기를 전해 듣고 평소부터 만주로 가는 꿈을 꾸고 있었던 자들이라고 합니다. 그러니 비록 배운 것이 없는 무지한 자들이지만 신분상의 구애됨 없이 공평한 삶이 보장되는 독립군이 되는 길을 열어만 주신다면 삼촌의 말씀을 기꺼이 잘 따를 것입니다!"

"그런데 부모들의 의향은 물어 보았는가?"

"지금은 그럴 만한 형편도 못되고 하여 보안 유지상 당분간 비밀에 붙여 둘 생각입니다. 하지만 그들이 만주로 가게 되면 종살이에서 벗어나 팔자를 고치게 되는 셈이라, 당사자는 물론 부모들도 보나마나 모두들 쌍수를 들고 당연히 반기게 될 것입니다. 그리고 저도 그들이 훗날 집으로 돌아오면 따로 나가 일가를 이루며 살 수 있도록 섭섭지 않게 보상을 해 줄 생각이기도 하고요!"

자신의 의도를 강단 있게 밝힌 중산의 얼굴에는 마치 자기 자신이 독립군이 되어 만주 출정 길에 나서게 되기라도 한 듯이 전에 없던 비장한 감마저 넘쳐 흐르고 있었다.

"그러면 조카님이 염두에 두고 있는 독립군 부대가 따로 있다는 말인가?"

"예, 그렇습니다. 제가 듣자 하니 지난해 연말에 〈무오독립선언〉을 이끌었던 만주의 대종교에서 〈중광단〉을 모태로 하여 새로 창단한 〈대한정의단〉이란 독립군 부대가 있다고 들었는데, 삼촌께서 나서 가지고 우리 하인들을 그곳에 입단시켜 주셨으면 좋겠습니다."

그러나 〈대한정의단〉의 영남총책이 외종숙이 되는 박철 사교라 크게 반겨 줄 것으로 믿었던 창관 스님은 예상 외로 신중한 자세를 취하며 중산의 의중부터 먼저 파고 묻는 것이었다.

"이보시게, 중산 조카님! 우리 여흥 민씨 가문에서는 지금까지 유림계의 유력 인사들과 함께 왕정복고 지원 사업에 심혈을 기울여 온 것으로 듣고 있었네. 장형님께서 복벽주의 한주학파가 주도한 이번 '유림단 사건'에 가담한 것도 당연히 그 때문이었을 터이고 말일세! 그런데 왜 하필이면 유림계 일각에서는 아직도 척사의 대상으로 여기고 있는 종교 단체에서 창설한 독립군 부대에 우리 문중 하인들을 굳이 입단시키려고 하는지 그 까닭을 물어 봐도 되겠는가?"

"삼촌께서 저의 장인어른으로부터 어떤 얘기를 들었는지는 몰라도 저는 이렇게 생각합니다. 황실 척족 집안인 우리에게 왕정복고의 책임도 중요하지만, 대한독립을 앞당길 수만 있다면 공화주의든 복벽주의든 그 계파적인 노선 문제는 부수적인 것으로서 독립을 쟁취하고 난 다음에 결정해도 그리 늦지 않을 거라고 말입니다. 더구나 요새는 윌슨이라는 미국 대통령 양반이 민족자결주의라는 것을 제창하고 있는 시대가 아닙니까? 게다가, 민심의 흐름도 거기에 편승하여 하루가 다르게 변해 가고 있는 판국이기도 하고요. 제가 비록 망국의 책임에서 자유로울 수 없는 황실 척족 집안의 종손으로서 문중의 지상과제인 왕정복고에 적극적으로 나서야 할 입장이기는 하지만, 다른 한편으로 우리 가문의 장래를 위해서는 급변하는 시대의 상황과 세상인심에 대해서도 신경을 쓰지 않을 수 없는 처지이기에 드리는 말씀입니다."

"사정이 그러하다면 이제라도 복벽주의를 지향하는 독립군 단체에 대해서도 한번 알아보면 될 일이 아니겠는가?"

중산이 온갖 이유를 애써 둘러대어 가며 자기의 논리를 그렇게 펴보아도 청관 스님은 그가 문중의 대의를 어겨 가며 그런 부탁을 하고 있는 까닭을 이미 간파하고 있는 듯, 그리 신통한 반응을 보이지 않고 있었다.

"삼촌께서 자꾸 그렇게 말씀하시니 저의 처지를 솔직하게 털어놓지 않을 수가 없네요! 사실은, 지난날 위정척사파 복벽주의 의병 출신 인사들이 주축이 되어 결성하였던 〈풍기광복단〉에 몸담았던 인사들 중에 대종교의 〈중광단〉에 입단하여 지금은 대종교 동래지사의 사교로서 〈대한정의단〉의 영남총책을 맡아 활동하고 계시는 분이 있다고 들었습니다. 그런데 백산 박철 선생이라고 하는 분이 삼촌의 외종숙이 되시는 분이라고 하더군요. 그런데 또 마침 그 〈대한정의단〉에서는 이번 3·1만세운동을 계기로 만주는 물론 국내에서도 신규 단원 모집을 하고 있다고요. 그러니 일각이 여삼추인 저로서는 좌고우면할 사이도 없이 우리 하인들의 문제를 이렇게 급하게 삼촌에게 부탁드리게 된 것이 아니겠습니까? 그러니 저의 소청을 뿌리치지 마시고 제발 들어 주셨으면 좋겠습니다!"

그러면서도 중산은 그렇게 하는 것이 위분들의 뜻을 거슬리게 될지라도 박철 사교와의 갈등을 해소키는 데는 그보다 좋은 방법이 따로 없을 것이라는 속내는 끝내 드러내지 않는다.

"윗분들 모르게 독립운동 지원 사업에도 은밀히 손을 대고 있다고 하더니만, 조카님도 그런 극비 사실까지 이미 알고 있었던 게로구먼? 하지만 우리 외종숙이 왕정에 충성하던 과거의 위정척사파 의병 출신 인사들이 만들었던 〈풍기광복단〉에서 한동안 활동하기는 하였으나 그것은 옛날의 얘기일 뿐, 지금 그 어른께서 몸담고 활동하고 계시는 〈대한정의단〉은 유림계 일각에서 척사의 대상으로 여기는 대종교 계통으로서 확고부동하게 공화주의를 표방하고 있는 독립운동 단체란 말일세! 그럼에도 불구하고 조카님이 왜 굳이 복벽주의를 배격하면서 문중 어르신들과 갈등 관계에 놓여 있는 그 대종교 중심의 〈대한정의단〉에 왜놈 헌병들의 추적을 받고 있는 하인들을 입단시키려고 하는지, 그 속사정을 나한테 사실 그대로 허심탄회하게 말해 줄 수는 없겠는가?"

청관 스님은 중산이 그렇게 하면 할수록 그들의 왕조복고 운동을 막으려고 갖은 음해 공작을 서슴지 않고 있는 박철 사교에 대한 중산의 마음을 사실 그대로 파악하고 싶은 마음이 더욱 간절해지는 모양이었다.

"그 까닭은 이미 다 말씀 드리지 않았습니까? 그리고 갈 길은 바쁘고 달리 알고 있는 독립군 단체도, 우리 하인들을 그곳으로 안내해 달라고 부탁할 만한 사람도 없으니 더 이상 묻지 마시고 저의 소청을 들어 주시지요!"

"이보시게, 중산 조카! 혹시 말이네. 임오군란 때의 구원으로 지금까지 나도 모르게 우리 집안의 왕정복고 운동을 방해하려고 여러 가지로 음해 공작을 서슴지 않았다는 우리 백산 외종숙 때문에 문중의 총의에 역행하는 그런 부탁을 무리하게 하고 있는 것은 아닌가, 이 말일세, 내 말은!"

정색을 하고 되묻는 청관 스님의 눈에 형언할 수 없는 자괴감이 섬광처럼 스치고 지나가고 있을 것이라는 사실을 중산도 모르지 않았다. 그러나 중산은 그가 그럴수록 그의 짐작을 끝까지 부정함으로써 심적 부담을 덜어 주는 것이 진정으로 그를 위하는 길이라는 생각만 더욱 확고해질 뿐이었다.

"삼촌께서도 해천껄 장인어른으로부터 백산 박철 사교님과 우리 사이의 갈등 문제에 관한 얘기도 이미 들으신 모양이군요? 하지만 그 일에 삼촌이 간여하신다고 해서 원만하게 해결될 문제도 아니거니와, 오히려 새로운 갈등의 불씨도 될 수가 있으니 백산 산생님의 일은 못 들은 것으로 하고 일체 신경을 쓰지 말아 주셨으면 좋겠습니다. 이미 역사 속으로 사라져 간 해묵은 과거사의 일을 일부러 들추어낸다고 한들 우리의 장래에 무슨 도움이 되겠습니까?"

이렇게 전제한 중산은 보다 분명하고 강경한 어조로 다시금 자신의 의지를 확고하게 드러내는 것이다.

"삼촌, 저의 소신은 이렇습니다! 박철 사교님의 문제에 대해서는 일일이 맞대응을 할 것 없이 그분의 가슴에 상처를 안겨 준 우리 쪽에서 스스로 어두운 과거사에 대한 책임 의식을 가지고 응분의 노력을 다 한다면 저절로 해소될 일이라고 말입니다. 게다가, 이번의 '유림단 사건'으로 아버님께서 경찰에 체포된 사실을 알게 된다면 박철 사교께서도 우리의 복벽주의 독립운동을 저지하려고 우리를 친일 지주 세력으로 몰아 갈 명분이 앞으로는 없어지게 되지 않겠습니까? 그러니 아무런 부담감도 갖지 마시고 저의 소청을 들어 주셨으면 좋겠습니다."

"조카님의 생각이 진정으로 그러하다면 내가 더 이상 버틴다 한들, 아무런 소용도 없을 것 같군 그래!"

중산이 제기하는 논리적인 주장에 더 이상 할 말이 없어진 청관 스님은 이렇게 일단 자신의 생각을 접고 만다. 그러나 그러고 나서 그 대신 복벽주의를 비롯한 여러 계파의 독립군 부대들이 속속 창단되고 있는 만주 쪽의 사정을 자기가 알고 있는 한도 내에서 필요 이상으로 자세하게 설명해 주는 것이었다.

"조카님의 말대로 요새 〈대한정의단〉에서 신규 단원들을 대거 모집하고 있는 것은 사실인 모양이네. 하지만 공화주의를 표방하는 독립단체만 있는 것은 결코 아니라는 사실도 알고 있어야 할 것이네. 한일병탄 이전부터 만주와 노령 일대에 진출해 있던 각계각층의 애국지사들이 3·1만세운동 이후로 끊임없이 밀려드는 국내의 동포들을 맞이하여 여러 가지 이념을 추구하는 독립운동 단체들을 앞 다투어 속속 결성하고 있다고 하니 말일세!"

청관 스님의 말처럼, 그 무렵 만주와 노령 지역에서는 3·1운동의 여파로 수십만에 달하는 동포들이 밀려들면서 각양각색의 여러 독립운동 단체들이 우후죽순처럼 속속 생겨나고 있었다.

만주의 길림성 왕청현(王淸縣) 봉오동(鳳梧洞)에 근거지를 두고 지난날의 의병들과 노령의 농민 · 노동자들을 규합하여 조직한 홍범도의 〈대한독립군(大韓獨立軍)〉이, 그것이요, 국운이 기우는 것을 보고 일찍이 만주로 건너가 왕청현에서 중국의 순경국장으로 근무하였던 최진동이 이봉남 · 이원 등과 함께 왕청현 봉의동(鳳義洞)에서 조직한 〈군무도독부(軍務都督府)〉와, 대한제국의 육군 진위대 출신으로 한일합방과 함께 중국에 망명해 있던 안무가 조직한 〈국민회군(國民會軍)〉이 바로 그것이었다.

그리고 이흥수 중심의 〈대한신민단(大韓新民團)〉, 혼춘현(琿春縣)에 본영을 둔 황병길 · 이광택 중심의 〈한민회군(韓民會軍)〉, 왕청현(王淸縣) 춘화향(春華鄕)에서 김연군 · 방우룡 · 김종헌 등의 천주교인이 중심이 되어 조직한 〈의민단(義民團)〉, 연길현(延吉縣) 명월구(明月溝)에서 이범윤 · 진학신 · 김청봉 · 최우익 · 김현규 등이 조직한 〈의

군부(義軍府)〉, 그 밖에도 한말에 의병운동을 전개했던 이동주 · 조동식 · 이규 · 강희 등이 대한제국 때의 구한국 군인들을 규합하여 안도현(安圖縣) 내도산(內島山)에서 조직한 〈대한정의군정사(大韓正義軍政司)〉도 있었다.

또, 동학의 한 교파인 북만주의 청림교(青林教) 교도들이 주축이 되어 조직한 〈야단(野團)〉에다, 조인관을 비롯하여 정삼승 · 김동준 등이 무장 독립운동을 목적으로 장백현(長白縣)과 임강현(臨江縣)을 중심으로 조직한 〈태극단(太極團)〉을 비롯하여, 서간도의 무장 항일 운동 단체로서 조직되었다가 3·1운동과 함께 〈서로군정서(西路軍政署)〉로 개편된 〈군정부(軍政府)〉며, 노령 블라디보스독에서 김규면, 한광택, 최상진, 이존수, 김덕보 등이 조직한 〈대한신민단(大韓新民團)〉 등, 수십 개에 달하고 있었다.

그런데 이들 중에서도 만주의 대종교 신도들은 3·1운동을 계기로 기존의 〈중광단(重光團)〉을 기반으로 하여 동삼성(東三省)의 〈한인공교회(韓人孔教會)〉 등의 다른 종교 신도들과 합작하여 보다 전투적인 독립운동을 펼치기 위하여 비밀결사 단체로 확대 개편하여 조직한 것이 바로 〈대한정의단(大韓正義團)〉이었는데, 단장은 대종교의 영선(靈選)인 서일이 맡고 있었으며, 1만5천 명이나 되는 대종교 신도들을 단원과 지원 인력으로 거느리고 있을 정도로 그 규모도 대단하였다.

그런데 이들 독립운동 단체들의 이념적인 노선은 크게 세 갈래로 분류할 수가 있었는데, 위정척사파의 유림 출신 의병장들이 중심이 되어 조선 왕조를 재건하여 전제군주 정부를 건설하려는 복벽주의 계열을 비롯하여, 진보적인 유학자들과 신학(新學)을 학습하고 일정한 경제력을 지닌 인사들이 주축이 되어 왕권을 되찾아 그것을 바탕으로 민주적인 입헌군주 정부를 건설하려는 독립협회 계열과, 대종교를 중심으로 각계각층의 유력 인사들이 연합하여 민주 정부를 건설하려는 공화주의 계열의 항일 독립운동 단체들이 바로 그것이었다.

이들 중에서 중산이 〈대한정의단〉을 특히 주목하고 있는 것은 박철 사교처럼 지난날 국내의 〈광복단〉 활동하면서 복벽주의를 지향하던 〈풍기광복단〉 시절의 유림계 인사들과, 〈국권 회복단〉과 각 지역에서 독자적으로 활동하던 항일 운동가들이 대거 참여하여 〈광복단〉으로 확대 개편되면서 계파간의 갈등을 겪다가 단원의 밀고로 주요 인사들이 대거 검거되면서 와해된 뒤로 중국으로 건너간 공화주의 계열의 인사들이 대거 참여하였던 〈중광단〉을 기반으로 하고 있기 때문이었다.

그들이 참여하였던 〈풍기광복단〉은 상주 출신의 극오 채기중, 괴산의 정운홍, 예천의 정진화를 비롯하여, 을미사변 때 문경에서 의병을 일으킨 후 1907년 의병장들이 모인 13도창의대진소 성립에 참여하여 호서창의대장이 된 이강년 의진에서 활동하였던 봉화의 강순필과 홍주 의병의 거장인 민종식 의진에서 활동하였던 천안의 유창순과 한훈에다, 후기 의병기에 전북에서 활동했던 청양의 유장렬 등이 바로 그 핵심 인물들로서, 창단 당시에는 참가자 대부분이 유학(儒學)을 익힌 위정척사 의식이 뚜렷한 의병 출신의 지식인들이라 복벽주의 색채가 뚜렷하였던 것이다.

그리고 각지의 의병 출신 인사들이 풍기에서 그러한 비밀결사 단체를 조직하게 된 까닭은 그곳이 복벽주의 정서가 깊은 유교적인 선비의 고장인데다, 한반도 중앙에 위치하여 8도 출입이 용이하고, 내륙 깊은 곳이라 의병들이 은거하여 활동하기에 안성맞춤이었기 때문이다.

그런데 여기에 헤이그 밀사사건으로 인하여 고종황제가 강제로 퇴위당하고, 군대가 해산되었을 때, 연합 의병부대를 이끌었던 허위의 제자로서 유림 혁신 인사인 대구의 박상진, 서상일과 칠곡의 윤한병, 부산의 안희제 등, 〈국권회복단〉 인사들이 대거 참여하면서 〈대한광복회〉로 통합된 후로 민주 공화제로 자리를 잡아 가는 과정에서 복벽주의 계열과 내부적인 격렬한 노선투쟁을 벌이기도 하였으며, 1918년 초에 전국의 조직망이 발각되어 주요 인사가 검거됨으로써 해체하게 될 때는 마침내 잔존 인사들마저도 계파 간에 서로 갈라서는 결과를 빚고 말았던 것이다.

청관 스님은 그러한 계파간의 갈등에 대해서도 이미 얘기를 들어서 잘 알고 있는 듯, 심히 걱정스러운 얼굴로 중산에게 묻는다.

"그런데 팔송 이모님 집에 피신시켜 둔 하인들을 〈대한정의단〉에 입단시켰다는 사실을 용화당의 큰어머님과 장형님께서 아시게 된다면 좋아하실 리가 만무할 터인데, 어찌하려고 그러는가? 내 생각으로는 암만해도 그 하인들을 만주로 보낼 바에는 마음 고생할 것 없이 복벽주의 노선의 독립군에 들어갈 수 있도록 길을 열어 주는 것이 암만해도 좋을 것 같은데…."

"글쎄요, 저희들이 남몰래 지원하였던 〈풍기광복단〉이 일제의 검거 선풍으로 와해되면서 잔존 인사들마저도 계열별로 흩어져 만주로 건너가서 대부분 〈대한정의단〉의 전신인 중광단에 들어간 뒤로 복벽주의 독립군 단체가 새로 창설되었다는 얘기는 아직 들어본 바가 없는데, 왜 자꾸 그러십니까?"

"그것은 조카님께서 잘 몰라서 하는 말일세! 3·1만세운동이 일어난 이후로 만주에서는 각종 독립군 부대가 속속 창설되고 있고, 그 중에는 왕정복고를 목표로 창설된 〈대한독립단〉이라는 독립단체도 최근에 만주에서 결성되었다고 들었네!"

청관 스님이 말하는 〈대한독립단(大韓獨立團)〉은 개항 이후로 개화 정책에 반대하는 상소를 올리고 의병을 일으키는 등, 조선 왕조에 충성을 다하다가 한일병탄과 함께 자신이 지휘하던 의병부대를 이끌고 만주로 건너가 서간도 각 지역에 산재하여 제각기 독립운동을 펼치고 있던 보약사(保約社), 향약계(鄕約契), 농무계(農務契), 포수단(砲手團) 등의 독립운동 단체를 이끌고 있던 박장호 · 백삼규 · 조병준 · 전덕원 · 윤세복 · 차도선 · 김평식 · 강세헌 · 김일 · 안병찬 등의 위정척사파 인사들이 바로 그 주역들이었다.

〈대한독립단〉의 도총재는 한말에 개화정책에 반대하여 유인석 · 홍재학 등과 함께 여러 차례 상소하여 일제의 침략을 규탄하고, 을사조약이 강제로 체결되자 홍천(洪川)에서 의병을 일으켰던 관동 의병대장 출신의 박장호가 맡고 있었으며, 을미사변 후 제천에서 거병한 유인석의 영향을 받아 고향인 평안북도 태천에서 의병을 일으켰던 백삼규가 부총재를 맡고 있었다. 그리고 을사조약이 체결되자 유생들과 함께 대한13도유약소를 설치하고 을사5적을 참형에 처할 것을 주장하며 상소를 올렸으나 뜻을 이루지 못하자 홍범도 · 박정빈 · 우병렬 · 이진룡 등과 함께 의병을 일으켜 황해도 평산, 계정과 예성강 연안 일대에서 유격전을 벌이다가 남만주로 망명한 조맹선이 총단장을 맡고 있었다.

그 밖에 평안북도 용천 출신으로 한말의 위정척사론과 의병항쟁의 사상적 기초를 다져 놓았던 화서 이항로의 문인으로 을미사변 때 제천에서 거병한 후 만주로 건너가 〈보약사〉를 창설하였던 제천 의병대장 출신인 스승 유인석과 함께 을사늑약 때 평안북도 강계에서 의병을 일으켰다가 평양에서 붙잡혀 15년의 선고를 받고 황주에 유배된 후 풀려나 만주로 건너가서 관전현(寬甸縣)과 환인현(桓仁縣) 일대에서 조맹선 · 박장호 · 백삼규 · 조병준 등과 함께 재만 동포들의 자치기구인 〈농무계(農務契)〉 · 〈향약계(鄕約契)〉 조직에 참여하였던 전덕원이 군사부장을, 을미사변 때 평안북도 창성에서 산포수를 모집하여 의병을 일으켜 창성에서 일본군과 싸우다 붙잡혀 2년간 복역한 후 고종의 특사로 석방되었다가 한일합병 뒤 다시 의병을 일으켜 창성 헌병대를 습격하는 등 대일항전을 벌이다가 만주로 망명하여 유하현(柳河縣) 삼원보(三源堡) 추가가(鄒家街) 지역에서 박장호 · 백삼규 · 전덕원 등과 함께 대동향약(大東鄕約)인 〈농무계〉와 〈향약계〉를 조직하는데 참여하였던 김평식이 총무부장을, 그리고 재무부장에 강세헌, 서무에 김일, 그 밖에 평안북도 의주 출생으로 을사조약 때 법부(法部) 주사로 있으면서 을사오적을 처단할 것과 나라를 바로잡을 것을 국왕에게 상소했으나 오히려 친일 내각에 위해 경찰에 구속된 바 있고, 한일 합방 직전에 친일 단체인 〈일진회(一進會)〉의 원흉인 이용구와 송병준 등을 대역미수(大逆未遂) 국권괴손죄(國權壞損罪)로 경성지방재판소에 고소하였으며, 같은 해 10월 26일에 하얼빈에서 안중근 의사의 의거가 있자 변호사 자격으로 변호를 담당하기 위해 여순(旅順) 법정으로 달려갔으나 일제 관선변호인만 인정하는 일제의 저지로 뜻을 이루지 못하였고 1911년 9월에 조선총독부의 데라우치(寺內正毅) 총독 암살 음모사건에 가담한 혐의로 붙잡혀 고통을 당하였던 안병찬이 고문을 맡고 있었다.

이러한 행적들을 미루어 짐작할 수 있듯이, 그들 대부분은 한일합방을 전후하여 각지에서 거병하였던 의병장들로서 철저하게 조선 왕조에 충성을 다하려는 복벽주의적 성격이 아주 강한 위정척사 계열의 유학자 출신들이었다.

그들은 3·1운동이 일어난 이후로 만주로 건너오는 동포들의 수가 수십만에 달하는 것을 보고, 거기에 고무되어 서간도 각지에 산재해 있던 왕년의 의병대장들을 비롯한 560여 명의 유력 인사들이 모인 가운데 각자가 따로 운영하고 있던 각종 단체들을 해체하고 의병식 무장 항일투쟁을 전개하기 위하여 요령성(遼寧省) · 길림성(吉林省) · 흑룡강성(黑龍江省) 등, 중국의 동삼성(東三省)의 동포들을 규합하여 의병식 무장 항일투쟁을 대대적으로 전개하기 위하여 단일 기구인 〈대한독립단〉을 서둘러 창설하였던 것이다.

하지만 만주에서 최근에 결성되었다는 〈대한독립단〉의 존재를 그 쪽의 사정에 어두운 중산이 알고 있을 턱이 없었다.

"제가 우리 집 하인들을 왜 굳이 우리와 이념이 다른 〈대한정의단〉에 입단시켜 주시기를 부탁드리는가 하면 〈대한독립단〉의 얘기는 금시초문이려니와, 대종교 밀양지사의 을강 전홍표 사교라는 분으로부터 〈대한정의단〉에 관한 얘기를 오래 전부터 듣고 있었기 때문이지요!"

"아니, 그렇다면 조카님도 을강 전홍표 선생을 알고 있었다는 말인가?"

"예, 그렇습니다! 그리고 제 절친 중에 읍내 향청껄에서 혜민당 한의원을 운영하고 계시는 우리 죽명 숙부님의 주선으로 일본 유학을 하고 돌아와 읍내에서 〈민중의원〉을 개업한 운사 손태준이라는 예림서원 경학원 시절의 문우가 있는데, 그 친구가 죽명 숙부님과 함께 밀양읍 교회에 다니고 있지요. 그 바람에 그 친구가 대종교와 불교계 청년들과 함께 그 교회의 기독교 청년 회원들이 대거 가담하고 있는 〈밀양청년독립단〉의 후원자 역할을 하고 있었기 때문에 제가 그 단체의 지도자이신 을강 선생과 인연이 닿아서 약소하나마 항일 운동 지원금까지 보태게 된 것이고요!"

"나도 조카님이 말하는 그 밀양 손씨 집안의 친구에게 민중의원을 개업할 수 있도록 길을 열어 준 분이 향청껄의 죽명 형님이라는 사실은 이번에 필운 선생으로부터 얘기를 듣고서야 알게 되었네. 그렇지만, 중산 조카님이 대종교의 사교이신 을강 선생과 그렇게 밀접하게 선이 닿아 있는 줄은 전혀 예상치 못했는걸!"

"하지만 삼촌께서도 이제는 제가 왜 굳이 우리 하인들을 〈대한정의단〉에 입단시키고자 하는지, 그 까닭을 아셨으니 저의 부탁을 물리치지 마시고 꼭 들어 주시면 좋겠습니다."

"어쨌든 조카님의 뜻을 이해하게 되었으니 더 이상 숨은 저의가 있다고 생각지는 않겠네. 그러니 하인들의 문제에 대해서는 내가 책임지고 주선해 볼 테니 조카님은 너무 걱정하지 말게나."

일단, 거부 의사를 접은 청관 스님은 그것만으로는 그래도 부족했는지 정색을 하고 중산에게 다시 묻는 것이다.

"그런데 조카님! 대갓집에서 하찮은 존재로 여기기 마련인 하인들의 거취 문제에 대해서 왜 그리도 각별하게 신경을 쓰는지 그 까닭을 말해 줄 수는 없겠는가? 내가 짐작하기로는 마무래도 그만한 곡절이 있는 것 같은데…."

"대대로 우리 집에서 하인 노릇을 하고 살아 온 식솔들로서 저의 뜻을 받들어 만세운동에 참가한 사람들인데, 어찌 그들의 앞길에 대해 각별히 신경을 쓰지 않을 수가 있겠습니까?"

그러면서 중산은 청관 스님의 이해를 돕기 위하여 지난해 단옷날 〈감내게줄당기기〉 구경을 하려고 감내 장터에 갔다가 일반 민초들이 보는 앞에서 대종교 신의주 지사의 최응삼 사교로부터 공개적으로 봉변을 당했던 일을 비로소 털어놓는다.

"이제사 드리는 말씀이지만, 사실은 지난 해 단오절에 삼촌을 만나러 무봉사에 갔다가 허탕을 치고 돌아오는 길에 감내 장터에 들러 〈감내게줄당기기〉 구경을 하게 되었지요. 그러던 중에 수많은 민초들이 보는 앞에서 우국지사로 보이는 양복 차림의 한 사내로부터 대대로 부귀영화를 누리다가 나라를 말아 먹은 황실 척족 세력들이 지금도 호의호식을 하면서 떵떵거리고 살고 있다고 떠들어대는 바람에 크게 봉변을 당한 일이 있었던 것이지요. 졸지에 그런 일을 겪고 나서 크게 깨달은 바가 있어서 그 사람을 데리고 근처 객줏집으로 가서 대작을 하면서 통성명을 하게 되었는데, 자기는 신의주에서 온 황상태라는 미곡상이라고 하였지만, 나중에 알고 보니 사실은 대종교 신의주 지사의 최응삼 사교라는 사람이었지 뭡니까."

"이보시게, 그게 정말인가? 대종교 신의주 지사의 최응삼 사교라고 하면 이번에 〈대한정의단〉으로 개편된 〈중광단〉의 국내 연락 거점인 〈반도상회〉를 운영하고 있는 분으로 나도 잘 알고 있는 사람일세! 지난번에 백산 외종숙님과 함께 만주를 다녀오는 길에 여러 날 묵으면서 신세를 졌던 곳이 바로 그 사람의 집이었거든! 그런데, 그 양반이 수많은 사람들이 보는 앞에서 그런 낯 뜨거운 언사로 조카님을 능멸을 하였다는 말인가?"

아연 실색을 하면서 되묻는 청관 스님의 얼굴이 갑자기 시뻘겋게 달아오르면서 목덜미에서는 시퍼런 핏줄마저 꿈틀거리고 있었다.

"삼촌! 우리끼리 하는 말이지만, 그 양반이 한 말이 전적으로 틀린 것은 아니질 않습니까?"

중산은 그런 청관 스님이 오히려 이상스럽다는 듯이 정색을 하고 반문을 한다.

"이건 틀리고 옳고의 문제가 아니란 말일세! 같은 말이라도 '아' 다르고 '어' 다른 법인데 많은 대중들이 보는 앞에서 남의 집 귀공자를 앞에 두고 그런 망발을 떠벌리다니, 그것이 어디 대종교의 사교라는 자가 할 짓이란 말인가? 모르긴 해도, 그 양반이 그렇게 한 데에는 다 그럴 만한 까닭이 있을 게야! 그 내막에 대해서는 앞으로 내가 자세히 알아볼 터이지만, 우선 그분들을 대신하여 내가 이 자리에서 정중하게 사과부터 하는 게 순리일 것 같네!"

청관 스님이 최응삼 사교를 두고 '그분들'이라고 지칭하며 사과부터 하는 것을 보면, 그가 중산에게 한 짓이 박철 사교 때문에 일어난 일일지도 모른다는 생각이 든 게 분명해 보였다.

"삼촌, 갑자기 왜 이러십니까? 제발 고정하십시오! 삼촌께서 이러시면 앞으로 제가 어떻게 기탄없이 속을 다 털어놓고 우리의 장래를 함께 도모해 나갈 수 있겠습니까? 따지고 보면 제가 현 시국과 우리가 처해 있는 오늘의 현실에 대하여 직시할 수 있게 된 것도 전부 저에게 공개적으로 망신을 준 그분의 공로임을 아셔야 합니다. 그날, 최응삼 사교와 대작을 하면서 여러 가지 시국담을 나누며 유익한 시간을 가졌고, 또 〈게줄당기기〉 놀이 구경을 하면서 그때까지 대수롭지 않게 여겼던 민중들의 불기둥 같은 무서운 힘을 느끼면서 크게 깨달은 바가 있었던 것도 사실이니까요! 그런 것을 감안하면, 그 양반에게 봉물을 싸들고 가서 정중하게 치사라도 하고 싶은 것이 솔직한 저의 심정이기에 드리는 말씀입니다."

중산은 청관 스님이 그렇게 민감하게 받아들이는 까닭을 모르지 않았기 때문에 극구 만류하였으나 그의 격앙된 마음은 쉽게 사그라질 기색이 아니었다.

"글쎄, 그것은 어디까지나 조카님의 생각일 뿐이고, 그런다고 해서 그 양반을 그렇게 만든 게 분명한 외종숙님의 허물이 어찌 없어질 수가 있겠는가? 그리고 이제 보니 조카님이 왜놈 헌병들한테 쫓기는 문중 하인들을 왜 왕정복고를 반대하는 공화주의 계열의 〈대한정의단〉에 굳이 입단시키려고 하는지 그 까닭을 알 것 같구먼!"

"삼촌, 왜 자꾸 저를 권모술수에 능한 편협한 소인배로 몰아가시려고 하십니까? 불자이신 삼촌께서 자꾸 이러시면 저로서도 부담이 되어 우리 하인들의 문제를 더 이상 삼촌께 부탁드릴 수가 없게 되지 않겠습니까? 그러니 비록 마음이 편치 않으시더라도 저의 입장을 생각하시어 제발 고정해 주시면 좋겠습니다."

"조카님께서 그렇게 생각한다면 그 일에 대해서는 나도 더 이상 왈가왈부하지 않겠네. 하지만 우리 외종숙님과 그 양반이 앞으로 또 어떻게 나올지는 아직도 알 수 없는 일이니 조카님도 결코 방심해서는 아니 될 것이네! 그리고 나도 두 번 다시 그런 불상사가 일어나지 않도록 앞으로 각별히 신경을 쓸 테니, 외종숙의 일에 대한 얘기는 이쯤에서 그만 접기로 하세!"

청관 스님은 중산의 태도가 너무도 완강했으므로 한 걸음 후퇴하여 일단 자신의 생각을 접고 만다. 그렇게 얘기를 나누고 있는 사이에 어느덧 멀리서 첫닭 우는 소리가 들려오고 있었다.

"조카님, 그 밖에 나한테 부탁하고 싶은 또 다른 얘기는 없는가?"

날이 샐 조짐을 보이자 청관 스님의 마음이 갑자기 바빠진다.

"하고 싶은 얘기가 태산 같은데, 왜 없겠습니까? 저에게는 네 명의 아우와 한 명의 여동생이 있는데, 제 바로 아래의 초암 아우는 혼인을 하여 이곳 동산이에 분가하여 살고 있고, 그 아래의 청암 문식과 송암 창식이라는 두 아우는 동래 객사로 내려가 그곳 향교에서 한학 공부를 하다가 작년에 동래고보에 뒤늦게 편입학을 하여 지금 2학년과 3학년에 각각 재학 중이지요. 그런데 얘기를 듣자 하니, 3학년에 재학 중인 청암 아우가 〈성운〉이라는 부산 지역의 종교연합 학생운동 단체에 가담하여 활동하고 있는 모양인데, 범어사에서 주관한 지난번의 동래시장 만세운동에도 가담하였다는 얘기를 들었습니다."

"아니, 조카님의 손아래 아우가 〈성운〉에서 활동하고 있다고?"

"예, 그렇습니다!"

"이보시게! 그렇다면 왜 진작 그 사실을 나한테 알려 주지 않았는가?"

청관 스님은 그게 중산의 잘못이라도 되는 듯이 크게 아쉬움을 나타낸다.

"삼촌! 삼촌께서 동에 번쩍 서에 번쩍 동분서주 하시는 바람에 만나 뵙기가 그토록 어려웠는데, 어디 연락을 드릴 방도가 있어야 말이지요!"

"하기야 따지고 보면 내 불찰이 큰데 누구를 탓하겠나? 그런데 일이 그렇게 되었다면 혹시 청암 조카도 〈성운〉 소속 대종교계 학생들의 뒤를 봐 주고 계시는 백산 외종숙님을 알고 있을지도 모르겠구먼!"

그런 경황 속에서도 청관 스님의 예리한 직관은 어느 새 백철 사교 쪽으로 곧장 뻗어 가고 있었다.

"저도 그럴 거라는 생각을 하고 있었습니다. 어쨌든 삼촌께서도 늦게나마 그 사실을 아셨으니 언제 기회가 생기게 되면 그 아이도 한번 만나봐 주셨으면 좋겠습니다."

중산의 뜻을 어떻게 받아들였는지, 청관 스님도 아무런 부담감 없이 흔쾌히 승낙한다.

"알았네! 동래고보 3학년이라고 했는가? 조만간에 내 기필코 청암 문식 조카를 학교로 찾아가서 한번 만나 보도록 하겠네! 그리고 앞으로 나한테 연락할 일이 있으면 팔송 이모님한테 부탁하면 나한테 곧장 전해질 걸세. 자, 그러면 나는 이만 일어나야 할 것 같네!"

말을 마치고 서둘러 자리에서 일어난 청관 스님은 들고 왔던 군용 위의를 머리 위로부터 바쁘게 껴입고 그 위에 벙거지를 눌러 쓴다.

"아니, 벌써 떠나시려고요?"

"이런 때일수록 운신에 조심을 해야지! 집안 식솔들의 많은 이목이 있으니 기침을 하기 전에 내가 먼저 떠나가야 뒤탈이 없지 않겠나?"

"지금 가고자 하시는 행선지가 어디인지 여쭤봐도 되겠습니까?"

"지금은 뱃길이 끊겼으니 아무래도 내가 아는 이 근처에 있는 암자에 은신해 있다가 배편으로 구포까지 가서 만덕고개를 넘어야 할 것 같네!"

"그러시다면 제가 그 암자까지 함께 말을 타고 모셔다 드리지요!"

"아니, 그럴 것 없네! 나는 지름길을 택하여 밤길을 가는 데는 아주 이력이 붙은 사람일세."

"그렇게 해도 되겠습니까?"

되묻는 중산의 머릿속에 청관 스님은 축지술을 부려서 하루에도 수백리 길을 갈 수 있다고 자랑하던 그의 상좌 송아의 말이 편뜻 스치고 지나간다.

"글쎄, 괜찮다니까! 지금 나가는 대로 바로 큰어머님께 하직 인사를 올리고 뒷산을 타고 넘어갈까 하네. 그런데 뒷산을 넘어가는 길에 사당에 들러서 아버님과 여러 조상님들께 헌향 인사를 올리고 가야 도리일 것 같은데, 나를 그곳으로 안내해 줄 수 있겠는가?"

"예! 그렇잖아도 삼촌께서 응당 그리하실 줄을 알고 이미 사당으로 안내해 드릴 생각을 하고 있었습니다!"

그리하여 용화 부인께 하직 인사를 한 청관 스님은 중산의 안내로 사당에 들러 향불을 피우고 여러 조상님들께 인사를 올리고는 중산의 아쉬운 배웅을 받으며 전광석화처럼 사당 담장 밖으로 몸을 날려 어둠 속으로 사라져 갔다.

제5장

떠오르는 지평선(地平線)

◇ 꿈꾸는 포구(浦口)

◇ 마부의 아들

◇ 꿈꾸는 포구浦口

동래부 서쪽의 낙동강 가에 위치한 구포(龜浦)는 조선시대 낙동강 삼대 포구 중의 하나로서 나라에 바치는 전세(田稅)와 공물세(貢物稅)로 징수한 대동미(大同米) 등을 저장하여 조운(漕運)을 통하여 한양으로 수송하는 일을 맡아 보는 감동포(甘同浦) 조창이 있던 지역이었다. 남창(南倉)으로 지칭되었던 이곳 조창은 경상도 각 지역에서 수송된 수천 석의 군수미를 비롯하여 사인(射人) · 포수(砲手) 등의 급료미(給料米)와 포목을 비롯한 각종 군수품들을 보관하여 동래부 산하의 부산진, 절영도진, 다대포진 등, 각 군사 진영에 공급하는 군수기지 역할을 담당하기도 하였다.

그와 함께 농산물과 수산물의 교류지 역할까지 수행하기도 하였는데, 그래서 감동포 남창 일대의 갯가에는 일찍이 정미업이며 국수 제조업, 수산물 가공업과 같은 농수산물 관련 산업이 발달하면서 저자거리가 형성되었으며, 그 결과 수백, 수천 호나 되는 부민(富民)과 호상(豪商)들이 거주할 정도로 경제적인 호황을 누리기도 하였다.

한일합방이 되면서 조운 제도는 이미 사라졌지만, 오랜 세월에 걸쳐서 수륙 교통의 요충지로서, 그리고 김해평야의 풍부한 농산물과 남해 바다에서 건져 올린 각종 수산물의 교류지로서 누렸던 구포의 경제적인 풍요와 명성이 하루아침에 사라질 리는 만무하였다. 비록 조선 경제 침탈의 야욕을 품은 일제에 의해 일찍이 부산항이 개항되고, 경부선의 철도 부설에 이어 부산과 시모노세키 간을 운항하는 관부연락선까지 취항시키고 나서 식민지 통치의 효율성을 높이기 위해 지난 1914년에 전국적인 행정 구역의 개편을 단행할 때, 동래부가 부산부와 동래군으로 분할되면서 동래군 구포면으로 그 위상은 낮아지고 말았지만, 낙동강 뱃길과 경부선 철도가 맞닿게 된 구포역을 중심으로 근대 상공업이 발달하면서 지금도 지난날의 명성은 그대로 유지되고 있었다.

그런 변화와 함께 감동포 조창 지역에 자리 잡았던 저자거리도 자연히 구포역 주변으로 옮겨져 번성하게 되었다. 그래서 구포역 일대의 저자거리에는 지난 3월 29일에 있었던 만세 시위로 일제의 무지비한 검거 선풍을 한바탕 호되게 겪었음에도 불구하고 농사철을 앞둔 장날을 맞이하여 언제 그런 일이 있었냐는 듯이 오늘도 여느 대목 장날과 진배없이 아침 초장부터 원근 각지에서 몰려온 온갖 장사치들과 장꾼들로 북적거리고 있는 것이다.

역사 앞마당 쪽에서 뻗어 나간 저자 거리를 하얗게 뒤덮은 전 휘장 밑에서는 벌써부터 흰색 나들이옷을 차려입은 조선인 일색인 장꾼들로 넘실거리고 있었으며, 평일에는 동네 늙은이들의 쉼터로 이용되는 저쪽 언덕배기의 유서 깊은 서낭당 당산나무 앞의 비탈길에도 촘촘하게 쳐놓은 전 휘장들 밑으로 좌판을 벌여놓은 뜨내기 봇짐장수들의 난전이 길게 자리잡고 있었다.

그런가 하면, 옹기전 앞의 널찍한 공터에서는 신파조 왜색 가요의 나팔 소리가 요란한 가운데, 경기도 고양군 고현리에 조선 현지 공장을 둔 일본 다이쇼[大正] 제약회사의 신약 광고 순회 공연단의 전용 대형 화물 자동차가 선전 문구가 현란하게 새겨진 플래카드를 달고 서 있었다. 그리고 〈신궁(神宮)〉이란 유랑 기예단의 깃발들이 일렬로 늘어서서 펄럭이는 공터 한가운데의 널따란 공연장 멍석 위에서는 구경꾼들이 겹겹이 에워싼 가운데 풍물 장단에 맞춘 조선인 풍각쟁이들의 열두 발 상모 돌리기가 한창이었다.

온 장터가 이렇게 아침부터 들썩이는 가운데 멀리서 기적 소리가 들리더니 이윽고 밤을 새워 달려온 부산행 완행열차가 구름 같은 증기를 내뿜으며 부산항을 통하여 일본으로 싣고 갈 벼 가마니들이 태산처럼 쌓여 있는 화물 야적장 건너편의 플랫폼에 서서히 와 닿았다. 그리고 승강구 문이 열리기가 바쁘게 장에 내다 팔 각종 가축과 곡식 자루들을 이고 진 장사치들과 장바구니를 든 장꾼들을 비롯하여 나들이옷을 차려입은 일반 승객들까지 뒤섞인 온갖 인간 군상들이 기차에서 내려 피난민들처럼 역사 밖으로 쏟아져 나오기 시작하였다.

그와는 별도로, 미곡 저장 창고와 옛날의 객줏집들이 아직도 즐비하게 남아 있는 강가의 감동포 선착장에서는 또 그쪽대로 낙동강 뱃길을 타고 남해 쪽에서 올라온 고깃배와 상선이며 창녕, 수산, 밀양을 비롯한 영남 내륙 지방의 장꾼들을 싣고 낙동강을 타고 내려온 황포돛배가 잇따라 와 닿으면서 각종 어물 상자와 농산물들을 이고 진 상인들이며 장꾼들이 잡초가 무성하게 자라난 제방 길을 타고 개미 떼처럼 하얗게 몰려오고 있었다.

'갈 때나 올 때나 온통 사람의 천지로군!'

왁자지껄하게 떠들어대는 승객들 틈에 섞여서 역사 밖으로 밀려 나온 청관 스님은 잠시 걸음을 멈추고 깊숙이 눌러 쓰고 있던 벙거지 끝을 들어 올리며 아침 댓바람부터 대목 장날처럼 북적거리고 있는 역전 일대의 활기 넘치는 장날 풍경을 유심히 둘러본다. 〈신궁〉 기예단의 공연장 주변에 겹겹이 에워싼 구경꾼들 뒤에서 엿판을 목에 걸고 요란하게 가위질을 하고 돌아다니는 엿장수며, 해장국 식당 앞에 줄을 서서 늘어진 구포 장타령으로 때늦은 아침 끼니 구걸을 하는 거지 떼에다, 숫자판을 돌리면서 엉덩이춤과 함께 노래를 신나게 불러 젖히는 야바위꾼들 하며….

청관 스님은 수상한 사람이 없나 하고 각양각색의 온갖 인간 군상들로 북적거리는 역사 앞마당을 감회에 젖은 얼굴로 한참 동안 눈여겨 둘러보고는 무엇에 쫓긴 듯이 바쁜 걸음을 친다. 지난 3월 13일에 백양산 너머 동래 장터에서 있었던 동래고보 학생들의 만세시위를 비롯하여, 18일과 19일에 걸쳐 있었던 범어사의 명정학교와 지방학림 학생들의 동래시장 만세시위에 이어 29일의 이곳 구포 장날의 만세시위 등, 동래군 관내에서 연이어 벌어졌던 항일 독립운동의 기운이 아직도 곳곳에 흔연히 감돌고 있는 듯하였다. 그리고 인파로 넘실거리는 온 구포역전의 장터거리가 이제도 비상하는 새떼들의 무수한 날갯짓마냥 눈이 어지롭도록 펄럭이던 태극기의 물결이 그때처럼 온 장터거리를 뒤덮고 있는 듯하였고, 목이 터져라 대한독립 만세를 외쳐대던 그때의 뜨거운 함성들이 어느 새 환청이 되어 석탄일 봉축 대제 때의 범패송이나 되는 듯이 그의 머리 속에서 장엄하게 울려 퍼지고 있었다.

만세운동 때의 감격도 감격이지만, 사람이 많다는 것은 신분의 노출에 적잖이 신경에 써야 하는 그로서는 고마운 일이 아닐 수 없었다. 사실, 이곳 구포는 낙동강 감동포 남창으로 번창하였던 지난 시절과 다름없이 지금도 배와 기차를 타고 온 각종 장사치들과 나그네들로 사시사철 북적대는 곳이라, 일제 군경의 검거 선풍을 한바탕 호되게 겪고서도 이렇게 단기간에 본래의 활기를 되찾아 들썩인다고 해서 하등 이상할 것은 없었다.

한일 수호조약으로 개항된 부산항이 근대적인 국제 무역항으로 정비되고, 경부선 철도의 개통에 이어 부산과 시모노세키 간을 운항하는 관부연락선의 취항까지 이루어지게 되면서 일본 자본과 일본 상공인들의 차지가 되어 버린 개항지 부산항과는 달리, 이곳 구포는 농수산물의 생산과 물류 교류 단지로서 정미업과 제분업이 발달하여 조선인 중심의 근대 상공업 발달 지역으로 거듭나게 된 곳이라, 급속히 형성된 민족자본과 민족정신의 결집으로 인하여 항일 의식과 국권 회복에 대한 열망이 그 어느 곳보다 강하게 꿈틀거리게 된 곳이기도 하였다.

일찍이 보성전문에 입학했다가 양정의숙에 전학하여 졸업한 경남 의령 출신의 백산 안희제 선생이 1907년 8월에 조선 통감부에 의해 대한제국의 군대가 해산되는 것을 보고 국권 수호를 위한 인재 양성을 위하여 낙동강 뱃길과 경부선 철도가 맞닿는 이곳 구포에 구명학교(龜明

學校)를 설립하고 애국 교육운동의 씨앗을 뿌렸던 것도 구포의 그와 같은 지역적인 특성과 결코 무관하지 않았다.

그 후, 안희제 선생은 1909년 10월에 이곳을 거점으로 하여 밀양의 윤세복(尹世復), 대구의 서상일(徐相日), 의령의 신성모(申性模), 고령의 남형우(南亨祐)를 비롯한 80여 명이나 되는 영남 지역 동지들과 함께 비밀 청년단체인 대동청년당(大東靑年黨)을 조직하여 애국 계몽운동에 앞장섰던 것이다. 그리고 한일합방이 되는 것을 보고 만주로 건너갔던 안희제는 국권회복운동을 위하여 만주와 시베리아를 유랑하며 독립운동의 실태를 둘러보고 독립운동에도 경제 문제가 중요하다는 사실을 절감하고 돌아온 뒤, 1914년 5월에 이곳에서 지역 재산가인 이유석 · 추한식과 함께 미곡 거래를 주력 사업으로 하는 합자회사 설립을 결의하고 부산부 본정 3정목 12번지에 민족 기업 백산상회(白山商會)를 열었던 것이다.

일찍이 국조 단군왕검을 숭배하는 민족 종교인 대종교에 입문한 그가 독립운동을 위한 자금조달을 목적으로 미곡 거래를 주요 사업으로 하는 백산상회를 열었던 것도 지난날 수륙교통의 요충지로서 미곡생산기지 김해평야를 낀 이곳 구포에서 젊은 날의 꿈을 안고 인재 교육 사업을 펼치면서 키워 왔던 국권회복에 대한 원대한 포부의 발현이라 할 수 있었다.

백산상회가 날로 번창하자 안희제 선생은 울산 출신의 혁신 유림으로 대구에서 항일운동의 방편으로 상덕태상회(商德泰商會)를 운영하고 있던 박상진을 비롯하여 태궁상회(太弓商會)의 서상일, 경북 칠곡에서 향산상회(香山商會)를 운영하던 윤한병(尹翰炳)과 함께 1915년 1월에 국권회복운동과 단군봉사(檀君奉祀)를 목적으로 〈조선국권회복단(朝鮮國權恢復團)〉을 결성하여 〈대동청년당〉과 손을 맞잡고 경주 갑부 최준과 함께 〈대한광복단〉에 가담한 뒤, 만주에 있는 독립운동 단체를 지원하기 위해 서울 · 대구 · 원산은 물론, 만주의 안동 · 봉천 등지에도 지점과 연락사무소를 설치하였으며, 올해 초에 3·1만세운동이 일어나자 남형우와 윤현진을 임시정부가 수립된 상해로 파견하여 그 경비 조달에 주력하며 임시정부의 연통제(聯通制) 역할까지 수행하고 있기도 하였다.

젊은 시절부터 국권회복을 위한 안희제 선생의 이와 같은 젊은 꿈이 스며 있는 이곳 구포에는 지금도 그의 영향으로 대종교도가 된 유력한 지역 인사들이 많았으며, 구한국군 출신으로 일찍이 〈풍기광복단〉에 몸담고 있다가 안희제 선생을 비롯한 대종교계의 〈국권회복단〉 인사들이 대거 참여하면서 확대 · 개편 된 〈대한광복단〉 시절을 거쳐서 지금은 대종교 동래 지사의 사교로서 〈대한정의단〉의 영남 총책 역할을 수행하고 있는 청관 스님의 외종숙 박철 사교가 대종교에 입문하게 된 것도 대동교 교도인 안희제 선생과의 인연에서 비롯된 일이었다.

그리고 〈대한광복단〉이 해체된 이후 만주 화룡현에 총본사를 두고 있는 대종교의 동래 지사가 〈대한정의단〉의 영남 거점으로 이곳 구포 땅에 자리를 잡게 된 것도, 대종교 교도인 안희제 선생이 이곳에서 애국 교육 사업을 펼치면서 대종교 교세의 기반이 일찌감치 구축이 된 때문이었다. 또, 남해의 바닷길과 낙동강의 내륙 뱃길이 상시로 열려 있고, 서울과 신의주를 거쳐 만주의 안동과 장춘까지 갈 수 있는 기찻길도 함께 열려 있어서 국내는 물론이요, 만주를 비롯한 해외의 출입이 언제든지 용이하다는 점도 그 이유 중의 하나였다.

'그나저나 신규 단원 모집에 바쁜 그 양반이 아직도 구포에 머물러 있는지 모르겠군!'

여느 탁발승들과 마찬가지로 묵직한 바랑을 느슨하게 걸머진 청관 스님은 역사 앞을 가로 질러 길게 뻗어 있는 시장통 중앙의 저자거리로 나서면서 심호흡을 하고 마음을 가다듬는다. 가까운 만덕고개를 넘어 동래로 가는 길에 백산 박철 외종숙을 만나보고 가려는 심산인 것이다. 기차 편으로 부산진역까지 가서 동래 온천장으로 가는 전차로 갈아타고 편하게 갈 수도 있는 것을, 이렇게 구포역에서 미리 내리게 되는 날이면 그의 발길은 으레껏 백산 외종숙의 숙소로 향해지기 마련이었다.

'외종숙을 만나면 무슨 얘기부터 먼저 해야 할까?'

막상 기차에서 내리고 보니 어젯밤에 동산리 친가를 나설 때부터 골몰하였던 생각이 적잖은 부담을 안겨 주면서 되살아난다. 백산 외종숙이 구한국군과 홍주 의병운동에 이어 〈풍기광복단〉 시절을 거치면서 온갖 풍파를 다 겪고 살아 온 백전노장인 데다, 가정도 없이 초지일관으로 독립운동에만 전념해 온 분이라, 그 어른을 설득하기가 그리 녹녹치 않다는 것을 잘 알고 있기에 그의 부담은 그만큼 커질 수밖에 없었다. 의욕이 앞선 나머지 자칫 말을 잘못 꺼냈다가는 강철같이 완고한 그 양반의 성미에 설득을 하기는커녕 어떤 봉변을 당하게 될지 모르는 것이다.

하지만 역사 속의 악연으로 집안이 박살났던 일과 항일운동의 노선 문제로 심하게 갈등을 겪었던 지난 시절의 원한에 함몰된 나머지 동산리 친가를 악덕 친일부호로 만들어 궁지로 몰아넣고자 온갖 수단을 다 동원하였다는 외종숙의 전횡을 막기에는 영동 어른이 '유림단 사건'에 연루되어 의성경찰서 유치장에 갇혀 있는 지금이야말로 다시 없는 좋은 기회라는 게 청관 스님의 판단이었다. 그리고 지난 시절의 어두운 과거사 문제와 독립운동 노선갈등 문제의 늪에서 하루 속히 벗어나 서로가 화합하고 연대하여 독립운동에 전념할 수 있도록 만드는 것이 오래도록 피해의식에 시달려 온 외종숙 본인을 위하는 길이며, 그동안 분에 넘치는 은혜를 입었던 동산리 친가에 대한 혈육으로서 자신이 취해야 할 도리인 동시에, 더 나아가 나라와 겨레를 위하는 길이라고 그는 굳게 믿고 있었다.

◇ 마부의 아들

마음을 가다듬은 청관 스님이 장꾼들로 크게 붐비는 시장통 저자거리를 향해 바쁜 걸음을 치고 있을 때였다. 어디서 나타났는지, 수상쩍은 청년 하나가 그의 뒤에 따라붙기 시작하였다. 스무 살 정도는 되었을까? 몸매가 날렵하게 생긴 청년은 조선인 노무자들처럼 후줄그레한 행색을 하고 있었으며, 청관 스님이 걸음을 멈추면 자기도 슬그머니 멈추어 섰고, 다시 걸음을 옮기면 딴청을 피우면서 슬슬 따라 움직이기 시작하곤 하였다.

그의 미행을 진작부터 눈치 챈 청관 스님은 남들의 이목을 피해 모르는 척하고 한참을 걷다가 장꾼들로 붐비고 있는 어물전 앞을 지나치면서 번개같이 몸을 날려 길가 골목 안쪽의 널빤지 벽에 바짝 몸을 숨긴다. 그리고는 장꾼들을 헤치고 허겁지겁 달려온 청년이 바로 코앞에 와서 사방을 두리번거리는 것과 동시에 전광석화처럼 달려들어 단번에 그의 목을 오른쪽 팔로 옥죄며 골목 깊숙이 끌고 들어와 불같이 다그치는 것이다.

"웬 놈이냐?"

뜨거운 입김을 내뿜으면서 그가 물었다.

"아니, 점잖으신 시님께서 갑자기 왜 이러십니까?"

미처 반항할 틈도 없이 순식간에 청관 스님에게 제대로 걸려든 청년은 목을 휘감은 그의 팔뚝을 벗겨내려고 아깐 힘을 쓰면서, 그러나 짐짓 시치미를 떼고 항변을 한다. 하지만 오랜 세월 동안 호신술로 단련될 대로 단련된 청관 스님의 무쇠 같은 근육질 팔뚝은 죄수 목에 채운 항쇄처럼 꿈쩍도 하지 않는다.

"아까부터 내 뒤를 밟아 온 것을 내가 모를 줄 아느냐? 네놈의 정체가 무엇인지 바른 대로 대라! 그렇지 않으면 당장 목을 꺾어 버리겠다!"

청관 스님이 팔에 힘을 불끈 주며 짐짓 목을 꺾으려고 하자 청년은 숨도 제대로 못 쉬고 캑캑거리면서 한사코 몸부림을 친다.

"아, 아, 시님! 제발 이 손부터 놓고 말씀하시소! 이러다가 정말로 죽고 말겠습니다요!"

청년은 무엇을 믿고 그러는지 불가항력적인 상황 속에서도 그리 당황하거나 절망하는 기색이 아니었다.

"자, 살고 싶거든 빨리 말하라! 네놈은 누구냐?"

"시님, 제발 이러시지 말라니까요! 저는 나쁜 사람이 결코 아니란 말입니다!"

그러자 청관 스님은 발끈하여 그의 목을 휘감은 팔뚝에 더욱 힘을 주며 다그친다.

"나쁜 사람이 아니라고? 네놈이 왜놈의 첩자가 아니고서야 내 뒤를 이렇게 밟아 올 까닭이 없지를 않느냐? 죽고 싶지 않거든 얼른 바른 대로 대라! 네놈이 누구냐?"

"왜, 왜놈 첩자라니요? 천부당만부당한 말씀입니다!"

"그렇다면 도대체 네놈의 정체가 무엇이란 말이냐?"

"저는 밀양 동산리에서 내려온 민 대감님 댁의 하인이란 말입니다!"

청년은 자신이 대단한 존재라도 되는 듯이 치뜬 눈을 희번뜩이며 뒤에서 팔을 꺾어 자신의 목을 휘감고 있는 청관 스님의 얼굴을 올려다보려고 한사코 몸을 뒤틀면서 용을 쓴다.

"아니, 뭐라? 네놈이 밀양 동산리에 있는 민 대감님 댁의 하인이라고?"

그의 입에서 예상치 못한 대답이 대뜸 튀어나오자 청관 스님은 흠칫하고 놀란다. 그러고 보니 자기가 지금 동산리 친가를 거쳐서 내려오는 길임을 알고 일부러 그렇게 둘러대는 왜놈 밀정이 아닌가 싶었기 때문이다. 그리고 그가 정녕 밀양에서 내려온 하인임이 분명한 사실이라면 지금쯤 초량 미곡창에 머물러 있거나, 중산의 분부를 받고 어제 내려온 집사를 따라 지금쯤 팔송 이모님 댁으로 피신해 가 있어야 이치에 합당한 것이다.

그리고 수상한 점은 또 있었다. 남의 집 하인이라면 으레껏 그렇듯이 어리숭하고 순진한 구석이 있어야 하는데, 이놈은 꼼짝없이 제압당한 상태에서도 한결같이 자신의 말과 행동을 합리화시키려고 당돌하게 꼬박꼬박 입을 놀려대고 있지 않은가!

"허튼 수작 부리지 마라! 네놈의 거짓말을 내가 믿을 것 같으냐?"

청관 스님의 호통에 청년은 목이 옥죄인 상태에서도 길길이 뛰면서 거칠게 항변을 한다.

"맹세코 사실이라니까요! 내 말이 거짓이면 당장 이 자리에서 죽여도 좋습니다요!"

대목장처럼 흥성거리는 저자거리 안쪽의 으쓱한 골목 안에서 그들이 그렇게 실랑이를 벌이고 있을 때, 그 앞을 지나치던 장꾼들이 이따금씩 발길을 멈추고 의아한 얼굴로 그들을 바라보곤 하였다. 그러자 청관 스님은 그때마다 자신의 소지품을 훔치려고 한 소매치기를 잡아 족치고나 있는 듯이 그냥 지나가라고 여유 있게 미소를 띤 얼굴로 손짓을 해 보이고는 청년의 신분 파악에 여념이 없다.

"그렇다면 네놈이 동산리 민 대감 댁의 하인임을 증명해 보일 수 있겠느냐?"

"예, 시님! 그렇게 하고말고요! 저는 동산리 민 대감님 댁의 종손이신 중산 서방님의 특별한 배려로 동래 객사에 내려와 지내고 있는 삼수라는 하인이란 말입니다. 우리 아버지는 그 댁의 마부 황 서방이고요. 저는 그분의 둘째 아들이라니까요! 믿어 주십시오!"

청관 스님은 예상했던 것과는 달리, 그가 초량 미곡창에 가 있던 하인이 아니라 동래 객사에 내려와 있는 다른 하인이라고 하는 바람에 그릴 수도 있겠구나! 하는 생각에 압박을 가하던 팔뚝을 느슨하게 풀어주면서 새삼스럽게 청년의 위아래를 유심히 뜯어본다. 그는 대갓집의 여느 하인들처럼 허름한 조선 바지저고리 차림에 검정색 조끼를 걸치고 있었으나 머리만은 변발도 상투머리도 아닌 개명한 도회의 여느 청년들처럼 단정하게 이발을 한 상태였다. 그게 청관 스님의 의심을 다시 불러일으킨다.

"네놈이 상전의 특별한 배려로 동래 객사에 내려와 있는 하인이라고? 거짓말 하지 마라! 그 말이 사실이라면 무슨 까닭으로 그렇게 지체 높으신 대갓집의 상전 양반이 하찮은 네놈에게 특별히 그런 배려를 한단 말이냐?"

"저는 어려서부터 말썽꾸러기 사고뭉치였는데, 우리 동산리 양반촌에 머슴을 살러 온 마산리 교회 청년들과 어울리면서 웃전들 몰래 예배당에 다닌 사실이 들통 나는 바람에 더욱 구박을 받는 천덕꾸러기 신세가 되어 버렸으니까 그렇지요! 그러다가 지난해 가을에 함경도와 평안도 지역에서 서반아 독감이라는 괴질이 휩쓸고 있을 때, 평양에 다녀온 우리 교회의 장로님이 그 병을 교인들한테 퍼뜨리는 바람에 교회에 다니는 제가 그 병을 식구들에게 옮길까봐 우리 중산 서방님께서 저더러 초량 미곡창에 가 있으라며 부랴부랴 내려보내셨다니까요! 그런데 그 사실을 뒤늦게 아신 동래 객사의 우리 청암 도련님께서 저를 곁에 두고 부리겠다며 중산 서방님께 특별히 부탁을 하시는 바람에 이렇게 그분 곁에서 시종 노릇을 하게 된 기이 아니겠습니까요!"

청관 스님은 그의 말이 아주 구체적이면서도 자연스럽게 앞뒤가 맞았으므로 한결 수긍이 가는 심사였다. 그러나 아직도 의심이 말끔히 가신 것은 아니었다.

"그런데 네놈의 말이 사실이라면 좀 이상하지 않느냐? 청암 도련님이란 분이 도대체 어떤 사람이기에 다른 하인들은 다 놔두고 하필이면 네놈 같이 말썽 많은 사고뭉치를 시종으로 데리고 있겠다고 했느냐 그 말이다."

청관 스님이 어떤 대답이 나올까 하고 짐짓 시치미를 떼고 물었더니 제법 그럴싸한 답변이 돌아왔다.

"제가 모시고 다니는 청암 도련님은 그동안 동래 향교에 다니며 한학을 공부하시다가 작년 말에 동래고보에 편입학을 한 늦깎이 학생인데요. 동래고보에 들어간 이후로 〈성운〉이라는 종교연합 학생운동 단체에 가입하여 활동하고 계시는데, 아마도 제가 하인들 중에는 유일하게 웃전들 몰래 예수를 믿었던 데다가, 노상 바깥으로만 싸돌아다니는 바람에 세상 물정에 밝았고, 또 눈치 하나는 워낙 빨랐으니까 그만큼 써먹을 데가 많다고 생각하신 때문이 아니겠습니까?"

청관 스님은 그의 말이 모두 사실일 거라는 생각이 들면서도 대갓집의 여느 하인들처럼 어리숭하지 않은 그의 언행과 잔머리를 잘 굴릴 것만 같은 약삭빠른 인상이 아무래도 마음에 걸렸다. 지금까지 한 그의 말이 전부 사실이라 하더라도 간악한 왜놈들의 사주를 받아 〈성운〉에 가입하여 학생운동을 하러 다니는 청암을 수행하면서 그가 접촉하는 주변 인물들의 온갖 첩보를 수집하는 등, 양 다리를 걸친 이중첩자일 가능성도 얼마든지 있는 것이다.

"청암 도련님의 시종 노릇을 하고 있다는 네놈의 말이 사실이라면 지금쯤 동래 객사에 있어야 마땅하다. 그런데 네놈은 내가 오늘 아침에 여기에 온다는 사실을 정확하게 알고 역 앞에서 미리 대기하고 있다가 나를 미행하였단 말이다. 그러니 더 이상 잔머리를 굴리지 말고 나 같은 유랑 객승을 무슨 까닭으로 미행하였는지 바른 대로 대라! 그렇지 않으면 당장 요절을 내버리겠다! 자, 어서!"

청관 스님이 다시 목소리를 높이며 목을 바짝 죄자 청년은 답답해 미치겠다는 듯이 발을 동동 구른다.

"아, 참말로 사람 미치겠네! 시님이 오신다는 사실을 미리 알고 있었던 것도 아니고, 기다리고 있었던 것도 아니란 말입니다!"

"허허, 이놈 봐라! 목이 부러져 죽으려고 작정을 했구나! 자, 이래도 계속 잡아뗄 것이냐?"

청관 스님이 정말로 목을 꺾으려고 하자 청년은 하얗게 질린 얼굴로 눈알을 까뒤집으며 죽겠다는 듯이 그의 팔을 마구 두드린다. 너무 심했다 싶어 청관 스님이 숨통을 트게 목을 약간 풀어 주자 한결 의지가 꺾인 목소리로 그가 말했다.

"시님! 사실은 어젯밤에 이곳 구포 장로교회에서 〈성운〉 청년 학생들의 심야 비밀회의가 있었거든요! 그래서 회의에 참석하는 우리 청암 도련님을 모시고 왔다가 회의가 너무 길어지는 바람에 저더러 이곳에 있는 고향 친구의 숙소에 가서 같이 자고 오늘 아침에 다시 만나자고 분부를 하셨단 말입니다. 그래서 저쪽 옹기전 앞에서 약장수 기예단의 공연 구경을 하고 있다가 도련님과 다시 만나기로 한 약속 장소로 가려던 참이었는데, 마침 그쪽을 향해 가시는 시님을 발견하고 반가운 마음에 같이 가려고 뒤따라오게 된 것이라고요!"

"우연히 나를 발견하고 반가운 마음에 같이 가려고 따라왔다고? 내가 누구인지, 또 어디로 가는 길인 줄도 모르는 놈이 반가운 마음에 따라왔다니 그게 말이 되느냐? 네놈이 끝까지 이렇게 나온다면 나도 더 이상 못 참겠다!"

청관 스님은 아무래도 수상쩍다는 생각에 청년의 목을 휘감은 팔뚝에 힘을 가하면서 골목 옆의 가겟집 널빤지 벽 쪽으로 거세게 몰아붙인다.

"시님, 시님! 저는 시님을 진짜로 알고 있단 말입니다! 그런데 왜 자꾸 저를 못 믿고 이러십니까?"

"네놈이 나를 안다고? 그렇다면 지금 당장 말하라! 내가 누구이고, 어떻게 알게 되었으며, 어디를 향해 가는 길이었는지를 당장 사실대로 말하란 말이다!"

청관 스님은 속수무책으로 제압당한 상태에도 전혀 기가 꺾이지 않고 끝까지 당당하게 자기의 주장을 관철하려고 드는 청년의 반응을 주시하며 귀를 세운다.

“시님께서는 의용승군으로 활약하시는 동래 범어사의 청관 시님이시며, 저쪽 정미소 뒷마당에 있는 우리 대종교 구포 시교당으로 백산 사교님을 만나러 가는 길이 아니십니까?”

“아니, 나는 네놈을 본 바도 들은 바도 없는데, 동래 객사에서 상전의 시종 노릇이나 하고 지내던 네놈이 그런 것은 어찌 안단 말이냐?”

청관 스님은 자신의 정보에 대해 정확하게 알고 있는 청년의 말에 아연실색하지 않을 수 없었다. 이제는 그의 말대로 학생운동을 하는 청암의 단순한 시종이거나, 그것을 이용하여 암약하는 왜놈 첩자이거나 둘 중의 하나임이 분명하다 싶은 것이다.

“지난번 구포장날 만세운동이 일어나기 전에 우리 시교당으로 백산 사교님을 뵈러 오셨을 때 뵌 적이 있었단 말입니다! 그때 우리 사교님의 시중을 들면서 두 분께서 나누는 얘기를 우연히 엿듣게 되었는데, 알고 보니 스님은 지난번에 있었던 범어사의 명정학교와 지방학림 학생들의 동래시장 만세 시위에도 가담하셨던 의용승군이시며, 우리 백산 사교님과는 내외종 숙질지간이 되시는 분이시더라고요! 그래서 그 얘기를 청암 도련님께 말씀을 드렸더니, 저한테 이렇게 설명하셨다고요. 그분이 바로 도련님한테는 삼촌뻘이 되시는 분으로 그 유명한 사명대사의 직계 법통을 이어받아 의용승군 활동으로 동분서주하고 계신다고 말입니다! 그래서 가슴이 벅찬 나머지 다시 만나 뵙기만 하면 제가 바로 청관 시님의 조카가 되시는 청암 도련님을 모시고 다니는 시종이라고 말씀드리고 나서 정식으로 인사를 올리려고 잔뜩 기대를 하며 벼르고 있었단 말입니다! 그런데 구포 장날을 맞아 순회공연을 하러 온 일본 다이쇼[大正] 제약회사의 신약 광고 순회 공연단에서 풍각쟁이로 일하는 친구의 여관방 숙소에서 같이 자고 저기 저 옹기전 앞 빈터에서 시작된 친구의 공연 구경을 하고 있다가 때마침 시님께서 청암 도련님과 다시 만나기로 약속한 대종교 구포 시교당 쪽으로 가고 계시는 것을 우연히 발견하고 반가운 마음에 뒤따라 달려온 참이었다니까요!"

청년의 얘기가 거기에 이르렀을 때, 청관 스님은 비로소 안도의 한숨을 내쉬면서 그때까지 놓아 주지 않고 있던 그의 목을 완전히 풀어주고 만다. 그가 풀어 준 청년은 그의 짐작대로 동산리 민 대감 댁의 마부인 황 서방의 둘째 아들 삼수가 분명하였다.

그러나 만사에 용의주도한 청관 스님의 머리 한 구석에는 아직도 미진한 생각이 하나 남아 있었다.

"자네가 정녕코 밀양 동산리에 있는 민 대감님 댁 마부의 아들로서 이름은 삼수이고, 우리 청암 조카를 모시고 다니는 시종임이 분명하단 말이지?"

"예, 시님! 그렇나니까요!"

"그런데 나는 그것도 모르고 자네가 여러 모로 하인 같잖다는 생각만 하고 의심을 하게 되었다네! 내가 이렇게 끝까지 자네의 말을 믿지 않고 진위 여부를 확실하게 가리고자 한 것은 우리 모두의 안전을 위해서 한 일이니 너무 고깝게 생각지 말고 이해해 주게. 그런데 말일세! 밀양에 있을 때부터 식구들 몰래 예수를 믿고 있었다는 자네가 예배당이 아닌 대종교의 시교당에는 웬 일로 드나들게 되었다는 말인가?"

삼수의 신분을 완전히 파악한 청관 스님은 어느 새 말투마저 완전히 달라지고 있었다.

"어릴 때부터 죽기 살기로 붙어 다녔던 박수무당의 아들인 그 풍수라고 하는 친구가 밀양에 있을 때 마산리 교회에 저랑 함께 다니다가 지금은 〈신궁〉이라는 일본 대정제약회사의 신약 선전 유랑 기예단에 들어가서풍각쟁이로 일하게 되면서 그럴만한 사정이 있어서 대종교를 믿게 되었는데, 저도 우리 청암 도련님으로부터 대종교는 만주에 본부를 둔 비밀 독립운동 단체나 다름이 없다고 하기에 그 날로 당장 친구를 따라 대종교로 개종을 하게 된 것이 아니겠습니까!"

이쯤 되니 청관 스님도 삼수에 대해서는 더 이상 의심을 할 여지가 없었다. 그러자 그의 관심은 일본 대정제약회사의 신약 선전 기예단에 들어가 왜놈들 밑에서 풍각쟁이로 일한다는 삼수의 단짝 친구인 풍수에게로 옮아간다.

"그렇다면 대정제약회사의 선전 기예단에 들어가 왜놈들 밑에서 풍각쟁이로 일한다는 그 고향 친구는 어떤 사람인가? 자네한테는 미안하지만, 정말로 믿을 만한 사람인가 해서 물어보는 말일세!"

"저는 우리 부모님의 말은 못 믿어도 그 친구의 말은 믿고 있지요! 팥으로 메주를 쑨다고 해도 말입니다! 시님께서는 그 친구가 〈신궁〉에 들어가 왜놈들 밑에서 일한다고 하니까 미심쩍으신 모양인데, 눈곱만큼도 걱정하실 것 없습니다. 그 친구는 집안 형편이 어려워서 여러 번 가출을 했다가 우연한 기회에 천출로 타고난 그의 풍각쟁이 소질이 〈신궁〉 기예단장의 눈에 띄는 바람에 왜놈들 밑에 들어가 일을 하고는 있지만, 속으로는 그놈들한테 칼을 품고 있거든요. 그동안 조선 팔도로 순회 공연을 하러 돌아다니며 왜놈들 밑에서 얼마나 많은 괄시와 설움을 받았던지, 왜놈이라고 하면 이가 박박 갈린다고 하지 뭡니까? 그래서 저랑 의논할 사이도 없이 자기가 먼저 대종교로 개종을 하게 된 것이라니까요!"

"아니, 어째서 하필이면 대종교인가?"

"대종교는 종교라기보다는 항일운동 비밀결사 단체에 가까운데, 거기에 들어가면 누구나 독립투사가 될 수 있다는 말을 어디서 들었던 모양입니다!"

"그래? 그렇다면 자네가 예수교를 그만두고 대종교로 개종을 하게 된 것도 그 때문이란 말인가?"

"예, 그렇습니다!"

"알고 보니 일이 그렇게 된 것이로군! 두 사람 모두 그런 각오로 대종교로 개종을 했다면 자네들이 들었던 바와 마찬가지로 앞으로 독립투사가 되는 것은 따놓은 당상이나 진배없을 것이네!"

청관 스님이 그를 끝까지 의심한 것이 미안하여 칭찬삼아 한 마디 해 주었더니, 삼수는 감격한 나머지 예전부터 만주로 가는 꿈을 함께 키우면서 죽이 맞아 지냈던 동료 하인들의 얘기를 그제서야 비로소 자랑스럽게 끄집어내는 것이었다.

"시님! 사실은 어제 저녁 때 밀양에서 내려왔던 김 서방 형님이 볼 일을 마치고 동산회 집으로 올라가는 길에 동래 객사에 들렀다가 무슨 얘기를 하고 갔는지 아십니까? 밀양 만세운동에 참가하고 나서 그동안 초량 미곡창에 피신해 있던 우리 동산리 하인 친구들을 팔송에 있는 범어사 채공보살님의 집으로 긴급히 피신시키고 가는 길이라고 했다니까요!"

"아, 초량 미곡창에 피신해 있다던 그 하인들 말인가? 사실은 나도 동산리 친가에 들렀다가 중산 장질로부터 그 얘기를 듣고 내려오는 길이라네!"

"시님께서도 벌써 알고 계셨다고요? 그런데 상남면 일대의 마을 청년들과 그 친구들을 밀양 장날 만세운동에 나가도록 바람을 불러 일으키고 다닌 장본인이 누구인지 아십니까? 그분이 바로 범어사 명정학교를 거쳐서 평양 숭실학교로 전학을 간 뒤로 한동안 소식이 끊겼다가 고향으로 돌아온 바로 우리 마산리 교회의 최경학 형님이더라고요!"

"아니, 방금 뭐라고 하였는가? 명정학교를 거쳐서 평양 숭실학교로 전학을 갔던 최경학씨가 바로 자네가 다녔던 그 교회의 선배였다는 말인가?"

"예, 그렇습니다, 시님! 그런데 시님께서도 역시 그 형님을 잘 알고 계셨던 모양이지요?"

삼수는 청관 스님이 자기가 다녔던 교회의 최수봉을 알고 있었다는 사실이 그리도 자랑스럽고 놀라운지 벌린 입을 다물지 못한 채 연신 싱글벙글이다.

"명정학교에서 같이 공부한 적이 있는 내가 어찌 그 친구를 모르겠나? 그런데 그 친구는 최경학이란 본명 대신에 주로 최수봉이라는 가명을 자랑스럽게 사용하고 다녔었지! 사설 동화학교 시절의 은사인 을강 전홍표 선생이라는 분이 특별히 지어 준 이름이라고 하면서 말이야."

"그 형이 밀양공립보통학교 시절에 항일 소년투사로 깃발 날렸다고 하던데, 동화학교 시절의 은사님이 그렇게 가명을 특별히 지어 준 것도 앞으로 독립운동을 할 때 잘 써 먹으라고 그렇게 하신 기이 아니겠습니까!"

삼수는 청관 스님이 최수봉을 잘 알고 있다는 바람에 신바람이 나서 연신 싱긍벙글이다. 그러면서 묻지도 않은 얘기까지 자랑삼아 다시 이렇게 쏟아놓는 것이었다.

"그런데 이번에 팔송에 가 있는 우리 친구들이 밀양 장날 만세운동에 참가하고 처음 동래 객사로 내려왔을 때, 저한테 해 준 말에 의하면 그 최경학 형님이 마산리 고향 집으로 내려오자마자 예전 밀양공립보통학교와 사설 동화학교 시절의 친구들이 주축이 되어 만든 〈밀양청년독립단〉에 들어가 이번 밀양 만세운동에서도 팔을 걷어 붙이고 앞장을 섰다고 하더라고요!"

"그 친구도 나처럼 독립운동에 완전히 미친 사람이니 그럴 수밖에 없었겠지! 그 친구는 밀양공립보통학교 시절부터 역사 시간에 우리 민족을 능멸하는 왜놈 선생한테 겁도 없이 대들 정도로 용기가 충천했던 모양이야. 역사 시간에 왜놈 선생이 말하기를, 일왕의 시조인 아마데라스 오오미까미(天照大神)에게는 스사오노오 미코토(素鳴尊)라고 하는 남동생이 하나 있었는데, 우리 조선의 단군임금이 그 스사오노오 미코토의 동생이라고 거짓으로 가르쳤던 모양이야. 그것을 본 그 친구가 화가 머리 끝까지 치민 나머지 단군 임금은 지금으로부터 4천2백여 년 전의 우리 조상이고, 일본 시조왕의 동생은 2천5백 년밖에 안 되는 후대

사람인데, 어떻게 나이가 많은 우리 단군 임금님이 나이가 적은 스사오노오 미코토의 동생이 될 수 있느냐고 거칠게 항의하면서 당당하게 대들었다지 뭔가!"

"시님, 저도 예전에 그 얘기를 들은 적이 있어서 잘 알고 있습니다! 수봉이 형이 많은 학생들이 보는 앞에서 자기의 잘못을 큰소리로 조목조목 따지면서 대드는 바람에 화가 머리 끝까지 치민 그 왜놈 역사 선생이 그것을 버젓히 학교 시험 문제에 정식으로 출제를 하였다면서요?"'

"왜 아니래나! 그래서 그 친구가 그 시험 답안지에 '스사오노오 미코토는 단군의 중현종(重玄宗)이다'라고 써놓고는 횡하니 밖으로 나와 버렸다지 뭔가!"

"그 말이 바로 '고손자의 고손자'라는 뜻이라면서요?"

"물론이지! 그 바람에 최경학 친구는 교장실에 끌려가 죽도록 얻어맞고 그날로 바로 퇴학처분을 당하고 말았다고 하더라니까!"

"죽도록 얻어맞고 퇴학을 당해했을망정 경학이 형은 그때부터 소년 항일투사로 이름을 떨치게 되었으니, 그보다 장하고 보람스러운 일이 어디에 또 있겠습니까?

"그렇다마다! 그런데 자네도 이렇게 그 친구한테 꽤 관심이 많은 것을 보니 앞으로 마음먹기에 따라서는 그 친구 못지 않은 훌륭한 항일투사가 되고도 남겠는데 그래?"

삼수가 신바람이 나서 맞장구를 치자 청관 스님은 그의 어깨를 툭 치며 한참 들떠 있는 그의 의기에 불을 지핀다.

"그래서 예수를 믿고 있다가 아무 미련도 없이 대종교로 개종을 한 기이 아니겠습니까, 시님?"

"듣고 보니 딴은 그렇군! 그런데 말이야. 오늘은 대종교의 경배식을 올리는 경일(敬日: 일요일)도 아닌데, 무슨 까닭으로 구포 시교당 앞에서 청암 도련님과 다시 만나기로 하였는가?"

청관 스님은 삼수와 청암이 백산 외종숙의 거처가 있는 대종교 구포 시교당에서 다시 만나기로 약속한 것도 초량 미곡창에 머무르고 있던 하인들을 팔송 이모님 댁으로 급히 보낸 중산의 의도를 벌써 알아차리고, 그 문제를 미리 타진해 보기 위하여 구포 시교당에 다니고 있는 대종교 신도이면서도 그 하인들의 마음을 누구보다도 잘 아는 삼수를 데리고 백산 외종숙을 만나보려는 심산이 아닌가 했다.

"그거야 우리 백산 사교님께서 긴히 상의할 일이 있어서 심야회의에 참석한 〈성운〉 청년 학생들을 회의가 끝난 뒤에 직접 만나보려고 불렀기 때문이 아니겠습니까? 〈성운〉의 청년학생들 뒤에는 각 종교계의 후견자들이 버티고 있는데, 우리 백산 사교님은 바로 대종교의 후견인으로서 그 후원 모임의 대표 역할도 하고 계시거든요!"

그런 것까지 알고 있는 것을 보니 삼수는 단순히 청암의 시종 노릇만 하고 있는 게 아니라, 그의 수행 보좌역이자 동지 역할까지 수행하고 있는 모양이었다. 그래서 청관 스님은 청암이 삼수를 대동하고 백산 외종숙을 만나 보려는 의도를 그 자신도 알고 있으리라는 생각에 넌지시 물어 보는 것이다.

"내가 어찌 그런 걸 모르겠나? 그런데 말이야. 청암 도련님께서 왜 굳이 대종교 구포 시교당 앞에서 자네를 다시 만나자고 했는지 짐작 되는 바가 없는가?"

"글쎄요. 요새 우리 사교님께서 〈대한정의단〉의 신규 단원들을 모집하느라고 밤낮으로 애를 쓰고 계신다고 제가 귀띔을 해 드렸으니까, 아마도 팔송 채공보살님 댁에 피신해 있는 우리 하인들의 거취 문제에 대해 개네들과 뜻이 잘 통하는 저를 데리고 우리 사교님과 의논해 보려는 심산이 아닌지 모르겠습니다."

삼수는 하늘 같은 청관 스님을 믿고 들뜬 나머지 아무런 거리낌도 없이 제 짐작을 곧이곧대로 드러내고 만다.

"그래? 그렇다면 자네 생각에는 그 하인들이 〈대한정의단〉에 가입하여 만주로 가기를 원할 것 같은가?"

"그거야 물어 보나마나 뻔한 얘기가 아니겠습니까?"

"그렇다면 자네도 그렇게 하고 싶지 않은가?"

"마음 같아서는 저도 당연히 그렇게 하고 싶지요! 하지만 제가 비록 웃전 밑에서 시종 노릇을 하고는 있어도 명색이 큰뜻을 품은 사내 대장부인데, 동래 객사에서 지내도록 허락해 주신 중산 서방님의 특별한 배려와 분복에도 없는 저를 항일운동을 함께 하는 동지처럼 대우해 주시는 청암 도련님의 은혜와 신의를 생각해서라도 어떻게 감히 제 멋대로 그렇게 할 수가 있겠습니까?"

"암, 당연히 그래야지! 자네는 역시 큰일을 해낼 수 있는 재목감일세!"

어느 새 삼수와 마음이 통하게 된 청관 스님은 바쁜 걸음으로 따라오는 삼수를 돌아보며 다시 묻는다.

"혹시 청암 도련님이 나에 대한 얘기는 하지 않았는가?"

"웬걸요! 제가 청관 스님에 대해서 이렇게 잘 알게 된 것도 사실은 청암 도련님한테서 여러 가지로 들은 얘기가 많았기 때문이지요. 그래서 아까 저도 청관 스님과 우리 청암 도련님이 오늘 서로 만나실 수가 있겠구나 하고 시교당 쪽을 향해 앞서 가시는 시님을 발견하고 부랴부랴 달려온 기이 아니겠습니까?"

"청암 도련님은 내 얘기를 누구한테서 들었다고 하던가?"

"〈성운〉 동지들 중에 범어사 명정학교를 다니다가 친일파인 용각 스님이 새로 주지로 들어와 교장이 되는 것을 보고 동래고보로 전학을 한 조동백이라는 대종교 신도 학생이 팔송 채공보살의 바로 앞집에 살고 있는데, 그 사람한테서 들었던 모양이더라고요. 그런데 우리 도련님께서 청관 스님의 얘기뿐만 아니라 지난해 연말에 미곡 출하차 초량 미곡창으로 내려왔던 중산 서방님께서 청관 스님의 행방을 알아보려고 보살님 댁을 다녀갔다는 사실까지도 모두 다 알고 계시는 것을 보면, 그

조동백이라는 분이 채공보살님을 통하여 알게 된 얘기들을 그때마다 우리 청암 도련님한테 그대로 전해 주고 있는 기이 아니겠습니까?"

"그렇다면 중산 서방님이 왜 그토록 나를 만나려고 애쓰고 다녔는지, 그 까닭도 청암 도련님이 알고 계시던가?"

"그런 얘기는 한 번도 말씀하신 적이 없었는데, 전들 어찌 알겠습니까?"

삼수는 지난 반년 동안 동래에 내려와 학생운동을 하고 다니는 청암과 함께 지내더니 말투와 행동까지 완전히 달라져 있을 정도로 하인들 중에서도 말썽 많은 사고뭉치였던 지난 시절의 그는 이미 아니었다.

그들은 어느 새 서로 마음이 통하게 된 동지라도 되는 것처럼 어깨를 나란히 하고 바쁜 걸음을 치면서도 잘 모르고 있는 미진한 사항들에 대해 끊임없이 대화를 이어 가고 있었다. 삼수가 동산리 친가의 천한 하인 신분에 불과하지만, 청관 스님 또한 출생 과정에 우여곡절이 많았고, 신분 또한 부처님의 자비심으로 모든 중생들을 평등하게 제도하는 승려의 처지인 만큼 그로서는 전혀 상관할 바가 아니었다. 주로 질문을 던지는 쪽은 청관 스님이었고, 삼수는 잘 길들여진 수행자처럼 시원시원하게 대답하곤 하였다.

"그렇다면 최근에 영동 나으리 마님께 커대란 변고가 생겼다는 소식도 이미 들어서 알고 있겠구나?"

"예, 들어서 알고 있고 말고요! 김 서방 형님이 어제 저녁 때 볼일 마치고 동산리로 돌아가던 길에 만덕 고개를 함께 넘어 오면서 그러더라고요. 영동 나으리 마님께서 이번에 유림 쪽에서 행한 독립운동에 가담하신 기이 발각되어 지금 경북 의성경찰서에 잡혀 가 계신다고요! 그 얘기를 전해들은 청암 도련님께서는 크게 놀라 분개하시면서 김 서방 형님에게 뭐라고 했는지 아십니까? 무슨 생각을 하셨는지 대뜸 중산 서방님께서 팔송 채공보살님 댁으로 보낸 그 하인들을 앞으로 어떻게 처리할 의향이시더냐며 그것부터 먼저 물어 보시더라고요!"

"그랬더니 김 서방이 뭐라고 하던가?"

"잘은 몰라도 삼랑진의 왜놈 헌병들이 집안에 들이닥쳐서 한바탕 난리를 피우고 갑환이 형이랑 강학당의 두 선생님들까지 잡아 갈 정도로 사태가 위중한 만큼, 조만간에 무슨 조처를 취하게 되지 않겠느냐고 하더군요!"

청관 스님은 묵묵히 고개를 끄떡이고 나서 눈에 띄게 얼굴이 굳어지며 다시 묻는다.

"거기에 대해서 청암 도련님이 뭐라고 하던가?"

"굳게 입을 다문 채 거기에 대해서는 아무 말씀도 안 하셨지만, 구포역으로 가는 김 서방 형님과 헤어지고 나서 구포 교회로 갔다가 저더러 풍수한테 가서 자고 오늘 아침에 우리 시교당 앞에서 다시 만나자며 심각한 얼굴로 분부하셨던 걸로 봐서는 아마도 그 친구들을 〈대한정의단〉에 가입시키는 문제에 대해서 우리 백산 사교님과 상의할 의향이신 듯 하였습니다."

그들이 복잡한 저자거리를 지나 구포 왜성 터가 저만큼 바라다 보이는 손님이 뜸한 유기전 앞에 이르렀을 때였다. 한 무리의 청년 학생들이 드팀전 옆의 허름한 해장국집을 나서고 있는 게 눈에 들어왔다. 멀리서 보기에도 삼수가 말한 구포교회 목사관의 비상회의에 소집된 〈성운〉 소속의 청년 학생들임이 분명해 보였다. 아마도 해결하기 어려운 난제로 갑론을박으로 밤을 하얗게 지새우고 나서 이제야 해장국 집에서 때늦은 아침 요기를 하고 나오는 모양이었다.

"이보게, 삼수군! 내 먼저 정미소 뒤쪽의 담장 밑에 가 있을 터이니, 청암 도련님이 가까이 오거든 아무도 모르게 도련님을 그곳으로 슬쩍 모셔다 주게!"

"예, 시님! 그렇게 하도록 분부 받들겠습니다."

청관 스님은 청암이 백산 사교를 만나기 전에 따로 불러 간밤에 동산리 집으로 직접 찾아 갔다가 중산으로부터 팔송에 가 있는 하인들의 처리 문제에 대해서는 자기가 전적으로 위임 받았다는 사실을 미리 알려 주고 백산 외종숙을 만나게 되더라도 그 문제에 대해서는 일체 거론하지 못하게 막을 작정이었다.

그런데 삼수의 안내로 시교당이 있는 정미소 뒤쪽의 담장 밑으로 따라온 청암은 반갑게 인사를 나눈 끝에 그러한 의향을 밝히는 청관 스님의 얘기를 전해 듣고는 의외로 민감한 반응을 나타내는 것이었다.

"큰형님께서 무슨 말을 하셨기에 이러시는지 그 까닭을 여쭈어 봐도 되겠습니까?"

"그것보다도 백산 사교님이 나의 외종숙이 되시는 분이라는 사실은 초암 조카도 물론 알고 있겠지?"

"그야 물론 그렇기는 합니다만, 그분과는 한 번도 개인적인으로 만나서 얘기를 나눈 적이 없기 때문에 저에 대해서 아직은 잘 모르고 계실 겁니다."

"그렇다면 그 어른이 자네가 동산리 여흥 민씨 가문의 사람인 줄은 아직은 잘 모르고 계신단 말이지?"

"예, 아마도 그런 것 같습니다. 그런데 어쩐 일로…?"

말끝을 흐리는 청암의 눈이 의아한 빛을 띠며 수상쩍은 청관 스님의 안색을 유심히 더듬는다.

"그렇다면 그분이 동산리 우리 여흥 민씨 가문의 왕조복고 운동에 대해 어떠한 반응을 보여 오셨는지에 대해서는 집안 어르신들이나 중산 형님으로부터 들어 본 바가 없었는가?"

"글쎄요, 아직은…. 그런데 무슨 일로 그러시는지요?"

"아니, 그렇다면 되었네! 훗날 조용한 기회가 오면 자네한테 자세하게 알려 주겠네!"

청관 스님은 일단 그렇게 청암의 말문을 닫고 나서 마음을 가다듬으며 자신의 소신을 확고하게 밝힌다.

"팔송 이모님 댁에 가 있는 하인들의 문제에 대해서는 어젯밤에 중산 장질과 충분히 얘기를 나누고 왔으니까 그리 알고, 청암 조카님은 일체 관여하지 않는 것이 좋을 것 같네! 내가 이렇게 자네를 따로 만나자고 한 것도 바로 이 말을 전하기 위함이었으니, 그리 알고 오늘은 일단 다른 볼일만 보고 그냥 돌아가 줬으면 좋겠네!"

청암에게 그렇게 자기의 의사를 강하게 전달한 청관 스님은 청암을 비롯한 〈성운〉의 청년들이 외종숙과의 면담을 마치고 시교당을 떠날 때까지 밖에서 꽤 오래도록 기다리고 있었다. 그러다가 백산 선생의 처소로 들어갔을 때, 청년들이 머물렀다가 돌아간 방 안에는 아직도 후끈한 열기가 그대로 남아 있었다. 아마도 하루 속히 머리수를 채워서 만주로 보내어야 할 〈대한정의단〉의 신규 단원 확보 문제에 대하여 한바탕 열띤 토론을 벌인 모양이었다.

"그래, 배룡리 민세운동은 어떻게 되었느냐?"

청관 스님이 인사를 올리기가 바쁘게 새로 모집한 〈대한정의단〉 신규 단원들의 인적 사항이 적혀 있는 수첩을 양복 안쪽 호주머니 속에 집어넣으면서 박철 사교가 물었다. 그의 머리는 백발이 성성하였으나 항일 의병운동과 독립운동으로 단련된 당당한 풍모는 아직도 여전하였다.

"호국집회로 우리의 뜻을 숭엄하게 펼쳐 보이려고 하였으나 평소부터 왜놈들에게 반감을 크게 품고 있던 마을 청년들이 주재소와 헌병 분견대를 향해 앞 다투어 돌팔매질을 하면서 선제공격을 가하는 바람에 피바람이 부는 처참한 살육의 현장이 되고 말았답니다!"

청관 스님은 자신의 책무를 깨끗하게 마무리짓지 못한 것이 못내 후회스러워 비통하게 대답하며 입술을 피가 나도록 깨문다. 그러자 그 보란 듯이 박철 사교가 쓴 소리를 한다.

"그래서 내가 뭐라고 하였던가? 무지막지한 왜놈들을 상대로 국권을 되찾기 위해서는 무저항 평화주의 뭐니 하고 떠들어대며 그런 식으로 뜨뜻미지근하게 대응해 봤자 계란으로 바위 치기라니까! 그렇게 할 게 아니라, 완전 무장한 독립군 부대를 편성하여 작탄혈전을 벌이거나, 무소불위의 능력을 갖춘 비밀결사대를 조직하여 요인 암살과 조선총독부를 비롯한 각급 관공서에 폭탄을 투척하는 게 상책이라니까!"

그러나 청관 스님은 그와 같은 신념에 따라 바로 코앞에서 벌어졌던 구포장날 만세운동 때에도 그가 전혀 개입하지 않았던 만큼, 그의 말에 대해서는 아무런 대꾸도 하지 않고 다른 얘기를 끄집어낸다.

"그런데 그동안 신규 단원들은 많이 모집하셨습니까?"

"글쎄다! 각 지역에서 계속되는 만세운동에 참가한 뒤 스스로 살길을 찾아 만주로 떠나가는 사람들은 허다하다고 들었는데, 막상 국내에 들어와서 신규 단원들을 직접 모집하려고 하니 생각했던 것보다 쉽지가 않구나! 그런데 오늘 따라 네 안색이 왜 그 모양이냐?"

청관 스님은 긴 얘기를 하고 싶지 않아서,

"태룡리 만세운동을 이끌고 돌아오는 길에 동산리 친가에 들렀더랬습니다!"

하고 바로 단도직입적으로 본론으로 들어간다.

"아니, 뭐라고? 그동안 아무 내색도 하지 않고 의승 활동에만 전념하고 있는 줄로만 알았던 자네가 나라를 말아먹고 지주총대 노릇이나 하고 있는 친일 부호의 집에는 왜?"

평온해 있던 박철 사교의 눈에서 뜨거운 불길이 확 일어나면서 청관 스님을 송두리째 태워 버릴 듯이 이글거린다. 하지만 하루 밤낮을 고심에 고심을 거듭하며 생각을 다져 온 청관 스님은 전혀 흔들리는 기색 없이 자신의 소신을 망설임없이 피력한다.

"제 비록 서출로 태어나 부생모육지은도 다 못 갚은 어린 나이에 산문으로 들어가 비구가 된 몸이기는 하나, 이번에 밀양에 갔다가 여러 사람들로부터 많은 얘기를 듣고 깨달을 바가 적지 않았습니다. 백척간두에 선 친가의 위난지경 소식을 지척에서 그렇게 듣게 되었는데, 제가 기구하게 태어난 서출이란 이유 하나만으로 만약에 그것을 남의 일처럼 도외시했다면 어찌 인간의 도리라 할 수가 있겠습니까? 더구나 서출 자식인 저에게 어려서부터 적자나 다름없는 무르팍 사랑으로 배움의 길을 열어 주셨을 뿐만 아니라, 망국의 한을 품고 세상을 하직하는 순간에도 어린 저의 장래를 걱정하시어 호국 명승의 법손이 되도록 앞길까지 열어 주시고 순명하신 선고님의 은혜가 하늘에 닿았었는데 말입니다. 그런데, 그것도 모자라 동산리 친가에서는 또 그동안 그분의 유지를 받들어 불사가 있을 때마다 막대한 보시와 지극한 기도로써 저의 뒤를 보살피는데 성심을 다하였다는 사실까지 죄다 알게 되었는데, 어찌…!"

"네 이놈! 무엇이 어쩌고 어째? 너의 외조부 집안이 대체 누구 때문에 멸문지화를 겪게 되었는지를 네가 정녕 모르고 그 따위 망발을 함부로 시설인난 말이냐?"

허연 구레나룻 수염발이 부들부들 떨릴 정도로 진노한 박철 사교의 격한 음성이 방고래를 울린다.

"제가 임오군란 때 우리 외가에서 겪었던 참화를 몰라서 이러는 줄 아십니까? 천만의 말씀입니다! 지금까지는 까맣게 몰랐던 그때의 실상과 그 이후로 수십 년 동안 취해 온 외종숙님답지 못한 온갖 불미스러운 행적들을 다 알게 되었기 때문에 이러는 것이 아닙니까!"

"네, 이놈! 하면 다 말인 줄 아느냐? 나라를 말아먹고 그것도 모자라서 친일 악덕지주 노릇이나 하고 있는 장본인들한테 가서 무슨 감언이설을 들었기에 이렇게 사리분별 없이 미쳐 날뛰는 것이냐?"

"나라꼴을 이 지경으로 만들고 친일 악덕 지주 행세나 하고 있다고요? 외종숙님! 그것도 말씀이라고 하십니까? 차자리 손바닥으로 하늘을 가리시지요! 하지만 이제는 어림없습니다! 외종숙께서 저도 모르게 철천지원수로 여기며 온갖 중상모략을 일삼았던 제 친부께서는 첩첩산중 은거지 움막집에서 한일합방 의정서가 체결되었다는 비보를 접하자마자 단검으로 배를 그어 의거순절 하셨고요, 제 친가에서는 그 후로 기회가 있을 때마다 국권회복운동에 가운을 걸다시피 거액의 독립 군자금을 아낌없이 희사해 왔단 말입니다! 그리고, 종산 장질은 또 자기대로 망국의 책임을 다하고자 윗분들 몰래 이념과 노선이 다른 기독교와 대종교계의 독립운동 단체에도 군자금 지원 사업에 나서고 있는데, 그 어인 말씀이란 말입니까?"

"아니, 이놈이 어느 안전이라고 감히 그 따위 입을 함부로 놀려대는 것이냐? 당장 그 입 다물지 못할까!"

"왜, 지금까지 하늘같이 믿고 따랐던 제가 일일이 옳은 말씀을 드리니 두 발이 저리십니까? 하지만 아직도 멀었습니다! 외종숙님께서 그동안 친일 토호 지주로 몰아가셨던 동산리 친가의 영동 장형님께서는 고종 태황제 폐하의 중국 망명과 망명정부 건설을 위하여 그동안 막대한 자금을 조달하며 북경의 행궁 건설에 전력하시는 등, 외종숙님 못지않게 구국 투혼을 불살라 오셨다는 사실을 아셔야 할 것입니다! 어디 그 뿐인 줄 아십니까? 태황제 폐하의 중국 망명이 좌절된 뒤 석연치 않게 붕어하시는 바람에 두 달이 넘도록 집 안에 궤연을 차려놓고 조문객들을 맞이하며 불철주야로 천붕지통을 겪으시다가 지난 달 초에 서울로 올라가 국상을 치르자마자 또 다른 거사를 도모하려고 경북 의성으로 달려가셨단 말입니다!"

청관 스님의 서슴없는 거친 항변에 박철 사교는 억장이 무너진 나머지 할 말을 잃어 버렸음인지 불타는 시선만 그저 이리 뛰고 저리 뛰고 있었다.

"그런데 그 후로 어떻게 되셨는 줄 아십니까? 이번 유림단 사건에 직접 가담하셨다가 지금 의성 경찰서 유치장에 갇혀 계신단 말입니다, 유치장에! 실상이 그러한데도 감히 친일 악덕지주라고요? 지나가던 우마 축생들도 외종숙님을 보고 웃을 일입니다! 저더러 '지피지기하면 백전백승'이라고 귀에 못이 박히도록 그리도 강조하시더니 잘도 알고 계셨네요! 실상이 이러한 데도 외종숙님께서는 한낱 사적인 원한 때문에 안

하무인, 혹세무민 하는 망언으로 한풀이를 계속할 작정이십니까?"

" 네 이놈! 하면 다 말인 줄 아느냐?"

박철 사교는 두 주먹을 불끈 쥐고 얼굴이 붉으락푸르락 하면서 또다시 기를 세운다.

"왜, 저의 말이 틀렸습니까? 임오군란 때의 비극은 도봉소(都捧所)를 먼저 공격한 반란군의 잘못이 컸던 일이고, 동산리 제 친가에서만 적적으로 그렇게 중상모략을 당하여 책임질 일도 아니질 않습니까? 그리고 부하 군병들의 반란을 막지 못한 군관의 여식인 죄로 관노로 전락한 저의 어머님과 이모님을 저의 친가에서 그렇게라도 거두어 주시지 않았더라면 지금 두 분의 처지가 과연 어떻게 되셨을 것이며, 저 또한 이 세상에 아예 태어나지도 못했겠지요!"

"아니, 이놈이 무엇이 어쩌고 어째?"

뺨이라도 한 대 올려붙일 듯이 자리에서 벌떡 일어서던 박철 사교는 차마 그렇게 하지는 못하고 그대로 제 자리에 도로 털썩 주저앉고 만다.

"외종숙님! 저는 이날 이때까지 외종숙님을 이 세상 어느 누구보다도 애국심이 강하고 배포와 도량이 크고 넓으신 대인인 줄로만 여기고 존경하며 언제나 가슴을 펴고 살아 왔습니다! 그런데 오늘 보니 외종숙님이야말로 사사로운 감정에 얽매여 저를 감쪽같이 속여 가며 막강한 독립군 세력을 등에 업고 혹세무민으로 한풀이를 해 오신 한낱 졸장부였다니, 그게 어찌 나라를 되찾겠다는 남아 대장부로서 할 짓이며, 대체 이게 웬 청천벽력 같은 날벼락이란 말입니까?"

침을 튀기는 열띤 목소리로 거칠게 항변하던 청관 스님은 마침내 감정이 격해져서 목이 메인다.

일찍이 본 적도 없이, 성난 사자처럼 포효하는 청관 스님의 입바른 소리에 말문이 막혀 버린 박철 사교는 부들부들 떨리는 손으로 자신의 가슴을 툭툭 치면서 허공을 쳐다보며 통탄을 한다.

"허허, 내가 지금까지 호랑이 새끼를 품에 안고 키운 셈이로구나! 오호 통재라! 통재로다!"

"예, 그 말씀 한번 잘 하셨습니다! 저는 앞으로 불의에 항거하는 무서운 호랑이가 될지언정, 외종숙님처럼 속이 좁은 졸장부는 결코 되지 않을 것입니다. 그러니 외종숙님은 청사에 애국투사로 청사에 이름을 올리는 대신에 온 세상 사람들로부터 손가락질이나 당하면서 오합지졸이 되어 사십시오!"

자리를 박차고 일어난 청관 스님은,

"그럼, 저는 용무를 마쳤으니 이만 물러가도록 하겠습니다!"
하고 합장 배례를 올린 뒤, 거칠게 출입문을 열고 그대로 밖으로 뛰쳐나오고 말았다.

그런데 바로 다음날 저녁나절이었다. 범어사에서 여장을 풀고 하룻밤을 보낸 청관 스님이 팔송 이모님 댁으로 찾아가 동산리 친가의 하인들을 만나고 있을 때, 뜻밖에도 박철 사교가 거기에 나타났다.

채공보살의 안내를 받으며 방으로 들어온 박철 사교는 방 안을 가득 메우고 있는 낯선 청년들을 발견하고서 무슨 일인가 하고 눈이 휘둥그레지는 것이었다. 그러면서 그는 그 청년들과 면담을 하다가 자리에서 일어나 언제 그리도 불같이 대든 적이 있었느냐는 듯이 평상심으로 합장 인사를 올리는 청관 스님을 의아하게 쳐다보는 것이었다. 그의 눈은 그 청년들이 대체 어디 사는 누구이며, 대체 무슨 일로 거기에 와 있는지를 묻고 있었다.

하지만 청관 스님은 시치미를 떼고 아무런 말도 하지 않았다. 그러자 보다 못한 채공보살이 어제 그들 사이에 어떤 일이 벌어졌는지에 대해서는 까맣게 모른 채, 하인들이 거기에 와 있게 된 내력에 관하여 박철 사교에게 사실 그대로 자세하게 설명을 해 주는 것이었다.

"오라버님! 여기 있는 이 청년들은 지난달에 있었던 밀양 만세운동에 참가한 뒤에 초량 미곡창에 은신해 있다가 왜놈 헌병들의 추적을 피해 이곳으로 옮겨 온 우리 청관 스님의 동산리 친가 집안의 하인들이라고 합니다!"

"아니, 그 쪽 사람들이 여기는 왜?"

발끈하여 물었어야 할 박철 사교의 목소리는 의외로 온화하였다. 하지만 청관 스님의 태도가 심상치 않음을 느낀 채공보살은 청관 스님의 눈치를 살피면서 얼른 대답을 하지 못한다.

바로 그때였다.

"실례합니다. 보살님, 안에 계십니까?"

밖에서 귀에 익은 목소리가 들려왔다. 깜짝 놀란 청관 스님이 채공보살보다 먼저 밖으로 뛰어 나간다. 삼수를 대동하고 찾아 온 사람은 청암이었고, 그 뒤에는 뜻밖에도 중후한 양복 차림에 중절모를 쓴 중산이 점잖게 서 있는 것이었다.

"아니, 중산 장질이 갑자기 여기에 웬 일인가?"

그러면서 청관 스님은 중산이 아무런 예고도 없이 이렇게 불쑥 찾아오게 된 내막을 벌써 간파한 듯, 딴청을 피우고 서 있는 청암을 본능적으로 쳐다본다.

"삼촌! 이렇게 불쑥 찾아와서 죄송합니다! 어제 저녁 때 청암 아우가 여기에 와 있는 우리 하인들의 처리 문제에 대해 삼촌이 하시는 말씀을 전해 들었다며 밀양 집으로 서둘러 올라왔더군요. 청암의 얘기를 들어보니 아무래도 제가 발 벗고 나서야 하겠기에 이렇게 불쑥 찾아온 것입니다."

그렇게 설명하고 청관 스님과 채공보살의 안내를 받으며 방으로 들어온 중산은 꼿꼿한 자세로 돌부처처럼 앉아 있는 박철 사교를 발견하고서 누구냐는 듯이 청관 스님을 쳐다본다. 그러자 집 주인인 채공보살이 그가 바로 중산이 전에 송아를 앞세우고 찾아 왔다가 크게 관심을 가지고 물었던 박철 사교임을 알려 준다.

"이분이 바로 서방님께서 접때 여기 오셨을 때 찾으셨던 우리 백산 오라버님이십니다!"

중산은 이미 그러리라고 짐작하고 있었는지, 의외로 평온한 모습으로 자기소개부터 한다.

"처음 뵙겠습니다, 어르신! 저는 밀양 동산리 여흥 민씨 집안의 종손인 중산 민정식이라고 하는 사람입니다. 전에 보살님을 찾아 왔다가 독립운동에 전념하시는 어르신의 얘기를 전해 듣고 진작부터 꼭 한번 찾아뵙고 싶었습니다."

옷매무새를 고친 그는 뒤에 서 있는 청암에게 눈짓하여 옆으로 불러 세운다.

"오늘 모처럼 이렇게 뵙게 되었으니 〈성운〉에서 활동하고 있는 저의 청암 아우와 함께 반가운 마음으로 정식으로 인사부터 올리겠습니다!"

중산이 그렇게 말하면서 큰절을 올리자 헛기침을 하며 돌아앉아 있던 박철 사교도 그를 향하여 자세를 고쳐 앉으며 얼떨결에 마지못해 그의 인사를 받는다. 정중하게 예를 올리고 나서 마주 앉으며 중산이 친근감을 표시하며 다시 말을 잇는다.

"사실은 백산 선생님의 고명은 여기 계신 보살님한테서 전해 듣기 전부터 대종교 신의주 지사의 최응삼 사교와 밀양 지사의 을강 전홍표 선생으로부터도 쭉 듣고 있었습니다."

"아니, 왕정 복고운동에 매달려 있는 동산리 여흥 민씨 가의 종손이 그 사람들을 어떻게 아시오?"

자신이 오랜 원한으로 그토록 질시하고 음해하며 배척했던 동산리 여흥 민씨가의 문중 종손이 자기네 대종교의 두 지역 사교들을 알고 있다는 바람에 박철 사교는 놀라움을 금치 못한다.

그 모양을 본 청관 스님이 중산이 무어라고 대꾸를 하기도 전에 그것 보란 듯이 그에게 설명을 한다.

"우리 중산 장질이 밀양 만세운동에 참가하고 다른 곳에 피신해 있던 집안의 하인들을 이곳에 피신시키고 나서 저더러 〈대한정의단〉에 입단시켜 달라고 부탁을 했었는데, 왜 갑자기 이렇게 황급히 밀양에서 내려온 줄 아십니까? 외종숙님이 동산리 우리 친가에 대해 온갖 위해를 가하신 것을 알게 된 이상 제가 차마 그렇게 할 수가 없어서 제 독단으로 복벽주의 계열인 〈대한독립단〉으로 보낼 작정이였는데, 어제 저를 만났던 청암 조카가 그 즉시 밀양으로 달려가 그 사실을 알리는 바람에 중산 장질이 이렇게 부랴부랴 동래로 내려온 것이 아니겠습니까? 여기 있는 하인들을 자기가 직접 외종숙님께 맡겨서 〈대한정의단〉에 보내려고 말입니다!"

"아니, 세상에 어찌 그런 일이…!"

잠꼬대처럼 중얼거리면서 박철 사교는 어리둥절한 얼굴로 청관 스님과 채공보살을 번갈아 쳐다보다가 무언가 지피는 바가 있었던지 그 시선을 청암에게로 천천히 옮아간다.

그의 마음이 크게 흔들리는 것을 보고 청관 스님이 한 술 더 떠서 또 다른 사실을 박철 사교에게 털어놓는다.

"중산 장질이 외종숙님과 저를 위하여 비밀리에 행한 일이 어디 그뿐인 줄 아십니까? 대종교 밀양지사의 을강 전홍표 선생이 〈밀양청년독립단〉을 조직하여 밀양 만세운동을 감행한 뒤에 만주로 가서 〈대한정의단〉에 합류하려는 것을 보고 거액의 활동 자원을 기탁했는가 하면, 외종숙님 때문에 전격적으로 중단되었던 백산 상회와 같은 대종교 계열인 밀양의 미곡 무역상인 한춘옥 사장과의 미곡 거래도 다시 재개하기로 했다고 들었습니다!"

"허헛 그것 참…! 이날 이때까지 내가 무슨 짓을 하여도 꿈쩍도 하지 않던 사람이 오래 살다 보니 별 희한한 일도 다 보게 되는구만!"

갑자기 뒤통수를 맞고 이러지도 저러지도 못하고 있는 박철 사교를 본 청관 스님은 지금이야말로 그의 마음을 완전히 돌려놓을 때임을 직감하고 뭇 시선들이 지켜보는 앞에서 다시 한 번 간곡한 어조로 그에게 청원을 하는 것이었다.

“외종숙님! 이제는 어둡고 참담한 오랜 잠에서 깨어나실 때가 되었습니다! 그러니 제발 굳게 닫으셨던 그 마음의 문을 활짝 열어 주시지요!”

“어헛 그것참! 이날 이때까지 내가 무슨 짓을 하여도 꿈쩍도 하지 않던 그 댁의 장손이 갑자기 나타나서 이러니까 도대체 일이 어떻게 돌아가고 있는지 나로서는 도무지 종잡을 수가 없구나!”

박철 사교는 청관 스님의 입바른 소리에 펄펄 뛰던 어제의 그는 이미 아니었다. 하기야 하늘을 찌르는 청관 스님의 거센 반발 때문에 밤을 새워 가며 고심에 고심을 거듭하던 끝에 더 이상 버틸 명분이 없어서 찾아온 처지였으니 오죽했을까. 하지만 강인한 무인 기질을 지닌 그가 수십 년 동안 고수해 오던 적대적인 태도를 갑자기 바꾼다는 것도 민망한 일이 아닐 수 없었을 것이다.

미처 마음을 정하지 못하고 있는 그를 보고 청관 스님이 한껏 고양된 목소리로 다시 장황하게 보충 설명을 한다.

“제 동산이 친가의 영동 장형님께서는 이번 〈유림단 사건〉으로 의성경찰서 유치장에 갇힘으로써 친일 인사가 아님이 만천하에 알려지는 바가 되었고, 여기 있는 중산 장질 또한 그동안 이념의 장벽을 넘어 대종교의 독립운동가들을 지원하고 이번에 또 이렇게 집안의 일꾼들을 〈대한정의단〉에 입단시켰으니, 이만하면 외숙부님께서도 생각을 바꿀 때가 되지 않았습니까?

“허나, 제 아무리 문중 종손이 행한 일이라하여도 그렇지. 그게 모두 여흥 민씨 문중의 총의라고 어찌 말할 수 있겠느냐?”

이제 박철 사교의 마음 속에는 한 가닥의 자존심만 겨우 남아 있는 모양이었다.

“그야 물론 그렇고말고! 일천 석이나 되는 미곡 거래를 하고, 거금을 희사해 가면서 도모한 일들인데 과연 윗분들께서 모르고 계셨을 리가 있겠습니까? 태룡리 만세운동을 치르고 내려오는 길에 정중한 부름을 받고 중산 장질의 해천껼 처가에 들렀더니 장인어른이 되시는 필운 선생께서 저한테 그러시더군요. 중산 장질이 그런 일들을 하고 다녔다는 사실을 다 알고 있으면서도 그대로 일임해 두고 있었다고요! 그러니 이제 외종숙님께서 망설일 이유는 아무 것도 없지를 않습니까?"

청관 스님의 얘기를 여기까지 듣고 난 박철 사교는 그동안 취해 온 자신의 처신이 얼마나 무모하고 부적절했는지를 그제야 모두 깨달은 듯, 망연자실한 얼굴로 한동안 아무런 말이 없었다. 그러다가 가까스로 마음이 정리가 되었음인지, 중산의 두 손을 마주 잡으며 정중하게 사과를 하는 것이었다.

"이 보시게, 민 공자! 내가 참으로 어리석었네! 과거의 원한에만 집착한 나머지 하마터면 그보다 훨씬 더 소중한 대의마저 저버릴 뻔하였네! 내가 늦게나마 이렇게 사과를 하니 이 노회한 늙은이의 과오를 용서해 주시게나."

"어르신, 이러지 마십시오! 저희 집안의 여러 어르신들인들 어찌 당신들 때문에 본의 아니게 어려움을 겪었던 여러 분들에 대하여 인간적으로나 도의적으로 미안한 마음이 어찌 없을 수가 있었겠습니까? 더구나 백산 선생님께서는 지난 왕조 시대에 멸문지화의 참혹한 환란을 겪었음에도 불구하고 빼앗긴 나라를 되찾고자 이날 이때까지 일생을 두고 항일운동에 헌신해 오신 분이 아니십니까?"

"그런 말 마시게나! 그렇게 따진다면 자네 집안도 우리와 이념은 달라도 오래 전부터 우리 못지않게 국권회복운동에 헌신해 오지 않았는가? 그러니 아무 말 마시고 내 뜻을 그대로 받아 주시게나! 내가 진실로 부끄럽게 여기는 것은 자네 집안에 적대 감정은 하나 없이 호의적인 생각을 가지고 있는 내 외종생질과 여기 있는 제 이모한테까지 그동안 내가 자네 집안에 가한 음해 사실의 일체를 감쪽같이 속여 왔다는 점일세! 그리고 사적인 원한에 사로잡힌 나머지 왕조복고 운동에 심혈을 기울이고 있는 자네 집안을 궁지로 몰아넣기 위하여 우리와 이념이 다르다는 이유를 명분 삼아 친일 집안으로 몰아갔던 일들이 자네보기에 너무 부끄러워서 하는 말일세!"

"시생인들 그렇게 할 수밖에 없으셨던 백산 선생님의 그 피맺힌 심정을 어찌 모르겠습니까?"

중산은 아직도 무인의 기상이 그대로 남아 있는 박철 사교가 그렇게 자세를 낮추며 사과를 하고 나오자 왠지 미안한 생각이 들었다.

"아닐세! 임오군란을 겪은 이후로 내가 설 자리를 찾아 항일운동에만 집착하여 미친 듯이 살다 보니 내 모습이 이토록 전쟁터를 헤매고 다니는 원귀처럼 어이없이 우습게 되고 말았다네! 그런데 일이 이렇게 된 마당에 내가 무슨 낯으로 자네 집안의 은혜를 남 모르게 입고 살아온, 여기 있는 내 혈족들과 자네를 바로 쳐다볼 수가 있겠는가?"

그동안 자기네 집안을 쑥대밭으로 만든 왕조 시대에 대한 피해의식으로만 살아 온 세월이 너무나 길고 혹독한 때문이었을까? 아니 어쩌면 자기보다 훨씬 기구한 운명으로 살아온 두 사촌 누이들과, 그 큰누이의 자식인 청관 스님을 호국 명승의 직계 손승이 될 수 있도록 뒷바라지를 해 준 중산네 집안에 대한 미안함 때문이었는지도 모른다. 박철 사교의 입에서 흘러나오는 속죄의 언어들은 해빙기를 맞은 눈 녹은 물처럼 거침없이 쏟아져 나오고 있었다.

모두들 그렇게 숙연해져 있는 가운데, 신앙 고백과도 같은 박철 사교의 자책이 다시 이어진다.

"이 보시게, 민 공자! 사실은 자네가 문중의 공론을 어기고 우리 대종교 인사들과 교류하고 있었다는 사실은 나도 지인들로부터 전해 들어서 진작부터 알고 있었다네. 하지만 나는 그것마저도 나를 궁지로 몰아넣으려는 자네 집안 어르신들의 계획된 의도로 인식한 나머지, 오히려 더욱 강력하게 대응하고 말았지 뭔가! 그러니 지난 시절의 내 숱한 허물들을 용서해 주시고, 집안의 어르신들한테도 내가 이렇게 고개 숙여서 사죄의 말씀을 전하더라고 꼭 좀 전해 주시게나!"

"백산 선생님의 진심이 어떠하신지 잘 알았습니다. 그러니 지난 시절의 일에 대해서는 모두 다 잊으시고 앞으로 있을 좋은 일만 생각해 주셨으면 좋겠습니다. 그래야 여기 계신 우리 청관 삼촌께서도 한결 떳떳하고 가벼운 마음으로 저의들과 상부상조하며 의용승군 활동을 하실 수가 있지 않겠습니까?"

"그렇게까지 말씀해 주시니 더욱 고맙네! 그리고 여기에 와 있는 자네 집안의 장정들에 대해서는 아무런 걱정도 하지 마시게. 마침 이번에 새로 모집한 우리 〈대한정의단〉의 단원들을 데리고 내일 새벽 기차로 만주를 향해 떠날 계획이니까, 그때 내가 책임을 지고 함께 만주로 데리고 가도록 하겠네!"

박철 사교의 목소리에도 비로소 당당하게 힘이 실린다.

"고맙습니다, 백산 선생님! 그러시다면 시생은 백산 선생께서 저 아이들을 〈대한정의단〉 단원들로 입단시켜 줄 것으로 믿고 안심하고 밀양으로 올라가도록 하겠습니다!"

이것으로서 임오군란으로 인한 오래고 질긴 갈등의 시대는 완전히 끝난 셈이 되었다. 박철 사교의 강직한 그 성미에 그렇게 해묵은 과거사의 응어리를 일시에 떨쳐내고 평상심을 되찾기란 그리 쉽지는 않았을 것이다. 그러나 자신이 가졌던 무모하고 허황된 생각과, 그동안 취해 온 온당치 못한 온갖 파렴치한 행동들을 청관 스님이 속속들이 다 알게 된 이상, 어두운 과거사의 악연에서 헤어나지 않는 한, 혹세무민으로 음해한 자신의 허물이 세상 사람들의 입에 오르내리게 되지 말라는 법이 없을 것이고, 〈성운〉에서 활동하고 있는 청암도 의식하지 않을 수 없었을 것이다. 그리고 다른 무엇보다도 한 가닥 삶의 보람으로 여겼던 청관 스님을 비롯한 혈육들과의 관계가 파탄지경에 이르게 될 것이 자명해진 현실임에랴 오죽하리!

언년이 보살이 특별히 차려 준 진수성찬으로 만주로 가게 될 다섯 하인들을 위한 환송 오찬을 거기 있는 모든 사람들과 함께 나눈 중산은 초량 미곡창과 동래 객사를 둘러본 뒤 곧장 밀양 집으로 올라갔다.

그가 동산리로 돌아왔을 때는 어느덧 하루해도 이미 저물어 잘 자란 밀과 보리가 파도처럼 넘실거리는 들판 위로 낮게 깔린 서녘 하늘이 시뻘건 석양빛으로 온통 물들어 가고 있을 무렵이었다. 그러나 들판 곳곳에서는 일하러 나왔던 농부들이 아직도 집으로 돌아갈 생각도 없이 못자리의 피사리를 하기에 여념이 없었으며, 논두렁을 타고 다니며 나물 캐는 아이들의 재잘거리는 소리가 사방 곳곳에서 꿈결처럼 아련하게 들려오고 있었다.

'갈등의 시대는 끝이 났다. 이 얼마나 가슴 벅찬 일이냐? 이제부터는 우리 시대의 새로운 지평을 열어가야 한다. 다같이 하나가 되어 열어가야 한다…!'

중산은 진 초록빛 물결이 끊임없이 넘실거리는 들판 길을 꿈속을 헤매듯 걸어가면서 연신 심호흡을 한다. 계절은 이미 봄의 문턱을 넘어서고 있었으며, 양지 바른 동산 기슭의 웃자란 밀밭, 보리밭에서는 대궁이마다 통통하게 알을 품고 머잖은 장래에 이삭들을 피워 올릴 채비를 갖추고 있었다.

그러나 지난 가을에 거둬들인 추곡이 바닥난 절량농가가 나날이 늘어만 가는데다, 햇보리와 밀이 익기까지는 아직도 한 달은 좋이 기다려야 하는 어정쩡한 계절—. 가난한 민초들에게는 초근목피로 죽을 쑤어서 겨우 연명해야 하는, 태산준령보다 높고 가파른 보릿고개로 들어선 것이다.

이런 춘궁기 때마다 항용 되풀이 되곤 하는 눈에 익은 광경, 오늘도 자기네 집의 솟을대문 앞의 바깥마당에서는 줄줄이 내걸린 커다란 가마솥마다 밥과 국이 끓고 있었으며, 크고 작은 바가지와 찌그러진 양푼이를 든 가난한 남녀노유 민초들의 동냥 행렬이 한길까지 길게 이어지고 있었다.

그런데 이상한 일이었다. 끼니 때마다 자기네들만의 특권이라도 가진 듯이, 밥 대신 곡식 동냥을 달라며 요란하게 각설이 타령을 해대며 기세를 올리곤 하던 삼랑진 거지들의 모습이 오늘도 보이지 않고 있는 것이다. 영동 어른이 의성경찰서로 잡혀가 영어(囹圄)의 몸이 되고 난 이후로 생겨난 일이었다.

그래도 서 서방은 한 시름 놓게 되었다는 듯이, 밥동냥은 달라는 대로 줄지언정, 그 어떤 마른 곡식 동냥은 일체 없을 것이란 점을 자기가 충분히 인식시켜 준 결과가 아니겠느냐며 은근히 보람을 느끼는 눈치였다.

그러나 중산의 생각은 달랐다. 아무래도 이런 현상이 부친의 일과 무슨 연관성이 있으리라는 생각을 떨쳐 버릴 수가 없는 것이다.

'오비이락이라더니 거참, 아무래도 이상한 일이로고!'

바쁘게 움직이며 구휼 배식 준비를 하고 있던 남녀 일꾼들의 인사를 받으며 하마석을 딛고 말에서 내린 중산은 서 서방에게 말고삐를 건네기가 바쁘게 오늘 있었던 일을 이것저것 물어 볼 것도 없이 곧장 용화당으로 향하였다. 상심해 있는 용화 부인에게 위문을 왔던 친인척들미저 모두 돌아갔는지, 용화당은 오늘 따라 싱거러운 신록 속에서도 어쩐지 쓸쓸하기 짝이 없었다.

"할머님, 소손 중산입니다!"

중산이 자신의 귀가를 사실을 밖에서 알리며 방으로 들어섰을 때, 서안 앞에 혼자 앉아 서책을 읽으며 시름을 달래고 있던 용화 부인은 돋보기를 벗어 서책과 함께 옆으로 밀쳐놓으며 죽었던 사람이 다시 살아서 돌아온 것처럼 그를 반겨 맞이하였다.

중산은 잔뜩 굳은 얼굴로 그녀에게 큰절부터 올린다.

"할머님, 소손 볼일을 보고 무사히 잘 돌아왔습니다."

"그래, 어서 오너라! 그런데 동래로 내려갔던 아랫것들의 일은 무사히 잘 마무리 짓고 왔느냐?"

중산이 초량 미곡창에 가 있던 다섯 명의 하인들을 팔송 채공보살의 집으로 피신시켰다는 것은 미리 말씀 드렸지만, 그들을 어떻게 처리할 것인지에 관한 문제에 대해서는 용화 부인에게 아직 설명한 바가 없었는데, 그녀는 그들의 처리 결과에 대한 상황까지 벌써 짐작하고 있는 눈치였다.

"예, 그런대로 만족스럽게 마무리 짓고 왔습니다."

무릎을 꿇고 용무의 결과를 아뢰는 중산의 태도가 거기까지는 보통 때와 마찬가지라 하등 이상할 것은 없었다. 그러나 그는 부복한 자세로 그대로 머리를 방바닥에 붙인 채 일어날 줄을 모르는 것이다.

"할머님! 그동안 불초 소손이 저지른 불효가 석고대죄를 하고도 모자랄 정도로 막중하오니 문중 법도를 어긴 저에게 중벌을 내려 주십시오!"

"볼일을 잘 보고 집으로 돌아왔으면 되었지, 뜬금없이 석고대죄라니, 대체 그게 웬 말이냐?"

난데없는 중산의 돌발적인 행위를 보고 그렇게 반문을 하면서도 용화 부인은 전혀 동요되는 기색이 아니었다.

"불초 소손은 예전에 문중의 법도를 어기고 '수화불통'의 단죄를 받았던 죽명 숙부보다 훨씬 더 막중한 반역죄를 그동안 저질러오고 말았습니다. 그러니 불효막심한 소손에게 중벌을 내려 주십시오!"

중산은 박철 사교와의 갈등 문제를 완전히 해결하고 온 만큼, 그동안 자신의 독단으로 처리한 모든 문제의 행위들에 대해 응분의 책임을 져야 할 때가 되었다고 믿고 있는 것이다.

"할머니! 저는 아버님께서 박철 사교님의 일로 미곡 거래를 끊었던 대종교 쪽 사람들과 거래를 재개했을 뿐만 아니라, 그들에게 독립운동 자금까지 지원하는 크나큰 불효를 저지르고 말았습니다. 그러니 문중에 반역한 저의 행위를 단죄하여 큰 벌을 내려 주십시오!"

그러면서 중산은 그동안 자신이 어른들 모르게 저질렀던 불효막심한 행위들을 하나하나 털어놓기 시작하였다. 감내 장터에서 자기네 척족들을 공개적으로 비판하던 황상태라는 신의주 사람을 만났던 일에서부터 시작하여 을강 선생에게 독립운동 자금을 적잖이 내놓은 일이며, 자신의 유도로 밀양 만세운동에 참가하였던 다섯 명의 하인들을 박철 사교한테 맡겨서 〈대한정의단〉에 입단 시키기로 하고 돌아온 이번의 일에 이르기까지, 문중의 장래와 윗분들을 위한다는 명목으로 행하였던 반역 행위들을 낱낱이 고해 올리고 나서 용화 부인의 처분을 기다리는 것이었다.

그가 이렇게 하는 것은 자신이 행한 모든 일들이 문중의 개화·개방과 윗분들을 위해서 취한 조처들이라 할지라도 사전에 아무런 허락도 없이 행한 것은 엄연한 범범 행위가 도리 수밖에 없었던 판단과 함께 죽명 숙부의 경우에 비추어 볼 때, 이렇게 하는 것이 지극히 당연하고 공정하다는 속죄의식이 강하게 느껴졌기 때문이었다.

그러나 용화 부인은 중산의 그러한 태도에 자못 만족해하면서 오히려 그가 쏟아 부은 그간의 노고에 대하여 이렇게 아낌없이 칭찬을 하는 것이었다.

"그 양반이 어떤 사람인시, 사기네 대종교의 세력들을 등에 업고 우리한테 행한 짓들을 네 아비와 내가 어찌 모르겠느냐? 풍기 의병운동 시절부터 오늘에 이르기까지 우리네 척족들과 유림들의 왕정복고 운동을 막아 보고자 대종교 교도들과 뇌화부동하여 온갖 중상모략으로 우리를 친일파로 모함하고 협박 격문을 투척하는 등, 갖은 수단을 다 동원해 가며 임오군란 때의 원한을 갚아 보겠다고 아귀 귀신처럼 설치던 자가 아니었더냐? 하지만 네 아비와 내가 민망하여 아무한테도 말은 못하고 무대응으로 일관하면서 벙어리 냉가슴 앓듯이 겪고만 있었던 일을 세상 경험이 일천한 네가 소문도 없이 능수능란하게 용케도 해결을 해내었으면 되었지, 이미 지나간 일들을 들추어낸들 우리한테 득이 될 일이 무에 있겠느냐?"

"할머니, 죽명 숙부님도 저와 비슷한 경우로 '수화불통'의 단죄를 겪었듯이, 불효막심한 저에게도 합당한 벌을 내려 주셔야 마땅합니다! 그러니…!"

"어허, 너의 얘기는 진작부터 네 어미한테서 듣고 있었느니, 사양지심(辭讓之心)도 과하면 오히려 흉이 되고 불효가 되는 법, 그 문제에 대해서서 일체 신경을 쓸 것 없느니라!"

이렇게 일언지하에 중산을 입을 막아 버린 용화 부인은 다시금 부드러운 언성으로 묻는 것이다.

"그건 그렇고, 김 서방을 시켜서 팔송 채공보살 집으로 피신시켰다던 그 하인 녀석들은 우리 영욱이의 외종숙 뻘 되는 그 백산이라는 양반한테 제대로 맡기고 왔느냐?"

용화 부인이 그렇게 나오니 중산도 더 이상 어쩔 도리가 없어지고 말았다. 그는 비로소 고개를 들고 책상다리를 하고 바로 앉는다.

"예, 할머님! 그 아이들은 그들의 소원대로 만주로 보내기로 하고 백산 선생님께 맡겨두고 왔는데, 내일 새벽 기차 편으로 만주로 가서 〈대한정의단〉에 입단시켜 주겠다고 하셨습니다!"

"철옹성처럼 버티면서 온갖 모함으로 우리를 괴롭히던 그 양반도 너의 묘책 앞에서는 당랑거철(螳螂拒轍)의 사마귀 꼴이 되고 말았구나. 그러고 보니 허허실실(虛虛實實)이 따로 있는 게 아니로다!"

"그 어르신도 우리를 친일로 더 이상 몰아갈 명분이 없어졌고, 또 우리 여흥 민씨 가문의 핏줄인 당신의 외종생질을 비롯하여 모친과 이모님까지 자기의 모든 허물들을 다 알게 되고 말았으니, 인간적으로 더 이상 버티실 수가 없어졌기 때문이 아니겠습니까?"

"하기야 끊임없이 흘러가는 세월 앞에 이기는 장사가 어디 있다더냐? 대종교 사교인지, 〈대한정의단〉의 영남 총책인지, 하는 감투를 쓰고 온갖 모함과 해코지로 우리를 성가시게 하던 그 소백산인이라는 양반도 이번에 취한 너의 조처로 말미암아 그야말로 수레 앞의 사마귀 꼴이 되고 만 셈이 아니겠느냐?"

용화 부인은 오래간만에 파안대소를 하며 감격의 기쁨을 굳이 숨기려 하지 않는다.

박철 사교가 그들을 인솔하고 기차 편으로 만주를 향해 떠난 것은 다음날 새벽 무렵이었다. 이날도 중산의 하루 일과는 여느 때와 다름없이 자신의 애마 백호(白虎)를 타고 새벽 산책길에 나서는 것으로 시작되었다.

온 천지를 뒤덮었던 밤안개가 서서히 걷히면서 운막향(雲幕鄕)의 새 아침은 여느 때와 다름없이 천지개벽을 하듯이 서서히 열리고 있었다. 운막향(雲幕鄕)이란 옛 이름 그대로, 낮게 깔린 구름과 안개가 걷히면서 희뿌연 여명 속에 망망한 도구늪들과 함께 서서히 모습을 드러내는 서기(瑞氣) 어린 응천강변—.

역사의 고비 때마다 밀양 향민들과 영욕을 함께 하며 혼연일체가 되어 요동쳤던 응천강은 한껏 부푼 가슴을 안고 새벽 산책길에 나서는 중산의 심사를 아는지 모르는지, 오늘도 한 폭의 수묵화와 같은 유현한 풍광을 자아내며 유유히 흘러갈 뿐, 아무런 말이 없었다.

하지만 침묵하는 그 강물도 오우진(五友津) 앞의 낙동 포구에 도달하게 되면 수산 쪽에서 흘러 온 서쪽의 낙동강 본류와 머잖아 합수하게 될 것이다. 그리하여 만경창파의 꿈을 안고 태평양 큰 바다를 향하여 우쭐우쭐 춤을 추며 용용히 흘러가게 될 것이다.

'광대무변한 창해도 자잘한 빗방울들이 모이고 모여서 이루어진 것, 우리들 모두도 하나의 꿈을 향해 그렇게 한 마음 한 뜻으로 뭉쳐서 용용히 흘러가야 한다, 그렇게 흘러가야 한다!'

다짐과 다짐을 거듭하는 동안, 중산은 자꾸만 가슴이 먹먹해져 가는 것을 어쩌지 못하였다. 봉도와 득수, 을환이, 병환이, 갑수 등 다섯 명의 하인들을 실은 기차가 삼랑진면 미전리 무흘 터널을 지나고 있을 때, 중산은 자운영, 제비꽃, 씀바귀들이 여름 밤하늘의 성운(星雲)들처럼 끝도 없이 하얗게 뒤덮고 있는 밀성제 제방길을 애마인 백호에게 채찍질을 가해 가며 질풍처럼 끝도 없이 달려가고 있었다.

험난한 역사 속에서 고비 때마다 피로 물들었던 응천 강변을 따라 그렇게 애마를 타고 달리면서 새로운 지평을 열어 가게 될 다섯 명의 첨병들을 만주로 떠나보내는 중산의 마음 속에 어찌 남다른 감회가 없을 수 있으리!

응천강을 사이에 두고 북방으로 떠나 가는 철마와, 그들을 배웅하는 이쪽의 백마 사이에 치열한 경주가 펼쳐지는 가운데, 장난감 같은 기차가 증기를 뿜어내며 강 건너 이쪽의 중산에게 아침 인사라도 하는 듯이 연신 기적을 울린다. 철마가 울자 눈부시게 흰 말갈기를 휘날리며 질풍같이 달려가는 중산의 백호도 길게 울음을 울었다. 갯가 버들숲에서 잠에서 깨어난 물총새며 뱁새들이 화르르 날아오르고, 강 위의 하늘에서는 수십 마리의 왜가리 떼가 북쪽의 하늘을 향해 원무의 향연을 벌이면서 유유히 날아가고 있었다.

뿌옇게 물안개가 피어 오른 응천강 건너편의 철길을 달려가고 있는 기차에서는 창밖으로 고개를 내민 다섯 명의 하인들이 이쪽을 향하여 끊임없이 중산도 기차에게 뒤질세라 질풍처럼 달려가면서 그들의 장도를 빌며 한사코 손을 흔들어 주고 있었다.

—아니, 이 보시오, 김 동지! 내가 어디 틀린 소리를 했습니까? 나라는 망하고 농토를 빼앗긴 불쌍한 백성들은 추풍낙엽처럼 뿔뿔이 흩어져서 원귀처럼 객지를 떠돌다가 살길을 찾아 황무지로 뒤덮인 동토의 땅 만주를 향해 살 길을 찾아 떠나가는 판국인데, 국록을 먹으며 큰소리를 떵떵 치던 양반 사대부들 중에서 어느 놈 하나 책임지고 나서는 작자가 없으니, 정말 속이 터지고 기가 막히는 노릇이 아닙니까? 왕조에 빌붙어 대대로 부귀영화를 누렸으면 나라가 망한데 대한 응분의 책임을 져야지, 아직도 민초들 위에 군림하여 떵떵거리며 살고 있다니요?

감내 장터에서 우연히 조우하였던 대종교 신의주 지사의 최응삼 사교가 비분강개하여 떠들던 말이었다. 유구무언이었던 그때와는 달리, 이제 중산은 그를 다시 만난다면 보다 떳떳한 마음으로 이렇게 말할 수 있을 것 같았다.

왜 그때 당당하게 임오군란 때의 원한으로 마음의 칼을 갈고 있었던 박철 사교의 얘기를 진작부터 속 시원하게 사실대로 털어놓지 않았느냐고! 그리고 그랬더라면 이렇게 허송세월을 보내지 않고 더 많이 협조를 하고, 더 많은 다른 하인들에게도 만주로 가는 길을 더욱 활짝 열어 줄 수가 있지 않았겠느냐고!

그가 이러한 상념에 젖어 있을 때, 북방을 향해 달려가고 있는 강 건너 저쪽의 기차가 마지막 이별을 고하듯이 길게 기적을 울리고 있었으며. 하인들도 여전히 이쪽을 향해 끊임없이 손을 흔들어 대고 있었다.

어쩌면 청운의 꿈을 안고 떠나가는 그들이 가는 길이 객귀가 되어 한 치의 누울 자리도 없이 척박하고 망망한 낯선 만주 벌판을 떠도는 죽음의 길이 될 수도 있을 것이다. 또, 어쩌면 숙명 같은 종놈의 신분에서 벗어나 마음껏 자유를 구가하는 해방의 길이 될 수 있고, 죽어서도 청사에 길이 남을 불세출의 독립투사로 거듭나는 영광의 길이 될 수도 있을 것이다.

중산은 만주로 가고 싶었던 그들이 꿈이 간절하였던 만큼, 그리고 대대로 종살이를 하고 죽은 뒤에도 자기네 선산발치에 뼈를 묻고 여전히 종살이를 하고 있을 그들의 조상들을 위해서라도 그들이 기필코 불세출의 독립투사로 거듭날 수 있게 되기를 빌어 주고 싶었다. 그리고 동산리에 남아 있는 가족들도 그런 자신의 뜻과 결코 다르지 않을 것임도 그는 믿고 있었다.

멀리서 철마가 또다시 길게 여음을 끌면서 울고, 백마도 따라서 운다.

그와 같은 중산의 간절한 마음을 아는지 모르는지, 나귀를 타고 따라 나왔던 김 서방이 그를 따라 잡으려고 죽어라고 달려오다가 중도에 포기한 채, 까마득히 멀어진 저쪽 뒤에서 이쪽을 향해 장승처럼 망연히 지켜보고 서 있었다.

〈제1부 끝〉

● 발문跋文

한국 독립운동사의 총체적인 밑그림을 그려낸 작품

내가 아는 정대재 작가는 왕성하게 작품 활동에 전념해 온 전업 작가는 아니다. 그는 교육 일선에서 후학들을 가르치는 틈틈이 석간수의 물방울들이 하나 둘씩 모여 옹달샘을 채우듯이, 자신의 문학적 열정과 감성이 웬만큼 모여져서 작품의 얼개를 어느 정도 갖추게 되었을 때에야 비소로 작품을 써서 세상에 내놓을 정도로 아주 조심스럽고 신중한 과작의 생태를 유지해 왔기 때문이다.

이러한 그의 문학적 생태는 그가 1976년에 「한국문학」 신인상으로 문단에 등단한 초창기부터 주로 장편소설에만 집착하여 그 당시 모 일간지의 창사 기념 장편소설 현상 공모전에 의욕적으로 응모했다가 최종심에서 탈락하는 뼈아픈 경험을 연이어 두 번씩이나 겪고 난 후유증 때문이 아닌가 싶다.

1980년대에 그가 펴낸 두 개의 장편소설 〈집시의 달〉과 〈달빛 서곡(序曲)〉도 사실은 앞에서 언급한 모 일간지의 창사 기념 장편소설 현상 공모전에서 당선작과 최종심에서 자웅을 겨루다가 탈락한, 그에게 뼈아픈 상처와 아쉬움을 안겨 주었던 바로 그 문제의 작품들로서 제목만 바꾸어서 출간한 것이었다.

그 후 그는 명문 사학으로 근무지를 옮겼었고, 그의 문학 활동이 소강 국면에 접어들며 과작의 상태에 빠져들게 된 것도 바로 그 무렵부터의 일이었다. 그것은 직무상 밤늦게까지 학생들의 입시교육에 매달려야 하는 직장인으로서의 여건 탓도 물론 있었겠지만, 장편소설 현상 공모전에서 연이어 두 번씩이나 쓰라린 고배를 마시면서 왕성하던 패기가 송두리째 꺾여 버린 일과도 결코 무관치 않아 보이는 것이다.

그러던 그가 아주 오랜만에 〈떠오르는 지평선〉이라는 묵직한 대하장편소설을 이번에 내놓는 것을 보니, 그동안 단편과 중편 몇 편만 내놓고 침묵하였던 것도 사실은 새로운 도전에 나서기 위하여 각종 자료를 수집하며 자기 나름대로 와신상담으로 새로운 의지를 벼리는 기간으로 삼고 있었음이 분명한 것이다.

이번에 내놓는 〈떠오르는 지평선〉은 2부작 8권을 목표로 하는 묵직한 대작이다. 이 작품은 각종 드라마와 영화를 통하여 많이 소개됨으로써 선비의 고장 밀양을 한국 독립운동사의 성지로 부상하게 만든 이곳 출신의 기라성 같은 독립 운동가들의 활약상과, 왕실의 척족 집안인 그곳 상남면 동산리 여흥 민씨가의 왕조복고를 위한 복벽주의 독립운동을 그려낸 작품이다. 유사이래로 국가가 누란의 위기를 맞이할 때마다 멸사봉공의 충의 정신이 불같이 일어나서 힘차게 꿈틀거렸던 유서 깊은 밀양의 독립 운동사를 다루는 만큼, 그리고 효제충신의 선비 정신을 특징으로 하는 지역 향민들의 우국 정서를 비롯하여, 그러한 생태적인 특이 환경 속에서 배출된 기라성 같은 독립 운동가들의 활약상을 그려내기 위해서는 그에 따른 자료 준비도 결코 만만치 않았을 것이다.

이 작품은 한국의 독립 운동사를 논하기 위해서는 반드시 짚고 넘어가야 하는 〈의열단〉과 그들을 길러낸 이 지역 출신의 우국지사와 선배 독립 운동가들의 눈부신 활약상을 비롯하여, 그들을 배출한 유향(儒鄕) 밀양의 역사·문화적인 배경을 총체적으로 그려내고 있는 역작이다. 이 작품 곳곳에는 선비의 고장인 밀양을 한국 독립운동의 성지로 부상하게 만든 기라성 같은 인물들의 뜨거운 숨결과 밀양 향민들의 나라 사랑하는 마음이며 생활상이 역동적으로 꿈틀거리고 있다.

따라서 이 〈떠오르는 지평선〉은 한마디로 말해서 한국 독립운동사의 총체적인 밑그림을 그려낸 역작인 동시에, 우리 민족이 앞으로 열어 가야 할 새로운 지평을 제시하는 교본이라 할 만하다.

30여년 만에 한국 독립운동사에 길이 남을 대단한 역작을 빚어낸 정대재 작가에게 큰 박수를 보내며, 독자들의 일독을 진정으로 권해 마지않는다.

한국소설가협회 이사장 김지연

※ 〈떠오르는 지평선〉의 제1부가 역사적으로 유서 깊은 유향이자 우국충절의 고장임을 보여 주는 밀양 향민들의 기질과 역사적인 배경을 형상화 하는 데에 주력했다면, 앞으로 전개될 제2부에서는 일제하 독립운동사의 한 축을 이루었던 〈의열단〉을 비롯한 국내외 독립 운동가들의 눈부신 활약상과 더불어, 민족자결주의가 대세를 이루는 속에서 새 시대에 적응해 나가면서 겪게 되는 동산리의 여흥 민씨가와 밀양 향민들의 영욕과 희비애환을 그려내는 데 주력하고자 한다.

정대재 대하장편소설 (제1부)

떠오르는 지평선 4

초판 1쇄 인쇄 2017년 5월 08일
초판 1쇄 발행 2017년 5월 17일

지은이 | 정대재
발행인 | 노용제

펴낸곳 | 정은출판
주 소 | (우) 04558 서울시 중구 창경궁로 1길 29
전 화 | 02-2272-8807, 9280
팩 스 | 02-2277-1350
등 록 | 2004년 10월 27일 제2-4053호
이메일 | rossjw@hanmail.net

ISBN 978-89-5824-329-8 04810
ISBN 978-89-5824-325-0 (세트)